新編 李白の文

――書・頌の譯注考證――

市川桃子
郁　賢　皓　著

はじめに

李白は、中國唐代を代表する詩人である。唐代を代表するばかりではない。歴史的に見ても、地理的に見ても、これまでの世界を代表する詩人である。したがって、その詩に關する研究は古くから行われ、今でも盛んに進められている。しかし、李白の文に關する研究はほとんど無い。李白の文學世界を總體的に知るためには、詩と文の兩方からの研究が必要である。李白研究の一助とするために、李白文の研究を始めた。

一九九九年に、北京大學教授葛曉音氏との共同研究によって『李白の文――序表の譯注考證』を汲古書院から出版した。このときの體驗が非常に有意義で樂しいものであったので、今回は南京師範大學教授郁賢皓氏を誘い、二〇〇〇年度から二年間、學術振興會科學研究補助金によって、共同研究を行った。共同研究の方法は、それぞれが日本語譯と現代中國語譯を持ち寄り、相違する點や疑問點に關して徹底的に討論する、というものである。郁教授はこのために二回來日し、市川は三回訪中した。この共同研究は、前回同樣、大變充實したもので、熱い議論は刺激的で愉快なものであった。本書はその成果を世に問うものである。
李白に關する議論は盡きず、研究はまだ途上である。本書には、新しい提案や從來の說への反論が多く、また「待考」とした部分も多い。本書をたたき臺として、多くのご意見ご叱正を賜りたい。

市川　桃子

『新編　李白の文――書・頌の譯注考證――』

市川桃子

目　次

凡　例

底本

次の二冊を底本とし、あわせて『宋本』と簡稱する。

『李太白文集』遼北京圖書館所藏宋蜀刻本影印版。『宋蜀刻本唐人集叢刊』上海古籍出版社　一九九四年　所收。

『李太白文集』遼靜嘉堂文庫所藏宋本影印版。『唐代研究のしおり―李白の作品 資料篇』同朋舍出版　昭和六十年九月　所收。

二書を比較したところ、內容はほぼ同じで、北京圖書館本の方が鮮明である。同じ版木を用いていると思われる。文字の異同は、おそらく後から改變されたためであろう。文字の異同がある場合のみ、その旨を記し、文字の異同がない場合は、あわせて『宋本』と記した。

校勘

（一）『李太白文集』光緒元年　遼康熙五十六年　吳門繆曰芑　雙泉草堂　覆宋蜀刊本　重刊。東京大學東洋文化研究所藏。『繆本』と簡稱する。

（二）『李太白全集』劉世珩　影宋咸淳本。東京大學東洋文化研究所藏。『咸淳本』と簡稱する。

（三）『分類編次李太白文』郭雲鵬萬程編次。『四部叢刊』所收。明郭氏濟美堂刊本。『郭本』と簡稱

する

（四）『分類編次李太白文集』楊齊賢集註　蕭士贇補註　霏玉齋校刻。『霏玉本』と簡稱する。

（五）『唐文粹』・明嘉靖刊本。『四部叢刊』所收。

（六）『文苑英華』中華書局　一九六六年。

（七）『李太白全集』王琦琢崖輯註。文聚堂梓。『王琦本』と簡稱する。

（八）『全唐文』上海古籍出版社　一九九〇年。

（九）『魁本大字諸儒箋解古文眞寶』至正丙午鄭本士文序　日本南北朝抄本。國立公文書館藏。

（十）『書業堂詳校古文觀止』山陰吳楚材調侯同輯　乾隆五十六年。國立公文書館藏。

新編　李白の文——書・頌の譯注考證

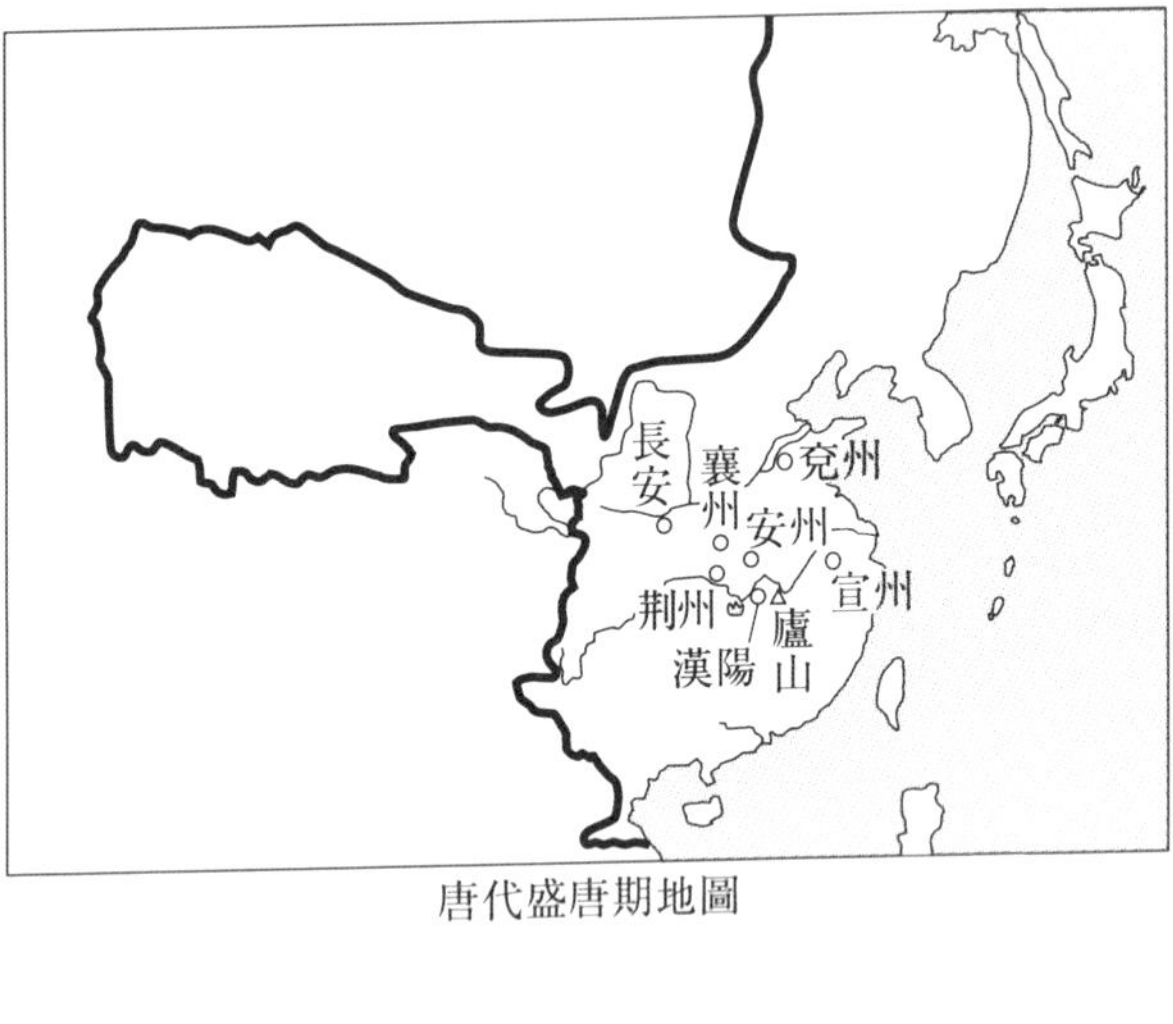

唐代盛唐期地圖

【書】

一、代壽山答孟少府移文書

傳曰舉逸人而天下歸心伏惟陛下廻太陽之髙暉
流覆盆之下照特請拜一京官獻可替否以光朝列
則四海豪俊引領知歸不勝慺慺之至敢陳薦以聞

代壽山荅孟少府移文書

淮南小壽山謹使東峯金衣雙鶴銜飛雲錦書于維
陽孟公足下曰僕包大塊之氣生洪荒之間連翼軫
之分野控荊衡之遠勢盤薄萬古邈然星河憑天霓
以結峯倚斗極而橫嶂頗能攅吸霞雨隱居靈仙産
隋侯之明珠蓄卞氏之光寳罄宇宙之美殫造化之
奇方與崐崘抗行閬風接境何人間巫廬台霍之足
陳耶一昨於山人李白處奉見吾子移文責僕以多

宋本　靜嘉堂文庫藏

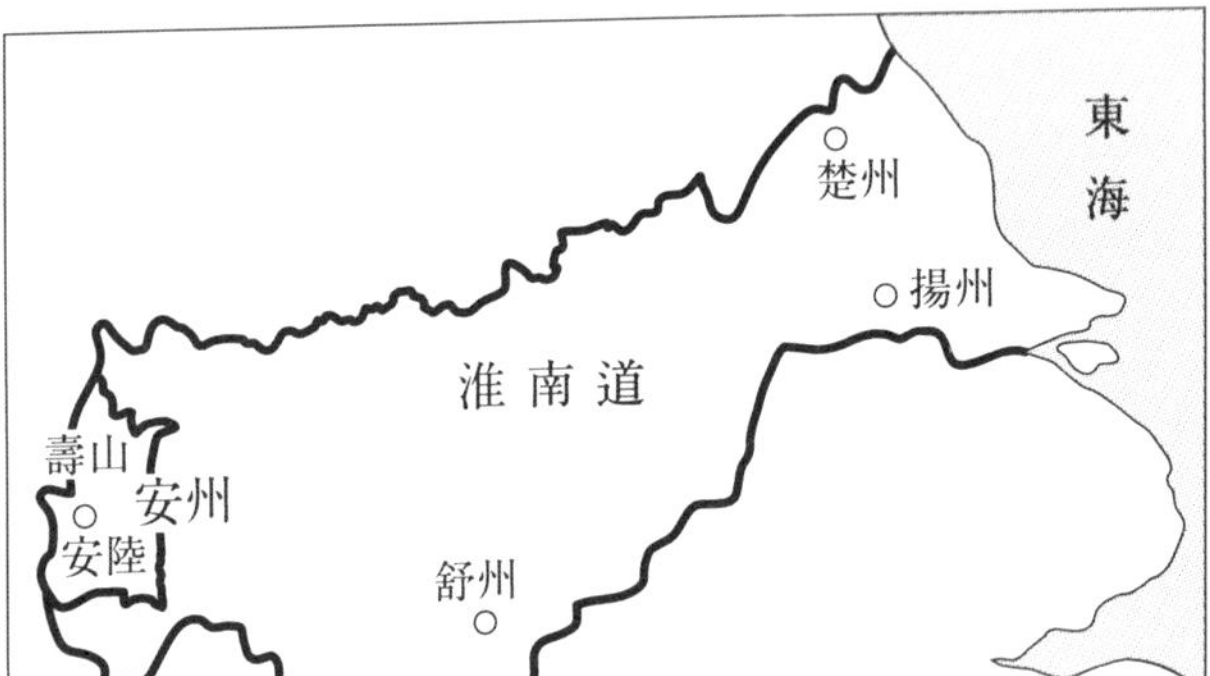

淮南道地圖

代壽山答孟少府移文書【第一段】

【解題】

開元十五年（七二七）前後の手紙である。

李白は開元十二年に、青少年期を過ごした蜀を出た。その後、「南は蒼梧を窮め、東は溟海に渉る」というように旅をし、安陸に腰を落ち着け、北壽山に隱棲した。蜀を出てから三年後のことである。文中に「近ごろ逸人李白峨眉より來る」とあるところから、李白が蜀を出て安州に來た當初の手紙であることがわかる。

友人の孟少府から、山を下り世に出て活躍するように、という手紙が來たのだろう。李白は壽山の代筆という形で返書を書き、壽山のような小さな山に隱棲していることの意義を訴える。

（郁賢皓『李白叢考』「李白出蜀年代考」參照）

【原文】代壽山答孟少府移文書(1)

淮南小壽山、謹使東峯金衣雙鶴、銜飛雲錦書于維揚孟公足下曰(2)、僕包大塊之氣、生洪荒之間(3)、連翼軫之分野、控荊衡之遠勢(4)。盤薄萬古、邈然星河(5)。憑天霓以結峯、倚斗極而横嶂(6)。頗能攢吸霞雨、隱居靈仙(7)。

産隋侯之明珠、蓄卞氏之光寶。(8) 罄宇宙之美、殫造化之奇。(9) 方與崐崘抗行、閬風接境。(10) 何人間巫廬台霍之足陳耶。(11)

【校勘】

書于：『王琦本』『全唐文』は「書於」とする。

維揚：『宋本』は「維陽」とする。意味の上から考え、『繆本』『咸淳本』『郭本』『王琦本』『全唐文』によって「維揚」に改めた。『郭本』『霏玉本』は「維楊」とする。

抗行：『咸淳本』は、「抗衡」とする。

【訓讀】 壽山《じゆざん》に代《か》はりて孟少府《まうせうふ》の移文《いぶん》に答《こた》ふる書《しよ》

淮南《わいなん》の小壽山《せうじゆざん》、謹《つつし》みて東峯《とうほう》の金衣雙鶴《きんいさうかく》をして、雲錦《うんきん》の書《しよ》を維揚《ゐやう》の孟公足下《まうこうそつか》に銜《ふく》み飛《と》ばしめて曰《いは》く、僕《ぼく》大塊《たいくわい》の氣《き》に包《つつ》まれ、洪荒《こうくわう》の間《かん》に生《う》まれ、翼軫《よくしん》の分野《ぶんや》に連《つら》なり、荊衡《けいかう》の遠勢《ゑんせい》を控《ひか》ふ。萬古《ばんこ》に盤薄《ばんばく》し、星河《せいが》に邈然《ばくぜん》たり。天霓《てんげい》に憑《よ》り以《もつ》て峯《みね》を結《むす》び、斗極《ときよく》に倚《よ》り而《しか》して嶂《しやう》を横《よこ》たふ。頗《すこぶ》る能《よ》く霞雨《かう》を攢吸《さんきふ》し、靈仙《れいせん》を隱居《いんきよ》せしむ。隋侯《ずいこう》の明珠《めいしゆ》を産《う》み、卞氏《べんし》の光寶《くわうほう》を蓄《たくは》へ、宇宙《うちう》の美《び》を罄《つく》し、造化《ざうくわ》の奇《き》を殫《つく》す。方《まさ》に崐崘《こんろん》と抗行《かうかう》し、閬風《ろうふう》と境《さかひ》を接《せつ》す。何《なん》ぞ人間《じんかん》巫廬台霍《ふろたいくわく》も之《こ》れ陳《の》ぶるに足《た》らんや。

【譯】

淮南の小さな山である我が輩、壽山は、東峯に住む、金衣をまとったつがいの黄鶴に、雲錦の書を銜えさせ、謹んで揚州の孟公の下に飛ばし、申し上げる。

我が輩は大自然の靈氣に包まれて、混沌とした太古の世に生まれた。その場所は、翼宿と軫宿という星座を反映する分野に連なり、遠く荊山と衡山からなる山脈を後ろ盾とする。萬年の時を越えて搖るぎなく聳え、はるか銀河に達してかすんでいる。高峯は天の虹に依り、連なる岸壁は北斗星の傍らに橫たわっている。霞と雨の滴を集めて吸收し、神靈や仙人を隱れ住まわせてもいる。傳說の隋侯の明珠を產出し、卞和が持っていたという輝く寶玉を蓄え、大宇宙の美をつくし、自然界の奇を倂せ、まさに崑崙山に對抗し、閬風山と竝び立つものである。人の世の巫山も廬山も台山も霍山も、問題とするには足りぬ。

【注釋】

（1）代壽山答孟少府移文書：孟少府が發した回文に對し、李白は壽山の代筆という形で返書を書いた。したがって、この手紙は壽山の一人稱で書かれている。

壽山：山名。今の湖北省安陸縣にある山。このとき、李白は壽山に隱棲していた。

『方輿勝覽』卷三十一　德安府　壽山「在安陸縣西北六十里、昔山民有壽百歲者」

『明一統志』巻六十一 徳安府 安陸縣 壽山「在府城西北六十里。與應山縣接境。山下民有壽百歳餘者、故名」

また、壽山の支脈である大鶴山小鶴山のことをいう、との説もある。「小壽山」という所からの發想と思われるが、「小壽山」の「小」は壽山の謙稱と考えて、この説は取らない。

『安陸縣志』「大鶴山在縣東北四十五里、高四十余仞、如鶴展翅。其南有小鶴山、高不十仞」

孟少府…孟は姓、少府は官。この人物については未詳。「少府」は縣尉に對する尊稱。

移文…回狀。回覽する文書。順番に回し讀みする文書。

中唐・白居易「別草堂三絶句」詩其二「身出草堂心不出、廬山未要動移文」

（2）淮南小壽山、謹使東峯金衣雙鶴、銜飛雲錦書於維揚孟公足下…擬人化された壽山が、孟公に鶴を遣わして手紙を届けさせる、という所から、この手紙が始まる。

淮南…唐代、安陸は淮南道に屬していた。淮南は、淮水以南、長江以北の行政區畫。今の湖北省、江蘇省、安徽省にまたがる。

金衣雙鶴…黄色の二羽の鶴。「金衣」は美しい黄色い鳥の羽を形容する語。「雙鶴」は竝んで飛ぶ番《つがい》の鳥。

魏・曹植「失題」詩「雙鶴倶遨遊、相失東海傍」

晩唐・呉融「鴛鴦」詩「翠翹紅頸覆金衣、灘上雙雙去又歸」

銜飛雲錦書：この句の意味は、鶴が使者として返書をくわえて孟少府のもとに飛んでいく、というものである。議論となったのは句の構造で、「雲錦書を銜へ飛ぶ」「飛雲の錦書を銜ふ」の二案があった。「雲錦書」と「飛雲錦書」は同じ意味の語だと考えられる。「雲錦書を銜へ飛ぶ」と取ると、動詞「銜」に賓語「雲錦書」が直接付いていない、という疑問がある。「飛雲の錦書を銜ふ」と取ると、「鶴が（飛んで）いく」という意味の動詞が欠ける。語の用法としては、前者の方が自然である、ということから、前者で解釈した。なお、本書「上安州裴長史書」第六段【補説】一六七頁に擧げた、元丹丘に贈る詩の中に、鳥が手紙をもたらす、という句が見られる。

李白「酬岑勳見尋就元丹丘對酒相待以詩見招」詩「黄鶴東南來、寄書寫心曲」

李白「以詩代書答元丹丘」詩「青鳥海上來、今朝發何處。口銜雲錦字（一作書）、與我忽飛去」

雲錦書：手紙の美稱。

梁・沈約「華山館爲國家營功德」詩「錦書飛雲字、玉簡黄金編」

李白「酬崔十五見招」詩「爾有鳥跡書、相招琴溪飲。手跡尺素中、如天落雲錦」

維揚：今の江蘇省揚州。次にあげる『尙書』の句から「揚州」は「維揚」と呼ばれるようになった。宋本では「揚」の字を「陽」としているが、意味から考え、『繆本』『咸淳本』『郭本』『王琦本』『全唐文』によって「揚」の字に改めた。

『尙書』夏書　巻六　禹貢「淮海、惟揚州」

足下：同輩または目上に對する二人稱の敬稱。そなた。あなた。

『史記』巻六 秦始皇「閻樂前卽二世數曰、足下驕恣、誅殺無道、天下共畔足下、足下其自爲計」

（3）僕包大塊之氣、生洪荒之間：壽山の生い立ちを述べる。

大塊之氣：大自然の氣。「大塊」は大地、自然。

『莊子』内篇 巻一下 齊物論「夫大塊噫氣、其名爲風」疏「大塊者、造物之名、亦自然之稱也」

『莊子』内篇 巻六 大宗師「夫大塊載我以形、勞我以生、佚我以老、息我以死」

洪荒之間：天地開闢の混沌の時。「洪荒」は宇宙の初めの、まだ秩序がなく、とりとめなく廣大な様子をいう。

『北史』巻八十三 文苑傳 許善心「謹按太素將萌、洪荒初判。乾儀資始、辰象所以正時。坤載厚生、品物於焉播氣」

（4）連翼軫之分野、控荆衡之遠勢：壽山がすぐれた地勢を持っていることを言う。

翼軫：天球を二八に等分し星座を對應させた二十八宿の内の、翼宿と軫宿。天の翼軫に對應する地は楚の地方に當たる。

『晉書』巻十三 天文下 妖星客星「七星張爲周分野、翼軫爲楚、昴爲趙魏」

分野：古代、中國全土を天の二十八宿に對應させた區畫。十二分野があり、それぞれに對應する國が配されている。

『史記』巻二十七 天官書「二十八舍主十二州」注「翼軫、楚之分野、荆州也」

控：ひかえる。壽山の後ろ盾として、遠く衡山や荆山から來る山竝みが控えていることをいう。

荆衡：荆山と衡山。荆山は今の湖北省南漳縣の西にある。卞和が璞を得たという傳說がある山。衡山は五嶽の一。今の湖南省中部にある。古代の荆州は、荆山から衡山の南にかけて廣がっていた。

『尙書』巻六 禹貢「荆及衡陽、惟荆州」注「北據荆山、南及衡山之陽」

遠勢：遠方の地勢。

盛唐・儲光羲「遊茅山」詩五首之三「遠勢一峰出、近形千嶂分」

（5）盤薄萬古、邈然星河：壽山の形容。壽山が太古から時を越えて牢固として地を占め、また銀河に屆かんばかりに高く聳えている樣をいう。

盤薄：わだかまって起伏する雄渾な樣子。盤礴。

初唐・楊炯「西陵峽」詩「絕壁聳萬仞、長波射千里。盤薄荆之門、滔滔南國紀」

萬古：太古。永遠。

李白「上留田」詩「積此萬古恨、春草不復生」

邈然：遙か高い樣。

李白「遊溧陽北湖亭望瓦屋山懷古贈同旅」詩「目色送飛鴻、邈然不可攀」

星河‥銀河。天の川。

李白「月夜江行寄崔員外宗之」詩「杳如銀河上、但覺雲林幽」

（6）憑天霓以結峯、倚斗極而横嶂‥壽山が星や虹に近づくほど高く聳える峰を持っている様。

天霓‥天の氣。また、虹。

『文選』第三巻　張衡「東京賦」「龍輅充庭、雲旗拂霓」注「霓、天邊氣也」

『文選』第二十四巻　司馬紹統「贈山濤」詩「上凌靑雲霓、下臨千仞谷」

結峯‥「結」は「構える」という意味であろう。

『文選』第三十巻　陶淵明「雜詩」「結廬在人境、而無車馬喧」注「結、猶構也」

宋・梅堯臣「寄題徐都官新居假山」詩「太湖萬穴古山骨、共結峰嵐勢不孤」

斗極‥北斗星と北極星。

『爾雅注疏』卷七　釋地「北戴斗極爲空桐」疏「斗北斗也。極者中宮天極星」

横嶂‥「嶂」は、屛風のようにそそり立つ嶺。

梁・沈約「山詩應西陽王敎」詩「鬱律構丹巘、崚嶒起靑嶂」

盛唐・李邕「石賦」「觀其凌雲插峰、隱霄横嶂、峻削標表、汗漫儀狀」

中唐・韋應物「送馮著受李廣州署爲錄事」詩「大海呑東南、横嶺隔地維」

（7）頗能攢吸霞雨、隱居靈仙‥壽山の働きを述べる。

隠居：隠し住まわせる。隠棲させる。
李白「春感詩」序「白隠居戴天大匡山」
李白「下途歸石門舊居」詩「歸來笑把洪崖手、隱居寺。隱居山、陶公鍊液棲其間」
靈仙：神仙。
李白「九日登山」詩「靈仙如彷彿、奠酹遙相知」
李白「雜詩」「玉樹生綠葉、靈仙每登攀」
（8）産隋侯之明珠、蓄卞氏之光寶：壽山が和氏の璧、隋侯の珠にもたとえられる天下の良寶を埋藏することを述べる。
『墨子閒詁』卷十一　耕柱「墨子曰、和氏之璧、隋侯之珠、三棘六異、此諸侯之所謂良寶也」

隋侯之明珠：傷を受けた大蛇を隋侯が助けたところ、大蛇が隋侯にくれたという寶珠。

『淮南子』覽冥訓「隋侯之珠、和氏之璧、得之者富、失之者貧」注「高誘曰、隋侯見大蛇傷斷、以藥傅而塗之。後蛇於江中銜大珠以報之、因名曰隋侯之珠」

卞氏之光寶：春秋時代に卞和が手に入れた寶珠。卞和は磨かれていない珠である璞を手に入れ、寶珠だと知って厲王と武王に獻じたが信じられずに足を切られ、文王がその璞を磨かせたら果たして名珠であった、という故事による。

『韓非子』第四卷「楚人和氏得玉璞楚山中、奉而獻之厲王、厲王使玉人相之、玉人曰、石也。

王以和爲誑、而刖其左足。及厲王薨、武王卽位、和又奉其璞而獻之武王、武王使玉人相之、又曰石也。王又以和爲誑、而刖其右足。武王薨、文王卽位、和乃抱其璞而哭於楚山之下、三日三夜、泣盡而繼之以血。王聞之、使人問其故、曰、天下之刖者多矣、子奚哭之悲也。和曰、吾非悲刖也、悲夫寶玉而題之以石、貞士而名之以誑、此吾所以悲也。王乃使玉人理其璞而得寶焉、遂命曰和氏之璧」

（9）罄宇宙之美、殫造化之奇：壽山の美しさを述べる。

罄：きわめる。すべてを盡くす。

宇宙：空間と時間のすべてを包括する世界。

『荘子』外篇 卷七下 知北遊「外不觀乎宇宙、內不知乎大初」疏「天地四方曰宇、往古來今曰宙」

殫：きわめる。すべてを盡くす。

李白「雪讒詩贈友人」詩「辭殫意窮、心切理直」

造化：天地。

李白「望廬山瀑布水」詩二首之一「仰觀勢轉雄、壯哉造化功」

（10）方與崐崘抗行、閬風接境：壽山を靈山と竝ぶものであることをいう。

崐崘：山名。神仙が住むという靈山。西方樂土で西王母が住むところとされる。

『楚辭補註』天問 第三「崑崙縣圃、其尻安在」注「崑崙、山名也。在西北、元氣所出。其巔曰縣圃、乃上通於天也」

抗行：同等である。

『晉書』巻八十 王羲之「我書比鍾繇、當抗行。比張芝草、猶當雁行也」

閬風：崑崙山の頂にある山名。

『楚辭補註』離騷「朝吾將濟於白水兮、登閬風而緤馬」注「閬風、山名、在崑崙之上」

接境：境界を接する。隣り合う。

『史記』巻三十九 晉世家「秦晉接境、秦君賢、子其勉行」
(11) 何人間巫廬台霍之足陳耶：この世の山々は壽山に及ばないことを述べる。
人間：人の世。俗世。
巫廬台霍：四山の名。巫山、廬山、天台山、霍山。巫山は今の四川省と湖北省の境にある。廬山は今の江西省九江市の南にある。天台山は今の浙江省天台縣東北にある。霍山は今の安徽省西部にあり、主峰は霍山縣の南にある。

代壽山答孟少府移文書【第二段】

【原文】

一昨於山人李白處奉見吾子移文(1)、責僕以多奇、叱僕以特秀(2)、而盛談三山五嶽之美(3)。謂僕小山無名無德而稱焉(4)。觀乎斯言、何太謬之甚也。吾子豈不聞乎。無名爲天地之始、有名爲萬物之母(5)。假令登封禋祀、曷足以大道譏耶(6)。然能損人費物、庖殺致祭、暴殄草木、鐫刻金石、使載圖典、亦未足爲貴乎(7)。且達人莊生常有餘論、以爲尺鷃不羨於鵬鳥、秋毫可並於太山(8)。由斯而談、何小大之殊也。

【校勘】

一昨…『郭本』『霏玉本』『王琦本』『全唐文』は、「昨」とする。

奉見…『郭本』『霏玉本』『王琦本』『全唐文』は、「見」とする。

移文…『全唐文』は「移白」とする。『王琦本』はこのあとに注して「繆本作一昨於山人李白處奉見吾子移文」という。

叱僕…『咸淳本』『郭本』『霏玉本』は「鄙僕」とし、注して「一作叱」という。『王琦本』は「鄙僕」とし、「鄙」に注して「繆本作叱」という。

三山五嶽…『郭本』『霏玉本』『王琦本』『全唐文』は、「三山五岳」とする。

然能…『咸淳本』『郭本』『霏玉本』『全唐文』は、「然皆」とする。
尺鷃…『全唐文』は、「斥鷃」とする。

【訓讀】

一昨《いつさく》 山人《さんじん》 李白《りはく》の處《ところ》に於《おい》て、吾子《ごし》の移文《いぶん》を奉見《ほうけん》するに、僕《ぼく》を責《せ》むるに多《おほ》く奇《き》なるを以《もつ》てし、僕《ぼく》を叱《しつ》するに特《とく》に秀《ひい》づるを以《もつ》てし、而《しか》して盛《さか》んに三山《さんざん》五嶽《ごがく》の美《び》を談《だん》じ、僕《ぼく》の小山《せうざん》にして無名《むめい》無徳《むとく》なるも稱《しよう》せらるるを謂《い》ふ。斯《こ》の言《げん》を觀《み》るや、何《なん》ぞ太謬《たいびう》の甚《はなはだ》しきなり。吾子《ごし》豈《あに》聞《き》かざらんか。無名《むめい》は天地《てんち》の始《はじめ》爲《た》り、有名《いうめい》は萬物《ばんぶつ》の母《はは》爲《た》り。假令《たと》ひ登封《とうふう》禋祀《いんし》せらるるも、曷《なん》ぞ大道《だいだう》を以《もつ》て譏《そし》るに足《た》らんや。然《しか》るに能《よ》く人《ひと》を損《そこな》ひ物《もの》を費《つひや》し、庖殺《はうさつ》して祭《まつり》に致《いた》し、草木《さうもく》を暴殄《ぼうてん》し、金石《きんせき》を鐫刻《せんこく》し、圖典《づてん》に載《の》せしむるも、亦《ま》た未《いま》だ貴《き》と爲《な》すに足《た》らずや。且《か》つ達人《たつじん》 莊生《さうせい》 常《かつ》て餘論《よろん》有《あ》り、以爲《おも》へらく、尺鷃《せきあん》も鵬鳥《ほうてう》を羨《うらや》まず、秋毫《しゆうがう》も太山《たいざん》に竝《なら》ぶ可《べ》し、と。斯《ここ》に由《よ》りて談《だん》ずるに、何《なん》ぞ小大《せうだい》 之《こ》れ殊《こと》ならんや。

【譯】

さきごろ、山人《やまびと》李白のところで貴公の回文を拝見したところ、我が輩、壽山が非凡であるということで非難なさり、また傑出しているということでお叱りのようだ。そして盛んに三山五嶽の素晴らしさを語られ、私が小さな山で、名もなく徳もないのに高い評判を得ている、とおっしゃる。このお言葉を見るに、あまりにもひどい誤まりだと思う。貴公は次のような言葉をお聞きではないか。「名無きは天地の始めにして、名有るは萬物の母である」と。たとえ我が輩が登封され祭られたからといって、どうして大いなる道の名のもとに非難されることがあろうか。しかし、登封によって民衆に損害を與え財物を消費させ、生け贄の獸を殺して祭りにそなえ、草木を荒らし盡くし、金石に文字を刻みつけ、そうして典籍に名を殘したとしても、そのようなことは貴ぶに足ることではあるまい。それに、悟達の人、莊子の遺したすぐれた言葉がある。「小さな鶉も大鵬を羨むことはない、秋に細くなった獸の毛一筋も泰山とかわらぬ大きさだ」と。この見方からすれば、小さいものも大きいものも、違いはないのである。

【注釋】

（1）一昨於山人李白處奉見吾子移文：李白のところに屆けられた回文を、壽山が讀んだ、という設定によって、この後の論が展開される。

山人：世俗のことを捨てて山に隱棲する人。

『文選』第四十三卷 孔稚珪「北山移文」「蕙帳空兮夜鵠怨、山人去兮曉猿驚」

吾子：相手を親しんで呼ぶ二人稱。あなた。

（2）責僕以多奇、叱僕以特秀：まず、回文にあったであろう「壽山は多奇で特秀ではあるが、三山五嶽には及ばない」という點に反論する。

多奇・・非凡である。非常に勝れている。

『文選』第十九巻 宋玉「神女賦」「近之既妖、遠之有望。骨法多奇、應君之相」

特秀・・特に秀でている。傑出している。

『文選』第十八巻 嵇康「琴賦」「邈隆崇以極壯、崛巍巍而特秀」

（3）盛談三山五嶽之美・・三山五嶽は、古來、神聖視されている山々である。

盛談・・さかんに話す。

『春秋左傳正義』文公 十八年「今行父雖未獲一吉人去一凶矣。於舜之功二十之一也」注「正義曰（略）史克激揚、而言舜之事堯、以辨宣公之惑、以解行父之志、方欲盛談善惡說」

三山・・蓬萊、方丈、瀛洲の三神山。

『史記』巻二十八 封禪書「自威、宣、燕昭使人入海、求蓬萊、方丈、瀛洲。此三神山者、其傳在勃海中、去人不遠」

五嶽・・泰山（東嶽）華山（西嶽）霍山（南嶽）恆山（北嶽）嵩山（中嶽）。異説がある。國家の名山として尊ばれ、天子によって祭られた。

『周禮』巻十八 大宗伯「以血祭祭社稷五祀五嶽」

（4）僕小山無名無德而稱焉・・この部分の讀み方として、（一）僕の小山にして無名無德なるも稱すと謂ふ。（二）僕の小山にして無名無德なるも稱せらるると謂ふ。（三）僕小山にして無名、德にして稱する無しと謂ふ。の三通りが考えられた。（一）は、壽山が小山で無名で無德であるのに自ら誇っている、という意味。（二）は、壽山が小山で無名で無德であるのに人に賞賛される、という意味。（三）は、小山で無名であって、かつ、稱するほどの德もない、という意味。ここでは、内容から考えて、ふさわしいと思われる（二）の解釋を採った。

無名：世の中に名が知られていない。

『莊子』内篇 卷一上 逍遙遊「神人無功、聖人無名」

（5）無名爲天地始、有名爲萬物之母：『老子』の初めに見られる言葉をそのまま引用する。前の句の「無名」という批判に對する反論。天地創造以前の名のない道は、天地を生じる。無から生じた有である天地は、萬物の母である。

『老子道德經』第一章「無名天地之始、有名萬物之母」河上公注「無名者謂道。道無形、故不可名也。始者、道本也。吐氣布化、出於虛無、爲天地本始也。有名、謂天地。天地有形、位陰陽、有剛柔、是其有名也。萬物母者、天地含氣生萬物、長大成熟、如母之養子」

（6）假令登封禋祀、曷足以大道讖耶：無名、有名ということは、價値に違いがあるわけではないのだから、壽山が無名の山であるからといって、天子によって祭られても、何の不都合が有ろうか、という論旨である。これを承けて「しかし、登封禋祀されても、無意味だ」と續ける。前の句の「無德」という批判に對する反論。

登封禋祀：泰山に上って封禪し煙を上げて祭ること。戰國時代、五嶽の中で泰山が最高であると考えられ、天子の政治が成功し天下が泰平になると、泰山に登って封禪の儀式を行った。壇を築いて天を祭ることを「封」といい、山南の梁父山上で地を祭ることを「禪」と言う。「禋祀」は煙を天に昇らせて天帝を祭る祭祀。
大道：天地の理法に基く、人の踏み行うべき道。
『尙書』序 卷一「伏犧神農黃帝之書、謂之三墳、言大道也」
(7) 損人費物、庖殺致祭、暴殄草木、鐫刻金石、使載圖典、亦未足爲貴乎：祭りをすることによって人を使い、物を浪費し、草木や金石を傷つける。そんなことをして歴史に殘ったとしても仕方がない。
損人：人々を傷め損なう。民を勞役に驅り出すこと。
『孔子家語』卷九 正論解「孔子曰、不祥有五、而東益不與焉。夫損人自益、身之不祥。棄老而取幼、家之不祥。擇賢而任不肖、國之不祥」
『舊唐書』卷一百一 辛替否「損命則不慈悲、損人則不濟物、榮身則不淸淨、豈大聖大神之心乎」
費物：浪費する。金錢や物品などをむだに使うこと。
北宋・歐陽修「論修河第三狀」「治堤修埽、功料浩大、勞人費物、困弊公私、此一患也」

庖殺：庖人が犠牲の獣を殺す。

『周禮』巻四 庖人「庖人掌共六畜六獸六禽、辨其名物」

暴殄草木：草木を荒らして絶滅させる。

『尙書』周書 巻十一 武成「今商王受無道」傳「無道德。暴殄天物、暴絶天物、言逆天也」

鐫刻金石：金石に文字を刻みつけて、後世に不滅の名を殘す。この句は、句の構成からは、前の句の「暴殄草木」と對句になっているので、「草木を傷つける」という意味と對になって「岩を傷つける」という意味であるが、また、次の「載圖典」と同じく、後世に名を殘すという意味もあわせ持つ。「鐫刻」は金屬や石に彫刻する。「金石」は金と石、硬くて永遠に不滅の物。

『史記』巻六 秦始皇本紀「古之帝者、地不過千里、諸侯各守其封域、或朝或否、相侵暴亂、殘伐不止、猶刻金石、以自爲紀」

載圖典：圖典は圖書典籍。書籍に登封禋祀の事績を載せて後世に名を殘すこと。

『後漢書』巻八十三 逸民・法眞「好學而無常家、博通内外圖典、爲關西大儒」

『文選』第四十八巻 前漢・揚雄「劇秦美新」「如儒林、刑辟、歷紀、圖典之用稍增焉」

（8）達人莊生常有餘論、以爲尺鷃不羨於鵬鳥、秋毫可竝於太山：『莊子』の言葉。前の句の「小山」という批判に對する反論。地上で大きい小さいといっても、永遠から見れば、すべて微少な物で、たいして差はない。

達人‥通達の人。物事の道理に通じた人。

『文選』第十三巻　前漢・賈誼「鵩鳥賦」「達人大觀兮、物無不可」注「鶡冠子曰、達人大觀、乃見其符」

『文選』第十九巻　劉宋・謝靈運「述祖德詩」「達人貴自我、高情屬天」

餘論‥遺された美論。後世に傳えられた優れた論。

『文選』第七巻　前漢・司馬昭如「子虛賦」「問楚地之有無者、願聞大國之風烈、先生之餘論也」注「張晏曰、願聞先賢之遺談美論也」

尺鷃不羨於鵬鳥‥「鷃」はうずら。小さな鳥。「尺」は「小さい」という意味、また一説に「澤の」という意味。「鵬鳥」は傳說上の偉大な鳥。宇宙の永遠という觀點から見れば、小さなうずらも大いなる鳥である大鵬と結局は大差なく、大鵬をうらやむほどのことはない。

『莊子』內篇　巻一上　逍遙遊「其名爲鵬、背若太山、翼若垂天之雲、摶扶搖羊角而上者九萬里、絕雲氣、負靑天、然後圖南、且適南冥也。斥鴳笑之曰、彼且奚適也。我騰躍而上、不過數仞而下、翱翔蓬蒿之間、此亦飛之至也。而彼且奚適也。此小大之辯也」

秋毫可竝於太山‥秋毫は、秋になってはえかわった、獸の細い毛の一筋。それほど小さな物も、永遠から眺めれば、大きな泰山と大差はない。

『莊子』巻一下　齊物「天下莫大於秋豪之末、而大山爲小」

太山：泰山と同じ。五嶽の一つ。主峰は山東省泰安市にある。天子が登封禋祀する聖山。

代壽山答孟少府移文書【第三段】

【原文】

又怪於諸山藏國寶隱國賢(1)、使吾君牓道燒山、披訪不獲、非通談也(2)。夫皇王登極、瑞物昭至(3)、蒲萄翡翠以納貢、河圖洛書以應符(4)。設天網而掩賢、窮月竁以率職(5)。天不祕寶、地不藏珍、風威百蠻、春養萬物(6)。王道無外、何英賢珍玉而能伏匿於巖穴耶(7)。所謂牓道燒山、此則王者之德未廣矣(8)。昔太公大賢、傅說明德、棲渭川之水、藏虞虢之巖、卒能形諸兆朕、感乎夢想(9)。此則天道闇合、豈勞乎搜訪哉(10)。果投竿詣麾、捨築作相、佐周文、讚武丁(11)。揔而論之、山亦何罪(12)。

乃知巖穴爲養賢之域、林泉非祕寶之區(13)。則僕之諸山、亦何負於國家矣(14)。

【校勘】

捨築：『全唐文』は「舍築」とする。

揔而論之：『郭本』『霏玉本』『王琦本』『全唐文』は「總而論之」とする。

【訓讀】

又《また》諸山《しよざん》の國寶《こくほう》を藏《をさ》め國賢《こくけん》を隱《かく》し、吾《わ》が君《きみ》をして道《みち》に牓《ばう》し山《やま》を燒《や》きて、披訪《ひはう》するも獲《え》ざるを怪《あやし》むは、通談《つうだん》に非《あら》ざるなり。夫《そ》れ皇王《くわうわう》登極《とうきよく》すれば、瑞物《ずいぶつ》昭《あきら》かに至《いた》り、蒲萄翡翠《ぶだうひすい》以《もつ》て貢《こう》を納《をさ》め、河圖洛書《かとらくしよ》以《もつ》て符《ふ》を應《おう》ず。天網《てんまう》を設《まう》けて賢《けん》を掩《おほ》ひ、月竁《げつせい》を窮《きは》めて以《もつ》て職《しよく》に率《したが》ふ。天《てん》も寶《ほう》を祕《ひ》めず、地《ち》も珍《ちん》を藏《をさ》めず、百蠻《ひやくばん》を風威《ふうゐ》し、萬物《ばんぶつ》を春養《しゆんやう》す。王道《わうだう》に外《そと》無《な》ければ、何《いづ》れの英賢珍玉《えいけんちんぎよく》にして能《よ》く巖穴《がんけつ》に伏匿《ふくとく》せんや。所謂《いはゆ》る道《みち》に牓《かか》げ山《やま》を燒《や》くは、此《こ》れ則《すなは》ち王者《わうじや》の德《とく》未《いま》だ廣《ひろ》からざるなり。昔《むかし》太公《たいこう》の大賢《たいけん》、傅說《ふえつ》の明德《めいとく》は、渭川《ゐせん》の水《みづ》に棲《す》み、虞虢《ぐくわく》の巖《いはほ》に藏《かく》るるも、卒《つひ》に能《よ》く諸《これ》を兆朕《てうちん》に形《あら》はし、夢想《むさう》に感《かん》ぜしむ。此《こ》れ則《すなは》ち天道《てんだう》闇合《あんがふ》す、豈《あ》に捜訪《そうはう》を勞《らう》せんや。果《はた》して竿《さを》を投《な》げて麾《き》に詣《いた》り、築《ちく》を捨《す》てて相《しやう》と作《な》り、周文《しうぶん》を佐《たす》け、武丁《ぶてい》を讃《たす》く。揔《そう》じて之《これ》を論《ろん》ずるに、山《やま》亦《ま》た何《なん》ぞ罪《つみ》あらん。

乃《すなは》ち知《し》る、巖穴《がんけつ》は賢《けん》を養《やしな》ふの域《ゐき》爲《た》りて、林泉《りんせん》は寶《ほう》を祕《ひ》するの區《く》に非《あら》ざるを。則《すなは》ち僕《ぼく》の諸山《しよざん》も、亦《ま》た何《なん》ぞ國家《こつか》に負《そむ》かんや。

【譯】

また、我が輩の峰々が國寶や大賢者を隱匿し、そのために我が君が、道路に高札を掲げたり山を燒いたりして探求に努めても手に入れることができない、とお咎めだが、これは道理に合わないお言葉というものだ。

そもそも聖明なる天子が即位なされれば、見まがう事なき目出度き物がもたらされるもので、西域からは葡萄が、商越からは翡翠が貢納され、河圖洛書といった瑞祥が君德に應じて兆《きざ》しを現すものである。そして天子は、天から下された網を張って賢者をことごとく傘下におさめ、月の涯の者までが君のために務めを果たすのだ。こうして天も地も珍寶を隱匿せず、天子の敎化の威力はあらゆる蠻族を服從させ、春雨のごとき惠みは萬物を暖かく育むのである。王者はあらゆるものを内に抱いているのだから、どのような英賢も珍寶も洞窟深く隱れていることはできぬはず。道路に高札を掲げ、山を燒くようなことは、王者の德がまだあまねく世界を覆っていない、ということとなる。むかし大賢者太公望は渭川のほとりに住み、明德を持つ傅說は虞虢の巖窟に隱れていたが、結局はその存在を告げる兆が形となって、君主の夢に現れたという。これは天道がひそかに出會わせるわけだから、わざわざ天子が賢人を搜し求める必要はなかった。はたして太公望は釣竿を投げ出して天子の麾下につき、傅說は版築を棄てて宰相となり、周の文王と武丁を補佐したではないか。以上のことから論ずるに、山に何の罪があるというのか。

これまで述べてきたことから、巖窟は賢者を育む所であり、また林泉は珍寶を祕め隱す所ではない、ということがおわかりであろう。それならば、我が峰々も、國家に對して何のやましいところがあろうか。

【注釋】

（1）怪於諸山藏國寶隱國賢：ここからは、壽山が有用な人材を隱匿しているという、孟少府の非難に答える。孟少府の謂う有用な人材とは、要するに李白のことである。

國寶：國の寶。また、國家にとって有用な人材のことも言う。

『墨子』第一巻 親士「故曰歸國寶、不若獻賢而進士」

『荀子』第二十七篇 大略「口能言之、身能行之、國寶也。口不能言、身能行之、國器也。（略）治國者敬其寶、愛其器、任其用、除其妖」

國賢：國家にとって重要な賢人。

『春秋公羊傳』巻二十四 昭公三十一年「其言曰、惡有言人之國賢若此者乎」

（2）使吾君牓道燒山、披訪不獲、非通談：立て札を立てたり山を燒いたり、手を盡くして人材を搜さねばならない、という孟少府の主張を紹介する。

牓道：「牓」は、たてふだ。また、たてふだを立てる。道に立て札を立てて、人を招く。「榜道」と同じ。

『晉書』巻七十一 孫惠「越省書、榜道以求之、惠乃出見。越卽以爲記室參軍、專職文疏、豫參謀議」

燒山：山に隱れている賢人を見つけるために、山を燒く。晉の文公が介子推を招こうとして、山に隱れていた子推を追い出す爲に山を燒いたところ、介子推は山から降りずに燒け死んだので、それ以來この日は火をたくことが禁じられたという。寒食の習慣の由來となった故事である。

『後漢書』巻六十一　周擧「太原一郡、舊俗以介子推焚骸、有龍忌之禁。至其亡月、咸言神靈不樂擧火、由是士民每冬中輒一月寒食」注「新序曰、晉文公反國、介子推無爵、遂去而之介山之上。文公求之不得、乃焚其山、推遂不出而焚死」

披訪：押し開いて訪ねる。むりやり探し出す。

中唐・鮑溶「山行經樵翁」詩「我心勞我身、遠道誰與論。心如木中火、憂至常自燔。披訪結恩地、世人輕報恩」

通談：理屈の通った議論。

『宋書』巻十三　律暦下「今議者所是不實見、所非徒爲虛妄。辨彼駭此、既非通談。運今背古、所誣誠多、偏據一說、未若兼今之爲長也」

『詩品』序「夫屬詞比事、乃爲通談」
（3）皇王登極、瑞物昭至：反論の論據として、天子の優位性を説く。
皇王：天子。
『詩經』大雅　文王有聲「四方攸同、皇王維辟」
登極：天子の位につく。極は北極。衆星の拜するところ。
『貞觀政要』「自登極以來、大事件三數件」注「北極爲天極、居其位、而衆星拱之、人君之象、故人君卽位、爲登極」
瑞物：吉祥を表すもの。

（4）蒲萄翡翠以納貢、河圖洛書以應符：すぐれた天子が統治する時代には、異民族が服従し、様々な瑞兆がある。

蒲萄：ぶどうは西域の特産物。葡萄酒は漢代からあった。
『後漢書』巻一八八 西域傳「伊吾地、宜五穀、桑麻、蒲萄」「栗弋國（略）其土水美、故蒲萄酒特有名焉」

翡翠：かわせみ。美しい緑色の鳥。また、かわせみの羽のような緑色をした寶石。
『文選』第七巻 司馬長卿「子虛賦」「下靡蘭蕙、上拂羽蓋。翡翠之威蕤、繆繞玉綏」注「張揖曰、錯其羽毛以爲首飾也」

納貢：みつぎものを納める。
『晉書』巻五十五 潘岳「方今四海會同、九服納貢」

河圖洛書：「河圖」は伏犧のときに黄河から現れた龍馬の背に書かれていたという圖。「洛書」は禹が洪水を納めたとき洛水から現れた龜の背にあったという文。河圖を元に『周易』が、洛書を元に『洪範九疇』が作られたと傳えられる。
『易』繫辭上「河出圖、洛出書、聖人則之」

『書』周書 巻十八 顧命「大玉夷玉天球河圖」注「河圖八卦伏犧氏王天下、龍馬出河、遂則其文、以畫八卦、謂之河圖」

應符‥符命を應じる。「符」は天の惠みや命令をあらわすしるし。天は天子の德に感じて、河圖洛書のごとき吉兆の印を顯す。

『後漢書』巻三十 蘇竟「大運蕩除之祥、聖帝應符之兆」

（5）設天網而掩賢、窮月竁以率職‥すぐれた天子が治める時代には、埋もれていた人材がすべて世に出て職務を果たす。

天網‥天が人をとらえる爲に設けるあみ。網の目は粗いが取り逃すことはないという。

『老子』七三「天網恢恢、疎而不失」

掩賢‥網で賢人をおおい捉える。賢人を捜し出す。

『文選』第四十二巻 曹植「與楊德祖書」「吾王於是設天網以該之、頓八紘以掩之、今悉集茲國矣」

月竁‥月の洞穴。竁は、ほらあな。

『文選』第二十七巻 顏延年「宋郊祀歌」「月竁來賓、日際奉土」注「甘泉賦曰、西壓月蛸、東震日域。服虔曰、音窟、兔窟、月所生也。尙書曰、明王盛德、四夷咸賓。杜子春周禮注曰、今南陽人名穿地爲竁、充芮切」

率職‥職にしたがう。官職を遵奉する。

南宋・顔延之「赭白馬賦序」「五方率職、四隩入貢」李善注「魏都賦曰、樂率職貢」

（6）天不祕寶、地不藏珍、風威百蠻、春養萬物‥天地が人材を隠しているわけではなく、春に花咲くように、時節が至れば、すべての人材が自然に活躍を始める。

祕寶・藏珍‥寶物をかくす。「祕藏寶珍（寶珍を祕藏す）」を互文にして「天地」に配した。

『史記』巻一　五帝本紀　黄帝「旁羅日月星辰水波土石金玉（略）故號黄帝」注「謂日月揚光、海水不波、山不藏珍、皆是帝德廣被也」

風威‥教化の力。

『後漢書』巻七十六　循吏列傳　王渙「在溫三年、遷兗州刺史、繩正部郡、風威大行」

百蠻‥多くの異民族。百種もの蠻族。

『史記』巻四十七　孔子世家「昔武王克商、通道九夷百蠻」集解王肅曰「九夷、東方夷有九種也。百蠻、夷狄之百種」

春養‥春の陽光や雨が萬物を化育すること。春になると植物が芽吹くように、天子の恵みで萬物が栄えること。

『晉書』巻三　世祖武帝炎「方今陽春養物、東作始興、朕親率王公卿士耕藉田千畝」

（7）王道無外、何英賢珍玉而能伏匿於巖穴耶‥天子は萬物を内藏するのだから、寶物や人材を得られない、ということは無いはずだ。
王道無外：王者は天下を家としているから、王道はすべてを内に取り込んでいて、外というものがない。
『春秋公羊傳』隱公元年「王者無外。言奔、則有外之辭也」注「明王者以天下爲家、無絶義」
英賢：優れて賢い人。英明な賢人。
梁・江淹「雜體・陳思王贈友」詩「君王禮英賢、不恡千金璧」
珍玉：貴重な寶玉。
後漢・張衡「西京賦」「爰有藍田、珍玉是之自出」
伏匿：ふしかくれる。世を避けてひそむ。
『晏子』問上「聖人伏匿隱處、不干長上、潔身守道、不與世陷乎邪」
『楚辭』天問「厥嚴不奉、帝何求。伏匿穴處、爰何云」
巖穴：いわあな。俗世間から隱れる場所。
『漢書』卷六十二 司馬遷「寧得自引深藏於巖穴邪」
（8）所謂旁道燒山、此則王者之德未廣矣：もしも、人材を無理矢理捜し出さなければならないとしたら、それは天子の德が不足しているからだ。
德未廣：爲政者の德が廣く及んでいない。後世の用例がある。

明・魏校『莊渠遺書』卷一「經筵講章　康誥講章一」「然民心不和、實由君德未廣」

（9）昔太公大賢、傳說明德、棲渭川之水、藏虞虢之巖、卒能形諸兆朕、感乎夢想：ここからは、天子が啓示によって人材を得た歴史的な例を擧げる。

太公：太公望呂尙。周の文王の師。西伯（のちの周の文王）が狩りに出て、王の補佐を得るという占いを得た。果たして魚つりをしていた呂尙に出會い、師として待遇した。呂尙はのちに武王を助けて殷を滅ぼし、周をたてた。

『史記』卷三十二　齊太公世家「呂尙蓋嘗窮困、年老矣。以漁釣奸周西伯。西伯將出獵、卜之、曰、所獲非龍非彲非虎非羆、所獲霸王之輔。於是周西伯獵、果遇太公於渭之陽、與語大說、曰、自吾先君太公曰、當有聖人適周、周以興。子眞是邪。吾太公望子久矣。故號之曰太公望。載與俱歸、立爲師」

大賢：おおいに德の優れた賢者。

『孟子』卷第七上　離婁章句上「孟子曰天下有道、小德役大德、小賢役大賢」注「有道之世、小德小賢樂爲大德大賢役、服於賢德也」

傅說：殷の高宗（武丁）の宰相。高宗が夢に聖人の姿を見て、傅巖で道路工事をしている傅說を探し出したという。

『史記』卷三　殷本紀「帝武丁卽位、思復興殷、而未得其佐。三年不言、政事決定於冢宰、以觀國風。武丁夜夢得聖人、名曰說。以夢所見視羣臣百吏、皆非也。於是迺使百工營求之野、得說於傅險中。是時說爲胥靡、築於傅險。見於武丁、武丁曰是也。得而與之語、果聖人、擧以爲相、殷國大治。故遂以傅險姓之、號曰傅說」

明德：明らかな德。明德を備えた人。

『文選』第二十四巻 晉・陸機「贈馮文羆遷斥丘令」「我求明德、肆于百里」

『文選』第四十巻 魏・阮籍「爲鄭沖勸晉王牋」「況自先相國以來、世有明德。翼輔魏室、以綏天下、朝無闕政、民無謗言」

渭川：渭水。川の名。甘肅省蘭州から發し、潼關で黃河に注ぐ。渭水は淸いと言われる。呂尙は西伯に見いだされる前、渭川の濱で釣りをして暮らしていた。

『毛詩正義』邶風 谷風「涇以渭濁、湜湜其沚」注「渭音謂、淸水也」

李白「上之回」詩「豈問渭川老、寧邀襄野童」

藏虞虢之巖：傅說が高宗に見いだされる前に隱れていた傅巖は、虞と虢の境にある。そこで傅說について、虞虢の岩窟に居た、という。

『史記』巻三 殷本紀「於是迺使百工營求之野、得說於傅險中。是時說爲胥靡、築於傅險」注「孔安國曰、傅氏之巖在虞虢之界、通道所經、有澗水壞道、常使胥靡刑人築護此道。說賢而隱、代胥靡築之、以供食也」

兆朕：吉凶のきざし。豫兆。

『文選』第六巻 晉・左思「魏都賦」「兆朕振古、萌柢疇昔」注「兆、猶機事之先見者也。淮南子曰、欲與物接而未成朕兆者也。許愼曰、朕、兆也」

夢想：夢。夢にあらわれる。

『列子』周穆王「神遇爲夢、形接爲事。故晝想夜夢、神形所遇。故神凝者、夢想自消」

『文選』第二十九巻 古詩十九首「獨宿累長夜、夢想見容輝。良人惟古懽、枉駕惠前綏」

（10）此則天道闇合、豈勞乎搜訪哉：天の道が二人を密かに會わせる。また、無意識のうちに天の道に合致する。

天道：天の道理。天の法則。人道の對語。

『文選』第五十二巻 前漢・班彪「王命論」「若然者、豈徒闇於天道哉。又不覩之於人事矣」

『文選』第二十八巻 晉・陸機「樂府」十七首「君子行」「天道夷且簡、人道嶮而難」注「莊子曰、有天道、有人道。無爲而尊者、天道也。有爲而累者、人道也」

闇合：暗合。示し合わせていないのに一致する。意識せずに一致する。

『文選』第十七巻 晉・陸機「文賦」「必所擬之不殊、乃闇合乎曩篇」注「言所擬不異、闇合昔之曩篇」

勞：勞力を使う。わざわざ行う。

（11）果投竿詣麾、捨築作相、佐周文、讚武丁：徳のある天子のもとには、求められなくても、人材が駆けつける。
投竿：釣り竿を投げ捨てる。隠遁をやめて官途に就くこと。太公望呂尚の故事による。
『文選』第四十二巻 魏・應璩「與從弟君苗君胄書」「昔伊尹輟耕、郅惲投竿、思致君於有虞、濟蒸人於塗炭」
詣麾：麾下に赴く。大将の指揮の下にはいる。
『三國志』魏書 巻一 武帝操「士卒皆殊死戰、大破瓊等、皆斬之」注「時有夜得仲簡、將以詣麾下」
捨築作相：「築」は土を突き固める道具。土を固める仕事を辭めて即座に君主の下に赴き、宰相となること。隠遁生活から役人生活にはいること。傅說の故事による。
『舊唐書』巻一百七十七 杜讓能「今明公捨築入夢、投竿爲師、踐履中台、制臨外閫、不究興亡之理、罕聞沉斷之機」
周文：周の文王。周の武王の父。姓名は姬昌。殷のとき西方に勢力を張っていたので西伯と呼ばれる。禮をもって賢者を遇したので、諸侯がその下に集まり、天下の三分の二をおさめたという。その人物や政治は、儒家によって手本とされた。
武丁：殷の第二十代の王、高宗。殷が衰えたとき、復興しようとしたが、補佐に人を得ず。三年の後、ようやく傳説を得て殷の政治は安定した。

(12) 揔而論之、山亦何罪：上記を受けて、要するに李白を藏している壽山には何の罪もないことを述べる。

揔論：全體の總括として論ずること。「揔」は「總」と同じ意味。

『文選』巻四十九 晉・干寶「晉紀總論」題下注「向曰、此論自宣帝至愍帝、合其善惡而論之、是名總論矣」

山亦何罪：どんな罪があるというのだ、いや何の罪もない。

『史記』巻七十三 白起「蒙恬喟然太息曰、我何罪於天、無過而死乎」

(13) 乃知巖穴爲養賢之域、林泉非祕寶之區：さらに、山が國家的な人材や寶物を隱す所ではないことを述べる。

養賢：賢人をはぐくむ。

『易』頤「天地養萬物、聖人養賢、以及萬民」

『舊唐書』巻五十三 李密「弟聰令如此、當以才學取官、三衞叢脞、非養賢之所」

祕寶：寶物を祕める。

(14) 僕之諸山、亦何負於國家矣：以上を總括して、賢人を隱匿しているという、壽山に對する非難が不當であることをいう。

僕之諸山：壽山の峯々。

負于國家：國家に背く。

『晉書』卷七十三　庾亮「臣負國家、其罪莫大、實天所不覆、地所不載」

代壽山答孟少府移文書【第四段】

【原文】

近者逸人李白自峨眉而來。[1] 爾其天爲容、道爲貌、不屈己、不干人、巢由以來、一人而已。[2] 乃虬蟠龜息、遁乎此山。[3] 僕嘗弄之以綠綺、臥之以碧雲、嗽之以瓊液、餌之以金砂。[4] 既而童顏益春、眞氣愈茂、[5] 將欲倚劍天外、挂弓扶桑、浮四海、橫八荒、出宇宙之寥廓、登雲天之渺茫。[6]

俄而李公仰天長吁、謂其友人曰、吾未可去也。[7] 吾與爾、達則兼濟天下、窮則獨善一身。[8] 安能飡君紫霞、蔭君青松、乘君鸞鶴、駕君虬龍、一朝飛騰、爲方丈蓬萊之人耳。[9] 此方未可也。乃相與卷其丹書、匣其瑤瑟、申管晏之談、謀帝王之術、奮其智能、願爲輔弼、[10] 使寰區大定、海縣清一、事君之道成、榮親之義畢。[11] 然後與陶朱留侯、浮五湖、戲滄洲、不足爲難矣。[12]

卽僕林下之所隱客、豈不大哉。必能資其聰明、輔以正氣、借之以物色、發之以文章、雖煙花中貧、沒齒無恨。[13] 其有山精木魅、雄虺猛獸、以驅之四荒、磔裂原野、[14] 使影跡絕滅、不干戶庭、亦遣清風掃門、明月侍坐(15)。此乃養賢之心、實亦勤矣(16)。
　孟子孟子、無見深責耶。明年青春、求我於此巖也(17)。

【校勘】

蛾眉：『繆本』『咸淳本』『郭本』『霏玉本』『王琦本』『全唐文』は「峨眉」とする。

不屈己：『宋本』『咸淳本』『郭本』『霏玉本』『王琦本』『全唐文』は「不屈巳」とする。意味を考え、『繆本』によって改めた。

嗽之：『穆本』『咸淳本』『郭本』『霏玉本』『全唐文』は「漱之」とする。

眇茫：『郭本』『霏玉本』『王琦本』『全唐文』は「渺茫」とする。

湌君：『霏玉本』『全唐文』は「餐君」とする。

此方未可：『繆本』『郭本』『霏玉本』『王琦本』『全唐文』は「此則未可」とする。

瑤瑟：『霏玉本』『全唐文』は「瑤琴」とする。

滄洲：『郭本』は「滄州」とする。

隱客：『郭本』『霏玉本』『王琦本』『全唐文』は「隱容」とする。

輔以正氣：『全唐文』は「輔其正氣」とする。

煙花：『王琦本』『全唐文』は「烟花」とする。

【訓讀】

近者《ちかごろ》 逸人《いつじん》李白《りはく》 蛾眉《がび》自《よ》り來《きた》る。爾《かれ》は其《そ》の天《てん》を容《よう》と爲《な》し、道《みち》を貌《ばう》と爲《な》し、己《おのれ》を屈《くつ》せず、人《ひと》に干《もと》めざるは、巣由《さういう》以來《いらい》一人《いちにん》のみ。乃《すなは》ち虬蟠《きうばん》龜息《きそく》して此《こ》の山《やま》に遁《のが》る。僕《ぼく》嘗《かつ》て之《これ》に弄《もてあそ》ばしむるに綠綺《りよくき》を以《もつ》てし、之《これ》を臥《ふ》せしむるに碧雲《へきうん》を以《もつ》てし、之《これ》を嗽《すす》がしむるに瓊液《けいえき》を以《もつ》てし、之《これ》に餌《じ》せしむるに金砂《きんさ》を以《もつ》てす。既《すで》にして童顔《どうがん》益《ます》ます春《わか》く、眞氣《しんき》愈《いよ》いよ茂《さか》んにして、將《まさ》に劍《けん》を天外《てんぐわい》に倚《よ》せ、弓《ゆみ》を扶桑《ふさう》に挂《か》け、四海《しかい》に浮《う》かび、八荒《はつくわう》に横《よこ》たはり、宇宙《うちう》の寥廓《れうくわく》たるに出《い》で、雲天《うんてん》の眇茫《べうばう》たるに登《のぼ》らんと欲《ほつ》す。

俄《には》かにして李公《りこう》 天《てん》を仰《あふ》ぎて長吁《ちやうく》し、其《そ》の友人《いうじん》に謂《い》ひて曰《いは》く、吾《わ》れ未《いま》だ去《さ》る可《べ》からざるなり。吾《わ》れ爾《なんぢ》と與《とも》に、達《たつ》すれば則《すなは》ち兼《か》ねて天下《てんか》を濟《すく》ひ、窮《きゆう》すれば則《すなは》ち獨《ひと》り一身《いつしん》を善《よ》くせん。安《いづ》くんぞ能《よ》く君《きみ》の紫《し》霞《か》を飡《くら》ひ、君《きみ》の青松《せいしよう》を蔭《かげ》とし、君《きみ》の鸞鶴《らんかく》に乘《の》り、君《きみ》の虬龍《きうりゆう》に駕《が》し、一朝《いつてう》飛騰《ひとう》して方丈蓬萊《はうじやうほうらい》の人《ひと》と爲《な》らんのみ。此《こ》れ方《まさ》に未《いま》だ可《か》ならざるなり。乃《すなは》ち相《あ》ひ與《とも》に其《そ》の丹書《たんしよ》を巻《ま》き、其《そ》の瑤瑟《えうしつ》を匣《はこ》し、管晏《くわんあん》の談《だん》を申《の》べ、帝王《ていわう》の術《じゆつ》を謀《はか》り、其《そ》の智能《ちのう》を奮《ふる》ひ、輔弼《ほひつ》と爲《な》らんことを願《ねが》ひ、寰區《くわんく》をして大《おほ》いに定《さだ》まり、海縣《かいけん》をして清一《せいいつ》ならしめ、君《きみ》に事《つか》ふるの道《みち》を成《な》し、親《しん》を榮《かがやか》すの義《ぎ》を畢《つ》くさん。然《しか》る後《のち》に陶朱留侯《たうしゆりうこう》と與《とも》に、五湖《ごこ》に浮《うか》び、滄洲《さうしう》に戯《たはむ》れんも、難《かた》しと爲《な》すに足《た》らざるなり、と。

即《すなは》ち僕《ぼく》の林下《りんか》の客《きやく》を隱《かく》す所《ところ》、豈《あ》に大《だい》ならずや。必《かなら》ず能《よ》く其《そ》の聰明《そうめい》に資《し》し、輔《たす》くるに正氣《せいき》を以《もつ》てし、之《これ》に借《か》すに物色《ぶつしよく》を以《もつ》てし、之《これ》を發《はつ》するに文章《ぶんしやう》を以《もつ》てすれば、煙花《えんくわ》 貧《ひん》に中《あた》ると雖《いへど》も、齒《し》を沒《ぼつ》するまで恨《うら》み無《な》からん。其《そ》れ山精木魅《さんせいもくみ》、雄虺猛獸《ゆうきまうじう》有《あ》らば、以《もつ》て之《これ》を四荒《しくわう》に驅《か》り、原野《げんや》を磔裂《たくれつ》し、影跡《えいせき》をして絶滅《ぜつめつ》し、戸庭《こてい》を干《をか》さざらしめ、亦《ま》た清風《せいふう》をして門《もん》を掃《は》き、明月《めいげつ》をして坐《ざ》に侍《はべ》らしめん。此《こ》れ乃《すなは》ち賢《けん》を養《やしな》ふの心《こころ》、實《じつ》に亦《ま》た勤《つと》むるなり。
孟子《まうし》よ 孟子《まうし》、深《ふか》く責《せ》めらるること無《な》かれ。明年《みやうねん》の青春《せいしゆん》、我《われ》を此《こ》の巖《いはほ》に求《もと》めよ。

【譯】

近ごろ、世から逃れて暮らす李白という人物が、峨眉山からやってきた。天と道を思わせる風貌を持ち、自己の生き方を曲げることなく、人に干渉することもない。この點で、李白は、傳説的な高節の士である巣父と許由以來、初めての人物である。つまり李白は偉大なる龍が谷底に潛み、聖なる龜が息をひそめるように、この山に隱れたのである。

私はかつて李白に綠のうすぎぬのような木々を與えて遊ばせ、青く澄んだ雲を與えて横たわらせ、玉の液を與えて口をすすがせ、金砂の仙藥を食べさせた。すると彼の若々しい顏はますます若く、彼の氣はますます盛んになった。そしてまさに、劍を天のかなたによせ、弓を扶桑の神木に掛け、天下を圍む四海に浮かび、天の八方の果てに横たわり、からりと開けた宇宙に出、遙かにかすむ雲天に昇ろうとした。

しかし、そのとき李白は天を仰いで長くため息をつき、その友人にこう言った。

「私はまだこの世を去ることはできない。私はあなたと一緒に、時を得れば天下の全ての民を救うために働き、時を得なければ己の身を一人善くするように修養しよう。どうして、壽山よ、君の紫霞を食い、君の青松を蔭とし、君の鸞鶴に乘り、君の虬龍を御して、ある朝飛び立って仙域の人となる、そんなことができようか。こうしたことは、今はまだ可能ではない。だから一緒に仙書を巻いて収め、瑤の瑟も箱にしまおう。そして王を補佐するための談論を繰り廣げ、帝王の政策をめぐらし、智恵を奮って、天子の補弼となることを願おう。天下を大いに安定させ、世界を淸らかに統一させ、君主に仕える道を全うし、恩に報いて親の榮譽を輝かせるという義務を果たそう。こうしたことを終えた曉には、陶朱や留侯のごとくに五湖に浮かんで遠く去り、仙界たる滄洲に遊ぶことも、難しいことではあるまい」と。

かくして、李白を我が林の下に隱れ住まわせる功績は、大いなるものとは言えないか。きっと彼の聰明さに役立ち、山の正氣によってその資質をたすけ、萬物の景色を貸し與えて、文章によってそれを外に表現させよう。もしそうできれば、春の美しい花景色がことごとくその筆に奪い盡くされたとしても、我輩 壽山は生涯怨みに思わぬことだろう。

もしここに山の精や木の怪、大蛇や猛獸がいれば、それらを地の果てに追いやり、原野を驅けめぐらせ、それらの影も形も絶滅させて、李白の戸庭を犯すようなことはさせない。そして淸風を遣わして門前をはらわせ、李白のそばには明月を侍らせよう。これはつまり、李白のような賢者を養おうとする私の氣持ちが實に熱心であるということなのである。

孟君、孟君、私を深くは責めないで欲しい。そして來年の春には、この巖まで私に會いに來てくれたまえ。

【注釋】

（1）近者逸人李白自蛾眉而來：ここから、李白のことについて述べる。

近者：ちかごろ。最近。

『文選』巻四十五　對問　設論　漢・班固「答賓戲」「近者陸子優游、新語以興」

逸人：世の中から隱れてすむ人。逸民。

『論語』巻十　堯曰「興滅國、繼絶世、擧逸民、天下之民歸心焉」

峨眉：四川省峨眉縣の西南にある山。大峨、中峨、小峨の三山を抱く。李白は蜀で育ち、峨眉山で修行をした後、故郷を出て安陸に來た。

『元和郡縣志』巻三十二　嘉州　峨眉縣「峨眉大山在縣西七里。蜀都賦云、抗峨眉于重阻。兩山相對、望之如峨眉、故名此山。亦有洞天石室、高七十六里。中峨眉山在縣東南二十里、有古穴、初纔容人、行數里漸寬。有鍾乳穴、穴有蝙蝠。其大如筐」

（2）爾其天爲容、道爲貌、不屈己、不干人、巢由以來、一人而已：李白が天と道とを體現している人物であることを述べる。

天爲容：容貌に天を宿している。

道爲貌：容貌に人の道を映している。

唐・沈汾『續仙傳』巻中 李玨「情景恬澹、道貌秀異」

屈己：自分の意見を抑える。自己の生き方を曲げる。

漢・孔鮒『孔叢子』論勢「降心以相從、屈己以求存也」

干人：人をおかす。人のことに干渉する。

宋・釋贊寧『高僧傳』巻十五「西嶺之下、葺茅爲堂、不干人事、用養浩氣焉」

巣由：巣父と許由。堯代の高節の士。

晉・皇甫謐『高士傳』巻上「巣父」「巣父者、堯時隱人也。山居不營世利、年老以樹爲巣而寢其上、故時人號曰巣父。堯之讓許由也、由以告巣父。巣父曰、汝何不隱汝形、藏汝光、若非吾友也、擊其膺而下之。由悵然不自得。乃過清冷之水、洗其耳、拭其目、曰向聞貪言負吾之友矣。遂去終身不相見」

李白「鳴皐歌送岑徴君」詩「若使巣由桎梏於軒冕兮、亦奚異乎夔龍蹩躠於風塵」

（3）虬蟠龜息、遁乎此山：いまその人物は此の山で息を潜めている。

虬蟠：虬はみずち。龍に似た想像上の動物。みずちが天に昇らず、地にわだかまる。そのように、優れた人が出世せずに野に隠れること。

『抱朴子』外篇 巻三「飛龍翔而不集、淵虬蟠而不躍」

龜息：道教の呼吸法の一つ。呼吸をしていないかのように息をひそめる。

『太清神鑑』巻三 論氣「應人之禍福若氣、呼吸無聲、耳不自聞、或臥而不喘者、謂之龜息。壽相也」

（4）僕嘗弄之以綠綺、臥之以碧雲、嗽之以瓊液、餌之以金砂…壽山は李白に布團や食べ物を提供してもてなした。

弄之以綠綺…「綠綺」は綠のうすぎぬのような木々。また、「綠綺」は司馬相如がたまわった琴の名でもあり、その意味も美しく響いている。壽山は、李白が遊べるように、美しい綠を提供した。

臥之以碧雲…「碧雲」は蒼雲。青く澄んだ雲。壽山は、李白が寢られるように青い雲を提供した。

李白「古風」詩「揚言碧雲裏、自道安期名」

李白「秋思」詩「海上碧雲斷、單于秋色來」

嗽之以瓊液、餌之以金砂…壽山に與えられて、李白は瓊液で口をすすぎ、金砂を食べる。金砂は道家の用いる仙藥でもある。

宋・張君房『雲笈七籤』巻六十三 金丹訣「陰氣變爲白馬牙、陽氣變爲金砂」

李白「早望海霞邊」詩「一餐嚥瓊液、五內發金沙。擧手何所待、青龍白虎車」

この句に倣った後世の用例がある。

元・劉敏中『中庵集』巻一「餌金砂以煉質兮、漱瓊液以生肥」

（5）童顏益春、眞氣愈茂…壽山のおかげで李白は若返った。

童顏：若々しい顏。年をとってもなお子供のように無邪氣で若々しい顏。道家にしばしば用いられる言葉。

梁・江淹「贈煉丹法和殷長史」詩「琴高遊會稽、靈變竟不還。不還有長意、長意希童顏」

益春：若返る。用例未見。「益春秋（春秋に益す。壽命をのばす）」という用例はいくつか見られた。

眞氣：まことの氣。

『論衡』亂龍「日火也。月水也。水火感動、常以眞氣」

『雲笈七籤』巻四十四「五藏受符、天地相傾、畢名曰眞氣」

愈茂：ますます盛んになる。

『唐大詔令集』巻五十四 崔愼由「東川節度制」「物情愈茂、廷譽甚高」

（6）欲倚劍天外、挂弓扶桑、浮四海、橫八荒、出宇宙之寥廓、登雲天之渺茫：李白は壽山で道教の修行をし、仙人となって天に昇ろうとしていた。

倚劍天外：天のはるか高いところに劍を寄せる。「天外」は「天の外」の意味であるが、要するに天の非常に高いところ。

戰國楚・宋玉「大言賦」「方地爲車、圓天爲蓋、長劍耿耿倚天外」

挂弓扶桑：「扶桑」は中國の東方、暘谷にあるという神木。日の出るところ。

『山海經』巻九「其一蛇赤下有湯谷。湯谷上有扶桑。十日所浴在黑齒北居。水中有大木。九日居下枝、一日居上枝」

四海‥天下を圍む四方の海。大海原。

漢・劉邦「鴻鵠歌」「鴻鵠高飛、一擧千里。羽翼已就、橫絕四海」

橫八荒‥「八荒」は天下の八方の果て。「橫」は自由に驅けめぐる。

『史記』卷六 秦始皇紀「囊括四海之意、併呑八荒之心」

出宇宙之寥廓‥「寥廓」はからりと廣く開けた樣子。

『山海經』「原序」「夫以宇宙之寥廓、羣生之紛紜」

登雲天之渺茫‥「雲天」は雲が一面に廣がる空。「渺茫」は遠くかすむほどの遙かかなたの樣。

『論衡』知實「神者渺茫恍惚」
（7）俄而李公仰天長吁、謂其友人曰、吾未可去也‥登仙しようとした李白は、しかし、まだ世を去って隱棲することはできないと言い出す。この世で功績を擧げたのちに、ようやく隱棲する、という生き方は、李白が繰り返し述べる理想の人生像であった。
俄而‥にわかに。不意に。

仰天長吁‥天を仰いで長くため息をつく。

『太平廣記』卷十六 杜子春「日晚未食、彷徨不知所往、于東市西門、饑寒之色可掬、仰天長吁」

吾未可去也：わたしはまだ（俗世を）去ることはできない。この語はこののちに述べられる「事君之道成、榮親之義畢、然後與陶朱留侯、浮五湖、戲滄洲、不足爲難矣」の部分と呼應する。

（8）吾與爾達則兼濟天下、窮則獨善一身：「兼濟」は天下の人々全てを救う。「獨善」は自分一人を善くなるように修養する。能力を發揮する環境にあるときには、天下を救うべく力を盡くし、能力を發揮する環境にないときには、自分が正しくなるように身を修めることに力を盡くす。この考え方は、『孟子』に見られる。

『孟子』盡心上「窮則獨善其身、達則兼善天下」

（9）安能餐君紫霞、映君青松、乘君鸞鶴、駕君虯龍、一朝飛騰、爲方丈蓬萊之人耳：今はまだ登仙する時期ではない、という。

餐君紫霞：「紫霞」は仙宮にたなびくという紫色の霞。

李白「古風」詩「至人洞元象、高擧凌紫霞」

蔭君青松：「青松」は青々とした松。隱棲の象徵として用いられる。

李白「鳴皐歌奉餞從翁淸歸五崖山居」詩「青松來風吹古道、綠蘿飛花覆煙草」

乘君鸞鶴：「鸞」も「鶴」も仙人が乘る鳥。

梁・江淹「從冠軍建平王登廬山香鑪峰」詩「此峯具鸞鶴、往來盡仙靈」

駕君虯龍：虯と龍に馬のように車をつけて引かせる。虯はみづち。想像上の獸の名。龍に似て角があるという。

一朝飛騰‥「一朝」は、ある朝。あるとき。「飛騰」は、飛び上がる。ここでは、鸞鶴や虬龍によって天に昇り仙人になることを言う。

『楚辭』離騒「吾令鳳鳥飛騰兮、繼之以日夜」

方丈蓬萊之人‥「方丈」は三神山の一つ。海中にあって神仙が棲むと言われている。「蓬萊」も三神山の一つ。東の海にあって神仙が棲むと言われている。

『史記』巻六 秦始皇紀「海中有三神山。名曰蓬萊、方丈、瀛州。僊人居之」
(10) 巻其丹書、匣其瑤瑟、申管晏之談、謀帝王之術、奮其智能、願爲輔弼‥仙人になる修行をする前に、政治について論じ政策を考えて、國家政治を補佐しようと望む。
巻其丹書‥神仙の書物である丹書をしまう。「丹書」は、赤雀が口にくわえてもたらしたという、上古の道をしるした書物。李白がしばらく仙人になるのを延期することを言う。

『呂氏春秋』巻十三「及文王之時、天先見火、赤烏銜丹書、集于周社」

『竹書紀年』巻上「四十二年(周武王元年)西伯發受丹書于呂尚」

匣其瑤瑟‥「匣」は箱にしまう。これも、李白がしばらく仙人になるのを延期することを言う。

「瑤瑟」は美しい玉で作られた瑟。瑟は琴のような弦樂器。

李白「別韋少府」詩「別離有相思、瑤瑟與金樽」

申管晏之談：「申」は、述べる、讀み解く。「管晏之談」は、管子と晏子の談論。管子は春秋時代の齊の管仲。その著書と傳えられる『管子』は、政治・經濟・軍事などの諸問題を、具體的な政策によって論じている。晏子は春秋時代の齊の晏嬰。字は仲、謚は平。景公の相となって君主をいさめ民を治めて活躍した。『晏子春秋』八巻は、後人が記した晏嬰の言行錄。

帝王之術：天下を經營するべき帝王學。

『史記』巻八十七 李斯「乃從荀卿學帝王之術。學已成、度楚王不足事」

奮其智能：「智能」は知的能力。己の知力を發揮する。

『後漢書』巻五十二 馬武「然咸能感會風雲、奮其智勇」

輔弼：國家の政治を助ける者。大臣や宰相。

『韓詩外傳』巻五「智可以砥、行可以爲輔弼者、人友也」

(11) 使寰區大定、海縣淸一、事君之道成、榮親之義畢：隱棲する前に輝かしい功績をあげたいと思う。

寰區：天下。もとは天子直轄の區域。轉じて天地。

初唐・許敬宗「奉和執契靜三邊應詔」詩「寰區無所外、天覆今咸育」

大定：大いに定まる。天下が落ち着いて民心が安定する。

『尙書』周書 武成「一戎衣、天下大定」

海縣：中國全土。

李白「獄中上崔相渙」詩「賢相燮元氣、再欣海縣康」

『舊唐書』巻十九下 僖宗「屬世道交喪、海縣横流、赤眉搖蕩於中原」

清一‥統一する。

『晉書』巻四十二 王濬「庶必掃除兇逆、清一宇宙」

事君之道‥君主に仕える道。

『禮記』禮運「事君以自顯」

『晉書』巻三十八 新野莊王歆「加其貶責、以廣爲臣之節、明事君之道」

榮親‥自分の功績によって、兩親も光榮に浴させること。これは子の務めであった。

『三國志』巻十九 魏志 陳思王植「臣聞士之生世、入則事父、出則事君。事父尚於榮親、事君貴於興國」
(12) 然後與陶朱留侯、浮五湖、戲滄洲、不足爲難矣‥國家のために働き、大きな功績を擧げた後に、俗世を遠く離れ神仙の暮らしにはいることを述べる。
陶朱‥陶朱公。春秋時代、越王勾踐に仕えた功臣、范蠡。字は少伯。越と呉との戰いで、越王を助けること二十年餘り、ついに呉を滅ぼした。のち越王のもとを去り、齊で蓄財したが、財を捨てて定陶に行き、陶朱公と呼ばれて再び大金持ちになったという。

『史記』巻百二十九 貨殖傳「范蠡既雪會稽之恥。乃喟然而歎曰、計然之策七、越用其五而得意。

既已施於國、吾欲用之家。乃乘扁舟浮於江湖、變名易姓、適齊爲鴟夷子皮、之陶爲朱公。朱公以爲陶天下之中、諸侯四通、貨物所交易也。乃治產積居」

留侯：前漢の張良。漢の劉邦をたすけ、良策によって楚の項羽を倒し、ついに天下を定める。晩年は神仙の術に心を寄せた。

『史記』巻五十五 留侯世家「留侯張良者、其先韓人也（略）漢王之困固陵、用張良計、召齊王信、遂將兵會垓下。項羽已破、高祖襲奪齊王軍」

浮五湖：湖のかなたにこぎ出して俗世から離れる。「五湖」は古代の五つの湖。太湖という説、太湖を含む五つの湖という説など、その所在については諸説がある。

戲滄洲：仙界のような美しい砂濱で俗世を忘れて遊ぶ。「滄洲」は、東方の海上にあって、仙人が住むという所。また澄んだ水があおあおとしている洲や濱のこともいう。

李白「江上吟」詩「興酣落筆搖五嶽、詩成笑傲凌滄洲」

不足爲難：世間で活躍した後は、安心して隱棲（登仙）することができる、と結論づける。

(13) 必能資其聰明、輔以正氣、借之以物色、發之以文章、雖烟花中貧、沒齒無恨：李白に聰明さ、正氣を與え、美しい景色を見せて、詩文に表現させることが出來たら、壽山の美しい花の光景が、李白の筆によって盡く奪われても、壽山自身は本望だという。

資其聰明：聰明さを養う助けとなる。「聰明」は、かしこく、物事の理解が早いこと。「聰」は耳がさとくて話がよく理解でき、「明」は目がよくて物事がよく見えること。「資」は、援助する。もとでを與える。

『文選』巻十 晉・潘岳「西征賦」「夫漢高之興也、非徒聰明神武、豁達大度而已也」

輔以正氣…正氣を補うことで、李白が賢を養うのを助ける。「正氣」は萬物の根元である、天地の正しく大きい氣。元氣。また、人の正しい氣性という意味もある。

『孟子』公孫丑上「其爲氣也、至大至剛、以直養而無害、則塞于天地之間」注「蓋天地之正氣而人得以生者、其體段本如是也」

『文子』符言「君子行正氣、小人行邪氣」

借之以物色…美しい景色を貸し與える。「物色」はいろいろな物のすがたかたち。自然界の色やかたち。特に美しい風物景色など。

初唐・駱賓王「代女道士王靈妃贈道士李榮」詩「春時物色無端緒、雙枕孤眠誰分許」

發之以文章…「文章」は、文字、あるいは文學。自然に内在する形を文章によって外に發揮する。

李白「春夜宴從弟桃花園序」「陽春召我以烟景、大塊假我以文章」

烟花中貧…「烟花」は、霞にかすむ花。春の景色。「中貧」は、奪い盡くされてなくなってしまうこと。次にあげる左思「吳都賦」の「中貧」の語に依る。「吳都賦」では、天下の奇異を盡く捜索し、そのために川も谷もからっぽになった、という。李白はここで、この「中貧」の語を用い、李白の筆によって壽山の美しい春景色が文章として盡く表わされ、その爲に、壽山の烟花が貧しくなる、という風に言っている。

左思「吳都賦」「谿壑爲之一罄、川瀆爲之中貧」注「向曰、言、搜索環奇珍異之物、而谿壑川瀆爲之罄盡貧窮也」

沒齒無恨…これまで記してきたことを、壽山が李白に對して行って、李白がそれを文章にして表してくれれば、自らの春の美しさを失っても一生悔いることはない、と述べる。

沒齒…一生涯。年齢がなくなるまで。死ぬまで。

『論語』憲問「伊人也、奪伯氏駢邑三百、飯疏食、沒齒無怨言」注「齒年也」

(14) 其有山精木魅、雄虺猛獸、以驅之四荒、磔裂原野…山の奇怪な生き物たちが野を驅け回る。

山精木魅…「山精」は、山の精靈。また山鬼などの、山の異類たち。「木魅」は老木の精靈。

梁・庾信「小園賦」「鎭宅神以薶、厭山精而照鏡」

『文選』巻十一 劉宋・鮑照「蕪城賦」「木魅山鬼、野鼠城狐」注「善曰、說文曰、魅、老物精也」

雄虺…くちばみ。

『楚辭』「天問」「焉有虬龍、負熊以遊。雄虺九首、儵忽焉在」

初唐・駱賓王「從軍中行路難」二首之一「君不見封狐雄虺自成群、馮深負固結妖氛」

驅之四荒：未開の地に追いやる。「四荒」は四方の果てにある未開の地。

『楚辭』「九思」哀歲「將馳兮四荒」注「四裔、謂之四荒」

磔裂：やぶる。ひきさく。ここでは猛獸が横行する様を云う。

中唐・元稹「苦雨」詩「安得飛廉車、磔裂雲將軀」

(15) 使影跡絕滅、不干戶庭、亦遺淸風掃門、明月侍坐：上記に記した怪物たちが、李白の周圍を犯さないように、壽山が李白を保護することを言う。

影跡絕滅：影も足跡も絕える。氣配が全くなくなる。

『論衡』感類「夷狄交侵、中國絕滅」

不干戶庭：屋敷内を犯させない。「戶庭」は門戶と庭。家の敷地。

劉宋・謝靈運「登石門最高頂」詩「長林羅戶庭、積石擁基階」

遺淸風掃門：風を送って門前を掃除させる。

明月侍坐：明月を遣わしてそばに控えさせる。「侍坐」は、貴人の傍らにつつしんでひかえ仕える。

『禮記』曲禮上「侍坐於先生、先生問焉、終則對」

(16) 此乃養賢之心、實亦勤矣：このようにして、壽山は心を込めて、賢人をはぐくんでいるのである。

養賢之心：才知賢明を伸ばそうとする志。

『易』頤「天地養萬物、聖人養賢、以及萬民」

勤…勤め勵む。

(17) 孟子孟子、無深見責耶。明年青春、求我于此巖也…結びの言葉。非難していないで、遊びに來てくれ、という。

孟子孟子…この手紙を宛てている孟少府に呼びかける。

無深見責耶…「無」は禁止の否定詞。壽山が李白を隱していると、孟子が非難してきたことに對して、責めるな、という。

青春…春。五行說で春の色は青、方位は東に當てられる。

劉宋・謝靈運「遊南亭」詩「未厭青春好、已觀朱明移」

梁・元帝「纂要」「春日芳春、青春、陽春、九春」

求我于此巖也…私、壽山に會いに來なさい、とは、すなわち李白が孟子に、遊びに來ないか、と誘っているのである。

【考證】

この手紙は、開元十五年(七二七)頃に書かれた。このとき李白は安陸に來て北壽山に隱棲していた。淮南の孟という姓の縣尉が一篇の移文を書き、壽山は無德無名の小山なのに、李白のような人を隱している。これは、寶物を隱藏し賢人を覆い隱していることではないか、と非難した。李白は壽山が出した手紙、という趣向でこれに返事を書いた。それがこの手紙である。

この手紙の構成は次のようである。まず道家的な發想で、大と小、無名と有名の關係を述べ、無名な小山も、五嶽のように高名な大山も、結局違いはないことを述べる。次に、英明な天子が天下を治めているときには、全ての賢人は官吏として國家のために働いているはずである、と述べる。英明な天子の惠みは天下の隅々まで照らし、その惠みに應じて全ての賢人が天子の下に馳せ參じ、天子はその人々の能力を正確に知ってしかるべき地位につけるはずだ、という論理による。もし、賢人が不當に山に隱れているのなら、それは天子の德が至らないからで、山のせいではないと論駁する。次には、李白自身の將來に對する考え方を述べる。この部分は儒家的な「能力が發揮できるときには世間に出て活躍し、能力が發揮できないときには一人籠もって自己を修養する」という卷舒の思想による。そして、國家のために活躍する時に備えて、現在は李白自身の能力を開發するべき時で、そのために壽山は大いに役立っていることを述べる。最後に、だから私（壽山）を責めないでくれ、と結ぶ。

ここに、我々は李白が若い頃に抱いていた理想を知ることができる。李白はもともと神仙思想に心を寄せていたが、目前の希望は、世の中に出て高い地位に就き、管子や晏子のように政界で活躍することにあった。國家のために有爲な人材となる、ということは、當時の知識人に一般的な理想でもあった。そして功成り名を遂げたのちに、全ての地位を捨てて隱棲し、神仙への道を歩む。これが、若い頃から、そして生涯にわたって、李白が抱いていた夢であった。

この後に書かれる李白の若い頃の手紙には、しばしば仕官を求める請願が書かれるが、それは李白のこのような夢によるものである。

二、上安州李長史書

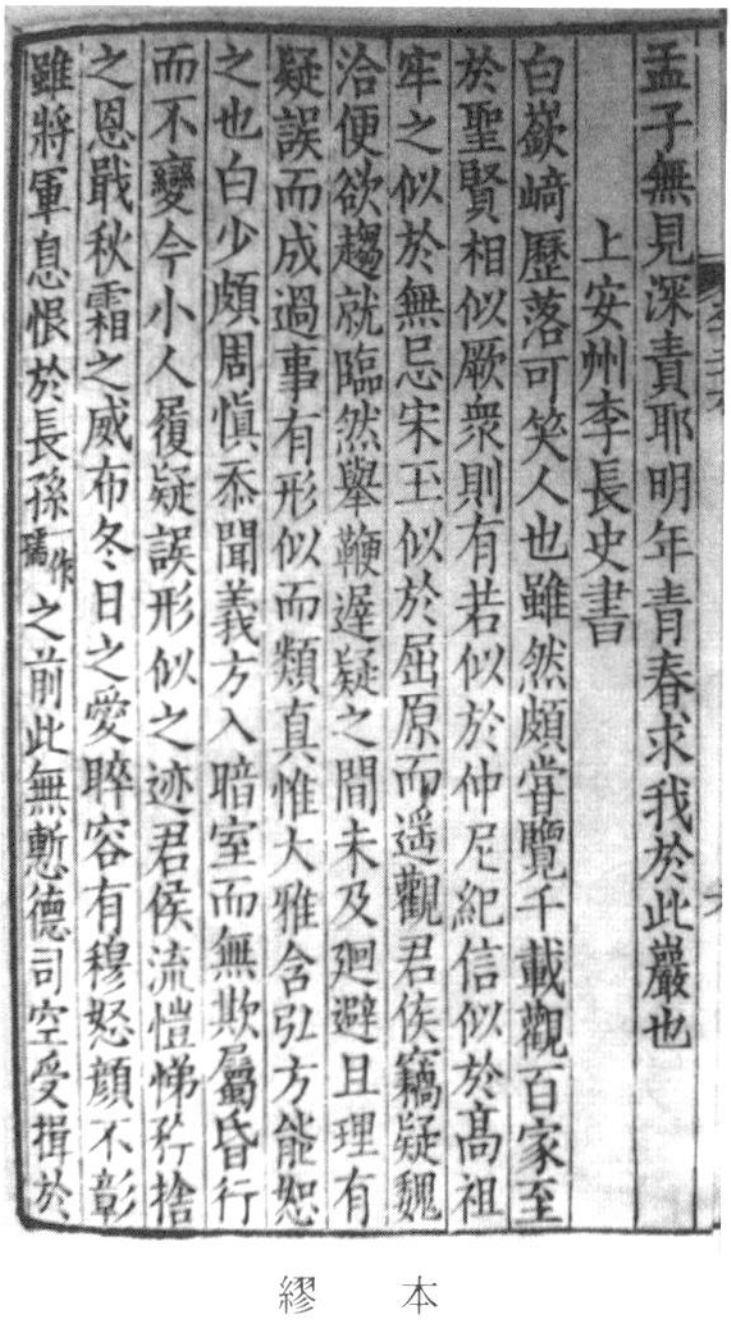
孟子無見深責耶明年青春求我於此巖也
上安州李長史書
白嶔崎歷落可笑人也雖然頗嘗覽千載觀百家至
於聖賢相似厥衆則有若似於仲尼紀信似於高祖
牢之似於無忌宋玉似於屈原而遥觀君侯竊疑魏
洽便欲趨就臨然舉鞭遲疑之間未及廻避且理有
疑誤而成過事有形似而類真惟大雅含弘方能恕
之也白少頗周慎忝聞義方入暗室而無欺屬昏行
而不變今小人履疑誤形似之迹君侯流愷悌矜捨
之恩戢秋霜之威布冬日之愛睟容有穆怒顏不彰
雖將軍息恨於長孫一作孺之前此無慙恧德司空受揖於

繆本

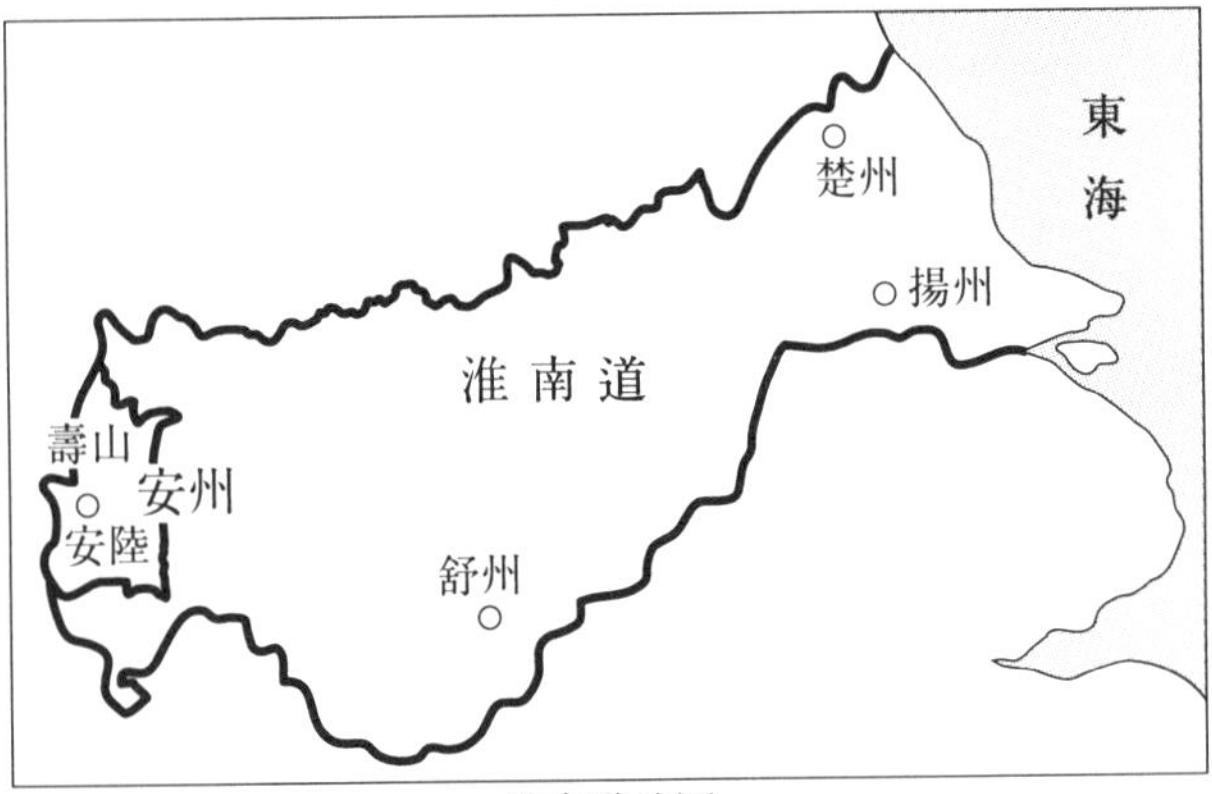

淮南道地圖

上安州李長史書【第一段】

【解題】

開元十五年（七二七）または十六年（七二八）に書かれたものである。

文中の語から、この手紙は李白が安州に滞在するようになってから間もなく書かれたものだと思われる。このとき李白はまだ安州の長史と面識がなかった。つまり、安州の名家である許家の娘と結婚する前であったことになる。許家の婿ともなれば、長史と面識があっただろうと推測されるからである。

蜀を出た李白は、安州に到った後、しばらく壽山に隠棲し、その後、安州を據點として他の地方に旅行し、戻ってきたときにこの手紙を書いたのである。

安州で政治の實權を持っていた李長史を、友人である魏洽と見間違え、心ならずも無禮を働くこととなった。この小さな事件をきっかけにして、若い李白は詩を獻じ、李長史の知遇を得ようとする。

【原文】上安州李長史書

白、嶔崎歷落可笑人也(1)。雖然、頗嘗覽千載、觀百家(2)、至於聖賢相似厥衆(3)、則有若似其仲尼、紀信似於高祖、牢之似於無忌、宋玉似於屈原(4)。而遙觀君侯、竊疑魏洽(5)。便欲趨就、臨然擧鞭。遲疑之間、未及廻避(6)。且理有疑誤而成過、事有形似而類眞(7)。惟大雅含弘、方能恕之也(8)。

【校勘】

似其仲尼：『繆本』『咸淳本』『郭本』『霏玉本』『全唐文』は、「似於仲尼」とする。

成過：『咸淳本』『郭本』『霏玉本』は、「成過」の下に注して「一本無此一字」という。『王琦本』は、「成過」の下に注して「一本無過字」という。

含弘：『全唐文』は、「含宏」とする。

【訓讀】安州李長史《あんしうりちやうし》に上《たてま》つる書《しよ》

白《はく》欽崎歴落《きんきれきらく》として笑《わら》ふ可《べ》き人《ひと》なり。然《しか》りと雖《いへど》も、頗《すこぶ》る嘗《かつ》て千載《せんざい》を覽《み》、百家《ひやつか》を觀《み》るに、聖賢《せいけん》に相似《あいに》るもの厥《そ》れ衆《おほ》きに至りては、則《すなは》ち有若《いうじやく》は其《そ》の仲尼《ちゆうぢ》に似《に》、紀信《きしん》は高祖《かうそ》に似《に》、牢之《らうし》は無忌《むき》に似《に》、宋玉《そうぎよく》は屈原《くつげん》に似《に》る。

而《しか》して遙《はる》かに君侯《くんこう》を觀《み》、竊《ひそ》かに魏洽《ぎかふ》かと疑《うたが》ふ。便《すなは》ち趨就《すうしう》せんと欲《ほつ》し、臨然《りんぜん》鞭《むち》を擧《あ》ぐ。遲疑《ちぎ》の間《かん》、未《いま》だ廻避《くわいひ》するに及《およ》ばず。

且《か》つ理《り》に疑誤《ぎご》有《あ》りて過《くわ》を成《な》し、事《こと》に形似《けいじ》有《あ》りて眞《しん》に類《るい》す。惟《た》だ大雅《たいが》の含弘《がんこう》なるのみ、方《まさ》に能《よ》く之《これ》を恕《ゆる》さん。

【譯】

私、李白は無骨でおおざっぱな、おかしな人間です。そうではありますが、千年の歴史、百家の書物を見て參りました。聖人や賢人には似ている者が多い、ということについて言えば、有若はその師の孔子に似、紀信はその君主である漢の高祖に似、晉末の劉牢之はその將軍である何無忌に似、『楚辭』を書いた宋玉はその先達である屈原に似ている、という例がございます。

さて、遠くに閣下を拜見したとき、うっかり友人の魏洽ではないかと思いました。そこで驅け寄ろうと思い、とっさに馬に鞭を當てました。人違いかとためらう内にも、閣下を避ける間がございませんでした。

それに、理屈としては、あやふやなところがあれば、間違いを犯すもの、事情としては、ものの外形が似ていれば、本物と同じだと思いこむものでございます。ただ、きわめて優れた、萬物を覆うほどの德を持った方だけが、このような人違いを許してくださることでございましょう。

【注釋】

（1）嶔崎歷落可笑人也：李白の自己紹介としては、他の手紙には見られない書き方である。人違いをした、という、この手紙の主題を意識しているためであろう。

嶔崎歴落：「嶔崎」は、もとは山の険しさを言う言葉。ここでは人物の性格として、無骨で融通が利かない、という意味。「歴落」は、まばらでバラバラに並んでいる様子を言うときによく用いられる言葉であるが、ここでは「磊落」と同じく、ものごとにこだわらない、というほどの意味である。この句は、次に擧げる『晉書』桓彝傳の文に依る。

『晉書』巻七十四 桓彝「顗嘗歎曰、茂倫嶔崎歴落、固可笑人也」

劉宋・謝靈運「山居賦」「上嶔崎而蒙籠、下深沈而澆激」

李白「當塗趙炎少府粉圖山水歌」詩「南昌仙人趙夫子、妙年歴落青雲士」

可笑：おかしな。笑うべき。おもしろい。變わった。

『漢書』巻六十五 東方朔「朔雖詼笑、然時觀察顏色、直言切諫、上常用之」注「師古曰、詼戲也。詼笑、謂嘲謔、發言可笑也」

（2）雖然、頗嘗覽千載、觀百家：これまで勉學を積んできたことを述べる。自己紹介の續き。

觀百家：經書以外にも多くの書物を讀んだことを述べる。「百家」というと「諸子百家」が思い浮かべられるが、道教や佛教の書も含まれるだろう。

『顏氏家訓』巻第六 書證「列仙傳、劉向所造、而贊云、七十四人出佛經」注「徐鯤曰、按劉孝標注世說新語文學篇引列仙傳曰、歴觀百家之中、以相檢驗、得仙者百四十六人、其七十四人、已在佛經」

李白「上安州裴長史書」「五歳誦六甲、十歳觀百家」

（3）至於聖賢相似厥衆：前の句を承けて、歴史的に、聖賢には似ている者が多いことを言う。

ここの解釋は二通り考えられた。第一は、「相似るもの厥れ衆し」と讀んで、「聖賢に似ている者が多い」という意味に取る。第二は、「似」を使役の意味を含む語ととって、「聖賢には、（感化して）周圍の者を自分に似させる者が多い」と取る。

李白がこの後に擧げる例は、全て有名人に其の部下ないし追隨者が似ている、という例である。また、李白の友人の魏洽なる者も、もし役人ならば當然李長史の部下ということになる。從って、文の意味としては、第一案も、第二案と同じこととなる。夫婦がお互いに似たり、ペットが主人に似る、というように、尊敬する者に似てくるということは、今でもよく言われることである。

したがって、ここでは李長史を歴史上の聖賢になぞらえると同時に、暗に李長史がその配下に尊敬され慕われていることも言うのである。

相似：似る。「……が似る」という言い方が普通で、管見するところ、目的語は取らない。また補語を取ることもまれで、管見するところでは「相似如一」という決まった言い方しかなかった。「相似厥衆」という句の形は、例外的な句作りであると言えよう。

李白「于闐採花」詩「于闐採花人、自言花相似」

（4）則有若似于仲尼、紀信似于高祖、牢之似于無忌、宋玉似于屈原：部下ないし追隨者が主人に似ている歴史的な例を列記する。
有若・仲尼：有若、字は子有。孔子の弟子。仲尼は孔子の字。有若は容貌が孔子に似ていたので、孔子の死後、弟子たちは有若を孔子と見立てて師として仕えたという。
『史記』巻六十七 仲尼弟子「孔子既沒、弟子思慕、有若狀似孔子、弟子相與共立爲師、師之如夫子時也」
紀信・高祖：紀信は漢の高祖劉邦の忠臣。高祖が項羽の軍に包圍されたとき、高祖を逃がすために高祖と偽って項羽の軍に降り、ために燒き殺された。このとき、紀信の容貌が高祖に似ていたために、高祖の振りをすることができたのだという說がある。
『漢書』卷一上 高帝紀「五月、將軍紀信曰、事急矣。臣請誑楚、可以間出。於是陳平夜出女子東門二千餘人、楚因四面擊之。紀信乃乘王車、黃屋左纛、曰、食盡、漢王降楚。楚皆呼萬歲、之城東觀、以故漢王得與數十騎出西門遁。令御史大夫周苛、魏豹、樅公守滎陽。羽見紀信、問、漢王安在。曰、已出去矣。羽燒殺信」
『白孔六帖』卷二十一 形貌「紀信詐降」「紀信貌以漢王。滎陽之役、乘黃屋車左纛、詐稱出降項羽」
牢之・無忌：劉牢之と何無忌。何無忌は劉牢之の甥で、共に活躍した。
劉牢之：晉の人。謝玄のもとで武將となり活躍する。桓玄の亂で、自決した。

何無忌：晉の人。廣武將軍。桓玄が帝位を簒奪しようとしたとき、劉裕と共にこれを破った。

『晉書』巻八十五 何無忌「何無忌、劉牢之之甥、酷似其舅。共擧大事、何謂無成」

宋玉・屈原：戰國楚の屈原は、楚辭の代表的な作者で「離騷」などを作ったと言われる。宋玉は屈原の後繼者として、屈原の死を悼み、「招魂」などを作ったと言われる。

『藝文類聚』第四十三巻 樂部三「襄陽耆舊傳曰、宋玉識音而善文、襄王好樂而愛賦。既美其才、而憎其似屈原也」

『史記』巻八十四 屈原「屈原者、名平、楚之同姓也。爲楚懷王左徒」

『史記』巻八十四 屈原「屈原既死之後、楚有宋玉・唐勒・景差之徒者、皆好辭而以賦見稱」

（5）遙觀君侯、竊疑魏洽：さて、遠くに李長史を見かけた李白は、友人の魏洽に似ていたので、魏洽かと思った。ここから、李白と李長史の出會いが語られる。
竊疑：ひそかにうたがう。内心で、そうではないかと思う。
魏洽：人物不詳。この文から、李白の親しい人物だと思われる。

（6）便欲趨就、臨然擧鞭。遲疑之間、未及廻避：馬で馳せ寄り、人違いかとためらった時は、すでに遲かった。長史は、この地方の實權を持つ高官だから、庶人である李白は、李長史の行列を避けて禮をしなければならなかった。馬で驅け寄るなど、許されることではなかった。
趨就：走り寄る。急いで赴く。

『後漢書』巻五十八 虞詡「時防立在帝後、程乃叱防曰、姦臣張防、何不下殿。防不得已、趨就東箱」

臨然：用例未見。とっさに。「その場に臨んで」の副詞形と考える。

擧鞭：鞭を振り上げて馬を驅り、走り寄る。

『晉書』巻四十三 山簡「擧鞭向葛彊、何如幷州兒。彊家在幷州，簡愛將也」

遲疑：ためらう。

『晉書』巻六十 張方「顒聞喬敗、大懼、將罷兵、恐方不從、遲疑未決」

（7）且理有疑誤而成過、事有形似而類眞：理屈にあやふやな所があれば、それに基づいて判斷して、過ちを犯してしまう。事情としては、外形が似ていれば、本物と思い込む。

理有疑誤：理屈に疑問とする點や誤りがある。理論があやふやである。ここの「疑誤」は、前句の「竊疑」の語を承けている。

『後漢書』巻三十上 蘇竟「世之俗儒末學、醒醉不分、而稽論當世、疑誤視聽」

成過：間違いを起こす。過ちをしでかす。

『史記』巻四十四 魏世家「王之使者出過、而惡安陵氏於秦」注「共伐韓以成過失，而更惡安陵氏於秦，今伐之，重非也」

事有形似：「形似」は外形が似ていること。「事」は、前句にある「理」に對して、實際に起こったできごとを述べる。

『南齊書』巻五十二 卞彬「永明中、琅邪諸葛勗爲國子生、作雲中賦、指祭酒以下、皆有形似之目」

類眞‥本物に似る。本物の仲間となる。本物のようだ。

『論衡』第十六巻 講瑞 第五十「由是言之、或時眞鳳皇騏驎、骨體不似。恆庸鳥獸、毛色類眞。知之如何」

（8）惟大雅含弘、萬能恕之也‥これまで、なぜ人違いをしたかを述べてきたが、ここで李長史にそれを許す度量を乞う。

大雅含弘‥「大雅」はきわめて優れた人物。「含弘」は萬物を包み入れる廣大な德。この句は『文選』の次の詩による。

『文選』巻十二五 晉・盧諶「贈劉琨一首幷書」「大雅含弘、量苞山藪」李善注「班固漢書贊曰、大雅卓爾、不羣河間、獻王近之矣。周易曰、含弘光大、品物咸亨」

【原文】

上安州李長史書【第二段】

白少頗周愼、忝聞義方、入暗室而無欺、屬昏行而不變。(1)今小人履疑誤形似之迹、君侯流愷悌矜恤之恩。(2)戢秋霜之威、布冬日之愛、睟容有穆、怒顏不彰。(3)雖將軍息恨於長孺之前、此無慙德。(4)司空受揖於元淑之際、彼未爲賢。(5)一言見冤、九死非謝。(6)

【校勘】

形似之迹…『全唐文』は「形似之跡」とする。

矜恤…『宋本』『繆本』『咸淳本』は「矜捨」とする。『王琦本』は「矜恤」とし、注して「繆本作捨」という。いま、意味を考え、『郭本』『霏玉本』『王琦本』『全唐文』によって「矜恤」に改めた。

睟容…『宋本』は「晬容」とする。いま、意味を考え、『繆本』『咸淳本』『郭本』『霏玉本』『全唐文』によって「睟容」に改めた。

長孺…『咸淳本』『郭本』『霏玉本』『全唐文』は「長孫」とする。『宋本』『繆本』は「長孫」とし、そのあとに注して「一作孺」とする。『王琦本』は「長孺」とし、注して「一作孫」という。いま、意味を考え、「長孺」の方を取る。

此無慙德…『宋本』は「比無慙德」とする。いま、意味を考え、『繆本』『咸淳本』『郭本』『霏玉本』『王琦本』『全唐文』によって「此無慙德」に改めた。

受揖…『宋本』は「愛揖」とする。いま、意味を考え、『繆本』『咸淳本』『郭本』『霏玉本』『王琦本』『全唐文』によって「受揖」に改めた。

一言見冤…『王琦本』は「冤」に注して「當作兔」という。

【訓讀】

白《はく》少《わか》くして頗《すこぶ》る周愼《しうしん》、忝《かたじけな》くも義方《ぎはう》を聞《き》き、暗室《あんしつ》に入《い》りて欺《あざむ》くこと無《な》く、昏行《こんかう》に屬《ぞく》して變《か》はらず。今《いま》小人《せうじん》疑誤形似《ぎごけいじ》の迹《あと》を履《ふ》み、君侯《くんこう》愷悌矜恤《がいていきんじゆつ》の恩《おん》を流《なが》す。秋霜《しうさう》の威《ゐ》を戢《をさ》め、冬日《とうじつ》の愛《あい》を布《し》き、睟容《すいよう》穆《ぼく》有《あ》り、怒顏《どがん》彰《あきら》かならず。將軍《しやうぐん》恨《うら》みを長孺《ちやうじゆ》の前《まへ》に息《や》むと雖《いへど》も、此《これ》徳《とく》に慙《は》ずること無《な》し。司空《しくう》揖《いふ》を元淑《げんしゆく》に受《う》くるの際《さい》、彼《かれ》未《いま》だ賢《けん》と爲《な》さず。一言《いちごん》にして冤《うら》まるれば、九死《きうし》するも謝《あや》まるに非《あら》ず。

【譯】

私、李白は若い頃からすべてに愼重で、父母の敎えを守って參りました。顏もわからぬ暗い部屋でも人を欺かず、人に見られぬ夜道を行くときも、明るいときと同樣の振る舞いをして參りました。

ただいま、わたくしめは、うっかり人違いをするという無禮をはたらきましたが、閣下は大きな徳でいつくしんでくださいました。秋の霜のように嚴しい威力をおさめ、冬の日に受ける日差しのような愛を注いでくださいました。暖かな面差しはやわらぎ、怒りをあらわにするようなことはなさいませんでした。

前漢の大將軍衞靑は、汲長孺が無禮な態度をとっても、恨みに思わなかったということですが、それは、將軍の徳を汚すようなことではありません。司空の位にあった後漢の袁逢が、小役人であった趙元淑から無禮な挨拶を受けたとき、趙元淑はまだ賢人とはされていませんでした。もしも私の誤った一言で閣下に怨まれるようなことになりましたら、いくらお詫びしても、お詫びのしようがございません。

【注釋】

（1）白少頗周愼、忝聞義方、入暗室而無欺、屬昏行而不變：幼い頃から家庭で良い教育を受け、陰ひなたない性格であると言い、今回の事件が、決して惡意のあることではなかった、と弁明する。

周愼：全てにわたって身を愼む。全てに行き届く。

『文選』巻二十三 晉・嵆康「幽憤詩」「萬石周愼、安親保榮」李善注「孔安國尚書注曰、周至也」

義方：家庭内の德義の教訓。

『春秋左傳』隱公三年「石碏諫曰、臣聞、愛子敎之以義方」

入暗室而無欺：人の見ていないところでも惡事を行わないこと。『梁書』の次の記事による。

『梁書』巻三 武帝下「性方正、雖居小殿暗室、恒理衣冠、小坐押褸、盛夏暑月、未嘗褰袒」

初唐・駱賓王「螢火賦」「君子之有道、入暗室而不欺」

屬昏行而不變：人に見られることのない暗闇の中を歩くときにも、見苦しい行いをしない。上の句と同じ意味。

唐・張弧『素履子』巻中 履禮「明則有禮樂、幽則有鬼神。是以賢者昏行不變節、夜浴不改容」

（2）今小人履疑誤形似之迹、君侯流愷悌矜恤之恩…李白の人違いという過ちに対して、李長史が寛容であったことを述べる。

小人…下々の者。自分の謙稱。ここでは李白自身。

履迹…足跡を踏む。……という行いをする。行跡。

疑誤…疑念を抱き誤解をする。

『後漢書』巻十下 梁皇后紀「質帝專權暴濫、忌害忠良、數以邪說疑誤」

形似…前段注（7）參照。

流恩…恩德を目下の者に下す。

漢・蔡邕『蔡中郎集』巻二「和憙鄧后謚議」「御輦在殿、顧命羣司、流恩布澤、大赦天下」

愷悌…やわらぎたのしむ。德の大きなこと。「豈弟」と同じ。

『詩經』小雅 青蠅「豈弟君子、無信讒言」箋「豈弟、樂易也」

『詩經』小雅 湛露「其桐其椅、其實離離、豈弟君子、莫不令儀」

晉・陸雲『陸士龍集』巻五「晉故散騎常侍陸府君誄」「鑽仰明範、挹道希塵、愷悌弘裕、惠化是振」

矜恤：あわれみ、めぐむ。

『後漢書』巻一百九下 周澤「公剋己矜恤、孤羸吏人歸愛之」

梁・蕭統『昭明太子集』巻三「請停吳興丁役疏」「吳興一境、無復水災。誠矜恤之至仁、經畧之遠旨」

（3）戢秋霜之威、布冬日之愛、睟容有穆、怒顏不彰：李長史が、怒らずに許してくれたことを述べる。

秋霜之威：秋霜のように冷嚴で潔癖な權威。

『晉書』巻一百十二 苻生「去秋霜之威、垂三春之澤」

冬日之愛：冬の日差しのように穩和で暖かい惠み。

梁・孝元皇帝『金樓子』巻五「忠臣傳死節篇序曰（略）孫賓行嚴霜之誅、袁宏留冬日之愛」

睟容：溫潤な容貌。

『孟子注疏』巻十三上「君子所性、仁義禮智根於心。其生色也、睟然見於面」趙岐注「睟、潤澤貌也」

『文選』巻六 晉・左思「魏都賦」「魏國先生、有睟其容」

穆：恩愛による德。靜かに和らいでいる樣。

『文選』巻四十六 齊・王融「三月三日曲水詩序」「睟容有穆、賓儀式序」李善注「毛詩曰、天子穆穆」

怒顔不彰：怒りがあらわにならない。管見するところ「怒顔」という用例は、李白以前には見あたらない。

『分門古今類事』巻四 李什名巷「金甲神人、怒顔而責之」

（4）雖将軍息恨於長孺之前、此無慙徳：前漢の故事を述べる。将軍として威勢をふるっていた衛青が、汲長儒の無禮な應對に寛容だった。そうではあっても、それは将軍の徳を汚すことではなかった。

長孺：「長孺」は前漢の汲黯の字。「宋版」では「長孺」を「長孫」とし、注して「一作孺」という。汲黯は直諌の士で、しばしば天子の怒りを冒していさめたという。また、人に頭を下げることが少なく、大将軍衛青に對しても非禮であったが、大将軍はそのためにますます汲黯を重んじたという。

『漢書』巻五十 汲黯「汲黯字長孺、濮陽人也。（略）其諌、犯主之顔色。（略）黯對曰、陛下内多欲而外施仁義、奈何欲效唐虞之治虖。上怒變色而罷」「爲人性倨少禮。（略）大将軍青既益尊、姉爲皇后、然黯與亢禮。或説黯曰、自天子欲令羣臣下大将軍、大将軍尊貴誠重、君不可以不拜。黯曰、夫以大将軍有揖客反不重耶。大将軍聞、愈賢黯。」

慙徳：不徳を恥じる。徳目にあっていないことを恥じる。

北周・庾信『庾子山集』巻十三「周太子太保歩陸逞神道碑」「清畏人知、我無慙徳」

（5）司空受揖於元淑之際、彼未爲賢：後漢の故事を述べる。趙元淑は、地方の役人であったが、上京して最高の位にある袁逢に拜謁したとき、一人だけ地に伏す禮を行わなかった。そのときは、趙元淑が賢人であるということは知られていなかったが、袁逢がその非禮に怒らずに話を聞いてみると、趙元淑は大變賢い人材であった。

王琦注は「或用其事。司空受揖、事未詳。司空當是司徒、元淑當是元叔之誤、未可知也」と述べ、後漢の趙壹の故事を用いているのならば、「元淑」ではなく「元叔」というべきである、と言う。次に擧げるように、史書に「元叔」と書かれているからであろう。

ところで、次にあげる初唐の楊炯、盛唐の儲光羲、中唐の張籍の句を見ると、いずれも、「趙壹」と思われる人物の字を「元淑」といっている。これらの「元淑」は、後漢の伯鸞と竝べて用いていることと、句の内容から、後漢の趙壹を言っていることがあきらかである。唐代には、趙壹の字を「元淑」と呼ぶことも多かったと思われる。なお、王琦注に言うように、李白の文では「司空」とあるが、實際は「司徒」であった、という違いはある。しかし、ここで李白が用いているのは、やはり、後漢の趙壹の故事であろう。

『後漢書』巻百十 趙壹「趙壹、字元叔。漢陽西縣人也。體貌魁梧、身長九尺。美須豪眉、望之甚偉、而恃才倨傲。（略）光和元年、擧郡上計到京師。是時司徒袁逢受計、計吏數百人、皆拜伏庭中、莫敢仰視、壹獨長揖而已。逢望而異之、令左右往讓之、曰下郡計吏而揖三公、何也。對曰、昔酈食其長揖漢王、今揖三公、何遽怪哉。逢則斂衽下堂、執其手延置上坐。因問西方事、大悦。顧謂坐中曰、此人漢陽趙元叔也。朝臣莫有過之者、吾請爲諸君分坐。坐者皆屬觀」

初唐・楊炯『盈川集』巻四「遂州長江縣先聖孔子廟堂碑」「趙元淑、以郡吏從班、見司徒而不拜」

盛唐・儲光羲「貽劉高士別」詩「元淑命不達、伯鸞吟可歎」

中唐・張籍『張司業集』巻四「贈殷山人」詩「伯鸞堪寄食、元淑苦無錢」

司空‥官名。臣下の最高の官職である三公の一。三公は、太尉、司徒、司空。

『舊唐書』巻四十二 職官一「武德七年、定令。以太尉、司徒、司空、爲三公」

受揖‥あいさつをうける。「揖」は、たったまま手を上から下に下げておじぎする挨拶の方法。地に伏せる「拜伏」にくらべると、簡單な禮。

(6) 一言見冤、九死非謝‥李長史から非禮を責められたら、それは何としても詫びることのできない重罪である。
一言見冤‥「冤」は「うらみ」とか「無實の罪」という意味。「事情を斟酌することなく、李白の人違いの一言を、故意にやったことだとしてうらまれる」という文意となる。王琦は「冤」の字注に「當作兔」という。「兔」の字を取ると、「一言のもとに許され、感謝しきれない」という意味になろう。

『史記』巻三十 平準書「所居人皆從式、式何故見冤於人。無所欲言也」

唐・釋玄奘 譯『大唐西域記』巻三「釋種曰、一言見允、宿心斯畢」
九死非謝：九たびの死をもってしても、(非禮を) 詫びることはできない。
『楚辭』離騒「亦余心之所善兮、雖九死其猶未悔」注「五臣云、九、數之極也。以此遇害、雖九死無一生、未足悔恨」

上安州李長史書【第三段】

【原文】

白孤劍誰託、悲歌自憐(1)。迫於恓惶、席不暇暖(2)。寄絕國而何仰、若浮雲而無依(3)。南徙莫從、北遊失路(4)。遠客汝海、近還郢城(5)。昨遇故人、飲以狂藥。一酌一笑、陶然樂酣(6)。困河朔之淸觴、飫中山之醇酎(7)。屬早日初眩、晨霾未收。乏離朱之明、昧王戎之視(8)。青白其眼、瞢而前行(9)。亦何異抗莊公之輪、怒螗蜋之臂(10)。御者趨召、明其是非(11)。入門鞠躬、精魄飛散(12)。昔徐邈緣醉而賞、魏王却以爲賢(13)。無鹽因醜而獲、齊君待之逾厚。白妄人也、安能比之(14)。上挂國風相鼠之譏、下懷周易履虎之懼(15)。愍以固陋、禮而遣之(16)。幸容甯越之辜、深荷王公之德(17)。銘刻心骨、退思狂愆、五情氷炭、罔知所措(18)。晝愧於影、夜慙於魄、啓處不遑、戰跼無地(19)。

【校勘】

恓惶‥『全唐文』は「悽惶」とする。

遠客‥『宋本』『繆本』『咸淳本』は「言客」とする。『王琦本』は「遠客」とし、「遠」に注して「繆本作言」という。
いま意味を考え、『郭本』『霏玉本』『全唐文』によって改める。

郧城‥『郭本』『霏玉本』は「邙城」とする。『王琦本』は「郧」に注して「蕭本作邙」という。

乏離朱之明‥『王琦本』は「之離朱之明」とする。

憖‥『王琦本』は注して「當作慭」という。

王公之德‥『全唐文』は「三公之德」とする。

狂憸‥『霏玉本』『郭本』は「狂僭」とする。

啓處不遑‥『宋本』『繆本』『咸淳本』『霏玉本』『郭本』は「啓處不惶」とする。いま意味を考え、『王琦本』『全唐文』によって改める。

【訓讀】

白《はく》 孤剣《こけん》にして誰《たれ》にか託《たく》さん、悲歌《ひか》して自《みづか》ら憐《あはれ》む。恓惶《せいくわう》に迫《せま》られ、席《せき》の暖《あたた》まる暇《いとま》あらず。絕國《ぜつこく》に寄《よ》りて何《なに》をか仰《あふ》がん、浮雲《うきぐも》の依《よ》る無《な》きが若《ごと》し。南《みなみ》に徙《うつ》るも従《したが》ふなく、北《きた》に遊《あそ》ぶも路《みち》を失《うしな》ふ。遠《とほ》く汝海《じよかい》に客《きやく》となり、近《ちか》く郧城《うんじやう》に還《かへ》る。昨《さく》 故人《こじん》に遇《あ》ひ、飲《の》むに狂《きやう》 薬《やく》を以《もつ》てす。一《ひと》たび酌《く》みて一《ひと》たび笑《わら》ひ、陶然《たうぜん》として樂酣《らつかん》す。河朔《かさく》の淸觴《せいしやう》に困《こん》じ、中山《ちゆうざん》の醇酎《じゆんちう》に飫《あ》く。屬《たま》たま早日《さうじつ》の初眩《しよげん》にして、晨霾《しんばい》 未《いま》だ收《おさ》まらず。

離朱《りしゅ》の明《めい》に乏《とぼ》しく、王戎《わうじゆう》の視《し》に昧《くら》し。其《そ》の眼《め》を青白《せいはく》し、瞢《ぼう》にして前行《ぜんかう》す。亦《ま》た何《なん》ぞ荘公《さうこう》の輪《りん》に抗《さから》ひ、螗螂《たうらう》の臂《ひじ》を怒《いか》らするに異《こと》ならん。御者《ぎよしや》趨《すみ》やかに召《め》し、其《そ》の是非《ぜひ》を明《あき》らむ。門《もん》に入《い》りて鞠躬《きつきゆう》し、精魄飛《せいはくひ》散《さん》す。昔《むかし》徐邈酔《じよばくゑ》ひに縁《よ》りて賞《ほ》められ、魏王《ぎわう》却《かへつ》て以《もつ》て賢《けん》と爲《な》す。無鹽《むえん》醜《みにく》きに因《よ》りて獲《え》られ、齊君《せいくん》之《これ》を待《たい》すること逾《いよ》いよ厚《あつ》し。白《はく》妄人《まうじん》なれば、安《いづく》んぞ能《よ》く之《これ》に比《くら》べん。上《うへ》は國風相鼠《こくふうさうそ》の譏《そし》りに挂《か》かり、下《した》は周易履虎《しうえきりこ》の懼《おそ》れを懐《いだ》く。慭《あは》れむに固陋《ころう》を以《もつ》てし、禮《れい》して之《これ》を遣《や》る。幸《さいはひ》に甯越《ねいゑつ》の辜《つみ》を容《ゆる》され、深《ふか》く王公《わうこう》の徳《とく》を荷《にな》ふ。銘《めい》して心骨《しんこつ》に刻《きざ》み、退《しりぞ》きて狂愆《きやうけん》を思《おも》へば、五情氷炭《ごじやうひようたん》し、措《お》く所《ところ》を知《し》る罔《な》し。晝《ひる》には影《かげ》に愧《は》ぢ、夜《よる》には魄《たましひ》に慙《は》ぢ、啓處《けいしよ》に遑《いとま》あらず、戰跼《せんきよく》して地《ち》無《な》し。

【譯】

私、李白は、ひとふりの孤剣のように身をゆだねる主人はなく、悲しい歌を歌って自らを哀れんでおります。不安でいたたまれず、席の暖まる暇もなく動き回っております。遠い地の果てに身を寄せても、主人として仰ぐ方はなく、浮き雲のように定めなく漂っております。南に赴いても身の置き所はなく、北に向かっても道に迷うばかりで、遠く汝海に旅したのち、近く安州に戻ってまいりました。

昨日友人に會い、きちがい薬ともいう酒を飲みました。酒を飲んでは談笑し、陶然として酒盛りを樂しみました。かの劉松が河朔で痛飲したように、したたか飲み、また中山千日酒のような強い酒も堪能しました。

ちょうど朝日が昇ってまぶしく、朝もやも消え殘っているころでした。そのために、傳說的な離朱ほどの遠目はきかず、歷史的な王戎の視力にもめぐまれず、目がちかちかと眩んで、ものがよく見えぬままに進みました。閣下の車に突進するとは、齊の莊公の車に向かって斧を振り上げたかまきりと、何の異なるところがございましょうか。

御者が卽座に來て御前にお召しになり、ことの次第を問い質そうとなさいました。呼びつけられて御門に入りますときには、身が縮む思いで魂も飛び散るかと思いました。

昔、徐邈は禁酒令を犯して酔ったのにほめられ、魏王曹操はむしろそのために徐邈を賢い者だとしました。無鹽は醜い容貌のために娶られ、齊君はますます厚く待遇して皇后にしました。私、李白は愚か者でございます。これらの人々に、どうして比べられましょう。

上からは、『詩經』國風相鼠篇にいう禮儀知らずという非難に關わると言われましょう。下々の私は、『周易』にある虎の尾を踏んだような懼れを抱いております。閣下は私の頑迷なことを哀れにお思いになり、禮儀をもって放免してくださいました。勉學に夢中になって禁を犯した甯越が東海郡守の王安期に罪を許されたように、私も閣下からお許しをいただき、王安期のような閣下の德を深く感じております。

このできごとを骨の髓まで刻みつけ、退出して狂氣の沙汰のような過ちを思い返しますと、氣持ちが千々に亂れて赤くなるやら青ざめるやら、身の置き所もございません。書には己の影をみて恥ずかしく思い、夜には心を顧みて慙じております。居ても立ってもいられず、不安におののいて穴があったら入りたい思いでございます。

【注釋】

（1）白孤劍誰託、悲歌自憐：ここから、李白が仕官を求めて旅をしていたことを述べる。まず、頼る者のないことをいう。
孤劍：ひとふりの劍。孤獨な劍士。
初唐・陳子昂「東征答朝臣相送」詩「孤劍將何托、長謠塞上風」
悲歌自憐：悲しい歌を歌って自分を慰める、という構圖は、古代から見られる。
『列子』卷第五 湯問篇「秦靑弗止、餞於郊衢、撫節悲歌。聲振林木、響遏行雲」
『史記』卷七 項羽「於是項王乃悲歌慷慨、自爲詩曰、力拔山兮氣蓋世、時不利兮騅不逝」
『楚辭』九辯「羇旅而無友生、惆悵兮而私自憐」補注「竊內念己、自憫傷也」

（2）迫於恓惶、席不暇暖：不安なために一カ所に落ち着いていられない。この句は直接には次に擧げる『文選』班固の句から來ているが、「席の溫まる暇もない」という句の典故は古い。
『文選』第四十五卷 後漢・班固「答賓戲」序「是以聖哲之治、棲棲遑遑、孔席不煖、墨突不黔」注「言貴及時、故不避棲遑之弊也。棲遑、不安居之意也。韋昭曰、煖、溫也、言坐不煖席也。文子曰、墨子無黔突、孔子無煖席」

悽惶・・悽惶と同じ。不安な様。また、あわただしい様。

席不暇暖・・席の温まる暇もない。一ヵ所に落ち着いていず、方々に出かける。

『抱朴子』内篇 辨問 巻十二「突無凝煙、席不暇煖」注「淮南子脩務篇云、孔子無黔突、墨子無煖席」

『淮南鴻烈解』巻十九 漢 髙誘註「孔子無黔突、墨子無煖席」注「黔黑也。突竈不至於黑。坐席不於溫。歴行諸國、汲汲於行道也」

（3）寄絕國而何仰、若浮雲而無依・・遠い地方に旅をしたが、結局、頼るべき人物は見つからなかった。

絕國・・遠い地方。地の果ての國。

『文選』第十六巻 梁・江淹「別賦」「況秦吳兮絕國、復燕宋兮千里」注「言秦、吳、燕、宋四國、川塗旣遠、別恨必深、故擧以爲況也。文子曰、爲絕國殊俗、立諸侯以教誨之」

『陳書』巻三十二 孝行 謝貞「吾少罹酷罰、十四傾外蔭、十六鍾太淸之禍、流離絕國、二十餘載」

若浮雲・・空を漂う雲のように、目的無く漂う。寄る邊ない様。

『顔氏家訓』巻第七 終制「身若浮雲、竟未知何鄉是吾葬地」注「論語述而篇、不義而富且貴、於我如浮雲。鄭玄注、富貴而不以義者、於我如浮雲、非己之有」

無依：寄る邊ない。賴りにする人物がいない。

李白「春日獨酌」詩二首之一「孤雲還空山、衆鳥各已歸。彼物皆有託、吾生獨無依。對此石上月、長歌醉芳菲」

（4）南徙莫從、北遊失路：南に北にと旅して、進むべき道を探したが、自分の居場所を見つけることはできなかった。

南徙莫從：南に旅したが、從うべき知己は見つからなかった。

魏・曹植「應詔」「嘉詔未賜、朝覲莫從」

北遊失路：北に旅したが、從うべき主人は見つからず、道に迷い、人生行路に迷って立身の緒口がつかめない。

盛唐・儲光羲「題辛道士房」詩「迨此遠南楚、遂令思北遊」

李白「古風」詩「當塗何翕忽、失路長棄捐」

（5）遠客汝海、近還郢城：最近も旅をして歸ってきたことを言う。

遠～近～：地理的に、遠くにある汝海に行き、近くにある安州に戻ってきた。また、時間的に、だいぶ前に汝海に行き、最近、安州に戻ってきた、という意味も含む。

汝海：河の名。汝水。河南省梁縣の天息山を源として、淮水に流れ込む。大きな河なので汝海という。時代によって流れは大きく變わっている。

『山海經』巻十三 海内東經「汝水。出天息山、在梁勉鄉西南、入淮極西北」郭璞注「今汝水出南陽魯陽縣大孟山東北、至河南梁縣東南、經襄城潁川汝南、至汝陰褒信縣、入淮。淮極地名」

『水經注』巻二十一 汝水「汝水出河南梁縣勉鄉西天息山」

『文選』第三十四巻 前漢・牧乘「七發」「客曰、既登景夷之臺、南望荊山、北望汝海、左江右湖、其樂無有」李善注「郭璞山海經注曰、汝水出魯陽山東北、入淮海。汝稱海、大言之也」

李白「秋夜宿龍門香山寺奉寄王方城十七丈奉國瑩上人從弟幼成令問」詩「朝發汝海東、暮棲龍門中。水寒夕波急、木落秋山空」

李白「題元丹丘潁陽山居」詩序「丹丘家於潁陽、新卜別業、其地北倚馬嶺、連峯嵩丘、南瞻鹿臺、極目汝海、雲巖映鬱、有佳致焉、白從之遊、故有此作」

郧城：鄖城。城の名。湖北省安陸縣境。

『水經注』巻三十一 溳水「隨水（略）至安陸縣故城西入溳。故鄖城也」

『資治通鑑』巻一百五 晉紀 烈宗孝武帝「冬十月（略）淮南太守慕容垂拔鄖城」注「杜預曰、江夏雲杜縣東南有鄖城」

（6）昨遇故人、飲以狂藥、一酌一笑、陶然樂酣：汝海から歸ってきて、昨夜は舊友と酒を飲んだ。

狂藥：酒の異名。酒は人を狂わせるので狂藥という。

『晉書』巻三十五 裴楷「謂崇曰、足下飲人狂藥、責人正禮、不亦乖乎」

一酌一笑：酒を飲みながら談笑する。樂しく酒を酌み交わす。
初唐・蘇晉「過賈六」詩「主人病且閒、客來情彌適。一酌復一笑、不知日將夕」
李白「荅從弟幼成過西園見贈」詩「一笑復一歌、不知夕景昏」
陶然：酒に醉って心地よい樣子。
晉・陶淵明「時運」詩「稱心而言、人亦易足。揮茲一觴、陶然自樂」
李白「下終南山過斛斯山人宿置酒」詩「我醉君復樂、陶然共忘機」
樂酣：酒を充分に飲んで樂しむ。
李白「魯郡堯祠送竇明府薄華還西京」詩「酒中樂酣宵向分、擧觴酹堯堯可聞」
李白「對雪醉後贈王歷陽」詩「君家有酒我何愁、客多樂酣秉燭遊」
(7) 困河朔之淸觴、飫中山之醇酎：友人と共に酒をたくさん飮んだ。
河朔之淸觴：「河朔」は黃河以北の地。後漢の劉松が眞夏に河朔で痛飮して暑氣を避けた、という故事がある。ここでは、その故事のようにたくさんの酒を飮んだ、という比喩。
宋・李昉『太平御覽』卷四百九十七 人事部一百三十八 酣醉「大駕都許使光祿大夫劉松、北鎭袁紹軍、與紹子弟宴飮。松常以盛夏三伏之際、晝夜酣飮。二方化之。故南荊有三雅之爵、河朔有避暑之飮」
中山之醇酎：一度飮むと千日間醉い續けるという中山產の酒。劉玄石という男が千日酒を飮んで目覺めずに埋葬され、三年後に棺を開くとようやく酒が醒めて起きた、という話による。
晉・張華『博物志』卷十 雜說下「昔、劉玄石、于中山酒家沽酒。酒家與千日酒、忘言其節度。歸至家當醉、而家人不知、以爲死也。權葬之。酒家計千日滿、乃憶玄石前來酤酒、醉當醒耳、往視之。云、玄石亡來三年、已葬。于是開棺、醉始醒。俗云、玄石飲酒、一醉千日」
盛唐・鮑溶「范傳眞侍御累有寄因奉酬」詩「聞道中山酒、一杯千日醒」
醇酎：上質の酒。
晉・左思「魏都賦」「醇酎中山、流湎千日」
（8）屬早日初昡、晨霾未收。乏離朱之明、昧王戎之視：酔っていた上に、まぶしい朝日や朝霞で目が昡んでいたこと。
霾：つちぐもり。土砂が巻き上げられて空を覆い、あたりが暗いこと。ここでは「晨霾」というので、「朝靄」のことか。
李白「大庭庫」詩「莫辨陳鄭火、空霾鄒魯煙」
宋・曾鞏「喜晴」詩「今晨霾曀一埽蕩、羲和徐行驅六龍」
明・尹臺「虞塘曉發」詩二首之一「絕嶺朝霾雲氣霏、日高林際始含暉」
離朱：傳說上の、眼のよい人。百步離れたところにある毛先ほどのものも見分けることができた。離婁ともいう。

『後漢書』巻三十六 陳元「離朱不爲巧眩移目」注「離朱、黄帝時明目者也、一號離婁。愼子曰、
離朱之明、察毫末於百歩之外」
王戎：西晉の人。竹林の七賢の一人で、阮籍と親交があった。幼い頃から聰明で、らんらんと目
が輝いていて、太陽を見ても眩むことがなかった、という。
『晉書』巻四十三 王戎「戎幼而穎悟、神彩秀徹。視日不眩、裴楷見而目之曰、戎眼爛爛、如巖
下電」
（9） 靑白其眼、瞢而前行：目が眩んでよく見えないまま進んでいた。
靑白其眼：目を白黑させる。
靑眼白眼については、晉の阮籍が、人を歡迎するときには靑眼で、歡迎しないときには白眼で見
た、という故事が有名である。ここでは眼がよく見えないことをいうだけで、阮籍の故事にあるよ
うな、人を歡迎したり拒否したりする、という意味はない。阮籍の故事に「靑眼白眼」という言葉
があるために、ここでその言葉を使った、と考えられる。
『晉書』巻四十九 阮籍「籍又能爲靑白眼、見禮俗之士、以白眼對之。及嵇喜來弔、籍作白眼、
喜不懌而退。喜弟康聞之、乃齎酒挾琴造焉、籍大悅、乃見靑眼」
瞢：目がくらい。はっきり見えない。
『文選』第十七巻 王褒「洞簫賦」「瞪瞢忘食」李善注「瞢、視不審諦也」

前行：すすむ。前に行く。

李白「登太白峯」詩「擧手可近月、前行若無山」

（10）亦何異抗莊公之輪、怒蜡螂之臂：李白が李長史に向かって行った様子を、たとえによって述べる。

抗莊公之輪、怒蜡螂之臂：自分の力量も考えずに大きなものに立ち向かう、無謀な者のたとえ。

『韓詩外傳』に語られる齊の莊公の故事による。莊公が獵に出ようとしたとき、かまきりが車に向かって斧を振り上げた。莊公は、この蟲が人間だったら、きっと天下の勇士であろう、と言って、蟲を避けて通った。

『韓詩外傳』巻八「齊莊公出獵。有螳蜋擧足、將博其輪。問其御曰、此何蟲也。御曰、此是螳蜋也。其爲蟲、知進而不知退、不量力而輕就敵。莊公曰、以爲人、必爲天下勇士矣。於是廻車避之、而勇士歸之。詩曰、湯降不遲」

（11）御者趨召、明其是非：御者がやってきて、是非を正すためにすぐに李長史のもとに來い、と言う。

趨召：いそいで呼び寄せる。即座にまねく。後世の用例がある。

『金史』巻一百九　許古「朕昨暮方思古、而卿等及之、正合朕意、其趨召之」

明其是非：李白の行動の是非を明らかにする。

『三國志』魏書　巻一百八　禮志一「卿等便可議其是非」

（12）入門鞠躬、精魄飛散：呼びつけられた李白は、魂も飛び散るかと思うほど恐縮して李長史の門をくぐった。

鞠躬：體をかがめた、愼み深い樣子を言う。

『史記』巻四十七　孔子世家「入公門、鞠躬如也」

精魄飛散：驚きのあまり茫然自失する樣。

『三國志』魏書　巻十一　王烈「受詔之日、精魄飛散、靡所投死」

（13）昔徐邈緣醉而賞、魏王以爲賢：飲酒によって罪を得るところを免れたばかりか、稱贊を受けた歴史的な例を擧げる。

徐邈：三國・魏の人。文帝の時、州郡に出て、業績を擧げた。

緣醉而賞、魏王以爲賢：徐邈は魏王の禁酒令を犯したにもかかわらず、罪を免れ、のちに地方官として活躍した。歴史書には、徐邈は將軍のとりなしで罪を許された、とあるだけだが、李白は、ここで、徐邈が醉ったために賞讚された、という風に用いている。

『三國志』魏書二十七　徐邈「魏國初建、爲尚書郎。時科禁酒、而邈私飲至於沈醉。校事趙達問以曹事、邈曰、中聖人。達白之太祖、太祖甚怒。度遼將軍鮮于輔進曰、平日醉客謂酒淸者爲聖人、濁者爲賢人、邈性脩愼、偶醉言耳。竟坐得免刑。後領隴西太守、轉爲南安。文帝踐阼、歴譙相、平陽、安平太守、潁川典農中郎將、所在著稱」

（14）無鹽因醜而獲、齊君待之逾厚、白妄人也、安能比之：容貌が醜いためにかえって大切にされた、という歴史的な例を擧げる。

無鹽：齊の宣王の夫人。政治を補佐した。無鹽の出身。

因醜而獲、齊君待之逾厚：無鹽は醜いために宣王と結婚することができ、そのために大切にされた。歴史書には、無鹽は醜かったにもかかわらず、有能なために宣王と結婚し、厚遇された、とある。實際には醜いために厚遇されたのではなかったが、ここで李白は、醜いために厚遇された、という風に用いている。

漢・劉向『新序』巻二 雜事「齊有婦人、極醜無雙、號曰、無鹽女。其爲人也、臼頭深目、長壯大節、昂鼻結喉、肥項少髮、折腰出胸、皮膚若漆、行年三十、無所容入。衒嫁不售、流棄莫執。於是乃拂拭短褐、自詣宣王、願一見。謂謁者曰、妾齊之不售女也。聞君王之聖德、願備後宮之掃除、頓首司馬門外、唯王幸許之。（略）拜無鹽君爲王后、而國大安者、醜女之力也」

李白「效古」詩二首之二「寄語無鹽子、如君何足珍」

妄人：でたらめな人間。謙遜の言葉。

『孟子』第八巻 離婁「此亦妄人也已矣。如此則與禽獸奚擇哉」
（15）上扗國風相鼠之譏、下懷周易履虎之懼：人の道に反するという譏りを受ける事件であり、また、虎の尾を踏むような恐ろしいことであった。ここで「上、下」と使っているのは、「上」は人の道という大義について言うのであり、「下」は自分自身のことを言っているからであろう。

相鼠：『詩經』國風の篇名。舊注では無禮を非難する作品であるとする。『詩經』鄘風 相鼠「相鼠有皮、人而無儀。人而無儀、不死何爲。相鼠有齒、人而無止。人而無止、不死何俟。相鼠有體、人而無禮。人而無禮、胡不遄死」毛傳「相鼠刺無禮也」

履虎：『周易』の卦。虎の尾を踏む。危險なことをするたとえ。『周易』卷二 履「六三。眇能視跛能履。履虎尾、咥人凶。武人爲于大君」王弼注「履虎尾者、言其危也」

(16) 愍以固陋、禮而遣之：李白の失敗を、禮儀正しく許して下さる。

愍：「憫」に同じ。憐憫。

固陋：わからずや。頑固で見識がないこと。『文選』第三十五卷 晉・張協 七命「鄙人固陋、不知忌諱、乃今日見敎、謹受命矣」

禮而遣之：禮儀正しく、立ち去らせる。慇懃に、許して解放する。

(17) 幸容甯越之辜、深荷王公之德：庶民の過失を寛大に許した歷史的な例を擧げる。『晉書』卷八十六 張駿「雄曰、此人矯矯不可得用也。厚禮遣之」

王公：梁の王承。字は安期。東海郡の郡守だったとき、勉學に夢中になって夜間禁足令を犯した者を、甯越のように勉學に熱心な者を罰することはできない、と言って許した。『世說新語』賞譽 第八「王安期作東海郡、吏錄一犯夜人來。王問、何處來。云、從師家受書還、

不覺日晩。王曰、鞭撻甯越以立威名、恐非致理之本。使吏送令歸家」

甯越：戰國時代の趙の人。農耕に苦しんで發憤し、夜を日に繼いで勉學に勵み、十五年で學問が成就して周威王の師となった。ここで李白は自分にたとえる。

『呂氏春秋』巻二四 博志「甯越、中牟之鄙人也。苦耕稼之勞。謂其友曰、何爲而可以免此苦也。其友曰、莫如學。學三十歳、則可以達矣。甯越曰、請以十歳。人將休、吾將不敢休。人將臥、吾將不敢臥。十五歳而周威公師之」

(18) 銘刻心骨、退思狂僁、五情冰炭、罔知所措：李長史に許されて退出したときの、冷や汗をかくような心持ちを述べる。

銘刻：心に深く記憶する。

魏・曹植「上責躬詩表」「刻肌刻骨、追思罪戾」

盛唐・元結「縣令箴」「豈獨書紳、可以銘心」

心骨：心身。

初唐・劉知幾「思愼賦序」「刻心骨而不忘、傳諷誦而無斁」

狂僁：僁は「愆」に同じ。誤り。あやまち。狂氣の沙汰の過ち。

五情：五つの情。喜、怒、哀、樂、怨。

晉・陶淵明「影答形」詩「身滅名亦盡、念之五情熱」

李白「古風」詩「仰望不可及、蒼然五情熱」

冰炭‥氷と炭のように相反するもの。ここでは恥ずかしさのあまり熱くなったり冷たくなったりする、という意味。

『三國志』吳志 巻六十二 胡綜「憂心孔疚、如履冰炭」

罔知所措‥身の置き所がない。

『晉書』巻七十三 庾亮「憂惶屛營、不知所措」

(19) 晝愧於影、夜慙於魄、啓處不遑、戰跼無地‥李長史に許されて退出した後の、我が身を恥じる氣持ち。
晝愧於影‥晝には、日光による自分の影を見て、自分の行いを恥じる。

『抱朴子』對俗 第三「君子猶內不負心、外不愧影、上不欺天、下不食言」

夜慙於魄‥影の見えない夜は、己れの形を見て恥じる。魂魄の內、魂は陽で魄は陰。魄は肉體をつかさどり、また「形魄」と言って精氣を內藏する體の外形を意味する。

魏・曹植「玄暢賦」「不媿景而慙魄、言樂天之何欲」

啓處不遑‥「啓處」は家にいてくつろぐこと。「遑」はひま、時間。家でくつろぐ時間がない。

『詩經』小雅 四牡「王事監靡、不遑啓處」傳「遑、暇。啓、跪。處、居也」

戰跼無地‥おそれおののく様子。穴があったら入りたい。

初唐・張説「讓右丞相表」二首之二「臣説言、伏奉今月十日制書、除臣尚書右丞相、恩命自天、戰跼無地」

上安州李長史書【第四段】

【原文】

伏惟君侯、明奪秋月、和均韶風(1)、掃塵辭場、振發文雅(2)。陸機作太康之傑士、未可比肩(3)、曹植爲建安之雄才、惟堪捧駕(4)。天下豪俊、翕然趨風(5)。白之不敏、竊慕餘論(6)。

【校勘】

辭場…『王琦本』は「詞場」とする。

建安…『宋本』『繆本』は「建武」とする。『王琦本』は「建安」とし、「安」に注して「繆本作武、誤」という。文意から『咸淳本』『郭本』『霏玉本』『王琦本』『全唐文』によって改めた。

【訓讀】

伏《ふ》して惟《おもんみ》るに、君侯《くんこう》の明《めい》は秋月《しうげつ》を奪《うば》ひ、和《わ》は韶風《せうふう》に均《ひと》しく、辭場《じぢやう》を掃塵《さうぢん》し、文雅《ぶんが》を振發《しんぱつ》す。陸機《りくき》は太康《たいかう》の傑士《けつし》と作《な》るも、未《いま》だ肩《かた》を比《なら》ぶべからず。曹植《さうち》は建安《けんあん》の雄才《ゆうさい》爲《た》るも、惟《た》だ駕《が》を捧《ささ》ぐるに堪《た》ふるのみ。天下《てんか》の豪俊《がうしゅん》、翕然《きふぜん》として風《ふう》に趨《おもむ》く。白《はく》の不敏《ふびん》なれども、竊《ひそ》かに餘論《よろん》を慕《した》ふ。

【譯】

つつしんで思いますに、君侯の公明なことは秋の冴えた月よりも明るく、穩和なことは春の美しい風と同じく、文壇の騷亂を一掃し、文藝を振興なさっています。陸機は文人が輩出した太康年間の英傑でしたが、閣下に肩を竝べることは出來ません。曹植は建安の骨と稱えられる建安年間の雄俊でしたが、閣下の付き人のようなものでございます。天下の豪傑俊秀は、こぞって閣下の人柄を慕って集まって參ります。私、李白は愚か者ではございますが、閣下の御高論の一端を伺い、心の内でお慕い申し上げておりました。

【注釋】

（1）伏惟君侯、明奪秋月、和均韶風：ここから李長史について述べる。まず、人柄をほめる。
明奪秋月：李長史の聰明さのために、月の明るさが感じられなくなる。李長史をほめる言葉。「奪月」の古い用例は、月食を言うものである。後世の孟郊は、李白と同じような表現を情景描寫に用いて成功している。

中唐・孟郊「送從弟郢東歸」詩「曉色奪明月、征人逐群動」
韶風：明るい風。春の光を含んだ風。次の用例は、この語を人格描寫に用いている。
『南齊書』巻二十二　豫章文獻王嶷「挺淸譽於弱齡、發韶風於早日」
（2）
掃塵辭場、振發文雅：李長史の文才をほめる。文壇を一掃し、文學の道を盛んにする。
掃塵：塵をおさめる。轉じて、亂を治めることを言う。
『淮南子』巻一「今雨師灑道、使風伯掃塵」注「風伯箕星也。月麗于箕風揚沙也」
『文選』第四十一巻　李陵「答蘇武書」「滅跡掃塵、斬其梟帥」
辭場：文壇。詩文を應酬する場。
初唐・張九齡『曲江集』巻二「和秋夜望月憶韓廣等諸侍郎因以投贈吏部侍郎李林甫」詩「多才衆君子、載筆久辭場。作賦推潘岳、題詩許謝康」
李白「秋日於太原南柵餞陽曲王贊公賈少公石艾尹少公應擧赴上都序」「若少府賈公以述作之雄也。鼇弄筆海、虎攫辭場」
振發：振興し發揮する。盛んにする。引き立てる。
『舊唐書』巻九十九　張仲方「此子非常、必爲國器、吾獲高位、必振發之」
文雅：文藝上の風流の道。
初唐・張說「惠文太子挽歌」二首之二「梁國深文雅、淮王愛道仙」

（3）陸機作太康之傑士、未可比肩：文學史上有名な陸機よりもすぐれている、と李長史の文才をほめる。

陸機：晉の人。字は士衡。次に述べる太康年間を代表する詩人。華麗で修辭にすぐれた作品を殘している。

太康：年號（西暦二八〇―二八九）。晉・司馬炎の時代。この期間を中心として、張華、張載、張協、陸機、陸雲、潘岳、左思、潘尼、石崇などの文人が輩出し、文學史上重要な時代の一つとなった。

梁・鍾嶸『詩品』卷一「太康中、三張二陸、兩潘一左、勃爾復興踵武前王、風流未沫、亦文章之中興也」

傑士：傑物。特にすぐれた人物。

『世說新語』中卷上 識鑒「夏侯太初一時之傑士、虛心於子」

可比肩：肩を竝べることが出來る。對等である。

『周書』卷二十三 蘇綽「舜禹湯武之德可連衡矣、稷契伊呂之流可比肩矣」

（4）曹植爲建安之雄才、惟堪捧駕：文學史上有名な曹植よりもすぐれている、と李長史の文才をほめる。

曹植：三國・魏の人。武帝の第三子。字は子建。次に述べる建安年間を代表する詩人。

唐・李瀚『蒙求』巻下「仲宣獨歩、子建八斗」宋・徐子光註「舊註引、謝靈運云、天下才共有一石。子建獨得八斗、我得一斗、自古及今同用一斗」

建安：年號（西暦一九〇―二二〇）。後漢の末であるが、魏の曹操が實權を持ち、曹操父子の周圍に、孔融、劉楨、應瑒、王粲、徐幹、陳琳、阮瑀といった建安の七子を中心とする多くの文人が集まり、氣骨のある作品によって、文學史上特筆すべき一時代を築いた。

雄才：傑出した才能の持ち主。

『洛陽伽藍記』巻一　城内　永寧寺「明公世跨并肆、雄才傑出。部落之民、控弦一萬」

捧駕：奉駕に同じ。貴人の車駕につきそい護衛する。またその人。

『通典』巻六十六　禮　嘉禮十一　鹵簿　後漢「祀地明堂省什三、宗廟尤省、謂之小駕。毎出、太僕奉駕、中常侍小黃門副」

（5）天下豪俊、翕然趨風：李長史のもとに多くの優れた人材が集まってくることをいう。

豪俊：衆人に秀でた才知の人。

盛唐・杜甫「洗兵馬」詩「二三豪俊爲時出、整頓乾坤濟時了」

翕然：多くの人がこぞって集まってくる様子。

『晉書』巻三十四　羊祜「於是呉人翕然悅服、稱爲羊公、不之名也」

『晉書』巻六十六　劉弘「江漢之間、翕然歸心」

趨風‥立派な人格者の風を慕い、急いで従うこと。

盛唐・戎昱「贈岑郎中」詩「雖披雲霧逢迎疾、已恨趨風拜德遲」

(6) 白之不敏、竊慕餘論‥李白は、これまで李長史の話を直接聞いたことはなかったのだが、間接的に漏れ聞いて、すでに內心で李長史を慕っていたことをいう。

不敏‥才智のないこと。自分の才能を謙遜していう。

『論語』第十二巻 顏淵「顏淵曰、回雖不敏、請事斯語矣」

竊慕‥公然とではなく、內心で理想として思っていること。また、慕っていることを謙遜した言い方。

『後漢書』巻三十九 劉平「臣誠不足知人、竊慕推士進賢之義」

餘論‥議論の一端。すぐれた議論のなかの僅かな部分。また、すぐれた人が遺した言葉。

『後漢書』巻七十 孔融「乃使餘論遠聞、所以慙懼也」

『文選』第三巻 司馬相如「子虛賦」「問楚地之有無者、願聞大國之風烈、先生之餘論也」注「張晏曰、願聞先賢之遺談美論也」

上安州李長史書【第五段】

【原文】

何圖叔夜潦倒、不切於事情[1]、正平猖狂、自貽於恥辱[2]。一忤容色、終身厚顏[3]。敢沐芳負荊、請罪門下[4]。儻免以訓責、恤其愚蒙[5]、如能伏劍結纓、謝君侯之德[6]。敢一夜力撰春遊救苦寺詩一首十韻、石巖寺詩一首八韻、上楊都尉詩一首三十韻[7]。辭旨狂野、貴露下情[8]。輕干視聽、幸乞詳覽[9]。

【校勘】

沐芳負荊：『咸淳本』『郭本』『霏玉本』『全唐文』は「昧負荊」とする。『王琦本』は「昧負荊」とし、「昧」に注して「繆本作沐芳」という。

一夜力撰：『咸淳本』『郭本』『霏玉本』『全唐文』は「以近所爲」とする。『王琦本』は「以近所爲」とし、注して「繆本作敢一夜力撰」という。

【訓讀】

何《なん》ぞ叔夜《しゆくや》の潦倒《らうたう》にして、事情《じじやう》に切《せつ》ならず、正平《せいへい》の猖狂《しやうきやう》にして、自《みづか》ら恥辱《ちじよく》を貽《のこ》すを圖《はか》らんや。一《ひと》たび容色《ようしよく》に忤《もと》らば、終身《しゆうしん》厚顏《こうがん》たらん。敢《あへ》て芳《はう》に沐《もく》し荊《いばら》を負《お》ひ、罪《つみ》を門下《もんか》に請《こ》はん。儻《も》し免《めん》ずるに訓責《くんせき》を以《もつ》てし、其《そ》の愚蒙《ぐもう》を恤《あは》れまば、如《も》し能《よ》く劍《けん》に伏《ふ》し纓《えい》を結《むす》び、君侯《くんこう》の德《とく》に謝《しや》せば、敢《あへ》て一夜《いちや》に力《つと》めて「春《はる》に救苦寺《きうくじ》に遊《あそ》ぶ」詩一首十韻《しいつしゆじふゐん》、「石巖寺《せきがんじ》」詩一首八韻《しいつしゆはちゐん》、「楊都尉《やうとゐ》に上《たてまつ》る」詩一首三十韻《しいつしゆさんじふゐん》を撰《えら》ぶ。辭旨《じし》狂野《きやうや》なれど、下情《かじやう》を露《あら》はすを貴《たふと》ぶ。輕《かる》がるしく視聽《しちやう》を干《をか》すも、幸《こひねが》はくば詳覽《しやうらん》を乞《こ》ふ。

【譯】

晉の嵆康は拘束されるのが嫌いで世事にうとく、後漢の彌衡《でいこう》は非常識な行いをして自分で自分を辱めましたが、私はそのようなことをしようとしたわけではございません。一たび閣下のご機嫌をそこねれば、生涯恥ずかしい思いをすることでしょう。あえて身を清め罰せられることを覺悟の上で、ご門下にお裁きをお願いいたします。もし訓戒をいただいて罪をお許し下さり、私の愚かさを哀れんでくだされば、またもし、劍に我が身を投げ出し冠のひもを結びなおし、死を覺悟して閣下のご恩に報いることができるのならば、と存じまして、思い切って一晩をかけ心を込めて「春に救苦寺に遊ぶ」詩一首十韻、「石巖寺」詩一首八韻、「楊都尉にたてまつる」詩一首三十韻を選びました。言葉も内容も粗野なものではございますが、私の氣持ちを表わすことを旨といたしました。輕率にもお目を汚すことになりますが、どうぞご覽くださいますようお願いいたします。

【注釋】

（1）何圖叔夜潦倒、不切於事情：この句は、嵆康「與山巨源絶交書」による。潦倒であった晉の嵆康の例を擧げ、嵆康の眞似をしたわけではない、と述べる。

『文選』第四十三巻 嵆康「與山巨源絕交書」「足下舊知吾潦倒麤疏、不切事情、自惟亦皆不如今日之賢能也」

何圖…〜ということを企圖しているわけではない。

叔夜…魏末晉初のひと、嵆康の字。文藝に秀で、思想家でもあった。獨立不羈のひととなりで、孤松が一本だけ立っているようだ、と評された。竹林の七賢の一人。最後は司馬昭によって誅された。

『世說新語』下卷之上 容止「山公曰、嵆叔夜之爲人也、巖巖若孤松之獨立。其醉也、傀俄若玉山之將崩」

潦倒…物事にこだわらないこと。また、世間的な仕事を成し遂げる力のないこと。

初唐・王勃「越州永興李明府宅送蕭三還齊州序」「嵆叔夜之潦倒麤疎、甘從草澤」

初唐・王績『東皐子集』巻下「答程道士書」「吾受性潦倒、不經世務」

切于事情…現象的な動きを知悉していること。世の中の動きに明るいこと。

『史記』巻六十三 韓非 太史公曰「韓子引繩墨、切事情、明是非、其極慘礉少恩」

（2）正平猖狂、自貽於恥辱…猖狂であった後漢の禰衡の例を擧げ、禰衡の眞似をしたわけではない、と述べる。

正平…後漢のひと、禰衡の字。才能があり、孔融に愛された。傲慢で人を侮る態度があるため、魏の曹操が、音樂の席で禰衡を侮辱しようとたくらんだが、かえって禰衡に侮辱された、という話しが傳えられている。禰衡はのちに江夏太守黃祖に憎まれて殺された。

『後漢書』巻八十下 禰衡「禰衡字正平、平原般人也。少有才辯、而尚氣剛傲、好矯時慢物。（略）融既愛衡才、數稱述於曹操。操欲見之、而衡素相輕疾、自稱狂病、不肯往、而數有恣言。操懷忿、而以其才名、不欲殺之。聞衡善擊鼓、乃召爲鼓史、因大會賓客、閱試音節、諸史過者、皆令脫其故衣、更著岑牟單絞之服。次至衡、衡方爲漁陽參撾、蹀躍而前、容態有異、聲節悲壯、聽者莫不慷慨。衡進至操前而止。吏訶之曰、鼓史何不改裝、而輕敢進乎。衡曰、諾。於是先解衵衣、次釋餘服、裸身而立、徐取岑牟、單絞而著之、畢、復參撾而去、顏色不怍。操笑曰、本欲辱衡、衡反辱孤」

猖狂‥常識にあわない行いをする。心の思うままに行動する。

『莊子』山木「其民愚而朴、少私而寡欲。知作而不知藏、與而不求其報。不知義之所適、不知禮之所將。猖狂妄行、乃蹈乎大方。其生可樂、其死可葬。吾願君去國捐俗、與道相輔而行」

『莊子』在宥「浮遊、不知所求。猖狂、不知所往」

自貽於恥辱‥「貽於恥辱」は、恥辱がある。はずかしい。「貽」は「有」と同じ。「自貽於恥辱」は、自ら辱める、自分で自分を辱める。

『文選』巻六十 梁・任昉「南徐州南蘭陵郡縣都鄉中都里蕭公年三十五行狀」「他人之善、若已有之。民之不臧、公實貽恥焉」注「善曰、尸子曰、見人有過、則如已有過。虞氏之盛德也。向曰、臧善也。貽猶有也」

（3）一忤容色、終身厚顏：このたびのことで、李長史の機嫌を損ねたら、李白は生涯恥ずかしい思いをすることとなる。

忤容色：氣持に逆らう。「忤容色」の用例は他に見つからなかったが、「忤色」の語は、「忤色無し」すなわち「逆らう顔つきをすることがなかった。顔色が亂れることがなかった」という意味でしばしば用いられる。

『晉書』巻四十九 阮瞻「善彈琴。人聞其能、多往求聽、不問貴賤長幼、皆爲彈之。神氣沖和、而不知向人所在。內兄潘岳每令鼓琴、終日達夜、無忤色。由是識者歎其恬淡、不可榮辱矣」

容色：容貌と顔色。ここでは顔色。

『史記』巻九十二 淮陰侯「貴賤在於骨法、憂喜在於容色」

厚顏：恥ずかしい。元來は「恥知らず」の意味であるが、內心に恥を持っていて、それが（面の皮が厚いというように）顔つきにも出るわけなので、「厚顏」は「恥ずかしい」という意味にも使われる。

盛唐・杜甫「彭衙行」詩「盡室久徒步、逢人多厚顏」九家注「書五子之歌、顏厚有忸泥。詩云、顏之厚矣。羞媿之情見于面貌、如面皮厚然、故以顏厚爲色」

（4）敢沐芳負荊、請罪門下：生涯恥ずかしい思いをする、ということがないよう、李長史の裁きを受けたいと願う。

沐芳：香りのよい湯で湯浴みをする。心身を清める。

『楚辭章句』巻二 九歌「東皇太一」「浴蘭湯兮沐芳、華采衣兮若英」王逸注「使靈巫先浴蘭湯沐香芷、衣五采華衣、飾以杜若之英、以自潔清也」

負荊：鞭を負う。罰せられることを覺悟する。荊は、罪人をむち打つ荊の鞭。

『史記』巻八十一 廉頗「廉頗聞之、肉袒負荊」索隱「負荊者、荊、楚也。可以爲鞭也」

請罪：おのれの罪を罰することを願う。

『史記』巻八十一 廉頗「君不如肉袒伏斧質請罪、則幸得脱矣」

（5）儻免以訓責、恤其愚蒙：もしも、李長史の裁きを受けた結果、罪を許されれば……。

訓責：訓戒、譴責。

『漢魏六朝百三家集』巻七十四 蕭子良「檢覆三業門七」「故須三業、自相訓責、知我所作、幾善幾惡」

恤：あわれむ。

李白「萬憤詞投魏郎中」詩「好我者恤我、不好我者何忍臨危而相擠」

（6）如能伏劍結纓、謝君侯之德：もしも、死を覺悟して恩に報いることができれば……。ここの

「如」は、「もし」の意味に讀んだ。

『梁書』巻十四 江淹「常欲結纓伏劍、少謝萬一、剖心摩踵、以報所天」

伏劍：剣に身を伏せて自殺する。

『春秋左傳』襄公 傳三年「絳無貳志、事君不辟難、有罪不逃刑、其將來辭、何辱命焉。言終。魏絳至、授僕人書、將伏劍」

結纓：死を覺悟して冠のひもを固く結ぶ。

『春秋左傳』哀公 傳十五年「大子聞之、懼下石、乞盂黶敵子路。以戈擊之、斷纓。子路曰、君子死、冠不免、結纓而死」注「不使冠在地」

謝君侯之德：（李長史の）德行に感謝する。「謝德」は、恩德に感謝する。

『魏書』巻四十五 裴安祖「感君前日見放、故來謝德」

（7）敢一夜力撰春遊救苦寺詩一首十韻、石巖寺詩一首八韻、上楊都尉詩一首三十韻：この手紙で過失を詫びるとともに、詩を三首送るという。つまり、この事件に乘じて、求官活動をする。なお、これら三つの詩は、いずれも今には傳えられていない。

春遊救苦寺詩：宋代の資料に、安陸に救苦寺という寺があり、李白が「春遊救苦寺」詩を書いた、とある。

宋・祝穆『方輿勝覽』巻三十一 德安府「佛寺救苦寺」「在府西四里。今名勝業院。李白有『春遊救苦寺詩』」

石巖寺詩：安陸に石巖山という山がある。そこにゆかりの寺かと思われる。

『晉書』巻一百 張昌「太安二年、昌於安陸縣石巖山屯聚、去郡八十里」

宋・歐陽忞『輿地廣記』巻二十七「西魏置安州、隋唐因之。漢江夏郡故城。在東南有禹漢陪尾山、石巖山。晉張昌作亂」

上楊都尉詩：楊都尉の人物については不詳。
（8）辭旨狂野、貴露下情：作品について、へりくだりながら、説明をする。
辭旨：文の辭と旨。言葉遣いと内容。
『南史』巻三十四 宋・顏延之「湛及義康、以其辭旨不遜、大怒」
狂野：粗野で非常識である。
中唐・柳宗元「五箴」序「柳子好直。人有過者、以直言攻之、使易其不善。而格於善、衆不克從、反謂狂野、懼以直得辱」
下情：下々の氣持ち。ここでは、李白自身の情を、謙遜していったもの。
魏・曹植「上責躬詩表」「貴露下情、冒顏以聞」
（9）輕干視聽、幸乞詳覽：作品を見てほしい、という言葉で、手紙の結びとする。
輕干視聽：輕率にも目や耳を煩わす。この手紙を出すことの非禮をわびる言葉。文末に用いる謙遜した書き方。

初唐・駱賓王『駱丞集』巻三「上郭贊府啓」「輕喧視聽、憂讋惟深、猥瀆階庭、兢惶交集」

幸乞詳覽：どうか御覧下さい。管見する所、李白以前の手紙の結びに「詳覽」の語が用いられているものはない。

宋・司馬光「與王樂道書」「附三篇、皆前議闕者、幸詳覽焉」

【考證】安州李長史と制作年代について

次に擧げる李白の文から、李長史の名は李京之といい、裴長史の前任であることがわかる。

李白「上安州裴長史書」「前此郡督馬公、朝野豪彥。一見盡禮、許爲奇才。因謂長史李京之曰、諸人之文、猶山無烟霞、春無草樹。李白之文、清雄奔放、名章俊語、絡繹間起、光明洞澈、句句動人」

また、李京之が安州長史であった時期と、馬公が都督であった時期とは重なっているはずである。馬公は名を正會という。馬正會が安州都督であったのは開元十六年頃であるから、李京之が安州長史であったのも開元十五年か十六年であったと考えられる。

（馬正會については「上安州裴長史書」の考證と郁賢皓『唐刺史考全編』（安徽大學出版社二〇〇〇年）の考證を參照）

三、上安州裴長史書

給以紙墨兼人書之然後退歸門軒繕寫呈上庶青萍結綠長價於薛卞之門幸惟下流大開獎飾惟君侯圖之

上安州裴長史書

白聞天不言而四時行地不語而百物生白人焉非天地安得不言而知乎敢刻心析肝論舉身之事便當談笑以明其心而粗陳其大綱一快憤懣惟君侯察焉白本家金陵世爲右姓遭沮渠蒙遜難奔流咸秦因官寓家少長江漢五歲誦六甲十歲觀百家軒轅以來頗得聞矣常横經籍書制作不倦迄于今三十春矣以爲士生則桑弧蓬矢射乎四方故知大丈

霏玉本

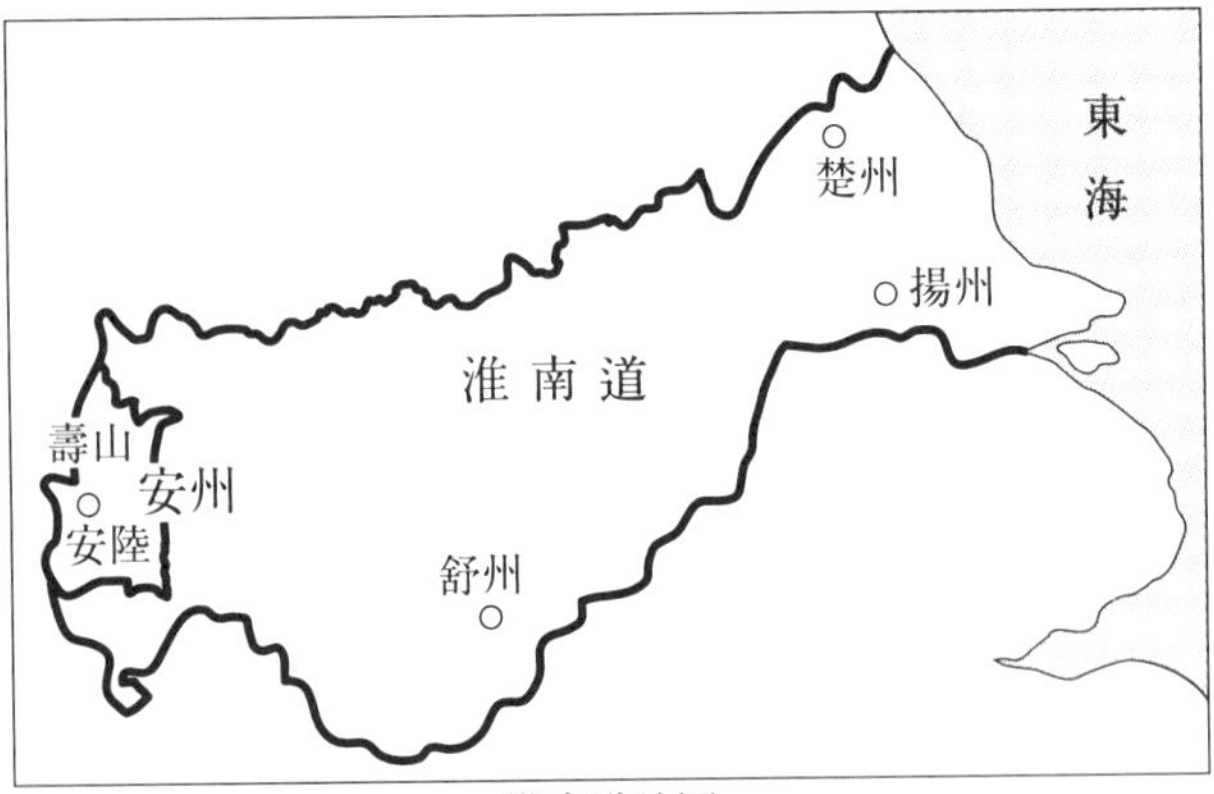

淮南道地圖

上安州裴長史書【第一段】

【解題】

本書第六段に書かれている馬正會が安州都督であったのは、開元十六年頃である。そのとき、李京之が安州長史であったことが、この手紙からわかる。李京之は、李白「上安州李長史書」に書かれる李長史であると思われる。裴長史はその後任と考えられるから、本書が書かれたのは、開元十六年以後のことである。この手紙の中に「迄於今三十春矣」とあるところから、李白が三十歳のとき、すなわち開元十八年の作とするのが通説である。

この手紙の中には李白の出身や經歴が種々語られているので、李白傳記研究の重要な資料となっている。

李白は以前から裴長史を慕っており、ようやく座に列なることができたが、やがて李白を誹謗する聲が聞こえてきた。この手紙で、李白は身の潔白を述べるために裴長史に拜謁することを願う。

こののち、結局、李白は冤罪を晴らすことができず、長安に向かったのではないかと考えられる。

【原文】上安州裴長史書（1）

白聞、天不言而四時行、地不語而百物生。(2) 白人焉、非天地也。安得不言而知乎。敢剖心析肝、(3) 論擧身之(4)事、便當談笑以明其心、而粗陳其大綱、(5) 一快憤懣、(6) 惟君侯察焉。

【校勘】

白聞…『唐文粋』は「白言」とする。

地不語…『唐文粋』は「地不言」とする。

非天地也…『唐文粋』『郭本』『咸淳本』『全唐文』は「也」字を缺く。『王琦本』は「非天地」とし、注して「繆本多一也字」という。

剖心…『郭本』『霏玉本』『咸淳本』は「刻心」とする。

析肝…『宋本』『郭本』『霏玉本』は「柝肝」とする。『王琦本』は「析肝」に注して「蕭本作刻心柝肝」また「柝字即析字」という。『繆本』『咸淳本』『唐文粋』『王琦本』『全唐文』によって「析」に改めた。

粗陳…『全唐文』は「麤陳」とする。

其大綱…『唐文粋』は「其萬一」とする。

一快…『唐文粋』は「悒快」とする。

【訓讀】 安州裴長史《あんしうはいちやうし》に上《たてまつ》る書《しょ》

白《はく》聞《き》く、天《てん》言《い》はざるも四時《しいじ》行《おこ》なはれ、地《ち》語《かた》らざるも百物《ひやくぶつ》生《しやう》ず、と。白《はく》は人《ひと》なり、天地《てんち》に非《あら》ず。安《いづく》んぞ言《い》はずして知《し》らるるを得《え》んや。敢《あへ》て心《しん》を剖《ひら》き肝《かん》を析《さ》きて、擧身《きよしん》の事《こと》を論《ろん》じ、便《すなは》ち當《まさ》に談笑《だんせう》して以《もつ》て其《そ》の心《こころ》を明《あき》らかにし、而《しかう》して其《そ》の大綱《たいかう》を粗陳《そちん》し、憤懣《ふんまん》を一快《いつくわい》すべし。惟《こ》れ君侯察《くんこうさつ》せられよ。

【譯】 安州の裴長史に差し上げる手紙

天は何も語らないのに、天の下には春夏秋冬の季節が誤り無く運行すると聞いております。また、地も語ることはないのに、地上には無數の生き物が生成するとも聞いております。

けれども私は人間です。天や地ではありません。天地のごとくに何も語らないでいたならば、どうして私自身の思いを分かっていただけましょう。ですから、ここに敢えて胸を開き肺腑の底までをあらわにして、來し方の身の上のことなどを述べ、閣下と打ち解けて語り合う中に私の心根をつまびらかにし、重要な點のあらましを述べ、心の中のわだかまりを一掃しようと思うのです。この心根を閣下が察して下さることを願うばかりでございます。

【注釋】

（1）安州：今の湖北省安陸縣。

前野直彬著『春草考』一七九頁―一九二頁「安陸の李白」（秋山書店 一九九三年）參照。

制作年代：制作年代については、生年や「迄於今三十春矣」句の解釋によって異説がある。

王琦の年譜によると、李白は開元十三年（二十五歳）からおよそ十年間この地に滞在していたという。文中に、「移三霜」とあることから、この文は開元十五年の作ということになる。

黄錫珪『李太白年譜』九二頁では三十三歳、松浦友久「李白家室考」（『李白傳記論』研文出版一九九四年）一三六頁では、開元十八年、三十歳ころ、詹鍈『李白詩文系年』も、開元十八年、三十歳の作品とする。

裴長史：この人物の事跡に關しては未詳。李白「上安州李長史書」に書かれる李京之の後任と考えられる。

長史：官名。安州は、『新唐書』地理志によると、中都督府に當たる。中都督府には次のような官が置かれていた。

『唐六典』「中都督府、都督一人、正三品、別駕一人、正四品下、長史一人、正五品上」

長史の役目は、次のようなものである。

『通典』職官「長史（略）府州各一人、王府長史理府事、餘府通判而已」

『舊唐書』職官志「別駕、長史、司馬掌貳府州之事、以綱紀衆務、通判列曹」

（2）天不言而四時行、地不語而百物生：天地は默していても世界の秩序が保たれているが、自分は天地ほどの力を持っていないので、語らなければならない。

次の論語の句による。

『論語』陽貨篇 第十七「子曰、天何言哉。四時行焉、百物生也。天何言哉」

ここでは、孔子は、天が何も言わないのに萬物の秩序が保たれていることを理由として、自分も言うことを止めようという結論を導く。發想は李白と同じだが、結論は異なる。

李白の文とほぼ同じコンテクストを用いるのは、次に擧げる、長孫紹遠の言である。

『北史』巻二十二 長孫紹遠傳「紹遠曰、夫天不言、四時行焉。地不言、萬物生焉。人感中和之氣、居變通之道、今縣黃鍾而擊太蔟」

これは音樂論を闘わせている部分の一部であって、天地は言葉を發しないが、人は音曲を奏でる、という話しの中で用いられている。主題は異なるが、論理は李白の文に似ている。この他にも同様な用例は幾つか見られる。

（3）剖心析肝…心肝を剖析する。眞心を表す。赤裸々に述べる。
『史記』巻八十三 鄒陽「兩臣二主、剖心析肝相信、豈移於浮詞哉」

（4）擧身之事…自分の出自やこれまでどのように身を處してきたか、ということ。
多くの用例では、體を起こすことを言い、それがこの言葉の原義である。

『史記』巻五十八 梁孝王世家「景帝跪席擧身、曰、諾」

李白「酬崔五郎中」詩「擧身憇蓬壺、濯足弄滄海」

この文では、ここから「白、本金陵に家し、世に右姓爲り」以下、自分の出自やこれまでの行狀が語られて行くので、抽象的に自分が「どのように身を起こしてきたか」というような意味で使っているると考えられる。

（5）當談笑以明其心、而粗陳其大綱：次の『文選』の語を用いた言い方。「詳しくは述べませんが、大本となることを述べて、私の氣持ちを明らかにして、お話といたしましょう」というほどの意味で、やや謙遜した言い方であろう。

『文選』第四十一巻　魏・陳琳「爲曹洪與魏文帝書」「辭多不可一一、粗擧大綱、以當談笑」

大綱：根本になる事柄。基本になる方針。

『鬼谷子』下巻　本經陰符七篇「干而逆之、逆之雖盛必衰。此天道、人君之大綱也」

『後漢書』巻二十七　宣秉「務擧大綱、簡略苛細、百僚敬之」

これらの用例から見て、「大綱」とは「根本になる事柄」「非常に重要な事柄」という意味だと考えられる。この文章の後半で、李白は、「存交重義」「養高忘機」と、彼自身の價値がどこにあるのか、について述べている。李白はここで、彼の心の内を明らかにすると共に、彼の人生の根本について述べようとしているのである。

（6）一快憤懣：「一快」を動詞に取り、「心の内の憤懣の情を述べて發散させる。」という解釋を取った。

「快」の字は「快心（心を樂しませる）」「快性（性を快くする）」と動詞のように使うことがあるが、

「發散する」というように使う用例はごく少ない。また、「恨みをはらす」という意味に使われる用例は見あたらない。

「一快」の語については、次のような用例がある。

『吳志』呂蒙「語便及大略帝王之業。此一快也。」

ここでは、「一つの喜び、小氣味良さ」というような意味で使われている。また後世の用例になるが、

北宋・蘇軾「慈湖峽阻風」詩「暴雨過雲聊一快、未防明月却當空」

というように、「些かの快感。やや氣持ちがよい」というほどの意味に用いているものが、宋代以後幾つか見られる。

一方、「憤懣」の語は、

『鹽鐵論』繇役 第四十九「子不還、父母愁憂妻子詠歎。憤懣之恨、發動於心、慕思之積、痛於骨髓。」

という用例に見られるように、欝屈する怒りや恨みについての、非常に強い感情を述べる言葉である。この手紙では、後述の「衆口攢毀」、人々が口々に李白の悪口を言い立てた、というのが憤懣の内容であろう。

なお、「一快」の語を他動詞として用いることは、當時の用例から見ると、かなり特殊な用法で

ある。『唐文粋』はこの句を「悒快憤懣」に作る。「悒快」は「憂えて心がふさぐ様子」。「悒快憤懣、惟君侯察焉」は、「私の心中の憂えや憤懣をどうぞお察しください」という意味となる。こちらの方が解釋しやすい。

このように「一快」の語は解しにくいが、この手紙【第九段】にある「一雪心跡」と同じ發想をしたと考え、またこの手紙の主題が、冤罪を雪がんとするものであることを考え合わせ、「憤懣」を「一快する」と解釋した。

上安州裴長史書【第一段】

【原文】

白、本家金陵、世爲右姓。(1) 遭沮渠蒙遜難、(2) 奔流咸秦、(3) 因官寓家。(4) 少長江漢、(5) 五歳誦六甲、十歳觀百家。(6) 軒轅以來、頗得聞矣。(7) 常橫經籍書、制作不倦、迄于今三十春矣。(8) 以爲、士生則桑弧蓬矢、射乎四方。(9) 故知大丈夫必有四方之志。(10)

【校勘】

本家：『唐文粋』は、「家本」とする。

沮渠蒙遜難：『唐文粹』『全唐文』は「沮渠蒙遜之難」とする。
經籍書：『唐文粹』『全唐文』は「經籍詩書」とする。
迄于今：『王琦本』『全唐文』は「迄於今」とする。
射乎四方：『唐文粹』は「射于四方」とする。
蓬矢：『霏玉本』は「蓬失」とする。

【訓讀】

白《はく》、本《もと》金陵《きんりよう》に家《いへ》し、世々《よよ》右姓《いうせい》爲《た》り。沮渠蒙遜《そきよもうそん》の難《なん》に遭《あ》ひ、咸秦《かんしん》に奔流《ほんりう》し、官《くわん》に因《よ》りて家《いへ》を寓《ぐう》す。江漢《かうかん》に少長《せうちやう》し、五歳《ごさい》にして六甲《りくかふ》を誦《しよう》し、十歳《じつさい》にして百家《ひやつか》を觀《み》る。軒轅以來《けんゑんいらい》、頗《すこぶ》る聞《き》くを得《え》たり。常《つね》に經《けい》を横《よこた》へ書《しよ》を籍《し》き、制作《せいさく》して倦《う》まず、今《いま》に迄《いた》ること三十春《さんじつしゆん》なり。以爲《おも》へらく、士生《しう》まれて則《すなは》ち桑弧蓬《さうこほう》矢《し》もて四方《しはう》に射《い》る。故《ゆえ》に大丈夫《だいぢやうぶ》必《かなら》ず四方《しはう》の志《こころざし》有《あ》るを知《し》る、と。

【譯】

わが家はもともと金陵にあり、代々名門の家柄でございました。この地が沮渠蒙遜の侵攻を受けた時に、一家は咸陽に逃げ、そこに官職を得て假住まいをすることとなりました。私は長江の上流で育ちました。五歳の時には暦を表す六甲を暗唱しておりましたし、十歳の時には多くの學派の說を學んでおりました。黄帝の事績から始めて、多くのことを勉強いたしました。今まで三十年の間、いつも經書をそばに置いて讀み、飽きずに詩文を作ってまいりました。

男子は生まれると、桑の木の弓とやなぎよもぎで作った矢で東西南北を射る儀式を行います。このことから、立派な男子であれば必ず天下に雄飛する志を持っているものだ、ということがわかります。

【注釋】

（1）白、本家金陵、世爲右姓：李白が自ら出身を語る部分として注目される句である。すべてが事實であるとは考えがたいが、ある程度の事實を含んでいるであろうこと、また、李白が望ましいと考える生い立ちを反映していること、の二點が考察に値する。

金陵：唐代に金陵と呼ばれた地名として、江蘇省南京市、江寧縣、丹徒縣の三つが考えられる。王琦注は、「自本家金陵至少長江漢二十餘字、必有缺文訛字。否則金陵或是金城之謬。（「本家金陵」より「少長江漢」に至る二十餘字、必ず缺文訛字有らん。否なれば則ち「金陵」或は是れ「金城」の謬ならん）」という。漢の金城は、今の甘肅省皐蘭縣付近にあった。十六國前涼の治所が金城（今の蘭州）にあったことと、李白が隴西人と自稱していたことから、金陵は金城の誤りだと考えられる。しかし說は未だ定まっていない。

（2）遭沮渠蒙遜難：ここから、ほぼ『晉書』卷八十七 涼武昭王李玄盛傳に依って、李白は己れの祖先の事跡を組み立てる。

沮渠蒙遜：人名。（紀元三六八―四三三）臨松盧水出身の胡人。五胡十六國の一、北涼の始祖。在位三十三年。沮渠蒙遜の難については注（4）を參照のこと。

（3）奔流咸秦：祖先が「咸秦」なる地に移動したこと。「咸秦」の位置については確定されていないが、このあたりの記述から、李白の祖先は北方に居たとされる。

咸秦：咸陽と秦の地、のことか。そうならば長安付近のことになる。范傳正『唐左拾遺翰林學士李公新墓碑幷序』に「一房被竄於碎葉」とあるところから、「碎葉」の誤りだ、という說もある。また、「成秦」の誤りで、成州と秦州を指す、という說もあるという。說は定まっていない。

（4）因官寓家：王琦注は、『晉書』李玄盛傳を引用し、ここで李白が、沮渠蒙遜の難に遭った祖先、としているのは、涼の武昭王李玄盛をいうのであろうと推定する。『晉書』によれば、李玄盛は、涼の武昭王、諱は暠、字は玄盛。隴西の成紀の人。姓は李氏。漢の前將軍李廣の十六世の孫であった。

『晉書』卷八十七　涼武昭王　李玄盛「涼武昭王李玄盛、子士業、武昭王諱暠、字玄盛、小字長生、隴西成紀人、姓李氏、漢前將軍廣之十六世孫也。廣曾祖仲翔、漢初爲將軍、討叛羌于素昌、素昌卽狄道也、衆寡不敵、死之。仲翔子伯考奔喪、因葬于狄道之東川、遂家焉。世爲西州右姓。高祖雍、曾祖柔、仕晉竝歷位郡守。祖弇、仕張軌爲武衞將軍、安世亭侯。父昶、幼有令名、早卒、遺腹生玄盛。少而好學、性沈敏寛和、美器度、通渉經史、尤善文義。及長、頗習武藝、誦孫呉兵法」

李廣の曾孫仲翔が後漢の初めに將軍であったとき、素昌で羌族の反亂を討とうとして、衆寡敵せず殺された。仲翔の子の伯考は狄道の東川に父を葬り、ここに住むようになった。『晉書』には、「世に西州の右姓たり」という言葉が見える。狄道は隴西郡に屬す。また李白は別の作品で次のように言っている。

「贈張相鎬」詩二首之二「本家隴西人、先爲漢邊將。功略蓋天地、名飛青雲上。苦戰竟不侯、當年頗惆悵（本 家は隴西の人、先は漢の邊將爲り。功略天地を蓋ひ、名は青雲の上に飛ぶ。苦戰竟に侯たらず、當年頗る惆悵たり）」

ここに言う漢の邊將とは、李廣を指すと思われる。『晉書』李玄盛傳の續きを見よう。

李玄盛は群雄の奉ずるところとなり、ついには大都督大將軍涼公を號して、秦、涼二州を領して牧し、酒泉に遷都した。李玄盛亡き後、子の暠が位を嗣いだが、沮渠蒙遜に滅された。一族は西のかた敦煌に逃れ、さらに敦煌を棄てて北山に逃れた。弟の李恂はそこで涼州刺史となったが、蒙遜はその城をさらに攻略。士業の子の重耳は身を脱して江左に奔走し、宋に仕え、後に魏に歸順して弘農太守となったという。

『晉書』巻八十七 涼武昭王 李玄盛 子 士業「士業立四年而宋受禪（略）敗于蓼泉、爲蒙遜所害。（略）翻及弟敦煌太守恂與諸子等棄敦煌、奔于北山、蒙遜以索嗣子元緒、行敦煌太守。（略）士業子重耳、脫身奔于江左、仕于宋。後歸魏、爲恆農太守。蒙遜徙翻子寶等于姑臧、歲餘、北奔伊吾、後歸于魏」

『晉書』沮渠蒙遜傳にも、李玄盛、李暠が沮渠蒙遜に滅ぼされたことが簡單に書かれている。

これら『晉書』の記事と李白の文とを對照してみると、「世に右姓爲り」「沮渠蒙遜の難に遭ひ」という部分と符合する。しかし、既述のように「金陵」「咸秦」等、適合しない部分もある。

なお、李白の出自については、たとえば

『新唐書』巻二百二 文藝中 李白「李白字太白、興聖皇帝九世孫。其先隋末以罪徙西域、神龍初遁還、客巴西（李白字は太白、興聖皇帝九世の孫なり。其の先は隋末に罪を以て西域に徙る。神龍の初め遁れて還り、巴西に客たり）」

のように異說があり、李白の祖先や出生地には分からない部分が多い。李白の父は、西方から蜀にやってきた富裕な商人ではなかったかと言われているが、確實な根據には缺ける。

參考文獻：陳寅格「李太白氏族之疑問」麥朝樞「關于〝李白的姓氏籍貫種族的問題〟」（共に『李白研究論文集』中華書局 一九六四年四月）

李從軍『李白考異錄』（齊魯書社 一九八六年）

松浦友久『李白傳記論』（研文出版 一九九四年）

（5）少長江漢：幼い頃に南方に移り、そこで成長したことを言う。
少長：成長する。年少から長ずるまで。
『文選』第五十七巻 晉・潘岳「夏侯常侍誄」幷序「且歷少長、逮觀終始。子之承親、孝齊閔參」
江漢：揚子江と漢水のあたり。長江中流の荊州付近を言う。通說では、李白は五歳のころから蜀に移り、そこで成長したとされる。それについては、次のような記事がある。
李陽冰「草堂集序」「神龍之初、逃歸于蜀」
范傳正「翰林學士李公新墓碑」「神龍初、潛還廣漢、因僑爲郡人」
『新唐書』巻二百二 李白傳「神龍初遁還、客巴西」
魏顥「李翰林集序」「因家于綿」
劉全白「唐故翰林學士李君碣記」「君名白、廣漢人」
それに對して、ここで言う「江漢」は、場所がずれる。あるいは、長江流域、というほどの意味で使われているのかもしれない。（松浦友久『李白傳論論』八二頁「李白における蜀中生活」研文出版 一九九〇年參照）
（6）五歳誦六甲、十歳観百家：幼い頃から勉學に勵み、知識を得ていたことを言う。
六甲：時や暦に關する干支、星の名、五行の方術、等をいう。

『禮記』內則「九年教之數日」注「朔望與六甲也」

『小學紺珠』律歷類　六甲「甲子、甲戌、甲申、甲午、甲辰、甲寅」注「內則九年教之數日朔望與六甲也」

『漢書』卷二十四　食貨志上「八歲入小學、學六甲五方書計之事。」補注「引顧炎武曰、六甲者、四時六十甲子之類。引周壽昌曰、猶言學數干支也」

『禮記』や『漢書』の記事を見ると、八、九歳で六甲を學ぶのが一般的であったようだ。李白がここで五歳で六甲を暗唱した、というのは、早熟であったことと、早くから教育を受けたことをいうのであろう。

百家：多くの學者が立てた體系的な說。いわゆる「諸子百家」の意味にも考えられるが、この後のコンテクストから見て、「多くの說を學んだ」と言うほどの意味に解した。

『莊子』雜篇　卷十下　天下「猶百家衆技。皆有所長、時有所用」

『荀子』第二十一篇　解蔽「今諸侯異政、百家異說。則必或是或非、或治或亂」

李白「上安州李長史書」「頗嘗覽千載、觀百家」

(7)　軒轅以來、頗得聞矣：自ら博學であることを述べる。

軒轅：古代の傳說上の天子である黃帝の名。黃帝は暦數、音樂、文字、醫藥などを創ったと言われる。特に道家に尊ばれている天子であることが、李白と關連して考える際に注意される。

『史記』巻一　五帝本紀　黃帝「黃帝者、少典之子、姓公孫、名曰軒轅」
（8）横經籍書、制作不倦、迄于今三十春：幼い頃から常に書物に親しみ、文を作っていたことを言う。
横經籍書：常に經書を傍らにして學んでいた。
『魏書』巻八十四　儒林「天下承平、學業大盛。故燕齊趙魏之間、横經著錄、不可勝數」
『文選』巻四十五　後漢・班固「荅賓戲幷序」「徒樂枕經籍書、紆體衡門」注「向曰枕經典而卧鋪詩書而居也」
制作不倦：倦むことなく詩文を作る。
『文選』第四十六巻　梁・任昉「王文憲集序」「公自幼及長、述作不倦」
迄于今三十春：この句から、この書を書いた時期が考えられる。「生まれてから今まで三十年」と考えれば、李白はこのとき三十歳、「五歳で勉學を始めてから三十年」と考えれば、數えで三十五歳となる。前述のように、「生まれてから三十年」と取るのが通說である。
（9）士生則桑弧蓬矢、射乎四方：『禮記』に記される習俗を引用して、志のあるところを述べる。
桑弧蓬矢、射乎四方：古代、男子が生まれたとき、桑の木の弓、やなぎよもぎで作った矢六本で、天地の二方と東西南北の四方を射て、將來四方に雄飛する事を願った。のち、男子が志を立てる事をいうようになった。

『禮記』巻六十三　射義「故男子生、桑弧蓬矢六、以射天地四方。天地四方者、男子之所有事也。

故必先有志於其所有事、然後敢用穀也、飯食之謂也。」鄭玄注「男子生、則設弧於門左、三日、負之人爲之射。乃卜食子也」

（10）大丈夫必有四方之志‥幼い頃から、李白が天下を治める地位にあこがれていたことを述べる。四方之志‥天下を經營せんとする志。天下を手中に収める、という意味にもなるが、ここでは、天子を補佐して天下を經營する官僚になることを言うのであろう。

『春秋左傳』僖公 巻十五 傳二十三年「謂公子曰、子有四方之志、其聞之者吾殺之矣」

『魏書』巻七十一 夏侯道遷「夏侯道遷、譙國人。少有志操。年十七、父母爲結婚韋氏、道遷云、欲懷四方之志、不願取婦」

上安州裴長史書【第三段】

【原文】

乃杖劍去國、辭親遠遊、(1)南窮蒼梧、東涉溟海。(2)見鄉人相如大誇雲夢之事、云楚有七澤、遂來觀焉。(3)而許相公家見招、妻以孫女。(4)便憩于此、至移三霜焉。(5)

【校勘】

杖劍：『唐文粹』『霏玉本』『全唐文』は「仗劍」とする。『王琦本』は「仗」とし、注して「繆本作杖」という。

憩：『郭本』『霏玉本』『咸淳本』『唐文粹』『全唐文』は「憩跡」とする。『王琦本』は「憩跡」とし、注して「繆本無跡字」という。

于此：『王琦本』『全唐文』は「於此」とする。

【訓讀】

乃《すなは》ち劍《けん》を杖《つ》きて國《くに》を去《さ》り、親《しん》に辭《じ》して遠遊《ゑんいう》し、南《みなみ》のかた蒼梧《さうご》を窮《きは》め、東《ひがし》のかた溟海《めいかい》を涉《わた》る。鄉人相《きやうじんしやう》如《じよ》の大《おほ》いに雲夢《うんぼう》の事《こと》を誇《ほこ》り、楚《そ》に七澤《しちたく》有《あ》りと云《い》ふを見《み》、遂《つひ》に來《きた》りて觀《み》る。而《しか》して許相公《きよしやうこう》の家《いへ》に招《まね》かれ、妻《めと》るに孫女《そんぢよ》を以《もつ》てす。便《すなは》ち此《ここ》に憩《やす》み、三霜《さんさう》を移《うつ》すに至《いた》る。

【譯】

そこで、そのように私も志を抱き、剣を持って故郷を去り、親族に別れて遠く旅に出ました。南の方は蒼梧まで、東の方は溟海まで旅をしました。また同郷の偉大な文人である司馬相如がその作品の中で雲夢の様子を自慢して、楚の地方には七つの大澤原があると言っているのを讀んで、その雲夢を見に行きました。その後、以前宰相の任にあった許氏の家に招かれ、その孫娘と結婚したので、この地、安陸に滞在し、すでに三年になります。

【注釋】

（1）乃杖劍去國、辭親遠遊：青年期を蜀で過ごした李白は、長江を下っていよいよ世間に出た。

杖劍：剣をついて。剣をたよりに。發憤し、武器を攜え、自ら武器を取って戰う覺悟で出かける、ということきに使われる。

漢・荀悅『前漢紀』卷二「於是甚急、賢成君樊噲聞之、杖劒楯衝門而入、立於帳下」

『三國志』魏書 卷十四 劉放「昔黥布棄南面之尊、仗劍歸漢、誠識廢興之理、審去就之分也」

『舊唐書』卷一百四 哥舒翰「爲長安尉不禮、慨然發憤折節、仗劍之河西」

（2）南窮蒼梧、東涉溟海：故郷を出た李白は、廣く旅行をして見聞を廣めた。南の果てを究め、ついで東の果てまで旅をしたという。

蒼梧：山名。九疑山。現在の湖南省寧遠縣の南にある。古代の帝王舜は蒼梧の野に葬られたと傳えられる。

『禮記』檀弓上「舜葬於蒼梧之野」

『史記』五帝紀「踐帝位三十九年、南巡狩、崩於蒼梧之野、葬於江南九疑、是爲零陵」

溟海：大海原。次の引用文にあるように、傳說的な海をいう。ここでは、東方の海岸まで行ったことを言うのであろう。

『莊子』内篇巻一上 逍遙遊「窮髪之北、有冥海者、天池也」

『水經注』巻二十六「又北過當利縣西北、入于海」注「北眺巨海、杳冥無極、天際兩分、白黑方別、所謂溟海者也」

（3）鄉人相如大誇雲夢之事、云楚有七澤、遂來觀焉‥かねてからあこがれていた司馬相如『子虛賦』にある雲夢の地も見に行ったことを述べる。以上の部分から、この時點ではまだ長安に行っていなかったことがわかる。

相如‥前漢の文人、司馬相如。その作品「子虛賦」「上林賦」などは後世の文人に尊とばれている。「鄉人」は「同鄉の人」の意味。司馬相如は蜀の成都の出身。李白も蜀で育ったので、「鄉人」という。

七澤、雲夢‥司馬相如の次の作品に描かれている沼澤、濕原。楚（現在の湖南省から湖北省にかけての地方）に七つの濕原があり、その内の一つが雲夢であるという。李白は司馬相如の作品によって雲夢を知り、實際に見に行ったのである。雲夢の地が現在の楚のどの地に當たるか、については諸說があって定かではない。

前漢・司馬相如「子虛賦」「楚有七澤、嘗見其一、未覩其餘也。臣之所見、蓋特其小小者耳。名曰雲夢。雲夢者、方九百里、其中有山焉。其山則盤紆岪鬱、隆崇嵂崒。岑崟參差、日月蔽虧。交錯糾紛、上干青雲。罷池陂陀、下屬江河」

（4）許相公家見招、妻以孫女：安州で名門の家の婿となった。

許相公家：宰相をしたことのある許圉師の家。許家の先祖はもと高陽の出身で、梁の末に安陸に移った。

許圉師は才能のある人物で、『舊唐書』の次の記事にあるように、高宗の時に幾度か宰相をしている。儀鳳四年（六七九）に亡くなっているので、李白が安陸に行ったときには、すでに死後約五十年を經ていたわけである。許圉師には自然という息子と郝處俊という婿がいる。

『舊唐書』卷五十九 許圉師「圉師有器幹、博渉藝文、舉進士。顯慶二年、累遷黃門侍郎、同中書門下三品、兼修國史。三年以修實錄功、平恩縣男、賜物三百段。四遷、龍朔中爲左相。（略）上元中、再遷戶部尚書。儀鳳四年卒。贈幽州都督、陪葬恭陵。謚曰簡」

（5）移三霜：三年間經つ。ここから、この手紙が書かれたのは、李白が安陸で結婚してから三年後のことであることが分かる。結局、李白は安陸に十年間留まっていた。

李白「秋於敬亭送從姪耑遊廬山序」「酒隱安陸、蹉跎十年」

王琦『李太白全集』年譜 開元十三年（七二五）「太白出遊襄漢、南泛洞庭、東至金陵、揚州、更客汝海、還憩雲夢。故相許家以孫女妻之、遂留安陸者十年」

上安州裴長史書【第四段】

【原文】

曩昔東遊維揚(1)、不逾一年、散金三十餘萬、有落魄公子、悉皆濟之(2)。此則是白之輕財好施也(3)。又昔與蜀中友人吳指南同遊於楚、指南死於洞庭之上。白禫服慟哭、若喪天倫(4)。炎月伏屍、泣盡而繼之以血(5)。行路聞者、悉皆傷心(6)。猛虎前臨、堅守不動(7)。遂權殯於湖側、便之金陵(8)。數年來觀、筋骨尚在。白雪泣持刃、躬申洗削(9)。裹骨徒步、負之而趨。寢興攜持、無輟身手(10)、遂丐貸、營葬於鄂城之東(11)。故鄉路遙、魂魄無主(12)、禮以遷窆、式昭明情(13)。此則是白存交重義也(14)。

【校勘】

維揚…『宋本』『唐文粋』は、「維陽」とする。『咸淳本』は、「維楊」とする。いま、前後の意味を取り、『繆本』『郭本』『霏玉本』『全唐文』『王琦本』によって、「維揚」に改めた。

同遊於楚、指南…『咸淳本』はこれらの句が無く、文末に注して「吳指南下、脱同遊於楚指南、六字」という。

泣盡而繼之…『郭本』『霏玉本』『咸淳本』は「而」字無し。『王琦本』は「而」の下に注して「郭氏本無而字」という。

行路聞者…『靜嘉堂藏本』『繆本』は「行路間者」に作る。『北京圖書館藏本』は、「聞」の字が不鮮明で、他の字體と比較すると、もとは「間」字だったのではないかと疑われる。校勘に用いた他の本は「聞」字にするので、ここでは「聞」字を採用した。

筋骨…『唐文粋』は「筋肉」とする。『王琦本』は「筋肉」とし、注して「集本作骨、今従唐文粋本」という。

躬申…『王琦本』は「躬身」とする。

路遙…『唐文粋』は「路遠」とする。

明情…『唐文粋』『郭本』『霏玉本』『繆本』『咸淳本』『王琦本』『全唐文』は「朋情」とする。

【訓読】

曩昔《なうせき》東《ひがし》のかた維揚《ゐやう》に遊《あそ》び、一年《いちねん》を逾《こ》えずして、金《きん》を散《さん》ずること三十餘萬《さんじふよまん》、落魄《らくはく》の公子《こうし》有《あ》れば、悉《ことごと》く皆之《みなこれ》を濟《すく》ふ。此《こ》れ則《すなは》ち是《こ》れ白《はく》の財《ざい》を輕《かろ》んじ施《ほどこ》すを好《この》むなり。

又昔《またむかし》蜀中《しよくちゆう》の友人《いうじん》呉指南《ごしなん》と同《とも》に楚《そ》に於《おい》て遊《あそ》ぶに、指南《しなん》洞庭《どうてい》の上《ほとり》に死《し》す。白《はく》禫服《たんぷく》して慟哭《どうこく》し、天倫《てんりん》を喪《うしな》へるが若《ごと》し。炎月《えんげつ》に屍《しかばね》に伏《ふ》し、泣《なみだ》盡《つ》きて之《これ》に繼《つ》ぐに血《ち》を以《もつ》てす。行路《かうろ》の聞《き》く者《もの》、悉《ことごと》く皆心《みなこころ》を傷《いた》ましむ。猛虎前《まうこまへ》に臨《のぞ》むも、堅守《けんしゆ》して動《うご》かず。遂《つひ》に權《かり》に湖側《こそく》に殯《かりもがり》し、便《すなは》ち金陵《きんりよう》に之《ゆ》く。數年《すうねん》にして來《きた》り觀《み》るに、筋骨尚在《きんこつなほあ》り。白《はく》泣《なみだ》を雪《ぬぐ》ひ刃《やいば》を持《も》ち、躬申洗《みづからあら》ひ削《そ》ぐ。骨《ほね》を裹《つつ》みて徒歩《とほ》し、之《これ》を負《お》ひて趨《はし》る。寝興《しんこう》に攜持《けいぢ》し、身手《しんしゆ》を輟《とど》むる無《な》く、遂《つひ》に貸《たい》を丐《こ》ひて葬《さう》を鄂城《がくじやう》の東《ひがし》に營《いとな》む。故郷路遙《こきやうみちはる》かにして、魂魄《こんぱく》主無《あるじな》けれども、禮《れい》するに遷窆《せんぺん》を以《もつ》てし、式《もつ》て明情《めいじやう》を昭《あき》らかにす。此《こ》れ則《すなは》ち是《こ》れ白《はく》の交《かう》を存《そん》して義《ぎ》を重《おも》んずるなり。

【譯】

その昔、東方の揚州に旅をしたときのことですが、一年にならない内に三十幾萬かのお金を費やして、失意の貴公子がいれば、みな救濟したことがあります。このことは、私が財産に執着せず、喜んで人のために財を使うことを示しております。

また若い頃のことですが、蜀に居た時からの友人、呉指南という者と一緒に楚の地方を旅したことがあります。思いがけず呉指南は洞庭湖のほとりで亡くなってしまいました。私は喪服を着て泣き盡くし、家族を失ったような思いでした。眞夏のさなかに遺骸をかきいだき、涙が盡きて血を流しておりました。近くを通る者はこれを聞いて皆心を痛めたものでございます。恐ろしげな虎がやってきても、遺骸をしっかりと守ってその場を動こうともしなかったのです。

時が移り、ついに指南を洞庭湖のほとりに假に祭り、私は金陵に向かいました。數年の後に戻ってきて棺を開けてみると、なんと指南の遺骨にはまだ筋肉が殘っておりました。私は涙をぬぐい自ら小刀を取って、肉をそぎ骨を洗い、その骨を包んで背に負い旅を急ぎました。寝ても覺めても大切に持ち、肌身離さず、ようやく借金をして鄂城の東で葬儀を行いました。

故郷からは遙かに離れておりましたし、葬祭の祭主となるべき跡繼ぎもいなかったとはいえ、禮を盡くして埋葬することによって、指南に對する明らかな友情を表したいと思ったのです。これは私が交友を大切にし、義を重んじる者だということを意味しております。

【注釋】

（1）曩昔東遊維陽：ここから、最近の李白自身の事績を述べ、遵守してきた自らの價値觀を列擧する。維揚：揚州のこと。今の江蘇省揚州。揚子江と運河の分岐點にあって榮えた大きな港町。次の『尚書』の文から、「揚州」が「維揚」と呼ばれるようになった。
　『尚書』夏書 巻六 禹貢「淮海惟揚州」傳「北據淮、南距海」

（2）不逾一年、散金三十餘萬、有落魄公子、悉皆濟之：第一の人生觀が述べられる。また、蜀を出るときに、靑年李白は少なくとも三十餘萬金を持っていたことになる。ここから、李白の生家が豐かであったと考えられている。
散金：大金をつかう。財貨を人に與える。
　『漢書』巻一百下 敘傳「疏克有終、散金娛老」
　『宋書』巻六十四 何承天「散金行賞、損費必大、換土客戍、怨曠必繁」
　李白「將進酒」詩「天生我材必有用、千金散盡還復來」
落魄：零落。おちぶれること。

『史記』巻九十七 酈生「酈生食其者、陳留高陽人也。好讀書、家貧落魄、無以爲衣食業、爲里監門吏」注「應劭曰、落魄、志行衰惡之貌也」

李白「駕去溫泉後贈楊山人」詩「少年落魄楚漢間、風塵蕭瑟多苦顏」

李白「贈從弟南平太守之遙」詩二首「少年不得意、落魄無安居。願隨任公子、欲釣呑舟魚」

公子：諸侯や貴族の子。地位のある者の子弟。また他人を呼ぶ時の尊敬した言い方。

李白「走筆贈獨孤駙馬」詩「儻其公子重回顧、何必侯嬴長抱關」

（3）此則是白之輕財好施也：この時點に於て、李白が人生で價値あるとしていることの第一は、財產に固執せず、他人のために盡くすことであった。

輕財好施：財產に執着しない生き方。『唐書』以前の史書に、人物評として多く見られる。

『漢書』巻九 孝獻帝「河內太守王匡、各執而殺之」注「英雄記曰、匡字公節、太山人也。輕財好施、以任俠聞、爲袁紹河內太守。」

『三國志』吳書 巻五十七 朱據「謙虛接士、輕財好施、祿賜雖豐而常不足用」

（4）禫服慟哭、若喪天倫：ここで、この時點に於て李白が人生で價値あるとしていることの第二として、友情に厚いこと、を擧げる。

禫服：喪に服し、禫祭を行い、親族に行うように手厚く禮を盡くした。

禫：葬禮の一つ。父母の三年の喪ののち、一か月を置いた後に行う徐服の祭。禫服を身につける。

『禮記』間傳「中月而禫、禫而纖」孔穎達注「中月而禫者、中間也。大祥之後、更間一月而爲禫祭。二十七月而禫。禫而纖者、禫祭之時、玄冠朝服、禫祭既訖而首著纖冠、身著素端黃裳、以至吉祭。」

『舊唐書』卷二十七 禮儀七「至（開元）七年八月、下敕曰（略）自是卿士之家、父在爲母行服不同。或既周而禫、禫服六十日釋服、心喪三年者。或有既周而禫、禫服終三年者。或有依上元之制、齊衰三年者」

『通典』卷八十九 禫祭「前一日、掌事者先備內外禫服、各陳於別所（略）主人及諸子、妻妾、女子子仍祥服、內外俱升就位、哭盡哀、降、釋祥服、應禫服者著禫服」

ここで、『禮記』以來の葬禮により、友人に對しても家族に對する如く手厚く禮を盡くして送ったことを言う。

天倫・肉親。兄弟。原義は、父子、兄弟、君臣など、天から授けられた人の順序をいうが、李白は轉じて「肉親」あるいは「兄弟」の意味に用いている。

『春秋穀梁傳』隱公元年「兄弟、天倫也」注「兄先弟後、天之倫次」

李白「潁陽別元丹丘之淮陽」詩「吾將元夫子、異姓爲天倫」

李白「春夜宴桃李園序」「會桃李之芳園、序天倫之樂事」

（5） 炎月伏屍、泣盡繼之以血・友人を失った嘆きの激しかったことを述べ、情の厚いことを示す。

炎月：眞夏。
盛唐・儲光羲「貽余處士」詩「我行苦炎月、乃及靑昊始」
伏屍：死者の上に身を伏せて泣く。史書を覽るに、このように激しく死者を悼むことは、主に紀元前に見られる價値觀であったようだ。後世になると「古人の風が有る」と評されるようになる。
『戰國策』卷三十一 燕三「太子聞之、馳往、伏屍而哭、極哀」
『北齊書』卷二十五 張亮「及兆敗、竄於窮山、令亮及倉頭陳山提斬己首以降、皆不忍、兆乃自縊於樹。伯德伏屍而哭。高祖嘉歎之」「史臣曰（略）伯德之慟哭伏屍、靈光之拒關駐蹕、有古人風焉」
泣盡繼之以血：あまりの悲しみに涙は涸れ、血涙を流した。
『韓非子』和氏篇「和乃抱璞而哭於楚山之下。三日三夜、泪盡而繼之以血」
『韓非子』では、この句は、和氏が璧を王に獻じて、王の理解を得られなかったために泣いた、という話の中に出てくるが、李白はこの文の中で『韓非子』の說話は用いず、言葉だけを取っている。
（6）行路聞者、悉皆傷心：通りすがりの無關係の者も、李白の嘆きに心を痛めた。
行路：道を行く人。關わりのない人。
『後漢書』卷六十七 黨錮列傳 范滂「顧謂其子曰、吾欲使汝爲惡、則惡不可爲。使汝爲善、則我不爲惡。行路聞之、莫不流涕。時年三十三」

（7）猛虎前臨、堅守不動：何があっても遺骸を守った事を、虎の例を擧げて言う。『梁書』に虎に襲われた母子の記事がある。唐代にも虎が出沒していたと思われる。

『梁書』巻四十七 孝行「宣城宛陵有女子與母同床寢、母爲猛虎所搏、女號叫挐虎、虎毛盡落、行十數里、虎乃棄之」

『文選』第十八巻 晉・成公綏「嘯賦」「若離若合、將絶復續。飛廉鼓於幽隧、猛虎應於中谷」

（8）權殯於湖側、便之金陵：洞庭湖の畔に假葬し、金陵に旅した。

權殯：死體を棺におさめ、埋葬するまで安置する。「權」は、かりに、かりそめ、一時、の意味。「殯」は、かりもがりする、死者を墓に葬る前に棺におさめて安置する、という意味。本葬の前に權殯する習慣がある。

『梁書』巻五十六 侯景「景乃密不發喪、權殯于昭陽殿、自外文武咸莫知之」

『陳書』巻三十二 孝行 殷不害「如是者七日、始得母屍。不害憑屍而哭、每擧音輒氣絶、行路無不爲之流涕。卽於江陵權殯、與王裒、庾信入長安。自是蔬食布衣、枯槁骨立、見者莫不哀之」

金陵：江蘇省南京市の古名。唐代に「金陵」と呼ばれた所としては、この他に江寧縣、丹徒縣がある。

(9) 雪泣持刄、躬申洗削：小刀で遺骸の肉を削ぎ清めた。中國の南方では、最近までこのような風習があった。周勛初『詩仙李白之謎』(臺灣商務印書館 一九九六)に詳しい論がある。

『中國の死の儀禮』二九頁「(南部)中國の二次葬は、要約すれば、およそ七年から十年間の最初の埋葬と、それに續く骨の掘り上げを伴う。そして、骨は大きな壺に収められ、いつかは、永久墓に再び埋められる。(略)華北では、二次葬は行なわれない。そして事實、北方人が初めて南の慣習を知った時には、しばしば反感を抱くという」(ジェイムズ・L・ワトソン エヴリン・S・ロウスキ編 西脇常記 神田一世 長尾佳代子譯 平凡社 一九九四年十一月)

雪泣：涙をぬぐう。

『呂氏春秋』第二十卷 觀表「吳起至於岸門、止車而休、望西河、泣數行而下(略)吳起雪泣而應之」

躬申：自ら。手ずから。『王琦本』は「躬身」に作る。「申」は「身」に同じ。

『莊子』在宥「天降朕以德、示朕以默、躬身求之、乃今也得」

(10) 寢興攜持、無輟身手：友人の遺骸を常に身につけていたことをいう。

寢興：寢ても覺めても。常に。

『梁書』卷二 武帝中「夏四月丙申、廬陵高昌之仁山獲銅劍二、始豐縣獲八目龜一。甲寅、詔曰、朕昧旦齋居、惟刑是恤、三辟五聽、寢興載懷」

身手‥體と手。また手の働き。

『晉書』巻五十六　孫楚「南北諸軍風馳電赴、若身手之救痛痒、率然之應首尾」

『南齊書』巻四十八　孔稚珪「惡吏不能藏其詐、如身手之相驅、若絃栝之相接矣」

『廣弘明集』巻十一　辯惑篇「彫鏤剪琢、身手所作」

輟‥やめる。今まで續けてきた仕事や學問をやめるときなどに用いられる動詞。「輟身手」という用例は見つけられなかったが、「輟手」と同じ意味で、「行爲をとどめることがなかった」という意味であろう。休むことなく常に友人の遺骨を守ったのである。

『梁書』巻三十四　張纘「纘好學、兄緬有書萬餘卷、晝夜披讀、殆不輟手」

(11)　遂丐貸、營葬於鄂城之東‥鄂城で葬式を執り行い、埋葬した。

丐貸‥貸を丐めて。借金をして。「丐」は、乞う、求める、の意味。「貸」は、貸し、施し、の意味。借金をして友人の葬式を出したのである。開元年間に、物乞いをしながら戰地から父兄の遺骸を持ち歸った少女の話が傳えられている。

『新唐書』巻二百五　列女　王孝女和子「王孝女、徐州人、字和子。元和中、父兄皆防秋屯涇州、吐蕃寇邊、竝戰死。和子年十七、單身被髮徒跣縗裳抵涇屯、日丐貸、護二喪還、葬于鄉、植松柏、翦髮壞容、廬墓所」

鄂城‥今の湖北省武昌。なぜ鄂城に葬ったのか、定かではない。想像するに、本來ならば遺骸を故郷に連れ帰って葬るべきであるが、故郷の蜀の地は遠くて連れて帰れないので、當時大きな町であった鄂城に移し葬って、友情の證しとしたのであろう。鄂城の西には蜀の費文禕が登仙して鶴に乘ってきたという黃鶴樓がある。神仙に關心のあった李白が友人を葬るのにこの地を選んだ理由の一つかもしれない。

（12） 故鄉路遙、魂魄無主：友人の故郷から遠く離れているために、法事の祭主となるべき血族がいない。無緣佛になるので、「無主」は避けるべきこととされる。

魂魄：たましい。精神に宿る靈が魂。肉體に宿る靈が魄。

『左氏』昭七「能人生始化曰魄、既生魄陽曰魂」疏「附形之靈爲魄、附氣之神爲魂也。附形之靈者、謂初生之時、耳目心識、手足運動、啼呼爲聲、此則魄之靈也。附氣之神者、謂精神性識、漸有所知、此則附氣之神也」

無主：葬祭をつかさどる喪主がいないこと。または法事をつかさどる祭主がいないこと。喪主は身内でなくともよいが、その後、祖先を祭るのは子孫の役目である。

『儀禮』喪服 卷三十一「女子子適人無主者」傳「無主者、謂其無祭主者也」釋「無主有二。謂喪主祭主。（略）喪有無後、無無主者。若當家無喪主、或取五服之內親。又無五服親、則取東西家。若無、則里尹主之。今無主者謂無祭主也。故可哀憐而不降也」

『漢書』卷十六 高惠高后文功臣表「百餘年間而襲封者盡、或絕失姓、或乏無主、朽骨孤於墓」

『後漢書』巻三十五 曹褒「乃愴然、爲買空地、悉葬其無主者、設祭以祀之」

(13) 禮以遷窆、式昭明情:儀式をきちんと執り行うことで、友人に対して持っている公明な友情を明らかにしたいと言う。『繆本』等は「朋情」とするが、ここではいずれも同じ意味である。

遷窆:「窆」は、埋葬する。「遷窆」は、墓を移す、異なる場所に埋葬する、という意味。かりもがりしていた遺骸を本葬した。

『説文』「窆、葬下棺也」

『梁書』巻四十七 孝行 沈崇傃「家貧無以遷窆、乃行乞經年、始獲葬焉」

『北史』巻三十四 趙琰「慨歳月推移、遷窆無冀」

(14) 存交重義:人との交際を大切にし、人間關係においては義を重んじる、というところに、當時の李白は價値を見いだしていた。

存交:管見するところ、李白以前には見當たらない言葉である。次の「存義」の用例から見て、この場合の「存」は、「持っている」「守って失わない」という意味。

『周易』巻一 乾「知終終之、可與存義也」

『孟子』巻第八上 離婁章句下「孟子曰、人之所以異於禽獸者幾希。庶民去之君子存之」注「幾希、無幾也。知義與不知義之間耳。民去義君子存義也」

後世には「存交」の用例が見られる。

宋・王應麟『玉海』卷五十七 藝文「十八學士贊」「劉孝孫。劉君直道、存交守信、雅度難追、清文遠振」

明・邵寶『容春堂續集』卷十六 墓誌銘「明贈承德郎戶部主事劉君墓誌銘」「惟存交重義、忍事退步、爲素所念耳」

重義：義理を重んずる。「輕財重義」、「輕生重義」という成句として用いられることが多い。

『漢書』卷五十八 公孫弘「漢興以來、股肱在位、身行儉約、輕財重義、未有若公孫弘者也」

『新唐書』卷二百二 李邕「始、邕蚤有名、重義愛士」

上安州裴長史書【第五段】

【原文】

又昔、與逸人東嚴子、隱於岷山之陽。白巢居數年、不跡城市。(1) 養奇禽千計、呼皆就掌取食、了無驚猜。(2) 廣漢太守聞而異之、詣廬親覩、(3) 因擧二人以有道、並不起。(4) 此則白養高忘機、不屈之跡也。(5)

【校勘】

東嚴子：『唐文粹』『全唐文』は「東巖子」とする。

【訓讀】

又昔《またむかし》逸人《いつじん》東巖子《とうげんし》と岷山《びんざん》の陽《みなみ》に隱《かく》る。白《はく》巣居《さうきよ》すること數年《すうねん》、城市《じやうし》に跡《あと》せず。奇禽《ききん》を養《やしな》ふこと千計《せんけい》、呼《よ》べば皆《みな》掌《たなごころ》に就《つ》きて食《しよく》を取《と》り、了《つひ》に驚猜《きやうさい》すること無《な》し。廣漢《くわうかん》の太守《たいしゆ》聞《き》きて之《これ》を異《い》とし、廬《いほり》に詣《いた》りて親《した》しく覩《み》、因《よ》りて二人《ににん》を擧《あ》ぐるに有道《いうだう》を以《もつ》てするも、並《とも》に起《た》たず。此《こ》れ則《すなは》ち白《はく》の高《たか》きを養《やしな》ひ機《き》を忘《わす》れ、屈《くつ》せざるの跡《あと》なり。

【譯】

また昔の事ですが、隱士の東巖子と岷山の南に隱遁していたことがあります。古代の隱者をまねて高い樹の上に住んでいて、何年も町に下りることはありませんでした。珍しい鳥數千羽を飼っていました。それらは私が呼ぶと皆てのひらに乘って餌をついばみ、おびえたり疑ったりする樣子は全くありませんでした。廣漢の太守がこの評判を聞いて珍しい事だと、わざわざ私の住まいにまでいらっしゃって、ご自分の目でこの樣子をご覽になり、私たち二人を官吏登用試驗の有道科に推薦しようとおっしゃいました。けれども私たちは二人ともその時山を下りて役人になろうとは思わなかったのです。このことは、私、李白が高潔な人格を養うために修行に一生懸命で世渡りの企みを捨て、また節を曲げない人間であるための行いだと言えるのではないでしょうか。

【注釋】

（1）與逸人東嚴子、隱於岷山之陽、白巢居數年、不跡城市：若い頃、世俗を捨てて修行し、出世の誘いにも應じなかったこと。世俗的な利益を顧みることのなかったことを、自己の人生における第三の價値とする。

逸人：隱者。俗世間を離れて暮らしている勝れた人。

『後漢書』卷六十四 趙岐「漢有逸人、姓趙名嘉。有志無時、命也柰何」

東嚴子：『唐詩紀事』に書かれる趙蕤のことかと言われる。說は明・楊愼『李太白詩題辭』に見られる。

宋・吳曾『能改齋漫錄』「彰明、綿州之屬邑。有大小匡山。白讀書於大匡山。有讀書堂尙存」

『唐詩紀事』卷十八 李白「東蜀・楊天惠『彰明逸事』云（略）太白恐棄去隱居戴天大匡山。往來旁郡、依潼江趙徵君蕤、亦節士任俠有氣、善爲縱横學、著書號長短經。太白從學、歲餘去、遊成都」

明・楊愼「李太白詩題辭」「今按、東嚴子、梓州鹽亭趙蕤、字雲卿。岷山之陽、則指匡山」

趙蕤は、開元中の道士。著書『長短要術』十卷がある。

『唐書』卷五十九 藝文志「趙蕤『長短要術』十卷」注「字太賓。梓州人。開元中召之、不赴」

明・曹學佺『蜀中廣記』卷四十四 人物記 第四「趙蕤。鹽亭人。好學不仕、著書屬文。隱于梓州長平山。博考六經諸家異同之旨。玄宗屢徵、不就。李白嘗就學焉」

岷山…四川省北部から甘肅省に向かって横たわる山脈。その所在地については、古來いくつかの説がある。

『尙書』巻六 禹貢「岷山之陽、至于衡山」注「岷山江所出在梁州、衡山江所經在荊州」

『漢書』「瀆山、蜀之岷山也」注「師古曰、岷山在湔氐道」

唐代では、隴右道岷州にある山脈を言う。

『舊唐書』巻四十 隴右道 岷州下「溢樂、秦臨洮縣、屬隴西郡。（略）岷山、在縣南一里」

巣居…樹上に住むこと。仙人や隱者のスタイルの一つと考えられていた。このとき李白が實際に樹上に住んでいたか、山奥に住んでいることをこう言ったのかは、分からぬが、古代の隱士のスタイルをまねようとしたのである。

『搜神記』巻十八「巣居知風、穴居知雨」

『宋書』巻六十七 謝靈運「古巣居穴處曰巖棲、棟宇居山曰山居、在林野曰丘園、在郊郭曰城傍」

また堯の時の隱者巣父は樹上に巣を作って寝たので巣居子と呼ばれる。

『文選』第二十二巻 晉・王康琚「反招隱詩」「昔在太平時、亦有巣居子」李善注「皇甫謐逸士傳曰、巣父、堯時隱人、常山居、不營世利。年老、以樹爲巣、而寝其上、故時人號曰巣父」

城市：まち。城壁に圍まれた都市。

宋・蘇舜欽『蘇學士集』巻第十四「處士崔君墓志」「間引農樵共飲醉、輒酣歌起舞以自快。絕不迹城市」

（２）養奇禽千計、呼皆就掌取食、了無驚猜：次にあげる『列子』の文に似て、多くの鳥を手なずけたことを言う。これは『列子』によれば、「至言至爲」の行いであった。また『三國志』魏志高柔傳の注に孫盛の「機心が内に芽生えたので、鷗鳥が下りてこなくなった」という言葉を引く。ここの「機心」と、この段落の最後に李白の言う「忘機」という語が對應する。

『列子』黃帝 第二「海上之人有好漚鳥者、每旦之海上、從漚鳥游。漚鳥之至者、百住而不止。其父曰、吾聞漚鳥皆從汝游、汝取來、吾玩之。明日之海上、漚鳥舞而不下也。故曰、至言去言、至爲無爲。齊智之所知、則淺矣」注「三國魏志高柔傳注、引孫盛曰、機心内萌、則鷗鳥不下」

奇禽：珍しい鳥。貴重な鳥。

『後漢書』巻八十六 西南夷「是時郡尉府舍皆有雕飾、畫山神海靈奇禽異獸、以眩燿之、夷人益畏憚焉」

千計：「計」は、人、獸、鳥を數える單位。「千計」は「千羽」、または、千の單位で數える、という意味で「數千羽」。

『隋書』巻七十四 崔弘度「從武帝滅齊、進位上開府、鄴縣公、賜物三千段、粟麥三千石、奴婢百口、雜畜千計」

驚猜：驚き疑う。

盛唐・高適「奉和鶺賦」「望鳳沼而輕擧、紛羽族之驚猜」

（3） 廣漢太守聞異之、詣廬親覩：隱者李白の名聲が廣く傳わり、太守が訪ねてきたことを述べて、このたびの隱棲の價値を證據づける。

廣漢太主：廣漢郡とは漢代にあった行政區畫で、北緯三〇―三三度東經一〇四―一〇六度にわたる廣い地域を領する。唐代には細分されていて龍州、綿州、劍州、梓州、漢州、遂州、簡州などの州がある。「太守」が地方長官の意味で、即ち唐代の刺史に當たるとすると、「廣漢の太守」とはこれらの州のいずれかの刺史をいうのだろうと推測される。李白がここで隱棲していたという「岷山の陽」が『彰明逸事』にいう「大匡山」だとすると、唐代の綿州（巴西郡）北部にあたる。

郁賢皓『唐刺史考全編』（安徽大學出版社 二〇〇〇年）によると、開元年間に綿州の刺史の任にあったと思われる者には鐘紹京、薛光、陶禹、韋元晟、皇甫恂、王祥、薛繪がいる。

なお、他の人名は具體的であるのに、なぜここだけ「廣漢太守」という、特定しがたい名稱を用いているのか、について、松浦友久『李白傳記論』（研文出版 一九九四年）一二三頁に論及がある。

親覩：自分で實際に見る。

漢・袁康『越絕書』卷五 請糴內傳「君王常親覩、其言也胥、則無父子之親、君臣之施矣」

（4） 因擧二人以有道、並不起：科擧の試驗に推擧しようという申し出を斷ったことを述べる。有道科に推擧され、それを斷った、という人物として、漢の人德者、徐稚の例が有名であり、その他にも幾人か、漢代に同樣の人物が見られる。

有道：科擧の科目の一。道を備えている者を地方長官が推擧し、中央で受驗する。

『後漢書』卷六十八 郭太「司徒黃瓊辟、太常趙典擧有道。或勸林宗仕進者、對曰、吾夜觀乾象、晝察人事、天之所廢、不可支也。遂竝不應」

『後漢紀』卷二十二「（徐）稚爲之起、既謁而退、蕃饋之粟、受而分諸鄰里。擧有道、起家、拜太原太守。皆不就」

『後漢紀』卷二十二「（姜）肱車中尙有數千錢、在席下、盜不見也、使從者追以與之、賊感之、亦復不取。肱以物已歷盜手、因以付亭長委去。擧有道方正、皆不就」

『資治通鑑』漢紀 四十二「己巳、令公卿下至郡國守相、各擧有道之士一人」

有道科に擧げられた者は『唐科記考』にはほとんど見あたらない。高適は有道科に合格しているが、そのために出世コースに乗ったということはなかった。

『舊唐書』卷一百一十一 高適「薦擧有道科。時右相李林甫擅權、薄於文雅、唯以擧子待之。解褐汴州封丘尉、非其好也、乃去位、客遊河右」

李白はここで漢代の逸人の例を意識していたことであろう。また、唐代、有道科は魅力的な受驗科目ではなかったようだ。

なお、そもそも李白には科擧に推薦される資格がなかった、という、次のような説がある。

小川環樹『唐代の詩人――その傳記』（大修館書店　昭和五十年）一〇頁「重要なのは、かれが西域へ送られた罪人の子孫であることであり、それは晩年に知り合った李陽冰の證言がある。そして李白の父は商人ではなかったかと思われるふしがある。（略）李白が文官試験を受けようと欲したとしても、然るべき保證人が得られなかったのにふしぎはない」

松浦友久『李白傳記論』（研文出版　一九九四年）一一四頁「推論の經過としておのずから明らかなごとく、李白に關しては、第一に異民族出身（異類）であり、第二には、おそらく商人の家系（賈）であることによって、當時の鄉貢の枠組から完全に閉め出されていたと考えることができるわけである」

（5）此則白養高忘機、不屈跡也：修養を重視し、世俗的な企みによって信念を曲げることはない、という不屈の精神を、己の人生に於ける價値の一と認める。

養高：高尚な志を修養する。

『三國志』魏書　巻二十四　高柔「遂各偃息養高、鮮有進納、誠非朝廷崇用大臣之義、大臣獻可替否之謂也」

忘機：世俗の利害にこだわる心の働きを捨てる。世間を上手く渡ろうという企圖を持った心の動きを忘れる。「機」は、心の働き。機微。機心。

『梁書』巻三十四 張纘「彼忘機於粹日、乃聖達之明箴。妙品物於貞觀、曾何足而繫心」


不屈‥節を曲げない。志をつらぬく。くじけない。

『荀子』法行「溫潤而澤、仁也。縝栗而理、知也。堅剛而不屈、義也。廉而不劌、行也。折而不撓、勇也」

上安州裴長史書【第六段】

【原文】


又前禮部尚書蘇公、出爲益州長史①。白於路中投刺、待以布衣之禮②、因謂羣寮曰、此子天才英麗、下筆不③休、雖風力未成、且見專車之骨④。若廣之以學、可以相如比肩也⑤。四海明識具知此談⑥。

前此郡督馬公、朝野豪彥⑦。一見禮、許爲奇才。因謂長史李京之曰⑧、諸人之文、猶山無煙霞、春無草樹⑨。李白之文、清雄奔放、名章俊語、絡繹間起、光明洞徹、句句動人⑩。此則故交元丹、親接斯議⑪。

若蘇馬二公愚人也、復何足盡陳。儻賢賢也、白有可尚⑫。


【校勘】

羣寮：『唐文粋』は「郡寮」とする。
督馬公：『全唐文』は「都督馬公」とする。
一見禮：『郭本』『霏玉本』『咸淳本』『唐文粋』『全唐文』は「一見盡禮」とする。『王琦本』は「一見盡禮」とし、「盡」に注して「繆本少盡字」という。
煙霞：『郭本』『霏玉本』『王琦本』『全唐文』は「烟霞」とする。
絡繹：『唐文粋』は「駱驛」とする。
洞澈：『唐文粋』『郭本』『全唐文』は「洞徹」とする。『王琦本』は「洞徹」とし、注して「繆本作澈」という。
句句動人。此則故交元丹、親接斯議。若蘇馬二公愚人也：『唐文粋』にはこれらの句がない。『咸淳本』はこれらの句がなく、注に「一本云、句句動人。此則故交元丹、親接斯議。若蘇馬二公愚人也」という。
復何足：『唐文粋』は「何以」とする。
盡陳：『郭本』『霏玉本』『咸淳本』は「陳」とする。『王琦本』は「陳」とし、注して「繆本多一盡字」という。
儻賢賢：『唐文粋』は「儻其賢賢」とする。『全唐文』は「倘賢者」とする。

【訓讀】

又前《またさき》の禮部《れいぶ》尚書《しやうしよ》蘇公《そこう》、出《い》でて益州長史《えきしうちやうし》と爲《な》る。白路中《はくろちゆう》に於《おい》て刺《し》を投《とう》ずるに、待《たい》するに布衣《ふい》の禮《れい》を以《もつ》てし、因《よ》りて羣寮《ぐんれう》に謂《い》ひて曰《いは》く、此《こ》の子《し》天才英麗《てんさいえいれい》、筆《ふで》を下《くだ》して休《や》まず、風力未《ふうりよくいま》だ成《な》らずと雖《いへど》も、且《か》つ專車《せんしや》の骨《こつ》を見《あらは》す。若《も》し之《これ》を廣《ひろ》むるに學《がく》を以《もつ》てすれば、以《もつ》て相如《しやうじよ》と肩《かた》を比《なら》ぶ可《べ》きなり、と。四海《しかい》の明《めい》識《しき》具《つぶさ》に此《こ》の談《だん》を知《し》る。
前《さき》の此《こ》の郡《ぐん》の督《とく》馬公《ばこう》は、朝野《てうや》の豪彦《がうげん》なり。一見《いつけん》して禮《れい》し、許《ゆる》して奇才《きさい》と爲《な》す。因《よ》りて長史李京之《ちやうしりけいし》に謂《い》ひて曰《いは》く、諸人《しよじん》の文《ぶん》は、猶山《なほやま》に煙霞《えんか》無《な》く、春《はる》に草樹《さうじゆ》無《な》きがごとし。李白《りはく》の文《ぶん》は、清雄奔放《せいゆうほんぱう》にして、名《めい》章《しやう》俊語《しゆんご》、絡繹《らくえき》として間《ま》ま起《おこ》り、光明洞徹《くわうめいどうてつ》にして、句句《くく》人《ひと》を動《うご》かす、と。此《こ》れ則《すなは》ち故交元丹《こかうげんたん》、親《した》しく斯《こ》の議《ぎ》に接《せつ》す。
若《も》し蘇馬《そば》二公《にこう》の愚人《ぐじん》なるや、復何《またなん》ぞ盡《ことごと》く陳《の》ぶるに足《た》らん。儻《も》し賢《けん》を賢《けん》とするや、白《はく》に尚《たふと》ぶ可《べ》き有《あ》り。

【譯】

また前の禮部尙書の蘇公が益州長史として地方官にお出になったとき、その任地に赴かれる途中で私が名刺を通じましたところ、蘇公は私に無官の者の禮をとって對等に待遇して下さいました。そしてまわりの役人達に「この方は天才でたいそう優れていて、詩文を書き始めると筆を止めることがない。風采骨力ともにまだ未完成ではあるが、大人物になる品格を持っている。もし學問によってこれを育てれば、司馬相如にも比べられるほどの人物になることだろう。」とおっしゃったそうです。國中の識者がこの話を明確に知っております。

以前この郡の督郵であった馬公は、官界民間を通じての豪傑ですが、私に會うと卽座に禮を盡くして非凡な人物だと認めて下さいました。そして長史の李京之に、

「人々の文章は、霞がただよっていない山景色、草木が生えていない春景色のように味氣ないものだが、李白の文は、淸らかで勇壯で奔放で、すぐれた文すぐれた言葉がつぎづきと繰り出され、文意は光に照らされたように明らかで透徹しているし、實に一言一言が感動的だ」

とおっしゃったということです。これは古くからの友人の元丹が自分で聞いたということですから、間違いはありますまい。

この蘇公と馬公のお二人が愚かな人々だというならば、このようなことをお話ししても何にもなりますまい。もしこのお二人を賢い人々だとして尊重なさるならば、この方達がおっしゃるように、私にも見所があると言えるのではないでしょうか。

【注釋】

（1）又前禮部尙書蘇公出爲益州長史：ここからは、當時賢人とされていた人たちから、李白が高い評價を受けていることを言う。

前禮部尙書蘇公：蘇頲。字は廷碩。名門の出身で、若い頃から人望があり、宰相の任にも就いた。文章家としても名がある。

『舊唐書』卷八十八 蘇頲「頲、少有俊才、一覽千言。弱冠擧進士、授烏程尉、累遷左臺監察御史。（略）神龍中、累遷給事中、加修文館學士、俄拜中書舍人」

『新舊唐書』の傳から、蘇頲は開元八年から遲くとも十三年までの間、蜀の地にいたことがわかる。李白が出會ったのはこのころの事である。この記事から、當時蜀の地方が異民族の侵攻を受けて不安定であった樣子も分かる。

『舊唐書』卷八十八 蘇頲「(開元)八年除禮部尚書、罷政事、俄知益州大都督府長史」

『新唐書』卷一百二十五 蘇頲「八年罷爲禮部尚書。俄檢校益州大都督長史、按察節度劍南諸州。時蜀彫𢧐、人流亡。詔頲收劍南山澤鹽鐵自贍」

益州：今の成都。

『舊唐書』卷四十一 地理四 劍南道「成都府隋蜀郡。武德元年、改爲益州。置總管府、管益、綿、陵、遂、資、雅、嘉、瀘、戎、會、松、翼、嶲、南寧、昆、恭十七州」

(2) 白路中投刺、待以布衣之禮：李白は、恐らく紹介もなく、通りかかった蘇公の一行に名刺を渡し、面會を求めた。すると、蘇公は面會を承知してくれたばかりではなく、へりくだって李白と對等の禮で待遇してくれた。

投刺：名刺を出して面會を求める。古くからある習慣である。

『北齊書』卷五十一 楊愔傳「遂投刺轅門、便蒙引見」

待：應對する。待遇する。

「待」の主語を、李白と取ると、「李白は蘇公に對して、無位無冠の者に對する禮によって、對等の立場から挨拶をした。それを、蘇公は怒らずに、かえって李白を賞贊した」という意味になる。前句「路中投刺」の主語は李白なので、「待」の主語も李白であるとすれば、主語を變えることなく讀め、次の「因」以下の句も、「路中投刺、待以布衣之禮」の二句を受けての因果關係を示すこととなり、文章構造が素直に理解できる。

「待」の主語を蘇公と取ると、「李白が名刺を出したところ、蘇公はそれを見て、へりくだった布衣の禮を取り、李白を賞贊した」という意味になる。

ただ、次に擧げるように、「布衣之禮」の他の用例では、「身分の高い者が謙虚に布衣の禮をとった」という意味に使われている。そこで、ここでは「待」の主語を蘇公とし、後者の意味にとった。王琦も「年譜」でそのように解釋している。

布衣之禮：無位無冠の者が取る禮。

『三國志』呉書　巻五十九　孫登「登待接寮屬、略用布衣之禮、與恪、休、譚等或同輿而載、或共帳而寐」

『晉書』巻二十禮中「陛下以萬乘之尊、履布衣之禮、服粗席稾、水飲疏食、殷憂內盈」

『十六國春秋』巻六十　姚顯「機務之暇、賓客如雲、謙虛傳受、待士以布衣之禮」

梁・江淹『江文通集』巻三　自敍傳「建平王劉景素聞風而悅、待以布衣之禮、然少年嘗倜儻不俗、或爲世士所嫉、遂誣」

『舊唐書』巻六十四 韓王元嘉「與其弟靈夔甚相友愛、兄弟集見如布衣之禮」
『李太白集注』王琦「李太白年譜」開元八年庚申「太白於路中投刺、頲待以布衣之禮」
（3）此子天才英麗、下筆不休：ここから蘇頲の李白評が始まる。
下筆不休：著述に勵む様子をいう。詩文を書きあぐねて途中で休む、ということなく、次々に構想が生まれて、筆を置くことがない。優れた文章家に對する賞贊の言葉として使われる。
『文選』巻五十二 魏・曹丕「典論」論文「（班固）與弟超書曰、武仲以能屬文、爲蘭臺令史、下筆不能自休」
（4）『梁書』巻二十五 徐勉「勉善屬文、勤著述、雖當機務、下筆不休」
雖風力未成、且見專車之骨：未完成ではあるが、骨力のあることをいう。李白の人物について言っているとも考えられるが、前後が文章力についての記述なので、ここも、李白の文が未完成ではあるが骨太である、ということを言っているのであろう。
風力：風采骨力。人物評價に用いられる言葉。風采骨力があり、信念を曲げず、感化力を持つ人物の評に用いられる。
『宋書』巻八十四 孔覬「覬少骨梗有風力、以是非爲己任」
專車之骨：車いっぱいの骨、というところから骨力の大きな者を形容する。禹に殺された防風氏の骨と節が大きかった、という傳說による。

『史記』巻四十七　孔子世家「呉伐越、墮會稽、得骨節專車。呉使使問仲尼、骨何者最大。仲尼曰、禹致羣神於會稽山、防風氏後至、禹殺而戮之、其節專車、此爲大矣」集解韋昭曰「骨一節、其長專車。專、擅也」

『文選』第十二巻　晉・郭璞「江賦」「璅蛣腹蟹、水母目蝦。紫蚢如渠、洪蚶專車」注「國語、孔子曰、防風氏其骨節專車。賈逵曰、專、滿也」

（5）若廣之以學、可以相如比肩：将來は司馬相如とも肩を竝べるほどの文章家になるだろう、と李白の未來を豫言する。「之」は「李白の詩文」をいう。

相如：前漢の司馬相如。蜀の成都の人。字は長卿。「上林賦」などの華麗な辭賦を殘している。

この手紙の第三段にも名前が出てくる。

相如比肩：相如に竝ぶ、とは、文章家として最高の贊辭である。

『文心雕龍』巻十　才略「桓譚著論、富號猗頓、宋弘稱薦、爰比相如、而集靈諸賦、偏淺無才、故知長於諷諭、不及麗文也」

（6）四海明識具知此談：天下の人々も知っていることだ、ということで、蘇頲の言が事實であることを述べる。

四海：四方の海。轉じて、四方の海に圍まれた世界。すなわち全世界。天下。

『爾雅』第七巻　釋地「九夷、八狄、七戎、六蠻、謂之四海」

明識‥聰明な見識を持った人物。

『魏書』卷六十八 甄侃「至使朝廷明識、聽瑩其間、今而罷之、懼失前旨」

具知‥具體的に知っている、というときに用いられる言葉。

『史記』卷八十六 刺客「始公孫季功董生與夏無且游、具知其事、爲余道之如是」
(7) 前此郡督馬公、朝野豪彥‥ここから、名のある馬正會が李白を高く評價したことを述べる。
馬公‥安州都督府都督の馬正會。代宗の時代の名將、馬璘の祖父に當たる。

『文苑英華』卷八百九十二 熊執易「武陵郡王馬公神道碑」「在皇朝、松安嶲鄯四府都督、隴右節度、加鄜鄜三州刺史、右武左武二衞大將軍、扶風公、食邑千戶、贈光祿卿府君、諱正會公之曾祖也(略)四鎭北庭、涇原、鄭潁等節度使、開府儀同三司、尚書左僕射、知省事兼御史大夫、扶風郡王、贈司徒、太尉府君諱璘、公之烈考也」

『舊唐書』卷一百五十二 馬璘「馬璘、扶風人也。祖正會、右威衞將軍」

また、馬正會が安州都督となったのは、開元十六年頃と考えられる。

(郁賢皓『唐刺史考全編』安徽大學出版社 二〇〇〇年、郁賢皓『天上謫仙人李白的祕密——李白考論集』三〇八頁「安州馬都督考」臺灣商務印書館 一九九七年 參照)
(8) 長史李京之‥李白「上安州李長史書」の「李長史」ではないかと思われる。この人物については未詳。地位はこの手紙の宛先である裴長史と同じ。

（9）山無煙霞、春無草樹：文の味氣ない様子をたとえる。先行用例は未見。
『文心雕龍』巻六 風骨「雲霞雕色有踰畫工之妙。草木賁華、無待錦匠之奇」
初唐・張説「侍宴滻水賦得濃字」詩「雲霞交暮色、草樹喜春容」
中唐・朱灣「九日登青山」詩「舊地煙霞在、多時草木深」

（10）清雄奔放、名章俊語、絡繹間起、光明洞澈、句句動人：李白の詩句の優れていることを述べる。
前半は、次に擧げる『詩品』の謝靈運評に似る。
梁・鍾嶸『詩品』巻一「宋臨川太守謝靈運詩（略）名章迥句、處處間起、麗典新聲、絡繹奔會」
清雄：清らかで雄々しい。管見するところ、李白以前の用例はない。
北宋・蘇舜欽「呉江亭」詩「氣象清雄與大鄰、世間不合有埃塵」
絡繹：絶え間なくつぎつぎと續く様。人馬の往來、杯の應酬、手紙の到着などに用いられる語。
李白「答杜秀才五松見贈」詩「飛箋絡繹奏明主、天書降問迴恩榮」
間起：次々に起こる。
『晉書』巻七十五 贊曰「劉韓秀士、珠談間起。異術同華、葳蕤青史」
光明洞澈：輝いて透き通るような様。仙藥や佛身について用いられる語。「澈」は「徹」と同義。
『抱朴子』内編 祛惑 巻二十「石芝者（略）皆光明洞徹、如堅冰也」

齊・蕭子良「出三界外樂門」「若捨身命憐憫衆生、得佛金色身、光明洞徹、行住坐臥、震動大千相」

句句動人…全ての詩句が讀む者を感動させる。

盛唐・杜甫「蘇大侍御訪江浦賦八韻記異」詩序「余請誦近詩、肯吟數首、才力素壯、詞句動人」

(11) 故交元丹、親接斯議…友人を證人に立てて、馬正會の言が事實であることを言う。

元丹…元丹邱。李白が尊敬し、親しく交際していた道士。蜀にいた年少の頃から、生涯を通じて親交があった。李白の集中にしばしばその名が見える。元丹に關わる李白詩は、【補說】參照。

(12) 若蘇馬二公愚人也、復何足盡陳。儻賢賢也、白有可尙…蘇頲、馬正會を賢人として認めるならば、その二人に高く評價されている李白についても、尊敬するべきだ。逆に言えば、李白を輕蔑するならば、蘇頲と馬正會についても輕んじることになる、という論理である。

賢賢…賢者を賢者として尊重する。『論語』にある言葉。

『論語』學而「子夏曰、賢賢易色、事父母能竭其力」

『史記』卷一百三十 太史公自序「善善惡惡、賢賢賤不肖、存亡國、繼絕世、補敝起廢、王道之大者也」

『漢書』卷七十五 李尋「賢賢易色、取法於此」注「師古曰、賢賢、尊上賢人。易色、輕略於色、不貴之也」

【**補說**】李白詩に見られる元丹丘

「元丹丘歌」詩「元丹丘、愛神仙。朝飲潁川之清流、暮還嵩岑之紫煙。三十六峯長周旋。長周旋、躡星虹。身騎飛龍耳生風、横河跨海與天通。我知爾遊心無窮」

「潁陽別元丹丘之淮陽」詩「吾將元夫子、異姓爲天倫。本無軒裳契、素以煙霞親。嘗恨迫世網、銘意未伸。松柏雖寒苦、羞逐桃李春。悠悠市朝間、玉顏日緇磷。所失重山岳、所得輕埃塵。精魄漸蕪穢、衰老相憑因。我有錦囊訣、可以持君身。當餐黃金藥、去爲紫陽賓。萬事難竝立、百年猶崇晨。別爾東南去、悠悠多悲辛。前志庶不易、遠途期所遵。已矣歸去來、白雲飛天津」

「以詩代書答元丹丘」詩「青鳥海上來、今朝發何處。口銜雲錦字、與我忽飛去。鳥去凌紫煙、書留綺窗前。開緘方一笑、乃是故人傳。故人深相勗、憶我勞心曲。離居在咸陽、三見秦草祛。置書雙袂間、引領不暫閒。長望杳難見、浮雲横遠山」

「酬岑勳見尋就元丹丘對酒相待以詩見招」詩「黃鶴東南來、寄書寫心曲。倚松開其緘、憶我腸斷續。不以千里遙、命駕來相招。中逢元丹丘、登嶺宴碧霄。對酒忽思我、長嘯臨清飆。蹇予未相知、茫茫綠雲垂。俄然素書及、解此長渴飢。策馬望山月、途窮造階墀。喜茲一會面、若睹瓊樹枝。憶君我遠來、我懽方速至。開顏酌美酒、樂極忽成醉。我情既不淺、君意方亦深。相知兩相得、一顧輕千金。且向山客笑、與君論素心」

「與元丹丘方城寺談玄作」詩「茫茫大夢中、惟我獨先覺。騰轉風火來、假合作容貌。滅除昏疑盡、領略入精要。澄慮觀此身、因得通寂照。朗悟前後際、始知金仙妙。幸逢禪居人、酌玉坐相召。彼我俱若喪、雲山豈殊調。清風生虚空、明月見談笑。怡然青蓮宮、永願姿遊眺」

「尋高鳳石門山中元丹丘」詩「尋幽無前期、乘興不覺遠。蒼崖渺難涉、白日忽欲晚。未窮三四山、已歷千萬轉。寂寂聞猿愁、行行見雲收。高松來好月、空谷宜清秋。溪深古雪在、石斷寒泉流。峰巒秀中天、登眺不可盡。丹丘遙相呼、顧我忽而哂。遂造窮谷間、始知靜者閒。留歡達永夜、清曉方言還」

「觀元丹丘坐巫山屏風」詩「昔遊三峽見巫山、見畫巫山宛相似。疑是天邊十二峰、飛入君家彩屏裏。寒松蕭瑟如有聲、陽臺微茫如有情。錦衾瑤席何寂寂、楚王神女徒盈盈。高咫尺、如千里、翠屏丹崖燦如綺。蒼蒼遠樹圍荆門、歷歷行舟泛巴水。水石潺湲萬壑分、煙光草色俱氛氳。溪花笑日何年發、江客聽猿幾歲聞。使人對此心緬邈、疑入嵩丘夢綵雲」

「題元丹丘山居」詩「故人棲東山、自愛丘壑美。青春臥空林、白日猶不起。松風清襟袖、石潭洗心耳。羨君無紛喧、高枕碧霞裏」

「題元丹丘潁陽山居」詩幷序「丹丘家於潁陽、新卜別業、其地北倚馬嶺、連峯嵩丘、南瞻鹿臺、極目汝海、雲巖映鬱、有佳致焉、白從之遊、故有此作」「仙遊渡潁水、訪隱同元君。忽遺蒼生望、獨與洪崖群。卜地初晦跡、興言且成文。却顧北山斷、前瞻南嶺分。遙通汝海月、不隔嵩丘雲。之子合逸趣、而我欽清芬。擧跡倚松石、談笑迷朝。益願狎靑鳥、拂衣棲江濆」

「題嵩山逸人元丹丘山居」詩幷序「白久在廬霍、元公近遊嵩山、故交深情、出處無間、巖信頻及、許爲主人、欣然適會本意、當冀長往不返、欲便擧家就之、兼書共遊、因有此贈」「家本紫雲山、道風未淪落。沉懷丹丘志、沖賞歸寂寞。朅來遊閩荒、捫涉窮禹鑿。夤緣泛潮海、偃蹇陟廬霍。憑雷躡天窗、弄影憇霞閣。且欣登眺美、頗愜隱淪諾。三山曠幽期、四岳聊所託。故人契嵩潁、高義炳丹臒。滅跡遺紛囂、終言本峯壑。自矜林湍好、不羨朝市樂。偶與眞意幷、頓覺世情薄。爾能折芳桂、吾亦採蘭若。拙妻好乘鸞、嬌女愛飛鶴。提攜訪神仙、從此鍊金藥」

（郁賢皓『李白叢考』「李白與元丹丘交遊考」陝西人民出版　一九八二年版　參照）

上安州裴長史書【第七段】

【原文】

夫唐虞之際、於斯爲盛。有婦人焉、九人而已(1)。是知才難不可多得。白、野人也、頗工於文(2)。惟君侯顧之、無按劍(3)也。

【訓讀】

夫《そ》れ唐虞《とうぐ》の際《さい》、斯《ここ》に於《おい》て盛《さか》んと爲《な》す。婦人《ふじん》有《あ》り、九人《きうにん》のみ。是《こ》れ才《さい》の難《かた》くして多《おほ》く得《う》可《べ》からざるを知《し》る。白《はく》、野人《やじん》なるも、頗《すこぶ》る文《ぶん》に工《たくみ》なり。惟《こ》れ君侯之《くんこうこれ》を顧《かえり》み、剣《けん》を按《あん》ずること無《な》かれ。

【校勘】

顧之、無按劍也：『咸淳本』はこの句および次段の「伏惟君侯」句がなく、注して「一本云、顧之、無按劍也。伏惟君侯」という。

【譯】

古代の優れた天子である堯や舜が理想的な統治を行っていた頃は、立派な時代であったと言われています。（それでも天子の手足となって働いたのは五人しかいませんでした。）周は最も盛んで最も人材の多かった王朝ですが、武王の盛んな御代でも、人材としては内を治める一人の婦人と外を治める九人の臣しかいませんでした。（そこで、のちに孔子が「才能のある者を探し出すのは難しいものだ」と嘆いたと言います。）つまり才能のある者はなかなかいなくて、人材を多く得ることはできない、ということなのです。

私、李白は粗野な人間ですが、文章を書くことは、たいそう巧みです。閣下はこのことを考慮して、どうぞ剣に手をかけて私を叱りつけるようなことはなさらないでください。

【注釈】

（1）夫唐虞之際、於斯爲盛、有婦人焉、九人而已：ここからは、才能ある人物が少ないことを述べ、李白の才能を生かすことを求める。

唐虞の際とは古代の理想的な天子である堯と舜の時代。この時代には五人の優れた人材がいて天下はよく治められたと言う。周の武王の世もやはり世の中は大いに治まったというが、それでも、人材としては内を治める女性一人と外を治める臣下九人しかいなかったという。そこで、才能のある人物は得難いものだと孔子が嘆いた、と『論語』にある。

李白は『論語』のこの部分の一部を引用して、「人材は得難いのだ」ということを言う。

『論語』泰伯「舜有臣五人、而天下治。武王曰、予有亂臣十人。孔子曰、才難、不其然乎。唐虞之際、於斯爲盛、婦人有焉、九人而已。三分天下有其二、以服事殷、周之德、其可謂至德也已矣」孔安國解「唐者堯。號虞者舜。號際者堯舜交會之間。斯此也。言、堯舜交會之間、比於周。周最盛多賢才、然尚有一婦人、其餘九人而已。大才難得、豈不然乎」

（2）野人也、頗工於文：李白は己を卑下しつつ、「文に巧み」という點では自分は優秀な人材である、と主張する。

野人：粗野な者。いなか者。

『文選』巻十三　晉・潘岳「秋興賦」「僕野人也、偃息不過茅屋茂林下、談話不過農夫田父之客」

頗工於文：李白は朝廷や幕府で、政治家として遇されないという不満を持った、という説がある。しかし、このような詩文の端々に、李白自身やはり、まず文章家であるという自負を持っていたのだと感じられる。

『梁書』巻十三　沈約「謝玄暉善爲詩、任彥昇工於文章」

頗：かなり。標準を超えて。「非常に」という意味と「少々」という意味があるが、李白の他の用例を見ると、「非常に」という意味に用いているようである。ここも、李白が文章に對する自負の念を述べたと考えられよう。

李白「司馬將軍歌」詩「我見樓船壯心目、頗似龍驤下三蜀」

李白「贈張相鎬」詩二首之二「苦戰竟不侯、當年頗惆悵」

（3）惟君侯顧之、無按劍也：人材は得がたいのだから、才能ある人物を輕々しく怒って遠ざけるようなことをしてはいけない。この部分から、このとき、李白が裴長史を怒らせるような事件があった、と想像される。この手紙の目的は、その申し開きである。

君侯：これから後に「君侯」というのは、手紙の宛て先である裴長史を指す。

按劍：劍に手をかける。劍を抜く構えを見せながら叱りつける様子。

『史記』巻七十六　平原君「毛遂按劍、歷階而上」

『三國志』魏志　巻十八　李通「通按劍以叱之」

上安州裴長史書【第八段】

【原文】

伏惟君侯貴而且賢、鷹揚虎視①、齒若編貝、膚如凝脂②、昭昭乎若玉山上行、朗然映人也③。而高義重諾、名飛天京、四方諸侯、聞風暗許④。倚劍慷慨、氣干虹蜺⑤。月費千金、日宴羣客。出躍駿馬、入羅紅顏、所在之處、賓朋成市⑥。故時節歌曰、賓朋何喧喧、日夜裴公門⑦。願得裴公之一言、不須驅馬將華軒⑧。白不知君侯何以得此聲於天壤之間、豈不由重諾好賢、謙以得也⑨。而晩節改操、棲情翰林、天才超然、度越作者⑩。屈佐邵國、時惟清哉⑪。稜威雄雄、下慴羣物⑫。

【校勘】

玉山上行：『唐文粋』は、「玉山之行」とする。

映人也：『唐文粋』には「也」無し。

賓朋：『唐文粋』は、二箇所とも「賓客」とする。

時節：『唐文粋』『咸淳本』『郭本』『霏玉本』は、「時人」とする。『王琦本』は「時人」とし、注して「繆本作節」

という。『全唐文』は「詩人」とする。

將：『唐文粹』『郭本』『霏玉本』『全唐文』は、「埒」とする。『王琦本』は、「埒」とし、注して「繆本作將」という。

謙以得：『唐文粹』『全唐文』は、「謙以下士得」とする。

天才：『王琦本』は「天材」とする。

郘國：『唐文粹』『郭本』『霏玉本』『全唐文』は、「鄍國」とする。『王琦本』は「鄍國」とし、「鄍」に注して「繆本作郘」とする。

下慴：『繆本』は「下熠」とする。『王琦本』は注して「繆本作熠」という。

【訓讀】

伏《ふ》して惟《おも》ふに、君侯《くんこう》貴《たふと》くして且《か》つ賢《かしこ》く、鷹《たか》のごとく揚《あ》がり虎《とら》のごとく視《み》、齒《は》は編貝《へんばい》の若《ごと》く、膚《はだ》は凝《ぎよう》脂《し》の如《ごと》く、昭昭乎《せうせうこ》として玉山《ぎよくざん》の上《うへ》を行《ゆ》くが若《ごと》く、朗然《らうぜん》として人《ひと》に映《えい》ずるなりと。而《しか》して義《ぎ》を高《たか》くし諾《だく》を重《おも》んじ、名《な》は天京《てんけい》に飛《と》び、四方《しはう》の諸侯《しよこう》、風《ふう》を聞《き》きて暗《ひそか》に許《ゆる》す。劍《けん》に倚《よ》りて慷慨《こうがい》し、氣《き》は虹蜺《こうげい》を干《をか》す。月々《つきづき》に千金《せんきん》を費《つひや》し、日々《ひび》に羣客《ぐんきやく》を宴《えん》す。出《い》でては駿馬《しゆんめ》を躍《をど》らせ、入《いり》ては紅顔《こうがん》を羅《つら》ね、所在《しよざい》の處《ところ》、賓朋《ひんぼう》市《いち》を成《な》す。

故《ゆゑ》に時節《じせつ》歌《うた》ひて曰《いは》く、賓朋何《ひんぼうなん》ぞ喧喧《けんけん》たる、日夜《にちや》裴公《はいこう》の門《もん》。願《ねが》はくは裴公《はいこう》の一言《いちごん》を得《え》ん、驅馬《くば》と華軒《くわけん》を須《もち》ゐず、と。

白《はく》君侯《くんこう》の何《なに》を以《もつ》て此《こ》の聲《せい》を天壤《てんじやう》の間《かん》に得《え》たるかを知《し》らざるも、豈《あに》諾《だく》を重《おも》んじ賢《けん》を好《この》み、謙《けん》なるに由《よ》り以《もっ》て得《え》しものならざらんや。
而《しかう》して晩節《ばんせつ》に操《さう》を改《あらた》め、情《じやう》を翰林《かんりん》に棲《す》まはせ、天才超然《てんさいていぜん》として、作者《さくしゃ》を度越《どゑつ》す。屈《くつ》して鄖國《うんこく》に佐《さ》たり、時《こ》れ惟《こ》れ清《きよ》きかな。稜威《りようゐ》雄雄《ゆうゆう》として、下《しも》 羣物《ぐんぶつ》を慴《おそ》れしむ。

【譯】

私が愚考いたしますのに、閣下は高貴で賢明なお人柄で、鷹のように高く舞い上がり、虎のように鋭く見、齒は貝殻を連ねたように美しく、肌は固まった脂のように白くきめ細かく、皓々と輝いて玉山の上を歩いているように、人々を明るく照らし出すような方でいらっしゃいます。

そして義理に厚く一度引き受けたことは必ず實行し、その名聲は都にまで聞こえ、天下四方の諸侯も、噂を傳え聞いて心中大した方だと思っているのです。

閣下が剣によりかかっておおいに氣を吐くと、閣下の意氣は空にかかる虹を碎かんばかりに高く揚がりましょう。毎月一千金を費やして、毎日大勢の客を宴會に招いていらっしゃいます。屋敷の外では人々が駿馬を走らせてやって來るし、内に入っては若者達が連なり、閣下がおいでのところ、賓客や友人方が集まってきて市場のような賑わいでございます。

そこで世の人々は、「賓客朋友が何とにぎやかなことか、朝も晩も、裴公の門前は。裴公の一言をいただきさえすれば、馬を走らせたり貴顯に竝んだりする必要はない。」と歌っているほどでございます。

私はどうして天下に閣下のこのような名聲が響きわたったのか存じませんが、一度引き受けたら必ず實行なさる閣下の誠實さと、賢者を大切になさる度量とにより、またその謙遜なお人柄とから、この名聲が生まれたのではないでしょうか。

そして晩年になってお氣持ちを改め、文學に心をお寄せになりますと、天性の才能が高く抜きんでて、世の文學者たちを追い越したのでした。

身を屈して長官の補佐として安州の政治に攜わるとは、實に清廉な方でいらっしゃいます。閣下の雄々しく盛んなご威光は、下々の者を畏れはばからせております。

【注釋】

（1） 貴而且賢、鷹揚虎視：ここから、裴長史を贊美する。
鷹揚虎視：高いところから遠方を鋭く眺める樣子。識見の廣いこと。『文選』卷四十二 魏・應璩「與侍郎曹長思書」「皆鷹揚虎眎、有萬里之望」注「翰曰、鷹揚虎視、言、其雄勇之士、力有萬里之望」

（2） 齒若編貝：竝べられた貝殼。前漢の東方朔を描寫する言葉による。ここから、容姿についてほめる。
『漢書』卷六五 東方朔「臣朔年二十二、長九尺三寸、目若懸珠、齒若編貝」

膚如凝脂：凝固した油脂は、肌が白くきめ細かいことの形容。『詩經』の句による。

『詩經』衛風　碩人「手如柔荑、膚如凝脂」

（3）昭昭乎若玉山上行、朗然映人也：容姿が堂々として輝くようだ。用例に擧げる『世說新語』の裴叔則を形容する語による。

昭昭乎：明かな樣子

『韓詩外傳』巻二「昭昭乎若日月之光明、燎燎乎如星辰之錯行」

玉山上行、朗然映人也：「玉山」は人の容姿が美しいことの比喩に用いられる。「朗然」は光り輝く樣。「映人」は「照人」と同じ。人を照らし出す。

『世說新語』容姿「時人以爲玉人。見者曰、見裴叔則、如玉山上行、光映照人」

『晉書』巻三十六　衛玠「玠字叔寶。年五歲、風神秀異。祖父瓘曰、此兒有異於衆、顧吾年老、不見其成長耳。總角乘羊車入市、見者皆以爲玉人、觀之者傾都。（略）又嘗語人曰、與玠同遊、冏若明珠之在側、朗然照人」

（4）高義重諾、名飛天京、四方諸侯、聞風暗許：次に名聲についてほめる。

高義：正義にかなった高尚な行い。またその人。

『後漢書』巻八十三　逸民列傳　梁鴻「竊聞夫子高義、簡斥數婦、妾亦偃蹇數夫矣」

重諾：一度引き受けたことをあくまで守ること。任俠の傾向を帯びた德目の一つ。次に擧げる

「季布の一諾」が知られている。

『漢書』巻三十七 季布「季布楚人也。爲任俠有名。（中略）楚人諺曰得黃金百、不如得季布諾」

重諾が、李白が重要視していた徳行の一つであることは、次の文で相手を褒める言葉に使っていることからもわかる。ちなみに、唐代の文人でこの言葉を使う者は少ない。

李白「江夏送倩公歸漢東序」「傾產重諾、好賢攻文」

李白「武昌宰韓君去思頌碑」「少卿當塗縣丞感槩重諾、死節於義」

名飛天京：長安まで名聲が傳わること。「天京」は「京都」、すなわち長安。

李白「秋日於太原南柵餞陽曲王贊公賈少公石艾尹少公應擧赴上都序」「咸道貫於人倫、名飛於日下」

李白「贈張相鎬」詩二首之二「功略蓋天地、名飛靑雲上」

李白「自溧水道哭王炎」詩三首之一「名飛日月上、義與風雲翔」

聞風：うわさを聞く。風のたより。

李白「贈嵩山焦鍊師」序「余訪道少室、盡登山十六峯、聞風有寄、灑翰遙贈」

暗許：心の中で、當然のことだと思っている。暗默の内に認める。默許。

李白「陳情贈友人」詩「延陵有寶劍、價重千黃金。觀風歷上國、暗許故人深」

（5）倚劍慷慨、氣干虹蜺：劍をもって意氣軒昂たる樣子。

『文選』巻三十四 魏・曹植「七啓」「揮袂則九野生風、慷慨則氣成虹蜺」李善注「劉邵趙郡賦曰、煦氣成虹蜺、揮袖起風塵」

倚劍…劍によりかかる。

李白「發白馬」詩「倚劍登燕然、邊烽列嵯峨」

李白「登邯鄲洪波臺置酒觀發兵」詩「觀兵洪波臺、倚劍望玉關」

李白「郢門秋懷」詩「倚劍增浩歎、捫襟還自憐」

慷慨…意氣盛んなこと。

李白「金陵新亭」詩「王公何慷慨、千載仰雄名」

干虹蜺…虹蜺は龍の雌雄であるとも陰陽の精であるとも言われる。氣が天を突くほど盛んであること。

李白「古風」詩「鼻息干虹蜺、行人皆怵惕」

（6）出躍駿馬、入羅紅顏、所在之處、賓朋成市…多くの人々に慕われていることを述べる。

入羅紅顏…「紅顏」は若々しい顏、若者。屋敷の中は若者が立ち働いていて活氣にあふれている。

また、「紅顏」は女性についても言うので、ここは宴席の女性たちを指すのかもしれない。

魏・曹植「閨情」詩二首之二「紅顏韡曄、雲髻嵯峨」

李白「流夜郎贈辛判官」詩「夫子紅顏我少年、章臺走馬着金鞭」

所在之處、賓朋成市…裴長史を慕う人々で、裴長史の居るところは市のようににぎやかだ。次に舉げる『後漢書』張楷傳の記事による表現。

『後漢書』巻三十六 張楷「隱居弘農山中、學者隨之、所居成市。後華陰山南遂有公超市」

『漢魏六朝百三家集』巻八十四 梁・元帝「全德志序」「南陽樊重、高閣連雲。北海公沙、門人成市」

賓朋…賓客と朋友

南宋・鮑照「代堂上歌行」詩「車馬相馳逐、賓朋好容華」

（7）時節歌曰、賓朋何喧喧、日夜裴公門…世の人々の評判を述べる。

時節…當時。當時の人。裴長史と同時代の民衆。様々な評判が歌になって流布した。『唐文粋』等にある「時人」の方が解釋しやすいが、文意は同じである。

『後漢書』巻四十上 班彪 子固 注「時人歌之曰、田於何所、池陽谷口。鄭國在前、白渠起後」

『晉書』巻三十三 王祥「時人歌之曰、海沂之康、實賴王祥。邦國不空、別駕之功」

『南史』巻十五 檀道濟「時人歌曰、可憐白浮鳩、枉殺檀江州」

何喧喧…なんと騒がしい。大勢の人が口々に言い立てる様子。

李白「贈宣城趙太守悦」詩「六國揚清風、英聲何喧喧」

李白「聞丹丘子於城北營石門幽居中有高鳳遺跡僕離群遠懷亦有棲遁之志因敘舊以寄之」詩「陌

上何喧喧、都令心意煩」

李白「送程劉二侍郎兼獨孤判官赴安西幕府」詩「安西幕府多材雄、喧喧惟道三數公」

（8）願得裴公之一言、不須驅馬將華軒‥裴公の一言を得れば、馬を走らせることも美しい車に乗ることも必要ない。裴公の一言の方が、富や地位よりも重要だ、という誇張したいい方。「與韓荊州書」の冒頭に「生れて萬戶侯となるを用ひず、但願はくは一たび韓荊州に識られんことのみ」という句と同じ發想である。

將‥前置詞として竝列の「と」の意味に解釋した。『唐文粹』等にある「埒」は「等しい」の意。用例を見ると、富や地位が何々と等しい、と言うようなときに用いられる。いずれを取っても、文意は同じ。

『史記』巻三十 平準書 第八「故吳諸侯也、以即山鑄錢、富埒天子、其後卒以叛逆」集解徐廣曰「埒者、際畔。言鄰接相次也。」駰按「孟康曰、富與天子等而微減也。或曰埒、等也」

（9）白不知君侯何以得此聲於天壤之間、豈不由重諾好賢謙以得也‥重諾と好賢と謙という徳によって裴長史が名聲を得ている。暗に、諾を重んじ賢人を大切にして欲しい、ということを言う。この文、「謙」という字が讀みにくく、またリズムも亂している。「不由……得」というイディオムで取るべきところなので「重諾好賢で謙で」と讀んだ。

何以得此聲‥これほどの名聲をどうやって手に入れたのか。「重諾」で有名な季布の傳にある言葉による。

『史記』巻一百 季布「曹丘至、即揖季布曰、楚人諺曰、得黃金百、不如得季布一諾。足下何以得此聲於梁楚閒哉」

（10）晚節改操、悽情翰林、天才超然、度越作者：裴長史が年を取ってから文筆に志し、優れた作品を書いていること。

晚節：晚年

李白「留別廣陵諸公」詩「晚節覺此疏、獵精草太玄」

盛唐・高適「贈別王十七管記」詩「晚節蹤曩賢、雄詞冠當世」

改操：行いを改める。

『楚辭』哀時命「雖知困其不改操兮、終不以邪枉害方」

『後漢書』巻三十一 孔奮「奮自爲府丞、已見敬重、及拜太守、擧郡莫不改操」

悽情：氣持ちを寄せる。實際は町中に住んでいても、氣持ちは山奥にある、というようなときに用いられる。

齊・竟陵王蕭子良「遊後園」詩「託性本禽魚、悽情閑物外」

晉・蕁綠華「贈羊權」詩「悽情莊惠津、超形象魏林」

翰林：文壇。また文學。朝廷にある翰林院を指すこともあるが、ここでは文學の意味に使われている。
李白「夏日奉陪司馬武公與群賢宴姑孰亭序」「司馬南隣當文章之旗鼓、翰林客卿揮辭峯以戰勝」
天才：天性の才能。
梁・昭明太子「答晉安王書」「汝本有天才、加以受好」
度越：超過する。他よりすぐれている。
『漢書』巻八十七下 揚雄「若使遭遇時君、更閲賢知、爲所稱善、則必度越諸子矣」
作者：著述や藝術的な創作に攜わる人。
『文選』序「至於今之作者、異乎古昔、古詩之體、今則全取賦名」
『文選』第四十二巻 魏・吳質「答東阿王書」「還治諷采所著、觀省英瑋、實賦頌之宗、作者之師也」
(11) 屈佐郘國、時惟清哉：安州長史として地方長官の補佐役に甘んじたこと。
屈佐：身を屈して副官に甘んじる。本來ならばより重要な任務に就く能力を有するが、今は甘んじて安州の長史となっている。
『宋書』巻七十 袁淑「淑始到府、濬引見、謂曰、不意舅遂垂屈佐」
郘國：「鄖國」に同じ。周の時の國の名。春秋時代、楚に滅ぼされた。安陸一帯に當たる。
『史記』巻四十 楚世家「王走鄖」注「括地志云、安州安陸縣城、本春秋時鄖國城也」

時惟：「時」は「是」に同じ。『詩經』大雅 大明「維師尚父、時維鷹揚」の「時維」の語は、一に「時惟」と書かれていた。おそらくはこれを襲って、讃辭を述べるときに「時惟」の語が用いられる。

『漢書』巻九十九上 王莽「詩云、惟師尚父、時惟鷹揚、亮彼武王」

晉・孫楚「會王侍中座上」詩「顯允君子、時惟英邵」

梁・蕭子雲「雍雅」「穆穆天子、時惟聖敬」

盛唐・包佶「祀風師樂章」迎神「鼎俎修蠁、時惟禮崇」

（12）稜威雄雄、下慴羣物：裴長史に威嚴があり、下々の者が畏ればかっていること。

稜威：威光。

『漢書』巻五十四 李廣「怒形則千里竦、威振則萬物伏。是以名聲暴於夷貉、威稜憺乎鄰國」注「李奇曰、神靈之威曰稜」

李白「大獵賦」「稜威耀乎雷霆、烜赫震于蠻貊」

雄雄：威勢の盛んな様。

『楚辭』「雄雄赫赫、天德明只」補注「雄雄赫赫、威勢盛也。言楚王有雄雄之威、赫赫之勇」

羣物：多くの物。萬物。ここでは安州の下僚や人民を指す。

『史記』巻二十四 樂書 第二「和、故百物皆化。序、故羣物皆別」

上安州裴長史書【第九段】

【原文】

白竊慕高義、已經十年、雲山間之、造謁無路。(1)今也運會、得趨末塵、承顔接辭、八九度矣。(2)常欲一雪心跡、崎嶇未便。(3)

何圖謗詈忽生、衆口攢毀。(4)將欲投杼下客、(5)震於嚴威。(6)

【校勘】

謗詈‥『唐文粹』『郭本』『霏玉本』『咸淳本』は「謗言」とする。『王琦本』は「謗言」とし、注して「繆本作詈」という。

將欲‥『唐文粹』『郭本』『霏玉本』『咸淳本』は「將恐」とする。『王琦本』は「將恐」とし、注して「繆本作欲」という。

【訓讀】

白《はく》竊《ひそ》かに高義《かうぎ》を慕《した》ふこと、已《すで》に十年《じふねん》を經《ふ》るも、雲山之《うんざんこれ》を間《へだ》て、造謁《ざうえつ》するに路《みち》無《な》し。今《いま》や運會《うんめぐ》り、末《まつ》塵《ちん》に趨《はし》るを得《え》、顔《かんばせ》を承《う》け辭《じ》に接《せつ》すること八九度《はちくど》なり。常《つね》に一《ひと》たび心跡《しんせき》を雪《すす》がんと欲《ほっ》すれども、崎嶇《きく》として未《いま》だ便《べん》ならず。
何《なん》ぞ圖《はか》らんや謗詈《ばうり》忽《たちま》ち生《しやう》じ、衆口攢毀《しゆうこうさんき》せんとは。將《まさ》に杼《ちよ》を下客《かきやく》に投《とう》じ、嚴威《げんゐ》を震《ふる》はんと欲《ほっ》す。

【譯】

私がひそかに閣下の高い志をお慕い申しあげるようになって、すでに十年になります。雲のかかる高い山に隔てられ、お目通りしたいと思っても手だてがございませんでした。ところが最近運がめぐってまいりまして、確か八回か九回、末席からご尊顔を拝し、お聲に接する機會がございました。そこでお目にかかるたびに、一度は心の内をお話したいと願っておりましたが、閣下に至る道は險しく、親しくお目にかかる手だてもないままに過ごしておりました。

思ってもおりませんでした。私を非難する者が現れ、大勢で口を揃えて誹謗するなどということがあろうとは。そして、息子の無實の罪をついに信じてしまったという、かの曾參の母の話のように、閣下は人々の言うことを信じて、嚴しい怒りを振るおうとなさっています。

【注釋】

（1）白竊慕高義、已經十年、雲山間之、造謁無路：十年も前から裴長史を慕っていたが、面會の機會がなかったことを述べる。おそらくは蜀にいたころから名聲を聞いていたのであろう。そのころは遠く險しい道の彼方にいて、面會の手段もなかった。

竊慕：内心で慕う。

『文選』第三十九巻 梁・江淹「建平王上書」「竊慕大王之義、復爲門下之賓、備鳴盜淺術之餘、豫三五賤伎之末」

高義：立派な德。すぐれた正義。

『文選』第二十七巻 樂府上 魏・曹植「美女篇」詩「佳人慕高義、求賢良獨難」

雲山間之：「間」は「隔」と同じ。隔てる。李白と裴長史の間を長くて險しい距離が隔てていた。

中唐・錢起「病鶴篇」詩「雲山隔路不隔心、宛頸和鳴長在想」

造謁：地位の高い人に面會する。

『南史』巻二十九 蔡撙「性甚凝厲、善自居適。女爲昭明太子妃、自詹事以下咸來造謁、往往稱疾相聞、間遣之」

無路：方法がない。

『楚辭』九章 惜誦「固煩言不可結詒兮、願陳志而無路」王逸注「路、道也。（略）欲見君陳己志、又無道路也」

（2）今也運會、得趨末塵、承顏接辭、八九度矣：ようやく末席に連なる機會ができたことを述べる。

運會：世の巡り合わせに會う。時運の際會。
初唐・李密「淮陽感懐」詩「一朝時運會、千古傳名謚」
末塵：後塵と同じ。他人のうしろ。
梁・江淹「拝正員外郎表」「心懐末塵、情慙洞戸」
承顔接辭：顔を見て言葉に接する。身分の高い人に親しく接すること。
『漢書』巻七十一 雋不疑「今乃承顔接辭。凡爲吏、太剛則折、太柔則廢。威行施之以恩、然後樹功揚名、永終天祿」

（3）常欲一雪心跡、崎嶇未便：面會を果たした後、まだ親しく個人的な話をするには至っていなかった。
一雪：ひとたび、すすぐ。一擧に洗い流す。冤罪や恥をはらす時などに用いる語。
『周書』巻一 文帝「若得一雪冤酷、萬死無恨」
心跡：心持ち。意中。また、心と行い。志と行跡。
『文選』第三十巻 南宋・謝靈運「齋中讀書」「昔余遊京華、未嘗廢丘壑。矧迺歸山川、心跡雙寂漠」
崎嶇：山道の険しい様。世路の困難な様。障害があって到達するのが難しい様子。
漢・蔡邕『蔡中郎集』巻五「太傅文恭侯胡公碑」「崎嶇險約之中、以盡孝友之道」

『文選』第十三巻　禰衡「鸚鵡賦」「流飄萬里、崎嶇重阻」注「埤蒼曰、崎嶇、不平也」

（4）何圖謗言忽生、衆口攅毀：ここから、最近、李白をめぐる非難が起こっていることを述べる。本書の核心に入る。李白が何か問題を起こしたのか、人々が李白を非難し始めた。

何圖：おもいがけず。

謗詈：そしる言葉。非難する言葉。悪口。謗言と同じ。

『春秋左傳』巻二十八　起成公　傳十八年春「民無謗言、所以復霸也」

忽生：思いがけず生まれる。

『周書』巻十一　晉蕩公護「不意陛下不照愚臣款誠、忽生疑阻」

衆口：多くの人々の言葉、評判。衆口による非難は黄金をも溶かしてなくすと言う。

『國語』周語「故諺曰、衆心成城、衆口鑠金」呉・韋昭注「鑠、銷也。衆口所毀、雖金石猶可消之也」

李白「送薛九被讒去魯」詩「黄金消衆口、白璧竟難投」

攅毀：群がり集まってこわす。袋だたきにする。用例未見。

（5）投杼下客：最初は無實だと信じてはいても、幾度も他人から犯罪について聞かせられる内に、本當に罪を犯したと思うようになることを言う。『戰國策』にある秦の曾參の故事による。

曾參と同名の者が殺人の罪を犯した。曾參が殺人を犯したという知らせを聞いた母親は、曾參が殺人をするはずがないと思って、機を織り續けた。別の者が來て曾參の殺人を知らせたが、母親はまだ機を織り續けていた。しかし、三人目が來て曾參の殺人を知らせると、母親は杼を投げ捨てて逃げ出した。

杼を投げる、とは、多くの人の言を信じて、息子が本當に罪を犯したのではないか、と母が疑うこと。ここでは、衆口の謗言を信じて、李白が本當に罪を犯したのではないか、と裴長史が疑うこと。

李白は、人々の非難が根據のないものであることを言いつつ、裴長史が人々の非難を信じて叱責することを恐れる。「下客」は李白自身のこと。「將欲」は「～しようとする」。

『戰國策』巻四 秦策「昔者曾子處費、費人有與曾子同名族者而殺人。人告曾子母曰曾參殺人。曾子之母曰、吾子不殺人。織自若。有頃焉、人又曰、曾參殺人。其母尙織自若也。頃之一人又告之曰、曾參殺人。其母懼、投杼、踰墻而走。夫以曾參之賢、與母之信也、而三人疑之、則慈母不能信也」

李白「繫尋陽上崔相渙」詩「毛遂不墮井、曾參寧殺人。虛言誤公子、投杼惑慈親」

下客：下等な賓客。自分の謙稱。ここでは李白自身のこと。

『後漢書』巻十四 齊武王縯「論曰、大丈夫之鼓動拔起、其志致蓋遠矣。若夫齊武王之破家厚士、豈游俠下客之爲哉」

盛唐・孟浩然「與杭州薛司戸登樟亭樓作」詩「帟幕英僚敞、芳筵下客叨」

（6）震於嚴威：「震威」と同じ意味。威力をふるう。嚴しく叱責する。裴長史は、李白を嚴しく罰しようとしている。

嚴威：きびしくおごそかな威光。

李白「古風」詩「桂蠹花不實、天霜下嚴威」

李白「古風」詩「秦皇按寶劍、赫怒震威神」

上安州裴長史書【第十段】

【原文】

然自明無辜、何憂悔悋(1)。孔子曰、畏天命、畏大人、畏聖人之言(2)。過此三者、鬼神不害(3)。若使事得其實、罪當其身(4)、則將浴蘭沐芳(5)、自屏於烹鮮之地、惟君侯死生(6)。不然投山竄海、轉死溝壑(7)。豈能明目張膽、託書自陳耶(8)。

昔王東海問犯夜者曰、何所從來。答曰、從師受學、不覺日晩。王曰、吾豈可鞭撻甯越、以立威名(9)。想君侯通人、必不爾也(10)。

【校勘】

悔恪：『唐文粋』『繆本』『郭本』『霏玉本』『全唐文』『王琦本』は「悔吝」とする。『咸淳本』は「悔悋」とする。

吾豈：『全唐文』は「吾」の字無し。

【訓讀】

然《しかれど》も自《みづか》ら無辜《むこ》なること明《あき》らかなれば、何《なん》ぞ悔恪《くわいかく》を憂《うれ》へんや。孔子《こうし》曰《いは》く、天命《てんめい》を畏《おそ》れ、大人《たいじん》を畏《おそ》れ、聖人《せいじん》の言《げん》を畏《おそ》る、と。此《こ》の三者《さんしや》を過《す》ぐれば、鬼神《きしん》すら害《そこな》はず。若《も》し事《こと》其《そ》の實《じつ》を得《え》、罪《つみ》其《そ》の身《み》に當《たう》すれば、則《すなは》ち将《まさ》に蘭《らん》に浴《よく》し芳《はう》に沐《もく》し、自《みづか》ら烹鮮《はうせん》の地《ち》に屏《しりぞ》かんとす。惟《こ》れ君侯《くんこう》死生《しせい》せよ。

然《しか》らずんば、山《やま》に投《とう》じ海《うみ》に竄《のが》れ、溝壑《こうがく》に轉死《てんし》せん。豈《あに》能《よ》く目《め》を明《あき》らかにし膽《きも》を張《は》り、書《しよ》に託《たく》して自《みづか》ら陳《の》べんや。

昔王東海《むかしわうとうかい》夜《よ》を犯《をか》す者《もの》に問《と》ひて曰《いは》く、何《いづ》れの所《ところ》從《よ》り來《きた》るや、と。答《こた》へて曰《いは》く、師《し》に從《したが》ひて學《がく》を受《う》け、日《ひ》の晩《く》るるを覺《おぼ》えず、と。王曰《わういは》く、吾《われ》豈《あに》甯越《ねいゑつ》を鞭撻《べんたつ》して、以《もつ》て威名《ゐめい》を立《た》つ可《べ》けんや、と。

想《おも》ふに君侯《くんこう》は通人《つうじん》なれば、必《かなら》ずや爾《しか》らざらんと。

【譯】

けれども、私自身、無實であることははっきりわかっておりますので、他人になんと言われようとも、後悔することになるかなどと心配することが、どうしてありましょうか。孔子が「天命を畏れ、大人を畏れ、聖人の言葉を畏れる。」と言っております。この三つを畏れ愼みさえすれば、鬼神でさえ人を害することはないわけでございます。

もしお裁きによって眞實が明らかになり、私が罪に相當するということになりましたなら、私はきっと香り草で身を清め、自分から、政治がよく行われているこの地に退いて身を愼んでおりましょう。その時には閣下だけが私の生死を決めることができるのでございます。

そうでなければ、私は山深いところに逃げ、海の彼方に隱れ、ついには行き倒れとなって死んでしまうことでございましょう。どうしてこのように正々堂々と勇氣をふるって、手紙をさしあげて自分から申し開きをする事などできましょうか。

その昔、東海太守の王承が、夜歩きを禁じた法令を犯した者に、「どこから來たのか。」と尋ねたところ、その者は「師から教えを受けていて、つい日が暮れたのに氣がつきませんでした。」と答えたそうです。その時王太守は、「勉學に志して周王の師となったという古人の甯越に似た人物を鞭打ってまで、威力のある人だという名聲を得ようとは思わぬ。」と言ってその者を許したそうでございます。

閣下も道理の分かった方でいらっしゃいますから、良い志を持つ人物の過失をとがめるようなことは、きっとなさるまいと思います。

【注釋】

（1）自明無辜、何憂悔吝：ここからは、裴長史の寛大な扱いを願う。まず、自分は明らかに無實であることを知っているから、どうぞ裁いてことの眞實を明らかにしてほしい、と言う。

自明：自ら無實が明らかである。無實であることを自分が知っていること。「自明」には、このほかに「自ずから明らかである」という意味もあるが、文意から前者を取った。

『隋書』巻三十五 經籍志 楚辭「屈原、被讒放逐、乃著離騷八篇、言己離別愁思、申杼其心、自明無罪、因以諷諫、冀君覺悟、卒不省察、遂赴汨羅死焉」

無辜：罪のないこと。無罪。

『詩經』小雅 節南山之什 巧言「悠悠昊天、曰父母且。無罪無辜、亂如此幠。昊天已威、予愼無罪。昊天大幠、予愼無辜」

悔悋：後悔して恐れ愼む。

『唐文粹』巻四十五 晩唐・司空圖「疑經」「若書於諸侯之史、是悔悋其貨、而侮王命也」

（2）畏天命、畏大人、畏聖人之言：天命、大人、聖人の言葉以外のものは畏れるに足らない、ということと、この三つを常に畏れ謹んで背かないようにしていることを述べる。『論語』の言葉。

『論語』季氏 第十六「孔子曰、君子有三畏。畏天命、畏大人、畏聖人之言。小人不知天命而不畏也。狎大人、侮聖人之言。」何晏注「大人卽聖人、與天地合其德」又「深遠不可易知、則聖人之言也」

（3）過此三者、鬼神不害‥この三つさえ畏れ愼めば、鬼神もそこなうことはない。

過此三者‥三者は、天命、大人、聖人の言の三。「過」の字、「過ぎる、超える」という意味から、「この三つを超越すれば、その他の何者も怖くはない」と解釋した。しかし、この「過」字の正確な意味は明らかではない。待考。

鬼神‥死者の靈。人に害を及ばす怪異な存在。

『史記』巻八十七　李斯「狐疑猶豫、後必有悔。斷而敢行、鬼神避之」

鬼神不害‥鬼神も害をなさない。「三畏を過ぎれば鬼神も害さない」という言葉の典故は未見。

『呂氏春秋』第二十二巻　求人「賢者所聚、天地不壞、鬼神不害、人事不謀、此五常之本事也」

（4）若使事得其實、罪當其身‥ここからは、もし自分が罪に相當するなら、いかようにでも裁いてほしい、ということを述べる。

事得其實‥事實を得る。ある事柄について、その眞實を知る。

『東観漢記』巻十九　徐防「事得其實、道得其眞於此」

（5）浴蘭沐芳‥蘭を入れた湯で體を洗い香のある水で髪を洗う。身を清めること。

『楚辭』九歌　雲中君「浴蘭湯兮沐芳、華采衣兮若英」

（6）自屏於烹鮮之地、惟君侯死生‥裴長史の治める地に退き謹愼するので、私を裁いてください。次に擧げる『史記』の記事による表現。『史記』范雎傳では、「胡貉の地に退く」とあるが、李白のこの文では、「烹鮮の地」となっている。「烹鮮の地」とは、政治が注意深く行われている土地、であって、「胡貉の地」とはだいぶ異なる。「烹鮮の地」を、「裴長史が治める地」と解釋した。

『史記』卷七十九 范雎「賈頓首言死罪、曰、賈不意君能自致於青雲之上、賈不敢復讀天下之書、不敢復與天下之事。賈有湯鑊之罪、請自屏於胡貉之地、唯君死生之」

烹鮮之地：小魚を煮るように愼重に政治が行われている地方。

『老子』居位 第六十「治大國若烹小鮮。」

（7）投山竄海、轉死溝壑：罪のある者の樣子。ここからは、もし李白が自分に罪があると思っていたら、いまごろ逃げ隱れしていただろう、ということを述べる。

投山竄海：山に逃れ、海に隱れる。罪を恥じて逃げまどう樣。

『南史』卷二十三 王藻「若恩詔難降、披請不申、便當刊膚剪髮、投山竄海」

轉死溝壑：野垂れ死にをする。溝壑はみぞ、谷間。物を捨てるところ。

『孟子』梁惠王下「凶年饑歲、子之民、老羸轉於溝壑、壯者散而之四方者、幾千人矣」

『墨子』第四卷 兼愛下「今歲有癘疫、萬民多有勤苦凍餒、轉死溝壑中者、既已衆矣」

『漢書』卷六十四上 嚴助「數年歲比不登、民待賣爵贅子以接衣食、賴陛下德澤振救之、得毋轉死溝壑」

（8）豈能明目張膽、託書自陳耶：罪のない者の様子。もしも自分が罪人だと思えば、このように堂々と手紙を差し上げることはあるまい、ということを述べる。
明目張膽：目を見張り、腹を据える。勇氣を振るう様子。

『史記』巻八十九 陳餘「將軍瞋目張膽、出萬死不顧一生之計、爲天下除殘也」

『晉書』巻九十八 王敦「今日之事、明目張膽爲六軍之首、寧忠臣而死、不無賴而生矣」

『舊唐書』巻八十八 韋思謙「大丈夫當正色之地、必明目張膽以報國恩、終不能爲碌碌之臣保妻子耳」

託書自陳：手紙を人に託して、自ら無實を主張する。「託書自陳」の用例は他に見つからなかったが、「上書自陳（書を上つりて自ら陳べる）」という例は多い。

『史記』巻八十七 李斯「斯所以不死者、自負其辯、有功、實無反心、幸得上書自陳、幸二世之寤而赦之」

『論衡』第二巻 吉驗篇「聞竇皇后新立、家在淸河觀津、乃上書自陳。竇太后言於景帝、召見問其故、言問其往事。果是、乃厚賜之」
（9）昔王東海問犯夜者〜：晉の東海太守王承の政治が寛大であった事を述べて、裴長史の寛大な處置を乞う。晉の王承は、夜間外出禁止令を犯して夜に外を歩いていた者を捕えたとき、その者が勉學に熱心なあまり時を過ごしたことを知り、甯越のように勉學熱心な者を罰して名聲を擧げるのは政治の根本ではない、と言って釋放した。

『晉書』卷七十五 王承「有犯夜者、爲吏所拘、承問其故。答曰、從師受書、不覺日暮。承曰、鞭撻甯越以立威名、非政化之本。使吏令歸家。其從容寬恕若此」

甯越：戰國時代の人。農耕に苦しみ、學問に勵み、十五年で學問が成って、周公威の師となる。

漢・高誘『呂氏春秋』卷二十四 博志「甯越、中牟之鄙人也。苦耕稼之勞、謂其友曰、何爲而可以免此苦也。其友曰、莫如學、學三十歲、則可以達矣。甯越曰、請以十歲。人將休、吾將不敢休。人將臥、吾將不敢臥。十五歲而周威公師之」

『文選』卷五十二 吳・韋曜「博奕論」「若甯越之勤、董生之篤、漸漬德義之淵、棲遲道藝之域」
(10) 君侯通人、必不爾也：寬大な扱いを期待する。裴長史は博識でものの分かった方だから、罪のない過失を犯した者を嚴しく處分することはないだろう、と期待する。
通人：博識で、知識を利用する能力のある者。
『論衡』卷十三 別通篇「通人、積文十篋以上、聖人之言、賢者之語、上自黃帝、下至秦漢、治國肥家之術、刺世譏俗之言、備矣」
『論衡』卷十三 超奇篇「通書千篇以上、萬卷以下、弘暢雅閑、審定文讀、而以教授爲人師者、通人也」
必不爾也：きっとそんなことはないだろう。

『晋書』巻四十九 光逸「若不暫温、勢必凍死。奈何惜一被而殺一人乎。君子仁愛、必不爾也」

上安州裴長史書【第十一段】

【原文】

願君侯恵以大遇、洞開心顔(1)、終乎前恩(2)、再辱英眄(3)。白必能使精誠動天、長虹貫日(4)、直度易水、不以爲寒(5)。若赫然作威、加以大怒、不許門下、逐之長途(6)、白卽膝行於前、再拜而去、西入秦海、一觀國風(7)、永辭君侯、黄鵠擧矣(8)。

何王公大人之門、不可以彈長劍乎(9)。

【校勘】

英眄…『王琦本』『全唐文』は「英盼」とする。
大遇…『唐文粹』は「大愚」とする。
作威…『唐文粹』は「振威」とする。
逐之…『郭本』は「遂之」とする。
黄鵠…『唐文粹』は「黄鶴」とする。

【訓讀】
願《ねが》はくば君侯《くんこう》惠《めぐ》むに大遇《たいぐう》を以《もつ》てし、心顏《しんがん》を洞開《どうかい》し、前恩《ぜんおん》を終《と》げ、再《ふたた》び英眄《えいはん》を辱《かたじけな》くせんことを。白《はく》必《かなら》ずや能《よ》く精誠《せいせい》をして天《てん》を動《うご》かし、長虹《ちやうこう》をして日《ひ》を貫《つらぬ》かしめ、直《ただ》ちに易水《えきすい》を度《わた》るも、以《もつ》て寒《さむ》しと爲《な》さざらん。若《も》し赫然《かくぜん》として威《ゐ》を作《な》し、加《くは》ふるに大怒《だいど》を以《もつ》てし、門下《もんか》を許《ゆる》さず、之《これ》を長途《ちやうと》に逐《お》はば、白卽《はくすなは》ち前《まへ》に膝行《しつかう》し、再拜《さいはい》して去《さ》り、西《にし》のかた秦海《しんかい》に入《い》り、一《ひと》たび國風《こくふう》を觀《み》、永《なが》く君侯《くんこう》を辭《じ》し、黃鵠《くわうこく》のごとく擧《あ》がらん。

何《なん》ぞ王公大人《おうこうたいじん》の門《もん》に、以《もつ》て長劍《ちやうけん》を彈《だん》ず可《べ》からざらんや。

【譯】
どうか大いに寛大な處置をお惠み下さり、心からお顏をほころばせ、以前からかけていただいておりました御恩を全うして下さり、前のように英明な思し召しをかけて引き立てて下さいますようお願いいたします。私李白はきっと眞心によって天をも動かし、そのために大きな虹が太陽を貫くことでございましょう。かの刺客荊軻《けいか》は「易水寒し」と歌って主のために命をかけて秦の王を殺しに行ったということでございますが、私は冷たい易水の河の水さえ寒いと思わずに閣下のために働くことでございましょう。

もし閣下が斷固として威力をお示しになり、その上大いにお怒りになり、私が門下に出入りすることを許さず、遠くに追い拂ってしまおうとなさるのでしたら、私は御前にひざまずき、お別れのご挨拶をして出て行き、遠く西の方、秦海に赴き、彼の地の國ぶりをつぶさに見て、大いなる能力を持った黄色い仙鶴が高く飛び去ってしまうように、永遠に閣下の下からいなくなることでしょう。

後に主人孟嘗君の危機を救った戰國時代の馮驩のように、地位のある方の門前で、知遇を求めて長い剣を叩いて歌を歌ってはならない、ということはありますまい。私も馮驩のように、剣をたたいて閣下のご理解を待っているのでございます。

【注釋】

（1）惠以大遇、洞開心顏：ここから、裴長史が李白を許してくれたら、李白は裴長史のために懸命に仕える、と言うことを述べる。

大遇：よい條件で待遇する。

『文選』第四十一巻 孔融「論盛孝章書」「昭王築臺以尊郭隗、隗雖小才而逢大遇、竟能發明主之至心、故樂毅自魏往、劇辛自趙往、鄒衍自齊往」

洞開：大きくひらく。一般には次のように、門が開くときに使われる言葉である。

『文選』巻一 漢・班固「西都賦」「閨房周通、門闥洞開」

ここでは、「開心」「開顏」の意味に用いている。

李白「夢遊天姥吟留別」詩「安能摧眉折腰事權貴、使我不得開心顔」
開心…心を開く。うちとける。
李白「扶風豪士歌」詩「原嘗春陵六國時、開心寫意君所知」
開顔…破顔する。顔をほころばせる。
李白「酬岑勳見尋就元丹丘對酒相待以詩見招」詩「開顔酌美酒、樂極忽成醉」
李白「北上行」詩「何日王道平、開顔覩天光」
心顔…心と顔。また、内心の思いが表れた顔。
李白「王屋山人魏萬歸王屋」詩「白馬走素車、雷奔駭心顔」

（2）終乎前恩…「前恩」は、「顔を承け辭に接すること、八九度矣」と、以前に裴長史に會っていることを指す。

前恩…以前に受けた恩。前に受けた待遇。

『北史』巻九十八 蠕蠕「今乞依前恩、賜給精兵一萬、還令督率領、送臣磧北、撫定荒人」

終…成る。完成させる。

『國語』周語下「高朗令終」注「終猶成也」

（3）再辱英眄…ふたたび目をかけて引き立てていただきたい、の意。管見する所、「辱眄」の李白以前の用例はないが、「辱知」と同じような意味と思われる。

英眄：美しい目。

齊・謝朓「和伏武昌登孫權故城」詩「江海既無波、俯仰流英眄」

李白「贈從弟南平太守之遙」詩二首之一「翰林秉筆回英眄、麟閣崢嶸誰可見」

（4）精誠動天、長虹貫日：『史記』鄒陽傳に見られる燕太子丹の故事の應劭注に「精誠感天、白虹爲之貫日也」とある。これ以後、「不以爲寒」の句まで、『史記』の荊軻傳による。

『史記』卷八十三鄒陽「臣聞忠無不報、信不見疑、臣常以爲然、徒虛語耳。昔者荊軻慕燕丹之義、白虹貫日、太子畏之」集解「應劭曰、燕太子丹質於秦、始皇遇之無禮、丹亡去、故厚養荊軻、令西刺秦王。精誠感天、白虹爲之貫日也。如淳曰、白虹、兵象。日爲君。」烈士傳曰「荊軻發後、太子自相氣、見虹貫日不徹、曰、吾事不成矣。後聞軻死、事不立、曰、吾知其然也」

精誠：まごころ。純粋な誠意。

李白「古風」詩「精誠有所感、造化爲悲傷」

李白「東海有勇婦」詩「白刄耀素雪、蒼天感精誠」

李白「至陵陽山登天柱石酬韓侍御見招隱黃山」詩「見我傳祕訣、精誠與天通」

動天：天を動かす。天を感動させる。

李白「擬恨賦」「左右垂泣、精魂動天」

李白「與韓荊州書」「制作侔神明、德行動天地」

李白「崇明寺佛頂尊勝陁羅尼幢頌」「非至徳動天、深仁感物者、其孰能與於此乎」

長虹貫日‥太陽は君主。虹が太陽を貫くとは、虹が太陽を犯して政變が起こる、という意味。ここでは戦いで相手の君主を倒す、主人の命令は必ず果たす、というほどの意味か。

『後漢書』巻六十下 郎顗「巳時白虹貫日。凡日傍氣色白而純者、名爲虹。貫日中者、侵太陽也。見於春者政變常也」

李白「擬恨賦」「至如荊卿入秦直度易水、長虹貫日寒風颯起」

（5） 直度易水、不以爲寒‥やはり、荊軻の故事を使って、主人の爲には、「風蕭蕭兮易水寒」と歌われる易水も冷たいとは思わない、と言う。

直ちに‥一氣に。

直度易水‥主人のために躊躇なく艱苦を侵して志しを貫く事。戰國時代、燕の太子丹は秦王に怨みを抱き、荊軻に暗殺を依頼した。荊軻がいよいよ易水を渡って秦に赴くという時の、易水のほとりでの別れの様子が『史記』に描かれている。

『史記』巻八十六 刺客列傳 荊軻「太子及賓客知其事者、皆白衣冠以送之。至易水之上、旣祖、取道、高漸離撃筑、荊軻和而歌、爲變徵之聲、士皆垂涙涕泣。又前而爲歌曰、風蕭蕭兮易水寒、

壯士一去兮不復還」

荊軻の企ては惜しくも破れたが、命をかけて志しに背かなかったその行いは世に稱えられ、『史記』

の列傳に加えられて後世に名を殘したのである。

（6）赫然作威、加以大怒、不許門下、逐之長途‥ここから、裴長史が怒って李白を許そうとせず、破門した場合について述べる。

赫然‥かっとして。怒るさま。

『後漢書』巻八十六　張皓「若聞義不服、天子赫然震怒」

（7）膝行於前、再拜而去、西入秦海、一觀國風‥このとき、李白は、もし許しが出ずに追放されたら、西方、すなわち長安の方向に行こう、と考えている。ここから、この後、李白は結局裴長史に許されず破門されて、長安方面に赴いたのではないか、と考えられる。

膝行‥膝を地面につけて進む。畏れ愼む樣。

『莊子』巻九　外物「陽子居不答至舍、進盥漱巾櫛、脱屨戸外、膝行而前」

再拜而去‥丁寧にお辭儀をして退出する。

『晉書』巻一百三　劉曜「有二童子入跪曰、管涔王使小臣奉謁趙皇帝獻劒一口。置前、再拜而去」

秦海‥西域。長安の西方。また、戰國時代の秦の國にあたるので、長安や長安一帯をいう。

『後漢書』一百十八　西域「延光二年、敦煌太守張璫上書、陳三策、以爲北虜呼衍王常展轉蒲類、秦海之間」注「大秦國、在西海西。故曰秦海也」

初唐・駱賓王「久戍邉城有懷京邑」詩「覇池遙夏國、秦海望陽紆。沙塞三千里、京城十二衢」

國風‥その地方に固有の風俗、文化。

『史記』巻三 殷本紀「武帝卽位、思復興殷、而未得其佐。三年不言政事、決定於家宰、以觀國風」
（8）永辭君侯、黃鵠擧矣‥黃鵠のごとくすぐれた人材が飛び立ってしまう。次に擧げる田饒の故事による言葉。田饒は魯の國で重用されず、燕に去った。そして燕で重用され、宰相となった。三年ののち、燕の國は平和になり、盜賊もいなくなった。これを見て魯の哀公は大いに後悔した、とある。
永辭‥永遠に辭去する。

『楚辭』九懷 陶壅「濟江海兮蟬蛻、絕北梁兮永辭」注「超過海津、長訣去也」

黃鵠擧‥偉大な鳥が飛び去る。偉大な人物が去る。

『韓詩外傳』巻二「田饒去魯適燕。（略）田饒事魯哀公而不見察、田饒謂哀公曰、臣將去君、黃鵠擧矣」
（9）何王公大人之門、不可以彈長劍乎‥王公大人に奉公することを求める。「王公大人」を裴長史と取ると、「いや、黃鵠は擧がることはない。裴長史のもとで、よりよい待遇を求めていけないわけはあるだろうか」と、最後にもう一度裴長史の理解を求める言葉だと考えられる。「王公大人」を裴長史以外の貴人と取ると、「裴長史のもとを去ったならば、他の有力者の門下に付こう」という決意を述べることとなる。この手紙の意圖から考えて、前者の、もう一度裴長史に依賴をする、という意味に解釋した。

王公大人：身分の高い人。德のある立派な人。

『墨子』第二卷 第九篇 尙賢中「子墨子言曰、今王公大人之君人民、主社稷、治國家、欲脩保而勿失、故不察尙賢爲政之本也」

彈長劍：良い待遇で奉公することを求める。孟嘗君と馮驩の故事による。孟嘗君の食客となった馮驩は、唯一の持ち物である劍をたたいて乘り物や家を要求した。馮驩は後に、孟嘗君が齊の國から見捨てられたとき、齊を說得して孟嘗君の危難を救うこととなった。

『史記』卷七十五 孟嘗君「初、馮驩聞孟嘗君好客、躡蹻而見之。孟嘗君曰、先生遠辱、何以敎文也。馮驩曰、聞君好士、以貧身歸於君。孟嘗君置傳舍十日、孟嘗君問傳舍長曰、客何所爲。答曰、馮先生甚貧、猶有一劍耳、又蒯緱。彈其劍而歌曰、長鋏歸來乎、食無魚。孟嘗君遷之幸舍、食有魚矣。五日、又問傳舍長。答曰、客復彈劍而歌曰、長鋏歸來乎、出無輿。孟嘗君遷之代舍、出入乘輿車矣。五日、孟嘗君復問傳舍長。舍長答曰、先生又嘗彈劍而歌曰、長鋏歸來乎、無以爲家。孟嘗君不悅。（略）齊王惑於秦、楚之毀、以爲孟嘗君名高其主而擅齊國之權、遂廢孟嘗君。諸客見孟嘗君廢、皆去。馮驩曰、借臣車一乘、可以入秦者、必令君重於國而奉邑益廣、可乎。孟嘗君乃約車幣而遣之。馮驩乃西說秦王曰、天下之游士馮軾結靷西入秦者、無不欲彊秦而弱齊。馮軾結靷東入齊者、無不欲彊齊而弱秦。此雄雌之國也、勢不兩立爲雄、雄者得天下矣。秦王跽而問之曰、何以使秦無爲雌而可。馮驩曰、王亦知齊之廢孟嘗君乎。秦王曰、聞之。馮驩曰使齊重於天下者、孟嘗君也。今齊王以毀廢之、其心怨、必背齊。背齊入秦、則齊國之情、人事之誠、盡委之秦、齊地可得也、豈直爲雄也。君急使使載幣陰迎孟嘗君、不可失時也。如有齊覺悟、復用孟嘗君、則雌雄之所在未可知也。秦王大悅、迺遣車十乘黃金百鎰以迎孟嘗君」

【補說（一）】

宋の洪邁は、この手紙を讀んで、李白のような大賢人が、一州の補佐官に過ぎない者に苦しめられていることを嘆いている。この時代の李白に對する見方が伺われる。

宋・洪邁『容齋四筆』卷三「李太白怖州佐」「李太白『上安州裴長史書』云『白竊慕高義、得趨末塵。（略）稜威雄雄下、慴羣物』。予謂、白以白衣入翰林。其蓋世英姿、能使高力士脫韡於殿上。豈拘拘然怖一州佐者邪。蓋時有屈伸、正自不得不爾。大賢不偶神龍、困於螻蟻、可勝歎哉」

【補說（二）】

解題に述べたように、このとき、結局、裴長史は李白の懇願を聞き入れず、李白の罪を許さなかった、と想像される。このあと李白は裴長史の下を去って、また諸國漫遊に旅立ち、この手紙の最後に述べるように「秦海」すなわち長安方面に赴いたと考えられる。李白の第一回目の長安行である。（郁賢皓『天上謫仙人的祕密―李白考論集』「李白初入長安事跡探索」「李白兩入長安及有關交遊考辨」臺灣商務印書館　一九九七年　參照）

四、與韓荊州書

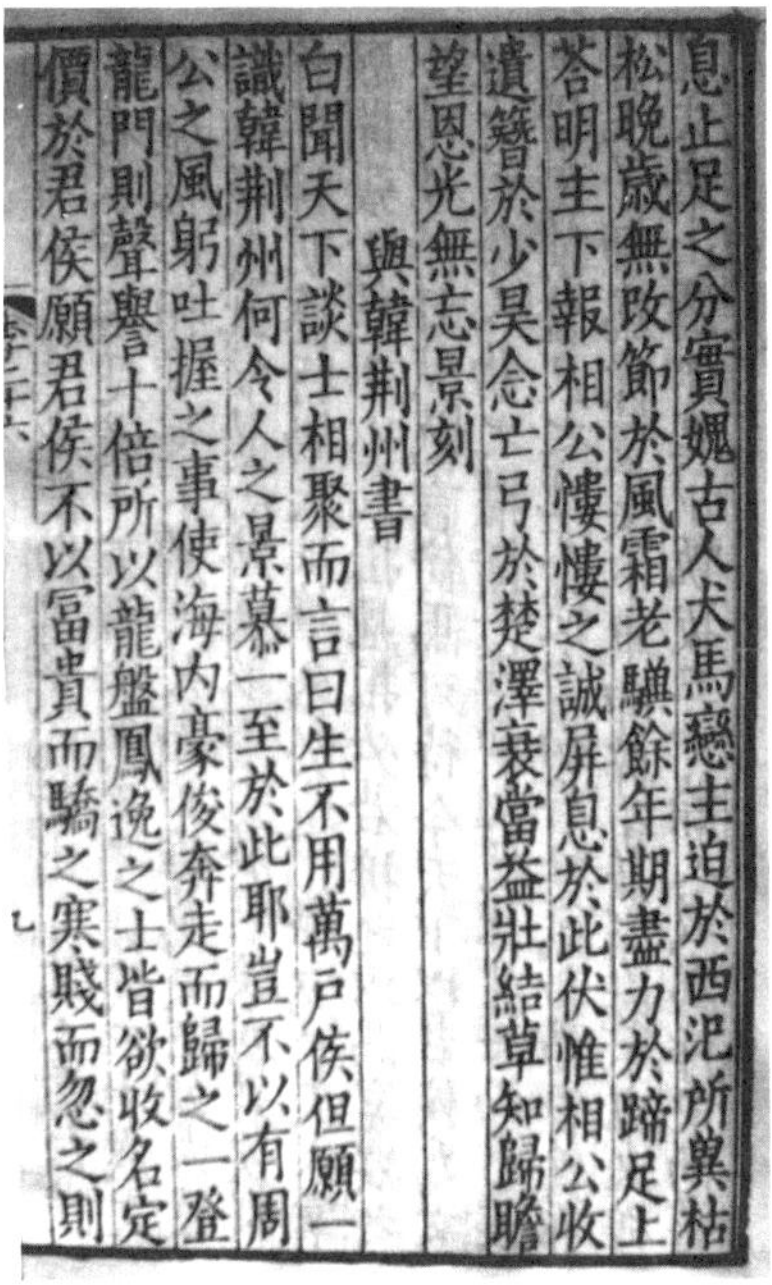
息止足之分實媿古人犬馬戀主迫於西氾所巽枯
松晚歲無攺節於風霜老驥餘年期盡力於蹄足上
荅明主下報相公慺慺之誠屏息於此伏惟相公收
遺簪於少昊念亡弓於楚澤衰當益壯結草知歸瞻
望恩光無忘景刻

與韓荊州書

白聞天下談士相聚而言曰生不用萬戶侯但願一
識韓荊州何令人之景慕一至於此耶豈不以有周
公之風躬吐握之事使海內豪俊奔走而歸之一登
龍門則聲譽十倍所以龍盤鳳逸之士皆欲收名定
價於君侯願君侯不以富貴而驕之寒賤而忽之則

繆　本

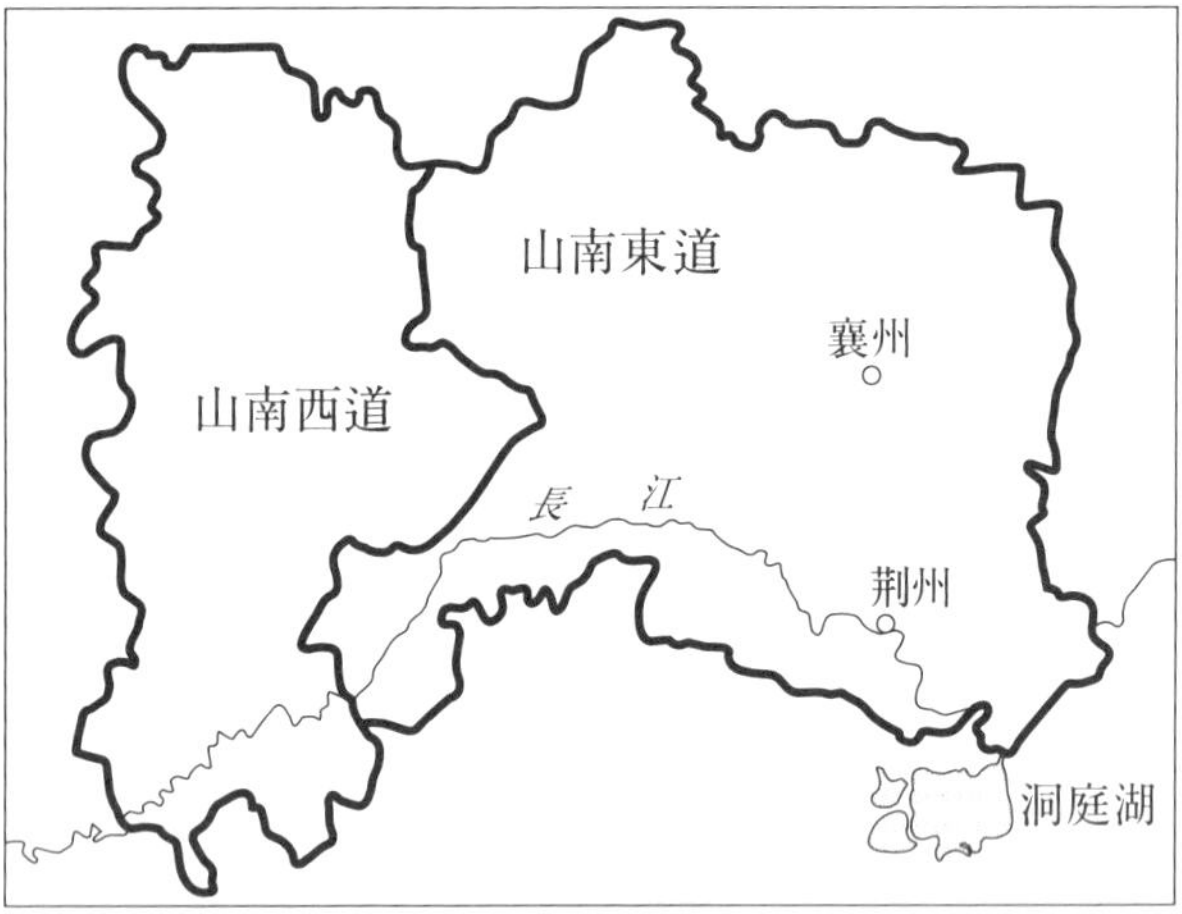

山南道地圖

與韓荊州書【第一段】

【解題】

開元二十二年（七三四）襄陽で荊州長史の韓朝宗に拜謁したときの作品である。文末【考證】參照。李白の代表作の一つとされ、『古文眞寶』後集 卷十 書類、『古文觀止』唐文 卷七に收められる。手紙の中で、李白は韓朝宗に拜謁して詩文の力を試されることを希望し、そののち任官のための推薦を得ることを求めている。

【原文】與韓荊州(1)書

白聞天下談士相聚而言曰、生不用萬戶侯、但願一識韓荊州(2)。何令人之景慕、一至於此耶(3)。豈不以有周公之風、躬吐握之事、使海內豪俊奔走而歸之、一登龍門則聲譽十倍(4)。所以龍盤鳳逸之士、皆欲收名定價於君侯(5)。

願君侯不以富貴而驕之、寒賤而忽之(6)、則三千賓中有毛遂。使白得穎脫而出、卽其人焉(7)。

【校勘】

「與韓荊州書」…『唐文粹』は「與韓荊州朝宗書」とする。

不用萬戸侯…『全唐文』『古文眞寶』『古文觀止』は「不用封萬戸侯」とする。

何令人…『唐文粹』は「何人」とする。

於此耶…『唐文粹』『古文眞寶』『古文觀止』は「於此」とする。

有周公…『唐文粹』『古文眞寶』『古文觀止』は「周公」とする。

聲譽…『全唐文』『古文眞寶』『古文觀止』は「聲價」とする。

十倍…『唐文粹』は「千倍」とする。とする。

龍盤…『唐文粹』『全唐文』『古文眞寶』『古文觀止』は「蟠」とする。

願君侯…『古文眞寶』『古文觀止』は「願」の字を缺く。

三千賓中…『唐文粹』『古文眞寶』『古文觀止』は「三千之中」とする。

穎脫…『咸淳本』『郭本』『霏玉本』『王琦本』は「穎脫」とする。『全唐文』は「脫穎」とする。

【訓讀】韓荊州《かんけいしう》に與《あた》ふる書《しよ》

白《はく》　天下《てんか》の談士《だんし》　相聚《あひあつ》まりて言《い》ふを聞《き》くに曰《いは》く、生《うま》れて萬戸侯《ばんここう》たるを用《もち》ゐず、但《ただ》願《ねが》ふ、一《ひと》たび韓荊州《かんけいしう》に識《し》られんことを、と。何《なん》ぞ人《ひと》の景慕《けいぼ》をして一《いつ》に此《ここ》に至《いた》ら令《し》むるや。豈《あに》　周公《しうこう》の風《ふう》有《あ》り、吐握《とあく》の事《こと》を躬《みづから》し、海内《かいだい》の豪俊《がうしゆん》をして、奔走《ほんそう》して之《これ》に歸《き》せしめ、一《ひと》たび龍門《りようもん》に登《のぼ》れば、則《すなは》ち聲譽《せいよ》は十倍《じふばい》なら使《し》むるを以《もつ》てせざらんや。龍盤鳳逸《りゆうばんほういつ》の士《し》の、皆《みな》　君侯《くんこう》に名《な》を收《をさ》め價《あたひ》を定《さだ》められんと欲《ほつ》する所以《ゆゑん》なり。

願《ねが》はくは君侯《くんこう》富貴《ふうき》を以《もっ》て之《これ》を驕《おご》らしめ、寒賤《かんせん》もて之《これ》を忽《あなど》らざれば、則《すなは》ち三千《さんぜん》の賓中《ひんちゅう》に毛遂《もうすい》有《あ》り。白《はく》をして穎脱《えいだつ》して出《い》づることを得《え》しめば、即《すなは》ち其《そ》の人《ひと》たらん。

【譯】

天下の論客は集まるところこう言うそうです。「人として生まれて、萬戸侯にならずともよいが、ただひとたび韓荊州の面識を得ることを願う」と。なにが、閣下に對する人々の景慕の念をこれほどまでにさせているのでしょうか。韓荊州には、古代の聖人周公の風格があって、周公のように、洗髪中でも食事中でも直ちに立って來客に面會する、というふうに、自ら熱心に人材を求め、天下の賢士が閣下のもとに驅けつけて歸順すると、出世の登龍門を登らせ、その者の名聲を十倍にもさせるといいますが、そのためではないでしょうか。まだ世に出ていない龍や鳳凰のように優れた人材が、閣下から名聲を與えられ評價を定めて頂きたいと望むのは、そのためなのです。

どうか閣下は、その者が豐かで地位が高いからといって、傲りたかぶらせておきませんように、また、その者が貧しく地位が低いからといって侮るようなことをなさいませんように。そうすれば、三千人もの食客の中には、毛遂のように秀でた人材がいるものです。私の才能を世に出させて頂ければ、私こそ、その毛遂のような人物となることでしょう。

【注釋】

（1）韓荊州：題名の「與韓荊州書」を見ると、『宋本』目錄と『咸淳本』目錄及び『唐文粹』では「荊州」の下に「朝宗」の二字を置く。韓荊州はすなわち韓朝宗のことである。

『新唐書』卷一百一十八 韓思復 子 朝宗「朝宗初歷左拾遺。睿宗詔作乞寒胡戲。諫曰、昔辛有過伊川、見被髮而祭、知其必戎。今乞寒胡非古不法、無乃爲狄。又道路藉藉、咸言皇太子微服觀之。且匈奴在邸、刺客卒發、大憂不測、白龍魚服、深可畏也。況天象變見、疫癘相仍、厭兵助陰、是謂無益。帝稱善、特賜中上考。帝傳位太子、朝宗與將軍龐承宗諫曰、太子雖睿聖、宜且養成盛德。帝不聽。累遷荊州長史。開元二十二年、初置十道採訪使、朝宗以襄州刺史兼山南東道」

唐代の荊州には大都督府が置かれていた。このとき韓朝宗は荊州大都督府長史であり、襄州刺史を兼ねていたことになる。

李白にはこの手紙の他に、「憶襄陽舊遊贈馬少府巨」詩があり「昔爲大堤客、曾上山公樓。高冠佩雄劍、長揖韓荊州」という。ここから、李白が襄陽で韓荊州に拜謁したことがわかる。

（2）白聞天下談士相聚而言曰、生不用萬戶侯、但願一識韓荊州：冒頭に、韓荊州に關する世間の評判を置く。人々は、出世するよりも、韓荊州の知遇を得ることを望む、という。「上安州裴長史書」にも、この部分の論理の展開と同じような發想の記述が見られる。

李白「上安州裴長史書」「賓朋何喧喧、日夜裴公門。願得裴公之一言、不須驅馬將華軒」

談士…もとは「遊說の士」の意味。戰國時代、様々な主張を持って諸侯のもとを訪れ、辯舌によって仕官を求めていた者。

『史記』巻七十 張儀「且夫従人多奮辭而少可信、説一諸侯而成封侯、是故天下之游談士莫不日夜搤腕瞋目切齒以言從之、便以說人主。人主賢其辯而牽其說、豈得無眩哉」

『文選』第四十一巻 孔融「論盛孝章書」「今孝章實丈夫之雄也、天下談士、依以揚聲、而身不免於幽縶、命不期於旦夕」

後代では、「時事について自分の主張を持って議論をする者」「論客」というほどの意味でも使われるようになった。

宋・司馬光『傳家集』巻六十五「天下談士、異口同舌、咸謂之賢」

李白のこの文の用法も、「論客」「談論を好む者」の意味に近いが、王朝成立の混亂時の名殘から、まだ、名を揚げようとする「遊說の士」の意味を含んでいた。

萬戶侯…一萬の戶數がある廣い土地を持つ領主。

『新唐書』巻四十六 百官一 尚書省吏部「凡爵九等。一曰王、食邑萬戶、正一品。二曰嗣王、郡王、食邑五千戶、從一品。三曰國公、食邑三千戶、從一品。四曰開國郡公、食邑二千戶、正二品。五曰開國縣公、食邑千五百戶、從二品。六曰開國縣侯、食邑千戶、從三品。七曰開國縣伯、食邑七百戸、正四品上。八曰開國縣子、食邑五百戸、正五品上。九曰開國縣男、食邑三百戸、從五品上」

『史記』巻七十九 范睢「一見趙王、賜白璧一雙、黄金百鎰。再見、拜爲上卿。三見、卒受相印、封萬戸侯」

（3）何令人之景慕、一至於此耶：上述のような韓荊州の世評は、なぜ得られたのか、と問う。

景慕：あおぎしたう。

『周書』巻三十四 楊敷「毎覽書傳、見忠臣烈士之事、常慨然景慕之」

一至於此：直ちに、この段階まで至る。「一」は強調。「此」は韓荊州の評判。

『南齊書』巻五十三 虞愿「褚淵常詣愿、不在、見其眠床上積塵埃、有書數袠。淵歎曰、虞君之清、一至於此。令人掃地拂床而去」

（4）豈不以有周公之風、躬吐握之事、使海内豪俊奔走而歸之、一登龍門則聲譽十倍：上文の答えである。古代の偉大な政治家である周公旦のように、韓荊州が人材を捜しだして才能を開花させるのに熱心なので、韓荊州の評判が高いのである、という。

周公：周の文王の子、武王の弟。名は旦、謚は元、または文。武王を助けて紂を討ち、周を起こすのに功績があった。武王の後、成王の政治を補佐し、制度禮樂を定め、冠婚葬祭の儀禮を制定した。その治政は後世に高く評價されている。

『禮記』第一十四巻 明堂位「昔殷紂亂天下、脯鬼侯以饗諸侯。是以周公相武王以伐紂。武王崩、成王幼弱、周公踐天子之位以治天下。六年、朝諸侯於明堂、制禮作樂、頒度量、而天下大服」

風：風格。人柄から表れて人を感動させるもの。「周公之風」は「周公のような風格」。

『漢書』巻六十六 劉屈氂「上怒曰、事籍籍如此、何謂祕也。丞相無周公之風矣。周公不誅管蔡乎」

躬：みずから行う。體現する。

『漢書』巻八 宣帝「朕以眇身奉承祖宗、夙夜惟念孝武皇帝躬履仁義、選明將、討不服」

吐握之事：熱心に優れた人材を求めること。周公旦が、來客のあるときには、食事中でも口中のものを吐きだして立ち、髪を洗っているときでも濡れた髪を握って客に會い、人材を發見しようと努力した、という故事による。

『漢書』巻七十八 蕭望之「今士見者皆先露索挾持、恐非周公相成王、躬吐握之禮、致白屋之意」

『文選』第四十七巻 王褒「聖主得賢臣頌」「昔周公躬吐握之勞、故有圄空之隆」注「韓詩外傳曰、成王封伯禽於魯、周公誡之曰、無以魯國驕士。吾一沐三握髮、一飯三吐哺、猶恐失天下之士也」

海内豪俊：國中の才能ある人物。

『文選』第四十一巻 司馬遷「報任少卿書」「如今朝廷雖乏人、奈何令刀鋸之餘、薦天下豪俊哉」
歸：歸服する。心からしたがう。
『史記』巻一十五 帝本紀 黃帝「炎帝欲侵陵諸侯、諸侯咸歸軒轅」
龍門：立身出世をするための場所。黃河の上流にある、急な流れの名。鯉がここを登ると龍に變わる、という言い傳えがある。
『後漢書』巻六十七 李膺「是時朝庭日亂、綱紀穨阤、膺獨持風裁、以聲名自高。士有被其容接者、名爲登龍門」注「以魚爲喩也。龍門、河水所下之口、在今絳州龍門縣。辛氏三秦記曰『河津一名龍門、水險不通、魚之屬莫能上、江海大魚薄集龍門下數千、不得上、上則爲龍』也」
聲譽：名聲と名譽。高い評判。
李白「寄上吳王」詩三首之三「英明廬江守、聲譽廣平籍」
（5） 所以龍盤鳳逸之士、皆欲收名定價於君侯：韓荊州が、上述のように人材發掘に熱心なため、世に埋もれた逸材が集まってくる。ここまでの部分は、李白が自分を推薦するための伏線となっている。
龍盤：龍が天に昇らずに、とぐろを巻いて潛んでいる。優れた人材が世に出ずにいることの比喩。
『文選』第四十七巻 袁彥伯「三國名臣序」「初九龍盤、雅志彌確」注「周易曰、初九、潛龍勿用。何謂也。子曰、龍德而隱者也。確乎其不可拔、潛龍也。方言曰、未升天之龍、謂之蟠龍」
鳳逸：龍盤と同樣、優れた人材が世に出ずにいることの比喩。「逸」には「隱逸」「潛逸」のように、世から逃れて隠れる、という意味があるので、「潜んでいる鳳凰」という意味であろう。

『唐文粋』巻三十三 盛唐・柳識「弔夷齊文」「初先生鴻逸中州、鸞伏西山」

収名…名譽、名聲を手に入れる。

『三國志』魏書 巻二十八 諸葛誕「累遷御史中丞尚書、與夏侯玄、鄧颺等相善、收名朝廷、京都翕然」

『莊子』巻四上 外篇 駢拇「枝於仁者、擢德塞性以收名聲、使天下簧鼓以奉不及之法非乎」

定價…價値を定める。己の眞價が認められる。

『抱朴子』外篇 巻四 廣譽「汝南人士無復定價、而有月旦之評」

君侯…古代の諸侯に對する尊稱。唐代では、地方長官に對して用いられた。この文では、韓荊州のこと。

『新唐書』巻一百二十二 魏元忠「願君侯以清宴之閒言於上、擇賢而立之、此安天下之道」
(6) 願君侯不以富貴而驕之、寒賤而忽之…裕福で良い家柄の出身だからといって厚遇し、地位が無く貧乏だからといって輕んじるようなことはしないで欲しい、と願う。
『墨子』尙賢下「今也天下之士君子、皆欲富貴而惡貧賤」

『老子』九章「持而盈之、不如其已。揣而盈之、不可長保。金玉滿堂、莫之能守。富貴而驕、自遺其咎」

富貴：金持ちで地位の高いこと。
李白「長歌行」詩「富貴與神仙、蹉跎成兩失」
李白「江上吟」詩「功名富貴若長在、漢水亦應西北流」
寒賤：身分が低くて貧乏なこと。
『梁書』巻四十九 吳均「吳均字叔庠、吳興故鄣人也。家世寒賤、至均好學有俊才、沈約嘗見均文、頗相稱賞」
忽：なおざりにする。
『後漢書』巻五十二 崔駰「公愛班固而忽崔駰、此葉公之好龍也」
（7）則三千賓中有毛遂。使白得穎脫而出、卽其人焉：この段落の最後に、多くの食客の中で自分こそ有爲な人物である、と、誇りを持って自薦する。
三千賓中：多くの賓客の中。
晩唐・杜牧「春申君」詩「烈士思酬國士恩、春申誰與快冤魂。三千賓客總珠履、欲使何人殺李園」
毛遂：戰國時代の趙の人。趙が秦に攻められたとき、平原君は使者として楚に救援を求めた。毛遂は、次の項に擧げる「穎脫」の喩えによって自薦して平原君に同行し、楚の王を說得し、楚から趙に救援軍を派遣させることに成功した。この話は『史記』平原君傳に見られる。

穎脱…鋭い錐は、袋の中にあっても、その切っ先だけではなく、全身が袋の外に出てくる。才能のある人材は、隠されていても、全ての才能が世に出る、というたとえ。平原君と毛遂の問答による。毛遂はこの喩えを使って自薦した。

『史記』巻七十六 平原君「平原君曰、夫賢士之處世也、譬若錐之處囊中、其末立見。今先生處勝之門下三年於此矣、左右未有所稱誦、勝未有所聞、是先生無所有也。先生不能、先生留。毛遂曰、臣乃今日請處囊中耳。使遂蚤得處囊中、乃穎脱而出、非特其末見而已」

卽其人焉…(私こそ)その人物である。

『晉書』巻三十九 荀勖「若以瓘新爲令未出者、濤卽其人」

『晉書』巻四十一 魏舒「時欲沙汰郎官、非其才者罷之。舒曰、吾卽其人也」

與韓荊州書【第二段】

【原文】

白隴西布衣、流落楚漢(1)。十五好劍術、徧干諸侯(2)。三十成文章、歷抵卿相(3)。雖長不滿七尺、而心雄萬夫(4)。王公大臣、許與氣義(5)。此疇曩心跡、安敢不盡於君侯爲(6)。君侯制作侔神明、德行動天地、筆粲於造化、學究於天人(7)。幸願開張心顏、不以長揖見拒(8)。必若接之以高宴、縱之以淸談、請日試萬言、倚馬可待。(9) 今天下以君侯爲文章之司命、人物之權衡、(10) 一經品題、便作佳士。(11) 而君侯何惜階前盈尺之地、不使白揚眉吐氣、激昂靑雲耶。(12)

【校勘】

歷抵：『咸淳本』は「歷詆」とする。

王公：『唐文粹』『古文眞寶』『古文觀止』は「皆王侯」とする。

大臣：『唐文粹』『古文眞寶』『古文觀止』は「大人」とする。『王琦本』は「大人」とし、注して「舊本作臣今從唐文粹本」という。

心跡：『唐文粹』は「心迹」とする。

君侯爲：『唐文粹』『咸淳本』『郭本』『霏玉本』『全唐文』『古文眞寶』『古文觀止』は「君侯哉」とする。『王琦本』は「君侯哉」とし、注して「繆本作爲」という。

筆參於造化、學究於天人：『唐文粹』『全唐文』『古文眞寶』『古文觀止』は「筆參造化、學究天人」とする。『王琦本』は「筆參造化、學究天人」とし、注して「舊本作筆參於造化學究於天人。今從唐文粹本」という。

品題：『唐文粹』は「題品」とする。

而君侯：『唐文粹』『古文眞寶』『古文觀止』は「而今君侯」とする。

何惜：『唐文粹』は「惜」とする。

靑雲耶：『唐文粹』は「靑雲邪」とする。

【訓讀】

白《はく》は隴西《ろうせい》の布衣《ふい》にして、楚漢《そかん》に流落《りうらく》す。十五《じふご》にして劍術《けんじゆつ》を好《この》み、偏《あまね》く諸侯《しよこう》に干《もと》む。三十《さんじふ》にして文章《ぶんしやう》を成《な》し、歴《あまね》く卿相《けいしやう》に抵《いた》る。長《たけ》は七尺《しちせき》に滿《み》たずと雖《いへど》も、心《こころ》は萬夫《ばんぷ》に雄《ゆう》たり。王公大人《わうこうたいじん》、氣義《きぎ》を許與《きよよ》す。
此《こ》の疇曩《ちうなう》の心跡《しんせき》、安《いづく》んぞ敢《あへ》て君侯《くんこう》に盡《つく》さざらんや。
君侯《くんこう》 制作《せいさく》は神明《しんめい》に侔《のつと》り、德行《とくかう》は天地《てんち》を動《うご》かし、筆《ふで》は造化《ざうくわ》に參《まじは》り、學《がく》は天人《てんじん》を究《きは》む。幸願《こひねが》はくは 心顔《しんがん》を開張《かいちやう》し、長揖《ちやういふ》を以《もつ》て拒《こば》まれざらんことを。必《かなら》ず若《も》し之《これ》に接《せつ》するに高宴《かうえん》を以《もつ》てし、之《これ》に縱《ゆる》すに清談《せいだん》を以《もつ》てせば、請《こ》ふ、日《ひ》に萬言《まんげん》を試《ため》さば、馬《うま》に倚《よ》りて待《ま》つ可《べ》し。今《いま》 天下《てんか》は君侯《くんこう》を以《もつ》て文章《ぶんしやう》の司命《しめい》、人物《じんぶつ》の權衡《けんかう》と爲《な》し、一《ひと》たび品題《ひんだい》を經《ふ》れば、便《すなは》ち佳士《かし》と作《な》る。而《しか》るに君侯《くんこう》 何《なん》ぞ階前盈尺《かいぜんえいせき》の地《ち》を惜《を》しみて、白《はく》をして眉《まゆ》を揚《あ》げ氣《き》を吐《は》きて、青雲《せいうん》に激昂《げきかう》せしめざるや。

【譯】

私、李白は隴西出身の平民で、いまは楚漢の邊りをさまよっております。十五歳で劍術を好み、廣く諸侯のもとを尋ねました。三十歳で文章を完成させ、公卿宰相を全て訪問いたしました。七尺に滿たない竝の身ながら、心は萬人に優れております。王族高官の方々は、私を氣概のある人物だと認めて下さいました。この內心の思いを、全て閣下に申し上げないわけには參りますまい。

閣下の作品は神智をかたどり、德行は天地を感動させ、文章は宇宙にあずかり、學問は天と人との關係を究めていらっしゃる。

どうか、御心を開きお顔をほころばせ、簡單な挨拶しかしなかったからといって、面會を拒絶なさるようなことがございませんように。もしも盛んな宴會でもてなして下さり、精神の話を自由にさせて頂ければ、一日に一萬言の文を作るよう試してくださっても、馬に乗ってお待ちになっているわずかな間にたちどころに書いておみせしましょう。

今や天下の人々は閣下を文章の命をつかさどる者、人物を評價する要《かなめ》の秤《はかり》、と考えております。ひとたび閣下の評價を得れば、すなわち立派な人物と認められるのです。

閣下はどうして、扉の階段の前にあるたった一尺の地を惜しんで面會してくださらず、私、李白に、目を見張り萬丈の氣を吐き、青雲に向かって心を奮うようにさせて下さらないのでしょうか。

【注釋】

（1）白隴西布衣、流落楚漢…この段落では、まず、李白自身の自己紹介をする。

隴西…古代の郡名。秦のとき置かれ、隋のとき廢止された。郡廳は狄道（今の甘肅省臨洮縣の南）。李白の出身地については、資料に異同があり、議論のあるところであるが、ここで李白は隴西の出身と述べている。

『漢書』卷二十八下 地理志 第八下「隴西郡」注「秦置。應劭曰、有隴坻、在其西也。師古曰、隴坻謂隴阪、即今之隴山也。此郡在隴之西、故曰隴西」

李白「贈張相鎬」二首之二「本家隴西人、先爲漢邊將」

布衣：官吏は絹の衣服を着、平民は麻や綿の衣服を着た。無位無冠の平民を布衣という。

李白「玉眞公主別館苦雨贈衞尉張卿」詩 二首之二「丹徒布衣者、慷慨未可量」

李白「贈崔司戸文昆季」詩「布衣侍丹墀、密勿草絲綸」

流落：おちぶれてさすらう。

李白「將遊衡嶽過漢陽雙松亭留別族弟浮屠談皓」詩「青蠅一相點、流落此時同」

楚漢：古代の楚の國と蜀の漢中。秦末に漢の劉邦と楚の項羽が割據したあたり。當時、李白は安陸や襄陽、江夏といった漢水一帶を旅していたので、このように言う。

『漢書』巻一 高帝紀「二月、羽自立爲西楚霸王。王梁、楚地九郡、都彭城。背約、更立沛公爲漢王。王巴、蜀、漢中四十一縣、都南鄭」

李白「梁甫吟」詩「東下齊城七十二、指麾楚漢如旋蓬」

（2）十五好劍術、徧干諸侯：ここから、生い立ちについて述べる。文武に志し、氣概がある、という點が強調される。まずは「武」のほうである。「武術」の自信がついたところで、仕官を求めた。

十五：十五歳。次の詩で、李白は十五歳の時に本を讀み賦を作ったという。

李白「贈張相鎬」詩 二首之二「十五觀奇書、作賦淩相如」

好劍術：初盛唐時代は、文學と共に劍術に秀でることが、士人の理想の一つであった。中唐以降になると、一般に、武術に對する志向は見られなくなる。

李白「五月東魯行答汶上君」詩「顧余不及仕、學劍來山東。擧鞭訪前途、獲笑汶上翁」

李白「經亂離後天恩流夜郎憶舊遊書懷贈江夏韋太守良宰」詩「學劍翻自哂、爲文竟何成。劍非萬人敵、文竊四海聲」

偏干諸侯：有力者のもとを訪れて、仕官を求めた。

李白「送王屋山人魏萬還王屋」詩「徒干五諸侯、不致百金產」

（3）三十成文章、歷抵卿相：つぎに「文」について述べる。三十歲で文章の力を完成させると、仕官を求めて多くの高官を尋ねた。「文章を成す」とは、李白にとって「學問が成った」というような感覺であっただろうか。

三十：三十歲。次の作品でも、このころ詩文を作るのに夢中になっていたという。

李白「上安州裴長史書」「常橫經籍書、制作不倦、迄于今三十春矣」

次の作品では、この年頃、仙術を愛していたという。

李白「安陸白兆山桃花巖寄劉侍御綰」詩「雲臥三十年、好閑復愛仙」

成文章：詩文を作る。ここでは自分の思うような文章の形が完成する。文章制作の力が成る、の意味。

『漢書』巻五十六 董仲舒「然則常玉不琢、不成文章。君子不學、不成其徳」
李白「冬日於龍門送従弟京兆參軍令問之淮南覲省序」「兄心肝五藏、皆錦繡耶。不然、何開口成文、揮翰霧散」
歴抵：つぎつぎに訪ねる。すべてを一人ずつ訪問する。
李白「早秋贈裴十七仲堪」詩「歴抵海岱豪、結交魯朱家」
卿相：公卿宰相。朝廷にあって天子を補佐し政治を行う大臣。この部分から、李白は三十代で長安に行ったと考えられる。詳しくは文末考證參照。
盛唐・杜甫「贈蜀僧閭丘師兄」詩「惟昔武皇后、臨軒御乾坤。多士盡儒冠、墨客藹雲屯。當時上紫殿、不獨卿相尊」

（4）雖長不滿七尺、而心雄萬夫：おのれの「文武」について述べた後、精神力について言う。體格はふつうだが、心は萬人よりも雄々しい。
李白「秋夜於安府送孟贊府兄還都序」「雖長不過七尺、而心雄萬夫。至於酒情中酣、天機俊發」
長不滿七尺：背の高さが七尺に足らない。
身長七尺というと、一六〇センチメートル弱。『舊唐書』の傳に身長が「長何尺」と記されている者を見ると、身長六尺代の者が九名、七尺代の者が六名、八尺の者は二名。郭子儀は「子儀長六尺餘、體貌秀傑」、李晟は「身長六尺、勇敢絶倫」、馬燧は「燧姿度魁異、長六尺二寸」、張孝忠は

「孝忠形體魁偉、長六尺餘」と評され、體格が優れている者で六尺あまりの者も多い。當時身長八尺の者もいたが、七尺に滿たなくても、特別に小柄ということではないようだ。李白は當時の平均的な身長であったと考えられようか。

心雄：心が雄々しい。

周・庾信『庾子山集』卷一十五「周大將軍襄城公鄭偉墓誌銘」「治繁政簡、處亂心雄」

萬夫：萬人。多くの人。多くの男。

李白「蜀道難」詩「劍閣崢嶸而崔嵬、一夫當關、萬夫莫開」

（5）王公大人、許與氣義：自分で「雄なり」と思っているばかりではなく、立派な人々が氣概のあるやつだと認めてくれた。

王公：王族。天子の緣族。

大人：立派な人。有德者、高位高官など。

『史記』卷一百一十二平津侯主父「陳涉無千乘之尊、尺土之地、身非王公大人名族之後、無鄉曲之譽」

李白「上安州裴長史書」「何王公大人之門、不可以彈長劍乎」

許與：認めて、味方となる。（李白の氣概を）認めて心を寄せる。

『舊唐書』卷九十九 嚴挺之「挺之素重交結、有許與。凡舊交先歿者、厚撫其妻子、凡嫁孤女數十人。時人重之」

初唐・張説『張燕公集』巻十六「許與氣類、交遊豪傑」

『文選』には「招き寄せる」という意味で用いられているが、ここでは、李白が王公大人に招かれたのではなく、認められた、という意味である。

『文選』第四十六巻　梁・任昉「王文憲集序」「弘長風流、許與氣類」注「良曰、許與、謂招引也」

氣義・・氣概のある正義感。勇氣ある義侠心。

『舊唐書』巻九十七　張説「而又敦氣義、重然諾、於君臣朋友之際、大義甚篤」

(6) 此疇曩心跡、安敢不盡於君侯爲・・韓荊州にも、自分のことを知ってもらいたいと思う。

疇曩・・往日。疇昔。昔の日々。

『文選』第二十五巻　晉・盧諶「贈劉琨」書「感今惟昔、口存心想。借曰如昨、忽爲疇曩」注「爾雅曰、曩久也」「良曰、疇曩、昔遠也。言、日月假如昨時、忽成昔遠」

心跡・・意中、心持ち。あるいは、心情と足跡。ここでは、兩方の意味を含むと考える。

『北史』巻七十四　劉昉「忻密爲異計、樹黨宮闈、多奏交友、入參宿心待物、言必依許。爲而弗止、心跡漸彰、仍解禁兵、令其改悔」

劉宋・謝靈運「齋中讀書」詩「昔余遊京華、未嘗廢丘壑。矧乃歸山川、心跡雙寂寞」

李白「上安州裴長史書」「常欲一雪心跡、崎嶇未便」

安敢不盡：どうして盡くさないことがあろうか。

『北史』巻三十三　李元忠「富貴皆由他、安敢不盡節」

爲：文末の助字。「焉」と同じ。

（7）君侯制作侔神明、徳行動天地、筆參於造化、學究於天人：ここからは、韓荊州について述べる。まず、韓荊州自身が文人として優れていることを述べる。

『後漢書』巻五十九　張衡「數術窮天地、制作侔造化」

制作：道、禮樂、制令、書籍などをつくること。ここでは、作文について言う。ここから文章について記述する。

『史記』巻六　秦始皇帝「三十七年、兵無所不加、制作政令、施於後王」

『後漢書』巻三十五　張奮「臣以爲漢當制作禮樂、是以先帝聖徳」

侔：ひとしい。または、のっとる。どちらの意味でも通じるが、次句の意味を考えて、「のっとる、かたどる」という意味で解釋した。

『文選』巻七　漢・揚雄「甘泉賦」「道徳之精剛兮侔神明與之爲資」注「善曰、晉灼曰等天地之計量也（略）翰注、同侔法也。言撮取道徳精微之理、法神明以爲資用也」

神明：神。また神のように神聖なもの。

『易』第八巻　繫辭下傳「陰陽合德而剛柔有體、以體天地之撰、以通神明之德」

『禮記』第三十二巻　表記「昔三代明王皆事天地之神明、無非卜筮之用、不敢以其私、褻事上帝」

李白「任城縣廳壁記」「千載百年、再復魯道。非神明博遠、孰能契於此乎」

德行‥德とそこから發した行い。

『周禮』巻十四　師氏「敏德以爲行本」注「德行內外之稱。在心爲德、施之爲行」

動天地‥天地を感動させる。

『易』第七巻　繫辭上傳「言行、君子之所以動天地也、可不愼乎」

『列子』黃帝　第二「仲尼曰、汝弗知乎。夫至信之人、可以感物也。動天地、感鬼神、横六合、而無逆者、豈但履危險、入水火而已哉」

叅‥まじわる。參與する。

造化‥天地。萬物を創造化育する宇宙。

初唐・王勃『王子安集』巻十四「梓州飛烏縣白鶴寺碑」「豈非冥期肸蠁、功叅造化之外」

天人‥天上界と人間界。天と人。天と人の關係。

『漢書』巻六十二　司馬遷「亦欲以究天人之際、通古今之變、成一家之言」

（8）

幸願開張心顏、不以長揖見拒‥李白が「長揖」という簡單な挨拶しかしないからといって、怒ったりせずに、心を開き顔をほころばせてほしい、と願う。

漢の趙壹の故事を用いる。趙壹は地方の役人であったが、上京して最高の位にある袁逢に拝謁したとき、一人だけ地に伏す禮を行なわず、立ったまま長揖した。そのときは、まだ趙壹が賢人であることは知られていなかった。袁逢が、なぜ拝伏しないのか、と尋ねた所、趙壹は「昔、酈食其は漢王に長揖した。今、三公の位にある方に長揖したとしても、何の不思議がありましょう」と言った。袁逢はその非禮を怒ることなく、趙壹の手を取って上坐にすわらせ、時事を尋ね、その返答を聞くと、大いに喜び、朝臣と同坐させた。ことは『後漢書』巻百十趙壹傳に見える。（本書「上安州李長史書」第二段注（5）參照）

「長揖」は、「拝伏」などよりも簡單な挨拶の方法である。平民である李白は、高官である韓荊州に對して、「拝伏」などのていねいな禮を行うべきである。しかし、李白は誇り高く、從って「拝伏」せずに「長揖」した。そして、そのことによって、對等の扱いを望むことを表現している。

この句、韓荊州が「長揖」する、と取って、「韓荊州が簡單な挨拶だけで、面會を拒絶する」という意味にも解釋できるが、文意から、その解は取らない。

幸願：こいねがう。「幸」も「願」も「願う」という意味。

『高僧傳』巻五 義解二 釋曇翼八「吾造寺伐材、幸願共爲功德」

開張：大きく開く。

『三國志』蜀書 巻三十五 諸葛亮「誠宜開張聖聽、以光先帝遺德、恢弘志士之氣」
心顏：心と顏。ここは、「開心」と「開顏」を一句にまとめてある。「開心」は心を開き眞心を示すこと。「開顏」はにっこり笑って心を許すこと。
　李白「上安州裴長史書」「願君侯惠以大遇、洞開心顏、終乎前恩」
　李白「夢遊天姥吟留別」詩「須行卽騎訪名山、安能摧眉折腰事權貴。使我不得開心顏」
長揖：人に對する挨拶の方法の一。手を上にあげて下までおろす。「拜伏」に比べて簡略な挨拶。
『漢書』巻一上 高帝紀「酈生不拜、長揖曰、足下必欲誅無道秦、不宜踞見長者」注「師古曰、長揖者、手自上而極下」
(9) 必若接之以高宴、縱之以清談、請日試萬言、倚馬可待：韓荊州が李白を厚遇してくれれば、一日に一萬言の文章を書けと試されても、わずかな時間のうちにたちどころに書いて見せる、という。
高宴：宴會の美稱。盛大な宴會。
　李白「江夏寄漢陽輔錄事」詩「他日觀軍容、投壺接高宴」
縱：ほしいままにさせる。自由に行わせる。「縱談」は、氣持ちの赴くままに話をする。
盛唐・杜甫「蘇端薛復筵簡薛華醉歌」詩「少年努力縱談笑、看我形容已枯槁」
清談：俗世間を離れた、精神生活に關する高尚な話。
李白「友人會宿」詩「良宵宜清談、皓月未能寢」

日試萬言‥一日に一萬言の詩文を作ってみろと言って、能力を試す。作文に對する李白の自信を示す部分である。

『論衡』第三十卷 自紀「世無一卷、吾有百篇。人無一字、吾有萬言、孰者爲賢」

李白「答王十二寒夜獨酌有懷」詩「吟詩作賦北窗裏、萬言不直一杯水」

『舊唐書』卷一百二十七 張涉「張涉者、蒲州人、家世儒者。涉依國學爲諸生講說、稍遷國子博士。亦能爲文。嘗請有司日試萬言、時呼張萬言」

倚馬‥文章の才能があり、文章を書くのが速いこと。馬前で、たちどころに七枚の紙にすばらしい文を書いた、という晉の袁虎の故事による。

『世說新語』文學 第四「會須露布文、喚袁倚馬前令作。手不輟筆、俄得七紙、殊可觀。東亭在側、極歎其才」

初唐・張說「奉和聖製行次成皋應制」詩「戰龍思王業、倚馬賦神功」

倚馬可待‥韓荊州が馬に乘っている間に一萬言を書いてしまうので、馬に乘って待っていて下さい。後世、作文の敏捷なこととして、李白のこの句が引かれる。

『書言故事』文章類「倚馬可待」「作文敏捷、倚馬可待。唐李白、嘗曰、請試萬言、倚馬可待」

(10) 今天下以君侯爲文章之司命、人物之權衡‥いまは韓荊州が、文章を批評し人物を鑑定する基準となる人物であるという。

司命‥命をつかさどるもの。また星の名で、文相宮をつかさどる星、または、壽命をつかさどる星。

『管子』第七十八篇 揆度「五穀者、民之司命也」

『孫子』第二篇 作戰「知兵之將、民之司命、國家安危之主也」

『晉書』巻十一 天文上 中宮「西近文昌二星曰上台、爲司命、主壽」

『周禮』巻十八 大宗伯「祀司中司命飌師雨師」中「司命、文昌宮星」

權衡‥棒ばかりの重りと竿。人々をはかるための基準となる人物。また軒轅と太微という二つの星の名でもある。

『禮記』深衣 巻五十八「規矩取其無私、繩取其直、權衡取其平」

『史記』巻二七 天官書「權衡」集解「孟康曰、軒轅爲權、太微爲衡」

(11) 一經品題、便作佳士‥韓荊州の判定を受けると、世の中から佳士として認められる。

品題‥品評。人物を批評し、價値を定めること。

『後漢書』巻六十八 許劭「初、劭與靖俱有高名、好共覈論鄉黨人物。毎月輒更其品題、故汝南俗有月旦評焉」

佳士‥立派な人物。優れていると認められる人物。

『魏書』巻二十三 楊俊「俊自少及長、以人倫自任。同郡審固、陳留恂本皆出自兵伍、俊資拔獎致、咸作佳士」

盛唐・杜甫「相逢歌贈嚴二別駕」詩「神傾意豁眞佳士、久客多憂今愈疾」

(12) 君侯何惜階前盈尺之地、不使白揚眉吐氣、激昂青雲耶‥上文を受けて、自分についても、韓荊州の判定を得たいので、部屋から出てきて面會をして欲しいと思う。面會さえしてもらえば、李白は「眉を揚げ氣を吐き青雲に激昂する」にちがいない、すなわち出世する、と自負の念を示す。

階前盈尺之地‥戸にのぼる階段の前にある、一尺ほどの土地。身分の高い人に面會するときに必要な、人が立つことのできるほどの面積の土地。

盈尺‥一尺に充ちる。一尺ほど。

三國魏・曹植「與吳季重書」「人懷盈尺、和氏而無貴矣」

晉・陸機「演連珠」「是以商飈漂山、不興盈尺之雲」

揚眉‥眉を揚げ目を見張り、意氣揚々たる目つきをする。

『詩經』齊風 猗嗟篇「抑若揚兮、美目揚兮」傳「好目揚眉」

『梁書』卷一十四 任昉「見一善則盱衡扼腕、遇一才則揚眉抵掌」

吐氣‥體內の氣を吐き出す。威勢が良く氣概のある様子。また志を得て思い通りに振る舞う様。

『後漢書』卷四十下 班彪「讜言弘說、咸含和而吐氣、頌曰、盛哉乎斯世」

李白「梁甫吟」詩「寧羞白髮照淸水、逢時吐氣思經綸」

激昂：心が高ぶって激しくたけりたつこと。

李白「獻從叔當塗宰陽冰」詩「激昂風雲氣、終協龍虎精」

青雲：青い雲。青雲は高位高官の比喩でもあるので、立身出世や學德の高い聖賢への志の象徴となる。

『淮南子』兵略訓「志厲青雲、氣如飄風」

李白「秋日錬藥院鑷白髮贈元六兄林宗」詩「長吁望青雲、鑷白坐相看」

與韓荊州書【第三段】

【原文】

昔王子師爲豫章、未下車即辟荀慈明、既下車又辟孔文擧(1)。山濤作冀州、甄拔三十餘人、或爲侍中尚書、先代所美(2)。而君侯亦薦一嚴協律、入爲祕書郎(3)。中間崔宗之、房習祖、黎昕、許瑩之徒、或以才名見知、或以淸白見賞(4)。白每觀其銜恩撫躬、忠義奮發、白以此感激(5)、知君侯推赤心於諸賢腹中(6)、所以不歸他人、而願委身國士(7)。儻急難有用、敢効微軀(8)。

【校勘】

豫章：『唐文粹』『王琦本』『古文眞寶』『古文觀止』は「豫州」とする。
作冀州：『古文眞寶』は「爲冀州」とする。
薦一：『唐文粹』『全唐文』『古文眞寶』『古文觀止』は「一薦」とする。
黎昕：『霏玉本』は「黎昕」とする。
白以此：『王琦本』は「以此」とする。
知君侯：『古文觀止』は「知侯」とする。
諸賢腹中：『全唐文』『古文觀止』は「諸賢之腹中」とする。
委身國士：『全唐文』は「委身於國士」とする。
儻：『王琦本』『古文眞寶』『古文觀止』は「倘」とする。
敢効：『唐文粹』『全唐文』『王琦本』『古文眞寶』は「敢效」とする。
微驅：『唐文粹』『咸淳本』『郭本』『霏玉本』『全唐文』『古文眞寶』『古文觀止』は「微軀」とする。『王琦本』は「微軀」とし、注して「繆本作驅」という。

【訓讀】

昔《むかし》王子師《わうしし》豫章《よしやう》と爲《な》り、未《いま》だ車《くるま》より下《お》りずして卽《すなは》ち荀慈明《じゆんじめい》を辟《め》し、既《すで》に車《くるま》より下《お》りて又《また》孔文擧《こうぶんきよ》を辟《め》す。山濤《さんたう》は冀州《きしう》と作《な》りて、三十餘人《さんじふよにん》を甄拔《けんばつ》し、或《あるひ》は侍中《じちゆう》尚書《しやうしよ》と爲《な》るは、先代《せんだい》の美《ほ》むる所《ところ》なり。而《しか》して君侯《くんこう》も亦《また》一嚴協律《いちげんけふりつ》を薦《すす》めて、入《い》りて祕書郎《ひしよらう》爲《た》らしむ。中間《ちゆうかん》には崔宗之《さいそうし》、房習祖《ばうしふそ》、黎昕《れいきん》、許瑩《きよえい》の徒《と》、或《あるひ》は才名《さいめい》を以《もつ》て知《し》られ、或《あるひ》は淸白《せいはく》を以《もつ》て賞《しやう》せらる。白《はく》 其《そ》の恩《おん》を銜《ふく》みて躬《み》を撫《ぶ》し、忠義奮發《ちゆうぎふんぱつ》するを觀《み》る每《ごと》に、白《はく》 此《これ》を以《もつ》て感激《かんげき》して、君侯《くんこう》の赤心《せきしん》を諸賢《しよけん》の腹中《ふくちゆう》に推《お》すは、他人《たにん》に歸《き》せずして、身《み》を國士《こくし》に委《ゆだ》ねんことを願《ねが》はしむる所以《ゆゑん》なるを知《し》れり。儻《も》し急難《きふなん》に用《もち》ゐる有《あ》らば、敢《あへ》て微軀《びく》を効《いた》さん。

【譯】

その昔、後漢の王允が豫章の長官となったとき、赴任先に着く前に荀爽を招聘し、赴任先に着くや、また孔融を招聘したといいます。晉の山濤が冀州の長官となったときには、三十餘人を選んで招き、のちにこれらの人々は、あるものは侍中に、あるものは尙書となったといいます。これらは先賢が稱贊するところとなりました。

ところで閣下もまた、嚴協律という一人の人物を推薦し、朝廷に送って、祕書郎の任におつけになりました。そののちには崔宗之、房習祖、黎昕、許瑩といった人々をご推薦になり、これらの人々は才能によって名を知られたり、潔白な人柄で賞讚されたりしております。私、李白は、彼らが閣下のご恩に感じ、胸をたたいて意氣込み、閣下への忠義に奮い立っております様を見るたびに、これに感激して、閣下の眞心が彼ら賢人たちの心を感動させているから、そのために他の人のもとに從わず、己の身を國家的人材である閣下にゆだねたいと願わせているのだということを、思い知るのでございます。

もし、緊急の危難にお役に立つのでしたら、私もあえてこのつまらぬ體を閣下にささげたいと思っております。

【注釋】

（1）昔王子師爲豫章、未下車卽辟荀慈明、旣下車又辟孔文擧：ここからは、優れた人材を推薦して任官させたことで、歴史上有名な人々について述べる。後漢の王允が荀爽や孔融を招聘したことは次に擧げる『後漢書』の記事にある。

『後漢書』卷六十六 王允「中平元年、黃巾賊起、特選拜豫州刺史。辟荀爽、孔融等爲從事、上除禁黨」

『晉書』卷五十六 江統「昔王子師爲豫州、未下車、辟荀慈明。下車、辟孔文擧。貴州人士有堪應此者不」

王子師：後漢の王允。字は子師。呂布とはかって董卓の禍をおさめる。

『後漢書』卷六十六 王允「王允字子師、太原祁人也。世仕州郡爲冠蓋。同郡郭林宗嘗見允而奇之、曰、王生一日千里、王佐才也。（略）乃潛結卓將呂布、使爲內應。會卓入賀、呂布因刺殺之」

豫章：豫州刺史。後漢の十二刺史の一。治は今の安徽省亳縣。

『後漢書』卷三十 郡國志 第二十 郡國二 豫州「潁川、汝南、梁國、沛國、陳國、魯國（略）

右、豫州刺史部。郡國六、縣邑侯國九十九」

『東漢會要』巻二十 職官二 刺史「外十二州、每州刺史一人、六百石。本注曰、秦有監御史、監諸郡、漢興省之、但遣丞相史分刺諸州、無常官」

荀慈明：荀爽。字は慈明。後漢の人。王允とともに董卓を征伐しようとはかって、たまたま病没する。

『後漢書』巻九十七 黨錮「及董卓秉政、逼顯以爲長史、託疾不就。乃與司空荀爽、司徒王允等、共謀卓。會爽薨」

孔文擧：孔融。字は文擧。獻帝のとき北海相となり、のちに太中大夫となる。晩年、曹操に誅せらる。

『後漢書』巻七十 孔融「孔融、字文擧、魯國人、孔子二十世孫也。融幼有異才。（略）懍懍焉、皜皜焉、其與琨玉秋霜比質可也」
（2）山濤作冀州、甄拔三十餘人、或爲侍中尙書、先代所美：晉の山濤も多くの人材を推薦し、その中には出世した者もいて、人物評價についての高い評判を得た。
山濤：晉の人。字は巨源。卓識で人望があった。老莊思想を好み、竹林の七賢の一人に數えられる。官は武帝の時、吏部尙書。右僕謝にうつり、侍中を加えられた。
『晉書』巻四十三 山濤「山濤、字巨源、河內懷人也。（略）出爲冀州刺史、加寧遠將軍。冀州俗薄、無相推轂。濤甄拔隱屈、搜訪賢才、旌命三十餘人、皆顯名當時。人懷慕尙、風俗頗革。轉北中郎將、督鄴城守事。入爲侍中、遷尙書（略）咸寧初、轉太子少傅、加散騎常侍、除尙書僕射、加侍中、領吏部」

冀州：冀州刺史。冀州は今の河北省冀縣の治。

『晉書』卷十四　地理上　冀州「舜以冀州南北濶大、分衞以西爲幷州、燕以北爲幽州、周人因焉。及漢武置十三州、以其地依舊名爲冀州、歷後漢至晉不改。州統郡國十三、縣八十三、戶三十二萬六千」

甄拔：人材を選拔して登用すること。

『晉書』卷四十三　山濤「帝手詔戒濤曰、夫用人惟才、不遺疏遠卑賤、天下便化矣。而濤行之自若、一年之後衆情乃寢。濤所奏甄拔人物、各爲題目、時稱山公啓事」

侍中：官名。秦置く。天子に扈從し、政治を補佐した。

『晉書』卷二十四　職官　侍中「魏晉以來置四人、別加官者則非數。掌儐贊威儀、大駕出則次直侍中護駕、正直侍中負璽陪乘、不帶劍、餘皆騎從。御登殿、與散騎常侍對扶、侍中居左、常侍居右。備切問近對、拾遺補闕」

尙書：官名。錄尙書、尙書令、尙書左右僕射がある。錄尙書は宰相の地位、左右僕射は尙書臺の長官。

『晉書』巻二十四 職官「錄尚書、案漢武時、左右曹諸吏分平尚書奏事、知樞要者始領尚書事。(略) 和帝時、太尉鄧彪爲太傅、錄尚書事、位上公、在三公上、漢制遂以爲常、毎少帝立則置太傅錄尚書事、猶古冢宰總己之義、薨輒罷之。自魏晉以後、亦公卿權重者爲之」「尚書令、秩千石、假銅印墨綬、冠進賢兩梁冠、納言幘、五時朝服」「僕射、服秩印綬與令同。案漢本置一人、至漢獻帝建安四年、以執金吾榮郃爲尚書左僕射、僕射分置左右、蓋自此始」「尚書五人、一人爲僕射、而四人分爲四曹、通掌圖書祕記章奏之事、各有其任」

先代所美：「先代」は前の世の人、昔の人。『陳書』に、山濤が人材を失わなかったことについての稱贊の言が見られる。

『陳書』巻二十七 姚察「後主曰、選衆之擧、僉議所歸、昔毛玠雅量清恪、盧毓心平體正、王蘊銓量得地、山濤擧不失才、就卿而求、必兼此矣」

(3) 君侯亦薦一嚴協律、入爲祕書郎：ここからは、韓荊州が人材發掘に熱心で人を見る目があったことを述べる。韓荊州に發掘された嚴協律は、その期待に答えて朝廷の高官となった。

嚴協律：嚴という姓の協律郎。名は不詳。「協律」は官名。音樂をつかさどる官。

『舊唐書』巻四十四 職官三「協律郎二人、正八品上」「協律郎掌和六呂六律、辨四時之氣、八風五音之節」

『新唐書』巻四十八 百官三 太常寺「協律郎二人、正八品上。掌和律呂。錄事二人、従九品上」

『新唐書』韓朝宗傳に、朝宗が推薦した人物として嚴武なる者が述べられているところから、この嚴協律は嚴武だと言う説もある。

『新唐書』巻一百一十八 韓朝宗「朝宗喜識拔後進、嘗薦崔宗之、嚴武於朝、當時士咸歸重之」

しかし、『新舊唐書』嚴武傳を見ると、嚴武は弱冠にして門蔭によって策名せられ、隴右節度使哥舒翰の判官となり、侍御使に遷っている。協律郎となったという記載はない。『新唐書』韓朝宗傳の記事は誤りか、あるいは同名の別人かと疑われる。

なお、同時代の詩人、錢起と劉長卿の作品に「嚴協律」の名が見え、同一人物である可能性がある。但し、劉長卿の作品は『全唐詩』では「鄭協律」となっている。

盛唐・錢起「登勝果寺南樓雨中望嚴協律」詩「微雨侵晩陽、連山半藏碧。林端陟香榭、雲外遲來客。孤村凝片煙、去水生遠白。但佳川原趣、不覺城池夕。更喜眼中人、清光漸咫尺」

明・高棅『唐詩品彙』巻六十四 盛唐・劉長卿「逢郴州使因寄嚴協律」詩「相思楚天外、夢寐楚猿吟。更落淮南葉、難爲江上心。衡陽問人遠、湘水向君深。欲逐孤帆去、茫茫何處尋」

祕書郎‥官名。祕書省に屬し、書籍をつかさどる。

『舊唐書』巻四十二 職官一 九品職事「祕書郎、武德令、正七品上」

『舊唐書』巻四十三 職官二 祕書省「祕書郎掌甲乙丙丁四部之圖籍、謂之四庫。經庫類十、史庫類十三、子庫類十四、集庫類三」

（4）中間崔宗之、房習祖、黎昕、許瑩之徒、或以才名見知、或以淸白見賞：韓荊州によって推擧された人々である。

中間：なかごろ。嚴協律と現在の間。中央の官に出世したという嚴協律の後、現在の李白の前に、韓荊州によって取り立てられた四名がいる。

李白「宣州謝朓樓餞別校書叔雲」詩「蓬萊文章建安骨、中間小謝又淸發」

崔宗之：崔日用の子。韓朝宗によって推擧され、禮部員外郞、侍御史となった。李白と親交があった。

『舊唐書』卷二十六 禮儀六「禮部員外郞崔宗之駁下太常、令更詳議」

『新唐書』卷一百一十八 韓朝宗「朝宗喜識拔後進、嘗薦崔宗之、嚴武於朝、當時士咸歸重之」

『舊唐書』卷一百九十下 文苑下 李白「時侍御史崔宗之謫官金陵、與白詩酒唱和。嘗月夜乘舟、自采石達金陵、白衣宮錦袍、於舟中顧瞻笑傲、傍若無人」

『新唐書』卷二百二 文藝中 李白「與知章、李適之、汝陽王璡、崔宗之、蘇晉、張旭、焦遂爲酒八仙人。懇求還山、帝賜金放還。白浮游四方、嘗乘月與崔宗之自采石至金陵、著宮錦袍坐舟中、旁若無人」

崔祐甫「齊昭公崔府君（日用）集序」「公嗣子宗之、學通古訓、詞高典册、才氣聲華、邁時獨步。仕於開元中、爲起居郞、再爲尙書禮部員外郞、遷本司郞中、時文國禮。十年三月、終於右司郎中。年位不充、海内嘆息」

李白には「酬崔五郎中」、「月夜江行寄崔員外宗之」、「贈崔郎中宗之」、「憶崔郎中宗之遊南陽遺吾孔子琴撫之潸然感舊」などの詩がある。全て崔宗之に酬贈した作品である。崔宗之にも「贈李十二」詩がある。（郁賢皓『李白叢考』「李白詩中崔侍御考辨」、陝西人民出版社 一九八二年、市川桃子・葛曉音『李白の文』「澤畔吟序・考證」汲古書院 一九九八年 參照）

房習祖：人物不詳。

黎昕：盛唐の王維に「黎拾遺昕裴秀才迪見過秋夜對雨之」詩があるので、このころ拾遺であり、王維と親交があった人物である。なお、王維には別に、關連する次のような作品がある。

盛唐・王維「愚公谷」詩三首注「靑龍寺與黎昕戲題」「愚谷與誰去、唯將黎子同。非須一處住、不那兩心空。寧問春將夏、誰論西復東。不知吾與子、若箇是愚公」

盛唐・王維「臨高臺送黎拾遺」詩「相送臨高臺、川原杳何極。日暮飛鳥還、行人去不息」

また、同時代の岑參にも次の作品がある。

盛唐・岑參「左僕射相國冀公東齋幽居」詩注「同黎拾遺賦獻」

なお、その他の資料は次のとおり。

『元和姓纂』巻三「宋城黎氏」「唐右拾遺犁昕」

宋・謝維新『古今合璧事類備要續集』巻二十四 黎・京兆・徵音「古今姓纂」「宋城唐左拾遺黎

昕」

宋・章定『名賢氏族言行類稿』巻八 黎「姓纂曰、黎侯殷周時侯國。（略）宋城唐左拾遺黎昕」

許瑩…人物不詳。

才名…才能があるという名聲。

『魏書』巻四十三 房法壽 族人 靈堅「靈建在南、官至州治中、勃海太守、以才名見稱」

清白…清廉潔白。

『晉書』巻九十 竇允「謁者竇允前爲浩亹長、以修勤清白見稱河右」

『周書』巻四十四 泉仲遵「仲遵雖出自巴夷、而有方雅之操、歴官之處、皆以清白見稱」
（5）白毎觀其銜恩撫躬、忠義奮發、白以此感激…韓荊州によって取り立てられた人々が活躍していることに、李白も心を動かされている。
銜恩…恩惠を得ていること。恩をかけられていること。

『晉書』巻三十一 后妃上 武悼楊皇后 左貴嬪「嗟余鄙妾、銜恩特深。追慕三良、甘心自沈。何用存思、不忘德音」

撫躬…からだをなでる。感極まったときの動作。ここでは、胸をなでて韓荊州の恩に感謝する。

『陳書』巻二十七 江總「嘗撫躬仰天太息曰、莊青翟位至丞相、無迹可紀」

忠義…主人に眞心を盡くすこと。

奮發：いさみたつ。
『後漢書』巻七十四上　袁紹「值廢立之際、忠義奮發、單騎出奔、董卓懷懼、濟河而北、勃海稽服」
（6）知君侯推赤心於諸賢腹中：韓荊州によって取り立てられた人々は、韓荊州に心服している。推赤心於諸賢腹中：赤心は眞心。自分の誠心を相手の腹の中に置く。心服させる、の意。『後漢書』に記される光武帝の故事による。
『後漢書』巻一上　光武帝「秋、光武擊銅馬於鄡。（略）光武復與大戰於蒲陽、悉破降之、封其渠帥爲列侯。降者猶不自安、光武知其意、敕令各歸營勒兵、乃自乘輕騎按行部陳。降者更相語曰、蕭王推赤心置人腹中、安得不投死乎」

『三國志』魏書巻一十四　董昭「作太祖書與奉曰、吾與將軍聞名慕義、便推赤心」

『陳書』巻一　高祖陳霸先　上「鴻門是會、若晉侯之誓白水、如蕭王之推赤心、屈禮交盟、人祇感咽」

『文選』巻四十三　梁・丘遲「與陳伯之書」「推赤心於天下、安反側於萬物」
（7）所以不歸他人、而願委身國士：韓荊州に心服しているために、ほかの人ではなく韓荊州に身をゆだねようとする。
他人：他の人。

李白「妾薄命」詩「以色事他人、能得幾時好」
委身：身を任せる。つかえる。
盛唐・劉長卿「題王少府堯山隱處簡陸鄱陽」詩「解印二十年、委身在丘壑」
國士：國中で最も優れた人。
李白「走筆贈獨孤駙馬」詩「長揖蒙垂國士恩、壯心剖出酬知己」
李白「贈宣城趙太守悅」詩「憶在南陽時、始承國士恩」
（8）儻急難有用、敢効微軀：李白自身も、韓荊州の役に立ちたいと願う。
急難：差し迫った危難。
李白「贈友人」詩三首之二「持此願投贈、與君同急難」
李白「君馬黃」詩「相知在急難、獨好亦何益」
有用：役に立つ。
李白「將進酒」詩「天生我材必有用、千金散盡還復來」
効：たてまつる。ささげる。盡くす。「效」の異體字。
『前漢紀』卷十七 孝宣皇帝紀「是以天下之士、延頸企踵、爭願自效」
微軀：微軀に同じ。卑しい身。自己の謙稱。ここでは李白自身のこと。
李白「在水軍宴贈幕府諸侍御」詩「齊心戴朝恩、不惜微軀捐」

與韓荊州書【第四段】

【原文】

且人非堯舜、誰能盡善。(1) 白謨猷籌畫、安能盡矜。(2) 至於制作、積成卷軸、(3) 則欲塵穢視聽、恐雕蟲小伎、不合大人。(4) 若賜觀蒭蕘、請給以紙墨、兼人書之。(5) 然後退歸閑軒、繕寫呈上。(6) 庶青萍結綠、長價於薛卞之門。(7) 幸惟下流大開奬飾。惟君侯圖之。(8)

【校勘】

安能…『全唐文』は「安敢」とする。

盡矜…『唐文粹』『全唐文』『古文眞寶』『古文觀止』は「自矜」とする。『王琦本』は「自矜」とし「自」に注して「舊本作盡今從唐文粹本」という。

小伎…『咸淳本』『郭本』『霏玉本』『王琦本』『全唐文』『古文觀止』は「小技」とする。

蒭蕘…『全唐文』『古文眞寶』『古文觀止』は「芻蕘」とする。

以紙墨…『王琦本』『全唐文』は「以紙筆」とする。『唐文粹』『古文眞寶』『古文觀止』は「以」字を缺いて「紙筆」とする。

兼人書之…『唐文粹』『全唐文』『古文眞寶』『古文眞寶』『古文觀止』は「兼之書人」とする。『王琦本』は「兼之書人」とし、注して「舊本作兼人書之今從唐文粹本」という。

退歸：『唐文粹』『全唐文』『古文眞寶』『古文觀止』は「退掃」とする。『王琦本』は「退掃」とし、注して「舊本作歸今從唐文粹本」という。

閑軒：『王琦本』『全唐文』『古文觀止』は「閒軒」とする。『霏玉本』は「門軒」とする。

惟下流：『古文眞寶』『古文觀止』は「推下流」とする。

大開：『宋本』は「之閑」とする。『咸淳本』は「大閑」とする。文意から考え、『繆本』『唐文粹』『郭本』『王琦本』『全唐文』によって改めた。

惟君侯：『古文觀止』は「唯君侯」とする。

【訓讀】

且《か》つ人《ひと》は堯舜《げうしゆん》に非《あら》ざれば、誰《たれ》か能《よ》く善《ぜん》を盡《つく》さんや。白《はく》 謨猷籌畫《ぼいうちうくわく》は、安《いづく》んぞ能《よ》く盡《ことごと》く矜《ほこ》らんや。制作《せいさく》に至《いた》りては、積《つ》みて卷軸《くわんぢく》を成《な》せば、則《すなは》ち視聽《しちやう》を塵穢《ぢんわい》せんと欲《ほつ》するも、雕蟲《てうちゆう》の小伎《せうぎ》の大人《たいじん》に合《あ》はざらんことを恐《おそ》る。若《も》し芻蕘《すうぜう》を觀《み》ることを賜《たま》はば、給《きふ》するに紙墨《しぼく》を以《もつ》てし、兼《か》ねて人《ひと》に之《これ》を書《か》かしむるを請《こ》ふ。然《しか》る後《のち》に退《しりぞ》きて閑軒《かんけん》に歸《かへ》り、繕寫《ぜんしや》して呈上《ていじやう》せん。庶《こひねが》はくは靑萍結綠《せいへいけつりよく》、價《あたひ》を薛卞《せつべん》の門に長《ちやう》ぜしめんことを。幸《こひねが》はくは惟《これ》 下流《かりう》をして大《おほ》いに奬飾《しやうしよく》を開《ひら》かしめんことを。惟《これ》 君侯《くんこう》 之《これ》を圖《はか》れ。

【譯】

また、人は古代の聖天子である堯や舜と同じというわけには參りませんので、全てに完全な人物という者はおりません。私、李白は、政策の面ではすべてを自慢できるというわけではございません。しかし、詩文の制作につきましては、作品が積みあがって巻物となっておりますので、お目やお耳をけがしたいとは思いますものの、こまごまとした些細な技は、立派な方には合わないのではないかと恐れております。

それでも、もし、これらつまらない作品を見ていただけるのでしたら、紙と墨をたまわり、あわせて筆耕の者に淸書させてくださいますよう。そういたしましたら、靜かな家に歸り、作品を編集し書き直して、お目にかけましょう。どうか靑萍の名劍や結綠の銘玉が、薛燭や卞和のようなすぐれた鑑定家によって眞價を認められたように、私の文章も、閣下のような立派な批評家に讀んでいただいて、評價を高めていただきたいと希望いたします。

ねがわくは、下々の者を奬勵する道を開いてくださいますよう。どうか、お考えくださることをお願いいたします。

【注釋】

（1）且人非堯舜、誰能盡善：最後の段落で、李白は文章の才能によって自分を賣り込もうとする。李白が、政治家としてではなく、文章家として自認していたことを示す文である。

堯舜‥古代の聖天子として仰がれる唐堯と虞舜。仁德によって善政をおこない、後世の範となった。

『荀子』第十八篇 正論「堯舜至天下之善教化者也。南面而聽天下、生民之屬莫不振動從服以化順之」

『晉書』卷六十九 周顗「人主自非堯舜、何能無失」

『梁書』卷三 武帝下「古人有云、主非堯舜、何得發言便是」

能盡善‥よく善を盡くす。この場合の「善」は、「善惡」の「善」という意味だけではなく、「立派な行い」「完全な業績」という意味を含む。

『論衡』第二十七卷 定賢「故忠臣者能盡善於君、不能與陷於難」

(2) 白謨猷籌畫、安能盡矜‥政策などについては、得意でないことを述べる。

謨猷‥はかりごと。國家經營の計畫。

『周書』卷十五 史臣曰「帷幄盡其謨猷、方面宣其庸績。擬巨川之舟檝、爲大厦之棟梁」

籌畫‥はかりごと。計畫。種々のはかりごとについて使われる言葉だが、軍政や國政のはかりごとについてもいう。

『三國志』魏書 卷二 文帝丕「豈賈誼之才敏、籌畫國政、特賢臣之器、管晏之姿、豈若孝文大人之量哉」

（3）至於制作、積成卷軸…文章製作については大いに自信があることを述べる。
制作…前出。文章による作品を言う。

積成卷軸…作品をたくさん作り、それらが積もって巻物となった。

『文選』第十九 晉・張華「勵志詩」「水積成淵、載瀾載淸。土積成山、歊蒸鬱冥」

『文選』卷六十 梁・任昉「南徐州南蘭陵郡縣都鄉中都里蕭公年三十五行狀」「所造箴銘、積成卷軸」李善注「李尤集序曰、尤好爲銘讚、門階戶席、莫不有述」

（4）則欲塵穢視聽、恐雕蟲小伎、不合大人…文章の製作を、つまらない技術だと謙遜する。
塵穢…塵やけがれによって、汚す。

『三國志』魏書 卷二十二 衞臻「晉衞瓘爲司空。爲左思作吳都賦敍及注。敍粗有文辭、至於爲注、了無所發明。直爲塵穢紙墨」

雕蟲小伎…「雕蟲」も「小伎」もこまかいわざ。あるいは、小手先のつまらない技。「雕蟲」は蟲が葉などを刻むこと。「小伎」は「小技」とおなじ。

『北史』卷三十三 李渾「嘗謂魏收曰、彫蟲小技、我不如卿。國典朝章、卿不如我」

『隋書』卷四十二 李德林「至如經國大體、是賈生、晁錯之儔。彫蟲小技、殆相如、子雲之輩」

大人…人物の大きい立派な人。有德者、有位者に對する尊稱。

李白「白頭吟」詩「一朝再覽大人作、萬乘忽欲凌雲翔」

（5）若賜觀芻蕘、請給以紙墨兼人書之‥もし作品を見てもらえるのなら、獻上できるような形にするために、作品の原稿を書き直す道具や人を貸してほしい、という。
芻蕘‥草刈りと木こりのように卑しい者。自分の文章や作品を謙遜していう言葉。

『漢書』巻三十　藝文志「小說家者流、蓋出於稗官。（略）如或一言可采、此亦芻蕘狂夫之議也」

梁・蕭統「中呂四月」「今因去鴈、聊寄芻蕘。如遇回鱗、希垂玉翰」

紙墨‥紙と墨。文房具。

『後漢書』巻十上　和熹鄧皇后「是時、方國貢獻、競求珍麗之物、自后卽位、悉令禁絕、歲時但供紙墨而已」

人書之‥原稿を清書させる。當時、文を筆寫したり清書したりする者がいた。

『北齊書』巻三十九補　祖珽「後爲祕書丞、領舍人、事文襄。州客至、請賣華林遍略。文襄多集書人、一日一夜寫畢、退其本曰、不須也」
（6）然後退歸閑軒、繕寫呈上‥家に歸って作品を編集し淸書をしてから韓荊州に見せることを希望する。
退歸閑軒‥自分の家にひきこもる。

李白「金鄉薛少府廳畫鶴讚」「高堂閑軒兮、雖聽訟而不擾」

繕寫‥文章を整えて書き直す。作品を集めて書き記す。編集して淸書する。

『宋書』巻一百 自序「本紀列傳、繕寫已畢、合七帙七十卷、臣今謹奏呈」

呈上‥獻上する。差し上げる。ご覧に入れる。

『魏書』巻一百 四補 自序「後獻武入朝、靜帝授相國、固讓。令收爲啓、啓成呈上」

（7）庶青萍結綠、長價於薛卞之門‥最後に、埋もれた玉である自身を、韓荊州の鑑定によって價値ある物としてほしい、と願う。

青萍‥古代の名劔の名。

『抱朴子』第三十八 博喩「青萍、豪曹、剡劍之精絕也」

李白「鄴中贈王大」詩「紫燕櫪下嘶、青萍匣中鳴」

李白「送族弟單父主簿凝攝宋城主簿至郭南月橋卻迴棲霞山留飲贈之」詩「吾家青萍劍、操割有餘閒」

結綠‥古代の美玉の名。

『戰國策』秦策「宋有結綠」

『文選』魏・曹植「與鐘大理書」「宋之結綠、楚之和璞」注「良曰、皆美玉名」

李白「贈范金卿」詩二首之一「我有結綠珍、久藏濁水泥」

長價‥價値を長ずる。價値を高める。

李白「贈從弟南平太守之遙」詩二首之一「夢得池塘生春草、使我長價登樓詩」

薛：薛燭。春秋、越の人。刀剣の鑑定に優れていた。鑑賞眼の優れている人物の象徴。『越絶書』には、薛燭が越王句践の寶劍を鑑定する様が描かれている。

漢・袁康撰『越絶書』巻十一「昔者越王句踐有寶劍五。聞於天下客有能相劍者、名薛燭。王召而問之曰、吾有寶劍五、請以示之。薛燭對曰、愚理不足以言大王請不得已乃召掌者。王使取毫曺。薛燭對曰、毫曺非寶劍也。夫寶劍五色竝見莫能相勝。豪曺已擅名矣。非寶劍也。王曰取巨闕。薛燭曰、非寶劍也。寶劍者金錫和銅而不離。今巨闕已離矣。非寶劍也。(以下略)」

卞：卞和。周代、楚の人。寶玉を發見した。鑑賞眼の優れている人物の象徴。

卞和は玉璞を發見して楚の厲王に獻じたが、詐りとされ、左足を切られた。武王が即位するとまた獻じたが、再び詐りとされ、右足を切られた。文王が即位するとまた獻じ、磨かせてみると、果たして天下の明玉であった。

『韓非子』第十三巻 和氏「楚人和氏得玉璞楚山中、奉而獻之厲王、厲王使玉人相之、玉人曰、石也。王以和爲誑、而刖其左足。及厲王薨、武王即位、和又奉其璞而獻之武王、武王使玉人相之、又曰、石也。王又以和爲誑、而刖其右足。武王薨、文王即位、和乃抱其璞而哭於楚山之下、三日三夜、泣盡而繼之以血。王聞之、使人問其故、曰、天下之刖者多矣、子奚哭之悲也。和曰、吾非悲刖也、悲夫寶玉而題之以石、貞士而名之以誑、此吾所以悲也。王乃使玉人理其璞而得寶焉。遂命曰、和氏之璧」

（8）幸惟下流大開奬飾。惟君侯圖之：下位にいる者、すなわち李白の將來を開くように計ってほしい、と願って結びとする。

下流：低い地位にいる者。自遜の言葉。

初唐・張九齡「和姚令公哭李尚書乂」詩「上宰既傷舊、下流彌感衷」

奬飾：奬勵。賞贊。

盛唐・劉長卿『劉隨州集』卷十一「祭蕭相公文」「奬飾何厚、招尋亦偏」

惟君侯圖之：君侯これをはかれ。「之」は、玉を見いだし劍を鑑定する故事を指し、そのように李白の評價を定めてほしいと願う。

初唐・陳子昂『陳拾遺集』卷八「伏乞聖慈早圖」「上軍國機要事。（略）伏乞天恩早爲圖之。（略）願陛下興念與明宰相圖之以安天下」

【考證】制作年代

『新唐書』卷一百一十八 韓朝宗「朝宗初歷左拾遺。睿宗詔作乞寒胡戲、諫曰（略）帝不聽。累遷荊州長史。開元二十二年、初置十道採訪使、朝宗以襄州刺史兼山南東道。（略）坐所任吏擅賦役、貶洪州刺史。天寶初、召爲京兆尹、分渭水入金光門、匯爲潭、以通西市材木。出爲高平太守。始、開元末、海內無事、訛言兵當興、衣冠潛爲避世計、朝宗廬終南山、爲長安尉霍仙奇所發、玄宗怒、使侍御史王鉷訊之、貶吳興別駕、卒。朝宗喜識拔後進、嘗薦崔宗之、嚴武於朝、當時士咸歸重之」

この記事から、韓朝宗は開元二十二年に荊州大都督府長史兼襄州刺史となったことがわかる。

初唐・張九齡『曲江集』卷七「貶韓朝宗洪州刺史制」「朝請大夫荊州大都督府長史兼判襄州刺史山南道採訪處置等使上柱國長山縣開國伯韓朝宗、亟登清要、爰委條察、宜恭爾職、以副朕懷。而乃私其所親、請以爲邑、未盈三載、已至兩遷。既殊德擧、自速官謗、及令按事、果驗非才。傷敗實多、矯誣斯甚。擧不爲黨、豈其然歟。事咨於周、則異於是。不能自律、何以正人。仍期後效、且示輕貶、可使持節都督洪州諸軍事守洪州刺史、散官勳封如故」

ここから韓朝宗が荊州長史になって間もなく洪州長史に移ったことがわかる。

盛唐・王維『大唐吳興郡別駕前荊州大都督府長史山南東道採訪使京兆尹韓公墓誌銘』「公諱朝宗、字某、本出昌黎、今爲京兆人也。（略）年若干、應文以經國、擧甲科、試右拾遺。（略）監察御史、兵部員外郎。（略）轉度支郎中、除給事中。（略）尋知吏部選事。（略）除許州刺史、荊州大都督府長、山南採訪使、坐南陽令、貶洪州都督、遷蒲州刺史。所履之官、政皆優異、黜陟使奏課第一。徵爲京兆尹。（略）上悅其醇、方委以政。頃坐營谷口別業、貶高平太守、又坐長安令有罪、貶吳興郡別駕。（略）天寶九載六月二十一日寢疾薨於官舍、享年六十有五」（『王維集校注』卷十、中華書局 一九九七年版）

右記の資料を整理して、李白の足跡と比較する。

韓朝宗
開元十八年　山南西道按察使
開元二十年ころ　許州刺史
開元二十二年から二十四年まで　荊州大都督府長史兼襄州刺史
開元二十四年から二十七年まで　洪州都督
開元二十七年から二十九年まで　蒲州刺史
天寶元年から三載まで　京兆尹
天寶三載から　高平郡太守

李白
開元二十三年五月　洛陽滯在。こののち太原に行く。

「憶舊遊寄譙郡元參軍」詩に「五月相呼渡太行」の句があることから證明される。

「太原早秋」詩および「秋日於太原南柵餞陽曲王贊公賈少公石艾尹少公應擧赴上都序」から見ると、おそらくこの年の秋冬の交に洛陽に戻った。

開元二十四年　洛陽と嵩山にいた。

ここから、李白が韓朝宗に謁見したのは開元二十二年ということになる。

（郁賢皓『唐刺史考全編』安徽大學出版社　二〇〇〇年　參照）

（郁賢皓「李白洛陽行踪新探索」『天上謫仙人的祕密——李白考論集』六七頁　參照）

【考證】「三十成文章、歷抵卿相」について

郭沫若『李白與杜甫』「李白的家室索隱」「李白在三十歲時要『歷抵卿相』與『王公大臣』等交遊、只有到西京去才有這樣的可能。這就肯定着、李白在三十歲時斷然去過一次西京。杜甫『飲中八仙歌』所列擧的八人是賀知章、汝陽王李璡、左相李適之、崔宗之、蘇晉、李白、張旭、焦遂。蘇晉死於開元二十二年（見『唐書・蘇珦傳』）。如果李白僅於天寶初年去過一次長安、蘇晉何以能預「八仙」之遊、前人多不知其故。今知李白曾兩次去長安、『八仙之遊』締結於開元十八、九年、問題便可迎刃而解了。這樣又恰好成爲李白曾兩次去長安的又一佐證」

郭沫若はこの論文で、「歷抵卿相」の句から考えて、三十歳の時にすでに長安に行ったことがあった、と述べる。郭沫若の說は正しいと思う。なお、「歷抵卿相」とは、必ずしも長安に行ったことを意味しない、として反對する意見もある。

（郁賢皓「李白兩入長安及有關交遊考辨」（『李白叢考』陝西人民出版社　一九八二年　參照）

五、爲趙城與楊右相

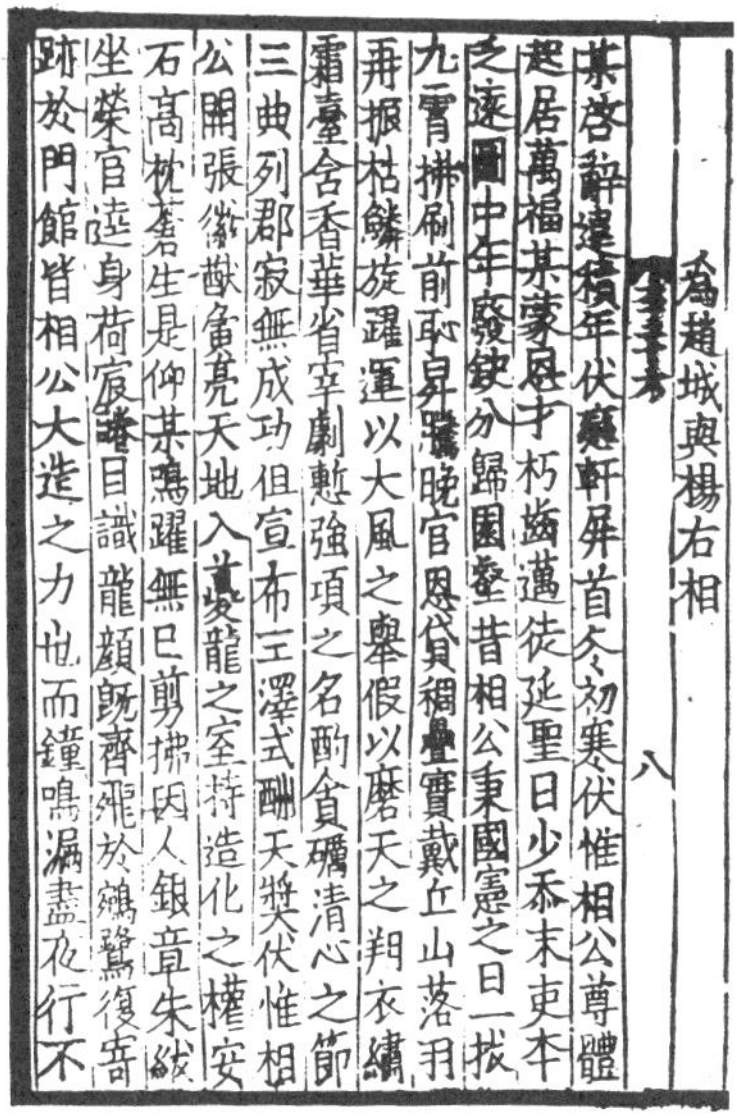

爲趙城與楊右相　八

某啓辭違積年伏惑軒屏首冬初寒伏惟相公尊體
起居萬福某蒙恩于朽齒邁徒延聖日少忝末吏本
乏遠圖中年廢缺分歸園壑昔相公秉國憲之日一拔
九霄拂刷前恥昇躋晩官恩貸裯疊實戴丘山落羽
再振枯鱗旋躍運以大風之舉假以磨天之翔衣繡
霜臺含香華省宰劇勉強項之名酌貪礪清心之節
三典列郡寂無成功但宣布王澤式酬天獎伏惟相
公開張徽猷亮天地入夔龍之室持造化之權安
石高枕蒼生是仰某鴻躍無已剪拂因人銀章朱紱
坐榮官達身荷宸眷目識龍顏既齊飛於鵷鷺復寄
跡於門館皆相公大造之力也而鐘鳴漏盡夜行不

宋本　靜嘉堂文庫藏

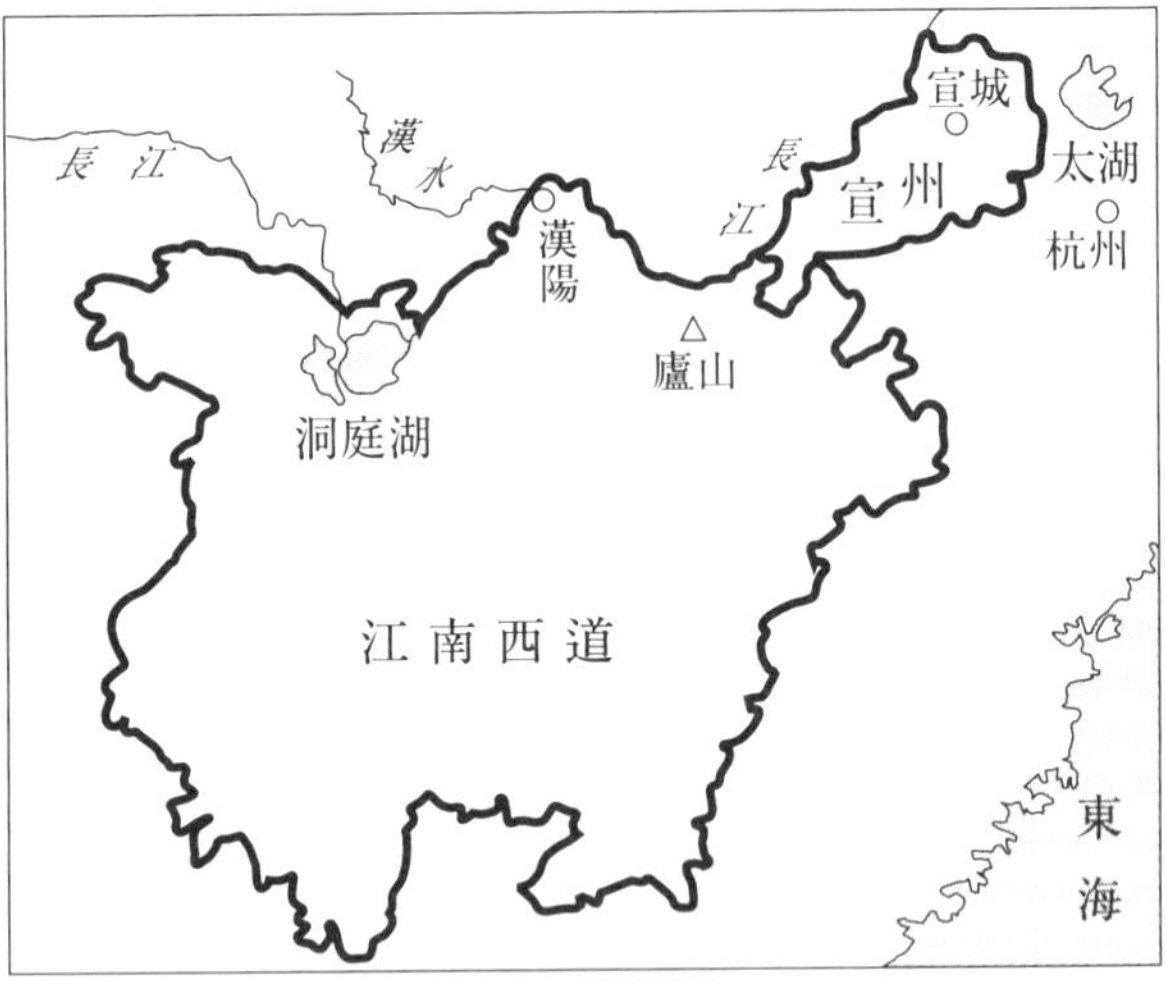

江南西道地圖

爲趙城與楊右相【第一段】

【解題】

宣城太守趙悅から宰相の楊國忠への手紙を、李白が代筆したもの。趙悅が宣城太守となったのは天寶十四載四月と考えられる。また文中に「首冬」の語があるので、この手紙が天寶十四載十月に書かれたものであることがわかる。(注(1)參照)

地方官に左遷されていた趙悅が、當時の有力者であった楊國忠に對して、都に戻してくれるよう依頼する手紙である。この年十一月に安史の亂が勃發し、翌年、楊國忠は殺される。

【原文】 爲趙城與楊右相(1)

某啓。辭違積年、伏戀軒屏(2)。首冬初寒、伏惟相公尊體起居萬福(3)。某蒙恩、才朽齒邁、徒延聖日(4)。少忝末吏、本乏遠圖、中年廢鈇、分歸園壑(5)。昔相公秉國憲之日、一拔九霄、拂刷前恥、昇騰晩官(6)。恩貸稠疊、實戴丘山(7)。落羽再振、枯鱗旋躍(8)。運以大風之擧、假以磨天之翔(9)。衣繡霜臺、含香華省(10)。宰劇塹強項之名、酌貪礪淸心之節(11)。三典列郡、寂無成功(12)。但宣布王澤、式酬天獎(13)。

【校勘】
「爲趙城與楊右相」：『咸淳本』『郭本』『霏玉本』『王琦本』『全唐文』は、「爲趙宣城與楊右相書」とする。
廢鈌：『繆本』『咸淳本』『郭本』『霏玉本』『王琦本』は、「廢缺」とする。『全唐文』は、「廢闕」とする。
戴丘山：『全唐文』は、「載邱山」とする。
磨天：『全唐文』は、「摩天」とする。『王琦本』は「磨」の下に注して「當作摩」という。

【訓讀】趙城《てうじやう》の爲《ため》に楊右相《やういうしやう》に與《あた》ふ

某《それがし》啓《まう》す。辭違《じゐ》してより年《とし》を積《つ》み、伏《ふ》して軒屛《けんぺい》を戀《こ》ふ。首冬《しゆとう》初《はじ》めて寒《さむ》く、伏《ふ》して相公《しやうこう》の尊體《そんたい》起居《ききよ》萬《ばん》福《ぷく》なるを惟《おも》ふ。某《それがし》恩《おん》を蒙《かうむ》るも、才《さい》は朽《く》ち齒《よはひ》は邁《す》ぎ、徒《いたづ》らに聖日《せいじつ》を延《の》ぶ。

少《わか》くして末吏《まつり》を忝《かたじけな》くするも、本《もと》より遠圖《ゑんと》に乏《とぼ》しく、中年《ちゆうねん》にして廢鈌《はいけつ》せられ、分《わか》れて園壑《ゑんがく》に歸《かへ》る。

昔《むかし》相公《しやうこう》國憲《こくけん》を秉《と》るの日《ひ》、九霄《きうせう》に一拔《いちばつ》せられ、前恥《ぜんち》を拂刷《ふつさつ》して、晩官《ばんくわん》に昇騰《しようとう》す。恩貸《おんたい》稠疊《ちうでふ》し、實《じつ》に丘山《きうざん》を戴《いただ》く。落羽《らくう》は再《ふたた》び振《ふる》ひ、枯鱗《こりん》は旋《つい》で躍《をど》る。運《はこ》ぶに大風《たいふう》の擧《きよ》を以《もつ》てし、假《か》るに磨天《まてん》の翔《しやう》を以《もつ》てす。

繡《しう》を霜臺《さうだい》に衣《まと》ひ、香《かう》を華省《くわしやう》に含《ふく》む。劇《げき》を宰《さい》しては強項《きやうかう》の名《な》に慙《は》ぢ、貪《たん》を酌《く》みては清心《せいしん》の節《せつ》を礪《みが》く。三《み》たび列郡《れつぐん》を典《つかさど》るも、寂《せき》として功《こう》を成《な》す無《な》し。但《た》だ王澤《わうたく》を宣布《せんぷ》し、式《もつ》て天奬《てんしやう》に酬《むく》ゆ。

【譯】趙城に代わって、宰相楊國忠にさし上げる申し上げます。お別れしてから長い年月が經ち、閣下をお慕いすることしきりでございます。冬に入りまして寒さが感じられる頃となりました。閣下にはお健やかにお過ごしになるようお祈り申し上げます。

私は閣下のご恩顧をいただきましたが、才も乏しく年も取り、いたずらに日を重ねております。若い頃に官吏の端に加えて頂きましたが、もともと遠い將來への見通しに乏しく、中年にして罷免され、お別れして故鄉に歸りました。

かつて閣下が宰相として國權をお取りになったとき、私も一擧に朝政の高みに拔擢され、以前の恥をそそいで、年を取って官吏として出世いたしました。重ね重ねのご恩は、實に丘山をいただくほど大きなものでございます。地に落ちた鳥が再び羽ばたき、陸に上がった魚がまた水に躍り出しました。閣下の大きな風に運ばれ、天高く飛ぶ翼を與えて頂きました。定められた刺繡の官服を着て御史臺に伺候し、慣わしの香りを含んで尙書省につとめました。繁多な政務に當たっては、恥ずかしながら剛直という評判をたてられました。汚職の誘惑にあっても節操を高く持つよう努め勵みました。三つの郡を長官としてつかさどりましたが、なんの功績も擧げることはできませんでした。ただ天子のお惠みを天下に廣めることで、私に下された君恩に酬いようと思い定めておりました。

【注釋】

（1）爲趙城與楊右相：宣城太守趙悦から宰相の楊國忠への手紙を、李白が代筆したもの。

趙城：趙宣城。すなわち、宣州太守趙悦。郭本、繆本、咸本、王本は「趙城」を「趙宣城」に作る。趙悦が宣城太守の時、李白は宣州で「趙公西候新亭頌」と「贈趙太守悦」詩を書いている。唐代の天寶元年に「州」を「郡」と改め、長官を「刺史」から「太守」に改めた。李白は詩題に「趙太守」と書いているので、趙悦が宣州にいたのは天寶元年以後であることが分かる。また、「趙公西候新亭頌」で「惟天寶十有四載（略）伊四月孟夏、自淮陰遷我天水趙公作藩宛陵」と言う。「宛陵」は「宣州」のことだから、趙悦が宣州太守となったのは天寶十四載のことである。

趙悦について、詳しくは文末【考證】參照。

楊右相：楊國忠。楊貴妃の一族。安祿山が玄宗の寵愛を得ていることを妬み、その失脚を畫策する。安祿山の反亂が起きたとき、馬嵬で禁軍に誅される。

楊國忠は天寶十一歳に、李林甫に代わって「右相」となった。

『舊唐書』卷一百六 楊國忠「十一載、南蠻侵蜀、蜀人請國忠赴鎭、林甫亦奏遣之。將辭、雨泣懇陳必爲林甫所排、帝憐之、不數月召還。會林甫卒、遂代爲右相、兼吏部尙書、集賢殿大學士、太淸太微宮使、判度支、劍南節度、山南西道採訪、兩京出納租庸鑄錢等使竝如故」

宣城：郡名。いまの安徽省宣城縣。

『新唐書』卷四十一 江南道 西道採訪使「宣州宣城郡、望。土貢、銀、銅器、綺、白紵、絲頭、紅毯、兔褐、簟、紙、筆、署預、黃連、碌靑。有鉛坑一。戶十二萬一千二百四、口八十八萬四千九百八十五。縣八」

右相：宰相。天子を補佐して國政を行う。

『新唐書』卷四十七 百官二 中書省「中書令二人、正二品。掌佐天子執大政、而總判省事」注「天寶元年曰右相、至大曆五年、紫微侍郎乃復爲中書侍郎」

（2）某啓。辭違積年、伏戀軒屛：手紙の書き出し。まず無沙汰を詫びる。

某：わたくし。自稱の人代名詞。自分のことを謙遜していう言葉。

啓：申し上げる。上奏する。

『朱子語類』卷九十一 禮八 雜儀「『瞻仰』字、去之無害。但『拜』字承用之久、若遽除去、恐不免譏罵。前輩只云『某啓』、啓是開白之義」

辭違：別れる。離れる。

『周書』卷四十二 蕭撝「方辭違闕庭、屛迹閭里、低佪係慕、戀悚兼深」

積年：長い年月。

『後漢書』卷六十四 盧植「衡不慕當世、所居之官、輒積年不徙」

伏戀軒屛：「軒屛」は「軒と墻」。ここでは、軒屛という場所によって楊右相を指す。

『文選』第二十八卷 鮑照 樂府八首「東武吟」「棄席思君幄、疲馬戀君軒」

初唐・張九齢「酬王履震遊園林見貽士」詩「逶迤戀軒陛、蕭散反丘樊」

（3）首冬初寒、伏惟相公尊體起居萬福…前句に續く、手紙の書き出し。時候の挨拶をし、健康を祝う。

首冬…初冬。

初唐・盧綸「首冬寄河東昭德里書事貽鄭損倉曹」詩「清冬和暖天、老鈍晝多眠」

初寒…はじめて肌寒さを感じる。舊暦十月、初冬のころ。

南宋・謝靈運「燕歌行」詩「孟冬初寒節氣成、悲風入閨霜依庭」

相公…宰相。古代、宰相は公に封ぜられたので、このように言う。

『文選』卷二十七 魏・王粲「從軍詩」「相公征關右、赫怒震天威」注「曹操爲丞相、故曰相公也」

尊體起居萬福…目上の者の機嫌や體の幸いを祈る言葉。「尊體」は他人の體に對する敬稱。「起居」は、起き伏し、くらし。「萬福」は多くの幸い。

『南齊書』卷五十八 東南夷 扶南「伏願聖主尊體起居康豫、皇太子萬福」

（4）某蒙恩、才朽齒邁、徒延聖日…楊國忠から受けた恩に、十分報いていないことを述べる。謙辭。

蒙恩…恩をこうむる。

『漢書』卷九十二 陳遵「遵兄弟幸得蒙恩超等歷位、遵爵列侯、備郡守」

才朽…才能がとぼしい。

『文選』第四十八巻　班固「典引」「臣固才朽不及前人、蓋詠雲門者難爲音、觀隋和者難爲珍」

齒邁：年齢が進む。年を取る。

晉・陸雲『陸子龍集』巻九「與陸典書」「年長而志新、齒邁而曾勤家宗美者也」

徒延聖日：無駄に日を過ごす。「延日」は「幾日も過ごす」。「聖日」は天子に治められる聖明な日々。

『墨子』巻十五　號令「其延日持久、以待救之至、明於守者也、不能此、乃能守城」

『魏書』巻六十　韓顯宗「師旅寡少、未足爲援、意有所懷、不敢盡言於聖日」

（5）少忝末吏、本乏遠圖、中年廢缺、分歸園壑：來し方を振り返る。趙悅が中年になってから官を退いて田舎に歸っていたことがわかる。文末【考證】參照。

末吏：下等の官吏。自分や自分の官位に對する謙稱。

晉・袁宏『後漢紀』原序「末吏區區注疏而已」

遠圖：遠い先まで見通したはかりごと。遠大な計畫。

『左傳』襄公　巻三十八　傳二十八年「榮成伯曰、遠圖者忠也」

『文選』巻十九　南宋・謝靈運「述祖德詩」「賢相謝世運、遠圖因事止」

中年：人生のなかほど。四、五十歲。

『晉書』巻八十　王羲之「中年以來、傷於哀樂、與親友別、輒作數日惡」

廢鈌‥衰えてすたれる。「鈌」の原義は「刺す」であるが、また「缺」と通じて使われる。『康煕字典』巻三十一 鈌「音釋鈌音決。又與缺通。史記、司馬相如傳、貫列鈌之倒景兮。前漢書作、列缺、註、列缺、天門也」

「廢鈌」の用例は未見。「廢缺」には「禮經廢缺」「雅樂廢缺」「威儀廢缺」などの言葉がある。人物にはあまり使われない言葉であるが、ここでは事件に巻き込まれ、責任をとらされて官位を失ったことをいう。このことに關しては、文末考證を參照のこと。

分歸‥「分」は分手、たもとを分かつ、という意味に取った。楊國忠に分かれて故郷に歸る。『後漢書』巻五十 梁節王暢「自謂當卽時伏顯誅、魂魄去身、分歸黃泉」

歸園壑‥故郷の谷に歸る。邊鄙なところにある故郷に歸る。「園壑」はあまり見ない言葉である。宋・陳思『書苑菁華』巻四 書品「元常正隸、如郊廟既陳、俎豆斯在。又比寒澗園壑、秋山嵯峨」

言葉としては、晉・陶淵明「歸園田居」五首之一「守拙歸園田」の句に由來する。唐代にはいると、この句がよく用いられるようになる。

初唐・張九齡「南還湘水言懷」詩「十年乖夙志、一別悔前行。歸去田園老、倘來軒冕輕」

（6）昔相公秉國憲之日、一拔九霄、拂刷前恥、昇騰晩官‥楊國忠が楊貴妃に引き立てられて大いに出世したときに、趙悅も朝廷に入って出世した。

秉國憲：國家のおきてを握る。政権を取る。楊國忠は宰相となって權力を握った。

『後漢書』巻三十五 曹褒「孝章永言前王、明發興作、專命禮臣、撰定國憲、洋洋乎盛德之事焉」

九霄：天の最も高いところ。九つに分けられた天の最上層。九天に同じ。ここでは朝廷を天にたとえ、朝廷で出世をすることを言う。

李白「憶舊遊寄譙郡元參軍」詩「當筵意氣凌九霄、星離雨散不終朝」

拂刷：ぬぐいはらう。恥をそそぐ。用例は未見。

宋・家鉉翁『春秋集傳詳說』巻二十 襄公二一注「荀偃以諸侯之師、出欲刷前恥」

前恥：以前の恥ずべき體驗。ここでは、趙悅が中年にして官位を降り故郷に歸ったこと。

初唐・張九齡『曲江集』巻九「敕幽州節度張守珪書」「安祿山、楊景暉、取雪前恥」

昇騰：おどりあがる。高いところに勢いよく上る。

『後漢書』巻六十一 左雄「州宰不覆、競共辟召、踊躍升騰、超等踰匹」

晩官：年を取ってから官吏となることをいう。用例は少ない。

宋・方勺『泊宅編』巻上「先生晩官鄧州、一日秋風起、思吳中山水、嘗信筆作長短句、名黃鶴引、遂致仕」

（7）恩貸稠疊、實戴丘山：免官ののち、再び楊國忠によって高官に取り立てられたという、大きな恩恵に感謝する。
恩貸：恩澤。めぐみ。
『三國志』呉書　巻六十五　華覈「滋潤含垢、恩貸累重」
稠疊：幾重にも重なる。
李白「自梁園至敬亭山見會公談陵陽山水兼期同遊因有此贈」詩「稠疊千萬峰、相連入雲去」
丘山：山のようだ。多いことのたとえ。
『漢書』巻六十五　東方朔「功若丘山、海内定、國家安、是遇其時也」
（8）落羽再振、枯鱗旋躍：中年で庶人となり、再び官吏として出世したことを、再生した鳥や魚にたとえる。
『隋書』巻七十五　王孝籍「咳唾足以活枯鱗、吹嘘可用飛窮羽」
落羽：落鳥。力を失って飛べなくなった鳥のはね。官途からの失墜にたとえる。
初唐・孔紹安「別徐永元秀才」詩「金湯既失險、玉石乃同焚。墜葉還相覆、落羽更爲群」
李白「初出金門尋王侍御不遇詠壁上鸚鵡」詩「落羽辭金殿、孤鳴託繡衣。能言終見棄、還向隴西飛」
枯鱗：水が無くて泳げなくなった魚。世間から脱落した人にたとえる。
北周・庾信「壊机還成机、枯魚還作魚」

初唐・駱賓王「詠懷古意上裴侍郎」詩「出籠窮短翮、委轍涸枯鱗」

『樂府詩集』巻七十四　雑曲歌辭　古辭「枯魚過河泣、何時悔復及」

旋躍…「旋」は、一轉して、再び、の意味。

（9）運以大風之擧、假以磨天之翔…楊國忠が大風となって出世し、趙悦もその風に乗って出世した。

また、楊國忠が天高く飛ぶ翼を、趙悦も借りて出世した。

魏・曹植「王仲宣誄」「我將假翼、飄飄高擧」

大風之擧…大風があがる。ここでは、天下に躍り出て勢いよく活躍を始めること。

確實な典據は見あたらないが、次にあげる劉邦の「大風歌」、また『莊子』の大鵬のイメージなどが關係すると考えられる。

漢・高帝　劉邦「大風起兮雲飛揚、威加海內兮歸故鄕、安得猛士兮守四方」

李白「登廣武古戰場懷古」詩「按劍清八極、歸酣歌大風」

元・王惲『玉堂嘉話』巻三「大風之擧、歌動而雲揚」

『莊子』內篇　逍遙遊　第一「鵬之徙於南冥也、水擊三千里、摶扶搖而上者九萬里」

磨天…天をこする。天に届くほど高く飛ぶ。「摩天」に通じる。

『宋書』巻二十一　樂志三「烏生八九子」古辭「唶我黃鵠摩天極高飛」

李白「古風」詩「吾觀摩天飛、九萬方未已」

（10）衣繡霜臺、含香華省：復官した趙悅は、朝廷で侍御史となり尙書郎となった。
衣繡：御史臺につとめる侍御史は、刺繡のある衣を着た。
『通典』巻二十四 侍御史「武帝時、侍御史又有繡衣直指者、出討姦猾、理大獄、而不常置」
霜臺：御史臺。御史臺は法律をつかさどり嚴格な裁きを行う所なので、秋官に配して霜臺という。
『通典』巻二十四 御史臺「後周曰司憲、屬秋官府。隋及大唐皆曰御史臺（略）門北闢、主陰殺也。故御史爲風霜之任」
『白孔六帖』巻七十四 御史夫夫「亞相。憲臺、霜臺」
含香：尙書省を含香署という。尙書郎は口に鷄舌香を含んで天子に奏上するからである。
『舊唐書』巻一百四十五 董晉「昔尙書郎、含香、老萊、彩服、皆此義也」
『通典』巻二十二 尙書省「尙書郎、口含雞舌香、以其奏事答對、欲使氣息芬芳也」
華省：官廳の美稱。
晉・潘岳「秋興賦」「宵耿介而不寐、獨展轉於華省」
（11）宰劇慙強項之名、酌貪礪淸心之節：また地方長官となった。
宰劇：激務の縣をつかさどる。
李白「趙公西候新亭頌」「殷南山之雷、剖赤縣之劇」
中唐・白居易「授李諒泗州刺史兼團練使當道兵馬留後兼侍御史賜紫金魚袋張愉岳州刺史制」

「中間又再爲州牧。三宰劇縣、皆苦心」

強項‥剛直のたとえ。うなじが強く、なかなか頭を下げない。趙悦は強項で節を曲げない、という評判をとった。

『後漢書』巻五十四 楊震「帝不悦曰、卿強項、眞楊震子孫」注「強項、言不低屈也。光武謂董宣爲強項令也」

初唐・張説「送王晙自羽林赴永昌令」詩「爲負剛腸譽、還追強項名」

李白「趙公西候新亭頌」「殷南山之雷、剖赤縣之劇、強項不屈、三州所居大化」

酌貪‥高節のたとえ。南海に貪泉という泉があり、この泉の水を飲むと、人は貪欲の心を持つようになるという。しかし、晉の呉隱之は貪泉の水を飲んでも志を變えず、ますます節操を高くしたという。

『晉書』巻九十 呉隱之「前後刺史皆多黷貨。朝廷欲革嶺南之弊、隆安中、以隱之爲龍驤将軍、廣州刺史、假節、領平越中郎將。未至州二十里、地名石門、有水曰貪泉、飲者懷無厭之欲。隱之既至、語其親人曰、不見可欲、使心不亂。越嶺喪清、吾知之矣。乃至泉所、酌而飲之、因賦詩曰、古人云此水、一歃懷千金。試使夷齊飲、終當不易心。及在州、清操踰厲」

礪節・節操を高くするようつとめる。厲節とおなじ。「礪」は、みがく、つとめはげむ。

『後漢書』巻六十六 王允「夫内視反聽、則忠臣竭誠。寛賢矜能、則義士厲節」

清心：心を清くする。雑念をなくす。

『後漢書』巻八十八　西域傳論「詳其清心釋累之訓、空有兼遣之宗、道書之流也」注「清心謂忘思慮也」

(12) 三典列郡、寂無成功：地方長官としての業績を謙遜する。

三典列郡：三つの郡をつかさどる。郡を支配することを「郡を典る」という。また、郡の長官を「典郡」という。

『後漢書』巻二十四　馬嚴「方今刺史太守、專州典郡」

趙悦が三つの郡の太守をしていることは、李白の次の句から知られる。

李白「贈宣城趙太守悅」詩「出牧歷三郡、所居猛獸奔」

無成功：功績を擧げることがない。功績がない。

『韓非子』第六巻　解老「夫内有死夭之難、而外無成功之名者、大禍也」

『管子』第十六篇　法法「世無公國之君、則無直進之士。無論能之主、則無成功之臣」

(13) 宣布王澤、式酬天奬：地方長官として、天子の恩恵を民衆に廣く分け與えるよう努めたことを述べて、自らの政績を示そうとする。

宣布：ひろく行き渡らせる。

『漢書』巻八十五　谷永「立春、遣使者循行風俗、宣布聖德」

王澤：天子の恩恵。廣く天下に與えられるめぐみ。

『文選』巻一　後漢・班固「兩都賦序」「昔成康沒而頌聲寢、王澤竭而詩不作」

天獎：天子のめぐみ。趙悦に下された恩恵。

『文選』巻三十九　梁・任昉「奉答敕示七夕詩啓」「謹輸牽率庸陋、式訓天獎」

爲趙城與楊右相【第二段】

【原文】

伏惟相公、開張徽猷、夤亮天地(1)、入夔龍之室、持造化之權(2)。安石高枕、蒼生是仰(3)。

某鳴躍無已、剪拂因人(4)。銀章朱紱、坐榮宦達(5)。身荷宸睠、目識龍顏(6)。既齊飛於鵷鷺、復寄跡於門館、皆相公大造之力也(7)。而鐘鳴漏盡、夜行不息(8)、止足之分、實媿古人(9)。犬馬戀主、迫於西汜(10)。所冀枯松晚歳、無改節於風霜、老驥餘年、期盡力於蹄足(11)、上答明主、下報相公(12)。慺慺之誠、屏息於此(13)。

伏惟相公、收遺簪於少昊、念亡弓於楚澤(14)。衰當益壯、結草知歸(15)。瞻望恩光、無忘景刻(16)。

【校勘】

夤亮：「夤」の字、『郭本』『霏玉本』『王琦本』『全唐文』は「寅亮」とする。

剪拂…『全唐文』は、「翦拂」とする。

宦達…「宦」の字、『咸淳本』は「官」の字に作る。

宸睠…『咸淳本』『郭本』『霏玉本』『全唐文』は「宸眷」とする。『王琦本』は「宸眷」とし、注して「繆本作睠」という。

鵷鷺…『咸淳本』『郭本』『霏玉本』は「鴛鷺」とする。『王琦本』は「鵷」の下に注して「郭本作鴛」という。

媿古人…『王琦本』は、「愧古人」とする。

餘年…『咸淳本』は、「餘生」とする。

上答…『全唐文』は「以答」とする。

慺慺…『王琦本』は「縷縷」とする。

少昊…『王琦本』は「昊」に注して「昊當作原」という。


【訓讀】

伏《ふ》して惟《おも》んみるに、相公《しやうこう》徽猷《きいう》を開張《かいちやう》し、天地《てんち》に夤亮《いんりやう》にして、夔龍《きりゆう》の室《しつ》に入《い》り、造化《ざうくわ》の權《けん》を持《ぢ》す。安石《あんせき》は枕《まくら》を高《たか》くし、蒼生《さうせい》は是《こ》れを仰《あふ》ぐ。

某《それがし》鳴躍《めいやく》して已《や》む無《な》く、剪拂《せんふつ》は人《ひと》に因《よ》る。銀章《ぎんしやう》朱紱《しゆふつ》して、坐《ざ》は榮《さか》え宦《くわん》は達《たつ》す。身《み》には宸睠《しんけん》を荷《にな》ひ、目《め》には龍顔《りようがん》を識《し》る。既《すで》に飛《ひ》を鵷鷺《ゑんろ》に齊《ひと》しくし、復《ま》た跡《あと》を門館《もんくわん》に寄《よ》するは、皆《みな》相公大造《しやうこうたいざう》の力《ちから》なり。而《しか》して鐘《かね》鳴《な》り漏《ろう》盡《つ》くるも、夜行《やかう》して息《や》まざるは、止足《しそく》の分《ぶん》、實《じつ》に古人《こじん》に愧《は》ず。犬馬《けんば》は主《あるじ》を戀《こ》ふも、西《せい》汜《し》に迫《せま》る。冀《こひねが》ふ所《ところ》は枯松《こしよう》の晩歳《ばんさい》に、節《せつ》を風霜《ふうさう》に改《あらた》むること無《な》く、老驥《らうき》の餘年《よねん》に、力《ちから》を蹄足《ていそく》に盡《つ》くすを期《き》し、上《かみ》は明主《めいしゆ》に答《こた》へ、下《しも》は相公《しやうこう》に報《むく》いんとするなり。慺慺《るる》の誠《せい》、此《ここ》に屏息《へいそく》す。

伏《ふ》して惟《おも》んみるに、相公《しやうこう》遺簪《いしん》を少昊《せうかう》に収《をさ》め、亡弓《ばうきゆう》を楚澤《そたく》に念《ねん》ず。衰《おとろ》へて當《まさ》に壮《さう》を益《ま》し、草《くさ》を結《むす》びて歸《き》するを知《し》るべし。恩光《おんくわう》を瞻望《せんばう》して、景刻《けいこく》をも忘《わす》るること無《な》し。

【譯】

つつしんで思いますに、宰相閣下はすぐれた政策を展開し、天地の教えに誠實で、古代の聖天子に仕えた夔や龍のように秀でた家臣の域に達し、天下を統治する力を持っていらっしゃいます。このようであれば、晉を救った武將の謝安も、隱棲の場から出る必要もなく高枕で安心していることでしょうし、民衆も閣下を實力者として仰いでおります。

私が官吏としていつまでも活躍できるのは、目をかけてくださる閣下のお陰でございます。銀章をつけ朱紱をかけて、官位は榮達いたしました。身には天子のご恩顧を受け、目には天子の龍顏を拝しております。すでに百官の列に加えられ、また閣下のご門下に身を寄せており、これみな閣下の多大なるお力に依るものでございます。

今生の夜も更けて終末の鐘を聞きながら、なお官にあって働き續けることは、實に、限度をわきまえよ、という古人の言に恥じるものでございます。犬や馬が主人を戀い慕うように閣下をお慕いしておりますが、なにぶんにも日が傾き人生の殘り時間が少なくなりました。ただ願いますのは、枯れ松が晩年に風に吹かれ霜に遭ってもなお緑でありつづけるように、駿馬が老いて餘命わずかになってもなお力を盡くして走り續けるように、上は明主のお惠みに答え、下は閣下のご恩に報いることでございます。途切れぬ誠の心を抱き、息を殺してここに控えております。

謹んでお願い申し上げます。孔子が出會った、簪を捜して悲しむ婦人のように、舊知の者を拾い上げ、弓を無くした楚の恭王のように、見失った者を心にかけて下さいますことを。老いてますます盛んにして、『左傳』結草の故事のように、死んでもご恩返しをする所存でございます。閣下のお惠みを遠く望み見て、ひととときも忘れることはございません。

【注釋】

（1）伏惟相公、開張徽猷、賫亮天地：ここから、楊國忠について述べる。まず、楊國忠が政治家として優れた資質を持っていることをいう。

開張：大きくする。展開する。

『文選』第三十七巻　諸葛亮「出師表」「誠宜開張聖聽、以光先帝遺德、恢志士之氣」

徽猷：良策。良いはかりごと。

『詩經』小雅　角弓「君子有徽猷、小人與屬」

夤亮：つつしんで誠を盡くす。「夤」字は「寅」字に通じる。

『周書』巻四十一　庾信「若夫立德立言、謨明夤亮。聲超於繫表、道高於河上」

（2）入夔龍之室、持造化之權：楊國忠がすぐれた臣下で、また大權を持っていること。

夔龍：堯舜の時代の家臣、夔と龍。夔は樂官、龍は諫官で、すぐれた資質を持っていたと傳えられる。

『尙書』虞書　巻三　舜典「伯拜稽首讓于夔龍」孔傳「夔龍二臣名」

『史記』巻一　帝舜「伯夷讓夔龍。舜曰、然。以夔爲典樂、敎穉子、直而溫、寬而栗、剛而毋虐、簡而毋傲。詩言意、歌長言、聲依永、律和聲、八音能諧、毋相奪倫、神人以和（略）、舜曰、龍、朕畏忌讒說殄僞、振驚朕衆、命汝爲納言、夙夜出入朕命、惟信」

入室：奥義に達したこと。一定の段階に至ったこと。

『論語』巻十一　先進「門人不敬子路。子曰、由也升堂矣、未入於室也」注「亦不入於聖人之奥室」

造化：天地。また、天地が萬物を創造化育すること。

『文選』第一巻　後漢・班固「兩都賦」「紹百王之荒屯、因造化之盪滌」注「高誘曰、造化、天地也」

持權：權力を持つこと。

『史記』巻七十八　春申君「春申君既相楚、是時齊有孟嘗君、趙有平原君、魏有信陵君、方爭下士、招致賓客、以相傾奪、輔國持權」

（3）安石高枕、蒼生是仰：晉・謝安の故事を引く。この部分は二通りの解釋を考えた。その一は、楊國忠が政治を行っているために、晉の武將謝安も安心して隱棲している、というもの。その二は、謝安を楊國忠にたとえて、楊國忠が政權をとることを民衆が囑望していた、とするもの。ここでは、すでに楊國忠が政權を取っていることを考えて、第一の解釋をとった。

安石：晉・謝安の字。東晉の武將。若い頃から人望があった。會稽の東山に隱棲して、朝廷からの徵招に應じず、民衆が謝安を囑望している、と言われた。のちに前秦の苻堅の軍を破って功績をあげ、建昌縣公に封ぜられた。

『晉書』巻七十九　謝安「謝安字安石、尙從弟也。（略）中丞高崧戲之曰、卿累違朝旨、高臥東山、諸人每相與言、安石不肯出、將如蒼生何。蒼生今亦將如卿何」

高枕：枕を高くして眠る。安心する樣子。

『戰國策』巻十一　齊策「今君有一窟、未得高枕而臥也。（略）三窟已就、君姑高枕爲樂矣」

『論衡』巻十八　自然「汲黯爲太守、不壞一鑪、不刑一人、高枕安臥、而淮陽政淸」

蒼生：人民。

『文選』巻四十七　後漢・史岑「出師頌」「蒼生更始、朔風變楚」注「蒼生、猶黔首也。尙書曰、至于海隅蒼生」

（4）某鳴躍無已、剪拂因人：ここから、趙悦自身が楊國忠の恩をこうむっていることを言う。自分が官僚として活動してやまないのは、すべて楊國忠のおかげである。

鳴躍：鳥が鳴いたり跳躍したりする。人が活動することの比喩。次に擧げる李白「遊敬亭寄崔侍御」詩は、敬亭山から下界を見下ろした作品であるが、「鴛鷺」は官僚の比喩に使われる鳥なので、官吏たちが盛んに活動する様子の暗喩かと思われる。ここでも、趙悦が官吏として活動を續けることを言う。

盛唐・常建「贈三侍御」詩「固知非天池、鳴躍同所歡」

李白「遊敬亭寄崔侍御」詩「俯視鴛鷺群、飮啄自鳴躍」

剪拂：切ったり拂ったりして、大切に世話をする。楊國忠が趙悦に目をかけてくれたこと。

梁・孝標「廣絕交論」「至於顧盼增其倍價、翦拂使其長鳴」

李白「贈崔諮議」詩「希君一剪拂、猶可騁中衢」

因人：人による。他人（ここでは楊右相）に頼る。

李白「贈張相鎬」詩二首之二「因人恥成事、貴欲決良圖。滅虜不言功、飄然陟蓬壺」

（5）銀章朱紱、坐榮宦達：趙悦が官僚として出世したこと。

李白「贈劉都使」詩「東平劉公幹、南國秀餘芳。一鳴卽朱紱、五十佩銀章」

中唐・常袞「謝賜緋表」「銀章雪明、朱紱霞映」

銀章‥銀の印章。『隋書』禮儀志によれば、郡國太守は銀章をつけた。『舊唐書』によれば、諫議大夫の正裝でもあった。

『隋書』卷十一 禮儀「郡國太守、相、內史、銀章龜鈕、靑綬、獸頭鞶、單衣、介幘」

『舊唐書』卷一百九十二 吳筠「德宗踐祚、以諫議大夫銀章朱綬、命河南尹趙惠伯齎詔書、玄纁束帛、就嵩山以禮徵聘」

朱紱‥朱色の膝掛け。正史に特別の規定は見あたらないが、身分の高い者の象徵として描かれる。

三國・曹植「求自試表」「上慙玄冕、俯愧朱紱」

『舊唐書』卷一百八十五 良吏下「薛苹（略）遷浙江東道觀察使、以理行遷浙江西道觀察使。廉風俗、守法度、人甚安之。理身儉薄、嘗衣一綠袍、十餘年不易、因加賜朱紱、然後解去」

坐榮‥地位が特別に高くなる。「坐」は官僚が坐る位置。官僚の序列。次に擧げる『後漢書』によると、光武帝は身分の高い三名に、特に專用の席を與えて座らせたという。

『後漢書』卷二十七 宣秉「光武特詔御史中丞與司隸校尉、尙書令會同竝專席而坐、故京師號曰、三獨坐」

盛唐・杜甫「奉送郭中丞兼太僕卿充隴右節度使三十韻」詩「通籍微班忝、周行獨坐榮」

宦達‥官吏として高い地位に至る。

『北史』巻五十四 段韶「元妃所生三子懿、深、亮、皆宦達」
盛唐・杜甫「寄高三十五詹事適」詩「安隠高詹事、兵戈久索居。時來如宦達、歳晩莫情疎」
(6) 身荷宸睠、目識龍顔…趙悦が天子の恩を受け天子のそばにいたこと。
宸睠…天子の恩寵。天子のご恩顧。「宸眷」と同じ。

『北史』巻八十二 劉炫「以此庸虚、屢動宸眷。以此卑賤、毎升天府」

初唐・李嶠「奉和幸韋嗣立山莊侍宴應制」詩「幽情遺紱冕、宸眷屬樵漁」

荷睠…恩顧を受ける。

『南史』巻十八 蕭恵開「乃集将佐謂曰、吾荷世祖之眷」

龍顔…天子の顔。

李白「上雲樂」詩「拜龍顔、獻聖壽。北斗戾、南山摧。天子九九八十一萬歳、長傾萬歳杯」

李白「贈溧陽宋少府」詩「早懷經濟策、特受龍顔顧」
(7) 既齊飛於鵷鷺、復寄跡於門館、皆相公大造之力也…趙悦が朝廷の官位に加わったこと。
齊飛…そろって飛ぶ。一緒に飛ぶ。ここでは、官吏の列(鵷鷺)に並んで共に活躍すること。官僚となること。

鵷鷺…鵷と鷺。鵷は鳳凰の類で、尊い鳥とされる。鵷も鷺も高雅な様子であるところから、朝廷に百官が並ぶ様子にたとえられる。

『莊子』外篇 巻六下 秋水「南方有鳥、其名爲鵷雛。子知之乎。夫鵷雛、發於南海、而飛於北海、不止、非練實不食、非醴泉不飲」
『隋書』巻一十四 音樂 中「彤庭爛景、丹陛流光。懷黃綰白、鵷鷺成行。文贊百揆、武鎮四方」
初唐・張九齡「南還以詩代書贈京師舊僚」詩「疇昔陪鵷鷺、朝陽振羽儀」
寄跡：身を寄せる。「寄迹」に同じ。
盛唐・李頎「贈別高三十五」詩「寄跡棲霞山、蓬頭睢水湄」
門館：賓客の居るところ。ここでは、楊右相のもと。
『文選』巻三十 梁・沈約「冬節後至丞相第詣世子車中」詩「廉公失權勢、門館有虛盈」
盛唐・戎昱「上桂州李大夫」詩「今日辭門館、情將聚別殊」
大造：大きな功績を成就する。
『左傳』成公 十三「是我有大造于西也」注「造、成也。言、晉有成功於秦」
（8）鐘鳴漏盡、夜行不息：年を取って人生の時間が盡きようとしても、まだ官吏として活躍しようとしていること。七十歳を過ぎても退官しないのは、非難されるべきことであった。
『魏志』巻二十六 田豫「年過七十而以居位、譬猶鐘鳴漏盡、而夜行不休、是罪人也」

鐘鳴：晝の終わりを告げる鐘が鳴る。活動をやめる知らせの鐘である。

『後漢書』禮儀志中 冬至 注「鼓以動衆、鐘以止衆。故夜漏盡鼓鳴則起、晝漏盡鐘鳴則息」

漏盡：時刻が盡きる。水時計の水が無くなること。人生の時間が盡きること。

後漢・蔡邕「爲王儀同致仕表」「漏盡、前史有夜行之誡」

夜行不息：夜も外出して、歩くことを止めない。年を取っても地位を退かないことの比喩。前述『魏志』田豫傳の「夜行不休」の語による。

(9) 止足之分、實愧古人：老齢でなお官位にあることを恥じる。

止足之分：止まることと足ることを知って、分に安んじること。止めどない欲望を持たないこと。

『老子』立戒 四十四「知止不辱、知足不殆」

『文選』巻三十八 晉・庾亮「讓中書令表」「小人祿薄、福過災生、止足之分、臣所宜守」

『文選』巻十六 晉・潘岳「閑居賦」「於是覽止足之分、庶浮雲之志」

實愧古人：古人は、古代の理想とされる人物を言う。

『晉書』巻九十三 王修「卒年二十四。臨終歎曰、無愧古人、年與之齊矣」

(10) 犬馬戀主、迫於西汜：老いた犬や馬が主人を慕うこと。趙悦と楊國忠の關係を言う。

犬馬戀主：犬や馬が飼い主を慕う。君主を慕う氣持ちの比喩。

三國・曹植「上責躬應詔詩表」「不勝犬馬戀主之情、謹拜表、幷獻詩二篇」

迫於西汜：一日が終わろうとしている。「西汜」は「濛汜」に同じで、太陽が沈むところ。人生の終わりの比喩。

『楚辞』天問「次于濛汜」済曰「西汜、日入處也」

（11）所冀枯松晩歳、無改節於風霜、老驥餘年、期盡力於踣足…老齢になってなお活躍せんとすることを比喩を持って述べる。

枯松…枯れた松。ここでは老人の比喩。管見するところ、枯松を老人の比喩とする例は、李白以前には見あたらない。

李白「蜀道難」詩「連峯去天不盈尺、枯松倒挂倚絶壁」

晩歳…晩年。

盛唐・杜甫「羌村」詩「晩歳迫偷生、還家少歡趣」

無改節於風霜…松が風霜にあっても緑色でいるところから、何があっても節を曲げない者にたとえる。

『論語』子罕「歳寒、然後知松柏之後彫也」

『莊子』讓王「內省而不窮於道、臨難而不失其德。天寒既至、霜雪既降、吾是以知松柏之茂也」

老驥…年老いた駿馬。年老いた英雄の比喩。

盛唐・杜甫「贈韋左丞丈」詩「老驥思千里、飢鷹待一呼」

盛唐・杜甫「贈別賀蘭銛」詩「老驥倦驤首、蒼鷹愁易馴」

餘年…殘年。餘命。人生の殘りの年月。

晉・石崇「思歸歎」詩「吹長笛兮彈五絃、高歌凌雲兮樂餘年」

蹄足：獸のひづめと足。

『文選』巻十九　戰國・宋玉「高唐賦」「飛鳥未及起、走獸未及發。何節奄忽、蹄足灑血」注「言何節奄忽之間、而獸之蹄足已皆灑血」

（12）上答明主、下報相公：天子と楊國忠の恩に報いたいと思っていること。上は天子、下は楊國忠の恩に答え報いる。

（13）慺慺之誠、屏息於此：これまで述べてきたことを、衷心から願っていること。

慺慺之誠：うやうやしく愼しんで盡くす誠意。「慺慺」は「縷縷」に同じ。

三國・曹植「求通親親表」「是臣縷縷之誠、竊所獨守」

李白「溧陽瀨水貞義女碑銘」「上無所天、下報母恩」

屏息：息を止めて畏れ愼しむ。

『列子』黃帝「屏息良久、不敢復言」

（14）伏惟相公、收遺簪於少昊、念亡弓於楚澤：古くからの知己を大切に思ったという歴史的な事例を擧げ、暗に、楊國忠に對して、自分を思い出してくれるよう賴む。

收遺簪於少昊：落とした簪を思って悲しむ。孔子が少源の野で婦人が泣いているのに出逢い、その理由を聞くと、簪を無くしたと言う。そして、簪が惜しいのではなく、平素身につけていたものに愛着を感じているので、悲しいのだと言う。古くからの知り合いを大切にする事の比喩。

『韓詩外傳』巻九「孔子出遊少源之野、有婦人中澤而哭、其音甚哀。孔子使弟子問焉曰、夫人何哭之哀。婦人曰、鄉者刈蓍薪亡吾蓍簪、吾是以哀也。弟子曰、刈蓍薪而亡蓍簪、有何悲焉。婦人曰、非傷亡簪也、蓋不忘故也」

少昊：地名。少昊陵。古代の帝である金天氏の陵。いまの山東省曲阜縣の東北。なお、詹鍈『李白全集校注彙釋集評』巻七　四〇一四頁に、『獨異志』を擧げて、「少昊」とは「少昊陵源」の略であるとの論がある。

念亡弓於楚澤：楚澤に無くした弓の行方を思う。自分から離れた人の行方を思うことの比喩。次の故事による句。戰國楚の恭王が狩りに出て烏嗥の弓という良弓をなくした。そばの者が探そうとすると、王は「楚の王が弓を無くしても、楚の人民がそれを手に入れるのだから、探す必要はない」と言った。

『孔子家語』巻二　好生第十「楚恭王出遊、亡烏嗥之弓、左右請求之。王曰、止。楚王失弓、楚人得之、又何求之」

楚澤：楚國の沼澤。

(15)　衰當益壯、結草知歸：年をとっても能力を發揮することができることを述べる。

衰當益壯：老いてますます壯んである。

『後漢書』巻一上 光武帝「諸將旣經累捷、膽氣益壯、無不一當百」

結草‥恩を深く感じ、死してのちも、恩に報いること。『左傳』に見られる魏顆の故事による。晉の太夫魏武子には妾がいた。武子は病になると、その妾を嫁にやるようにと、息子の顆に命じた。武子は病氣が重くなると、こんどは殉死させるように、と命じた。武子の死後、顆は、病氣に亂されていない時の父の言葉に從って、妾を嫁に出した。のち、顆が戰爭で秦の杜回と戰った時、老人が草を結び合わせ、杜回がその草につまずき、顆は杜回を捕虜にすることができた。その老人は、妾の亡父であった。妾を殉死させずに嫁に出した恩に感じて、亡父が恩返しをしたのであった。

『左傳』宣公 十五「初、魏武子有嬖妾、無子。武子疾、命顆曰、必嫁是。疾病、則曰、必以爲殉。及卒、顆嫁之、曰、疾病則亂、吾從其治也。及輔氏之役、顆見老人結草以亢杜回。杜回躓而顚、故獲之。夜夢之曰、余、而所嫁婦人之父也。爾用先人之治命、余是以報」

『文選』巻三十七 李密「陳情事表」「臣生當隕首、死當結草」
(16) 瞻望恩光、無忘景刻‥楊國忠の恩顧を待ち望んでいることを述べて、手紙の結びとする。
瞻望‥遠くを望み見る。

『詩經』魏風 陟岵「陟彼岵兮、瞻望父兮」

恩光‥惠み深い光。ここでは楊右相の恩顧。

『文苑英華』巻五百九十 中唐・馮審「謝追赴闕庭表」「望恩光而稱慶」

景刻：時。時の一刻み。わずかな時間。

『文選』巻三十　南宋・謝靈運「擬魏太子鄴中集詩」「愛客不告疲、飲讌遺景刻」注「刻、漏刻也」

【考證】趙宣城悅について

この手紙に書かれている宣城太守趙悅は、李白「贈宣城趙太守悅」詩、「趙公西候新亭頌」に書かれている趙悅、趙公と同一人物である。「趙公西候新亭頌」に「惟十有四載、……伊四月孟夏、自淮陰遷我天水趙公作藩於宛城」とあるところから、趙悅が天寶十四載（七五五）四月に太守として宣城に赴いたことが言える。また次の資料から、趙悅は宣城太守になる前に淮陰太守であったことがわかる。

趙明誠『金石錄』巻七「第一千三百三十四　唐淮陰太守趙悅　遺愛碑　張楚金撰　行書」

次の詩句から、李白は南陽ですでに趙悅と知り合いになっていたことがわかる。

李白「贈宣城趙太守悅」詩「憶在南陽時、始承國士恩。公爲柱下史、脫繡歸田園。伊昔簪白筆、幽都逐遊魂。持斧佐三軍、霜清天北門。差池宰兩邑、鶚立重飛翻。焚香入蘭台、起草多芳言。夔龍一顧重、矯翼凌翔鵷。赤縣揚雷聲、強項聞至尊。驚飈摧秀木、迹屈道彌敦。出牧歷三郡、所居猛獸奔」

當時趙悅は「脫繡歸田園」すなわち退官して故郷に歸っていた。南陽に來る前には、趙悅は監察御史として幽州にいたことがあった。

續いて二度縣令となった。これは、「趙公西候新亭頌」の「鳴琴二邦」の句にも書かれる。また本文に言う「少忝末吏、本乏遠圖。中年廢缺、分歸園壑」の句は、監察御史や二縣の令となり、間もなく退官して田園に歸った、ということを言うのである。

『金石萃編』巻八十七「大唐故監察御史荊州大都督府法曹參軍趙府君（思廉）墓誌銘」序「二子。悅、坦之。悅、歷監察御史、江陵、安邑二縣令。……日坐事長吏被出、非其罪也」とあるところから、趙悅が「二邦に鳴琴した」というのは、江陵、安邑の二縣の令であり、「園壑に歸った」のはその後のことで、原因は「事に坐して」出されたのであることがわかる。

この『趙思廉墓誌』が天寶四載（七四五）に書かれているところから、趙悅は天寶四載にはすでに縣令を歷任し、南陽に蟄居していたと考えられる。

その後、楊國忠が宰相となるとともに、趙悅も朝廷に返り咲いた。

『新唐書』巻二百六 楊國忠「天寶七載、擢給事中、兼御史中丞、專判度支」「相公秉國憲之日」とは、楊國忠が天寶七載に御史中丞となったことをいう。したがって、趙悅も同じ年に官吏として再任され「一拔九霄」「落羽再振」となったのであろう。再び御史臺に任ぜられたので「衣繡霜臺」と言い、尙書省に進んだので「含香華省」と言っているのである。

すなわち、趙悅は天寶四載には退隱しており、天寶七載に再任したと考えられる。

李白「贈宣城趙太守悦」詩「焚香入蘭臺、起草多芳言」「趙公西候新亭頌」「起草三省、朝端有聲。天子識面、宰衡動聴」

これらの句は、いずれも趙悦が朝廷で重要な地位に就いていたことを示す。しかし、「驚颷摧秀木」という、なんらかの事件が起こって、趙悦はまた外任に出され、「牧に出で三郡を歴」任する。この「三郡」のうちの二郡は淮陰郡と宣城郡である。淮陰郡の前に別の郡の太守であったと考えられるが、それについてはわかっていない。

次の資料から、趙悦の最終の官位及び贈られた官位がわかる。

「大唐故将作監丞清河郡趙府君（寧）墓誌銘」「父悦、皇金紫光禄大夫、試太子賓客、兼殿中侍御史、贈滁州刺史」（『唐代墓誌彙編』上海古籍出版社　一九九二年）

（郁賢皓『李白叢考』（陝西人民出版社　一九八二年）「李白交遊雑考」趙悦の條を参照のこと）

六、與賈少公書

君矦之德敢以近所爲春遊救苦寺詩一首十韻石巖寺詩一首八韻上楊都尉詩一首三十韻辭旨狂野貴露下情輕干視聽幸乞詳覽

與賈少公書

宿昔惟清勝白緜疾疲薾去期恬退才微識淺無足濟時雖中原橫潰將何以救之主命崇重大總元戎辟書三至人輕禮重嚴期迫切難以固辭扶力一行前觀進退且殷深源廬嶽十載時人覩其起與不起以卜江左興亡謝安高臥東山蒼生屬望白不樹矯抗之跡恥振玄邈之風混遊漁商隱不絕俗豈徒販賣雲壑要射虛名方之二子實有慙德徒塵忝幕府

霏玉本

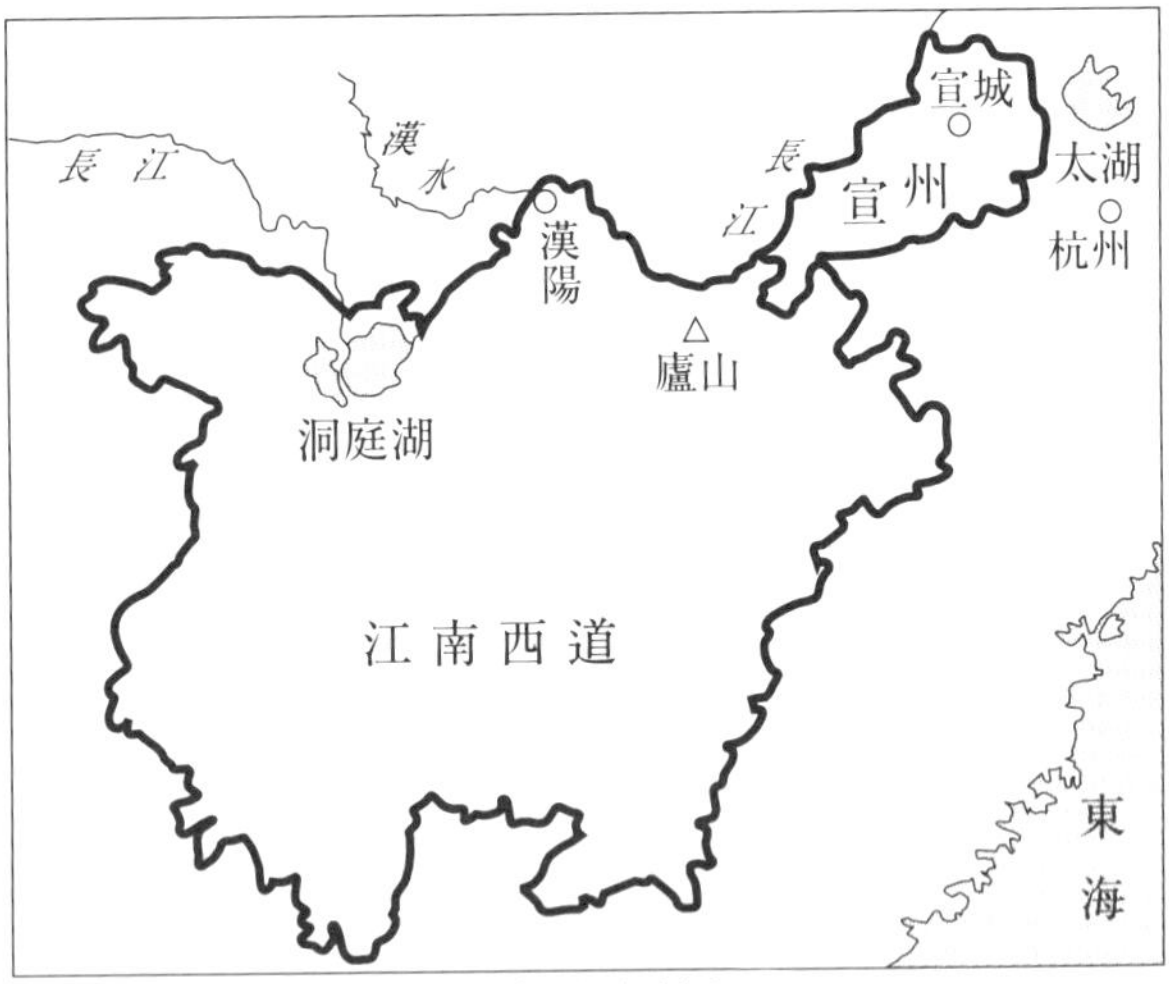

江南西道地圖

與賈少公書【全文】

【原文】與賈少公書[1]

宿昔惟清勝[2]。白緜疾疲薾[3]、去期恬退[4]。才微識淺、無足濟時[5]。雖中原横潰、將何以救之[6]。王命崇重、大揔元戎[7]。辟書三至、人輕禮重[8]。嚴期迫切、難以固辭[9]。扶力一行、前觀進退[10]。且殷深源廬嶽十載、時人觀其起與不起、以卜江左興亡[11]。謝安高臥東山、蒼生屬望[12]。白不樹矯抗之跡、恥振玄邈之風[13]。混遊漁商、隱不絶俗[14]。豈徒販賣雲壑、要射虛名。方之二子、實有慙德[15]。徒塵忝幕府、終無能爲[16]。唯當報國薦賢、持以自免[17]。斯言若謬、天實殛之[18]。以足下深知、具申中欵[19]。惠子知我、夫何閒然[20]。勾當小事、但增悚惕[21]。

【校記】

宿昔：『王琦本』はこの前に注して「上似有缺文」という。

王命：『郭本』は「生命」とする。『霏玉本』『全唐文』は「主命」とする。

大揔：『郭本』『霏玉本』『王琦本』『全唐文』は「大總」とする。

殷深源：『宋本』『繆本』は「殷源」とする。『王琦本』は「殷深源」とし、「深」に注して「繆本缺深字」という。

『咸淳本』『郭本』『霏玉本』『全唐文』によって改めた。
玄邈…『全唐文』は「元邈」とする。
悚惕…『咸淳本』『郭本』『霏玉本』は注して「一作佩」という。

【訓讀】賈少公《かせうこう》に與《あた》ふる書《しよ》

宿昔《しゆくせき》清勝《せいしよう》を惟《おも》ふ。白《はく》や緜疾《めんしつ》にして疲薾《ひじ》し、去《さ》る期《き》に恬退《てんたい》たらんとす。才《さい》は微《び》にして識《しき》は淺《あさ》く、時《とき》を濟《すく》ふに足《た》る無《な》し。中原《ちゆうげん》横潰《わうくわい》すと雖《いへど》も、將《は》た何《なに》を以《もつ》てか之《これ》を救《すく》はん。

王命《わうめい》は崇重《すうちよう》にして、大《おほ》いに元戎《げんじゆう》を揔《す》ぶ。辟書《へきしよ》三《み》たび至《いた》り、人《ひと》は輕《かる》きも禮《れい》は重《おも》し。嚴期《げんき》迫切《はくせつ》して、以《もつ》て固辭《こじ》するに難《かた》し。力《ちから》を扶《たす》けて一《ひと》たび行《ゆ》き、前《すす》みて進退《しんたい》を觀《み》んとす。

且《か》つ殷深源《いんしんげん》は廬嶽《ろがく》に十載《じつさい》にして、時人《じじん》其《そ》の起《た》つと起《た》たざるとを觀《み》て、以《もつ》て江左《かうさ》の興亡《こうばう》を卜《うらな》はんとす。

謝安《しやあん》は東山《とうざん》に高卧《かうぐわ》して、蒼生《さうせい》屬望《しよくばう》す。白《はく》や矯抗《けうかう》の跡《あと》を樹《た》てず、玄邈《げんばく》の風《ふう》を振《ふる》ふを恥《は》ず。漁商《ぎよしやう》に混遊《こんいう》し、隱《かく》るるも俗《ぞく》と絕《た》たず。豈《あ》に徒《いたづら》に雲壑《うんがく》を販賣《はんばい》し、虛名《きよめい》を要射《えうしや》するのみならんや。

之《これ》を二子《にし》に方《くら》ぶれば、實《じつ》に德《とく》に慙《は》づる有《あ》り。

徒《いたづら》に幕府《ばくふ》を塵忝《ちんてん》し、終《つひ》に能《よ》く爲《な》す無《な》し。唯《た》だ當《まさ》に國《くに》に報《むく》いるに賢《けん》を薦《すす》め、持《ぢ》して以《もつ》て自《みづか》ら免《まぬか》るべし。

斯《こ》の言《げん》若《も》し謬《あやま》らば、天実《じつ》に之《これ》を殛《ほろぼ》さん。

足下《そくか》の深知《しんち》なるを以《もつ》て、具《つぶさ》に中欵《ちゆうくわん》を申《の》ぶ。惠子《けいし》我《われ》を知《し》る、夫《そ》れ何《なん》ぞ閒然《かんぜん》たらんや。小事《せうじ》を勾當《こうたう》せしめ、但《た》だ悚《しょう》惕《てき》を増《ま》すのみ。

【譯】賈少公に宛てた手紙

かねがね、清勝の境地に身を置きたいと思っておりました。私は長く病んで疲れております。いまや引退するときで、自らの分を守って地位に戀々とはするまいと思っておりました。

私は能力もなく、見識も淺く、世の人々を救うには力が足りません。わが國の中央は夷狄からの攻撃を受けて壞滅してしまいましたが、どうして私にそれを救うことができるでしょう。

王の命令は崇高なものです。永王は、優れた力で大軍を統率しておいでです。私を招聘する手紙を三度も下さいました。私は取るに足りぬ者ですが、王が盡くして下さった禮は懇切なものでした。期日も差し迫っており、それを固辭することは難しかったのです。そこで氣力を奮い起こして足を踏み出し、進んで情勢を見きわめ進退を決めようと思いました。

ところで、殷深源は十年間も廬山にこもっており、當時の人々は彼が決起するかしないかで、江左地方の興亡を占ったということです。謝安は東山に隱棲して悠々自適の生活をしていましたが、國中の民が謝安を待ち望んでいました。

私はことさらに人と違ったことをして目立とうとは思いませんでした。高尚な振りをするというのは恥ずかしいものです。漁師や商人と一緒になって遊び、隱棲したからといって世俗との交わりも絶つことなく過ごしています。雲つく山に隠れ住んでいるということを賣り物にして、實體のない名聲を勝ち得ようなどとは、思いもしませんでした。殷深源、謝安の二人の古人に比べると、私などはまことに不德に恥じ入るばかりでございます。

私は入幕しましても、ただ幕府を汚すばかりで、何もお役には立てませんでした。國家の恩に報いるために、賢明な人材を見いだして國政に推薦し、それを果たしたのちに自ら軍を離れましょう。この言葉がもしも誤りであったとしたら、天は必ず私を滅ぼすことでしょう。

あなたが私という者を深く理解しているので、ここに心の中の思いをこまごまとしたためました。莊子の良き理解者であった賢人惠子のように、あなたは私を分かって下さっているので、きっと非難なさるようなことはないに違いありません。

つまらないことを書き連ねて、まことに申し譯ございませんでした。

【注釋】

（1） 賈少公…この人物の傳記については未詳。「少公」は縣尉。

宋・洪邁『容齋四筆』卷十五 官稱別名「唐人好以它名標牓官稱（略）尉曰少府、少公、少仙」『李太白全集』卷二十七に「秋日於太原南柵餞陽曲王贊公賈少公石艾尹少公應擧赴上都序」がある。地域が離れており、確たることは言えないが、この賈少公が同一人物の可能性がある。この序の中で李白は賈少公について「又若少府賈公、以述作之雄也、鰲弄筆海、虎攫辭場（又少府賈公の若き、述作の雄を以てするや、鰲のごとく筆海を弄び、虎のごとく辭場を攫ふ）」と言って、その文筆の才を褒めている。

（2）惟宿昔清勝…「惟」を助辭に解して「宿昔惟れ清勝」と讀むことも可能である。

王琦注は、この手紙の最初の部分が缺けていることを指摘している。書き出しが唐突で、これだけでは手紙の形式にかなっていない。また、第二句の「白」から新たに文が始まると考えられる。この句冒頭の一句のみが獨立しているのはおかしい。したがって、王琦の説は正しいと思われる。この句が解釋しにくいのもそのせいであろう。

ただし手紙の全體の構成を見ると、結構が保たれており、缺けている部分はそれほど多くはないと思われる。

宿昔…昔から。從來。いつも。

『論衡』感虛「師曠能鼓清角、必有所受、非能質性生出之也。其初受學之時、宿昔習弄、非直一再奏也」

初唐・張九齡「照鏡見白髮聯句」詩「宿昔靑雲志、蹉跎白髮年」

宿昔を「從來、いつも」の意味で取ると、①「賈少公にはいつも清勝でいらっしゃいました」という挨拶の言葉、②「私李白はいつも清勝なる賈少公のことを思っております」という挨拶の言葉、

③「私李白はいつも清らかにありたいものだと思っておりました」という自分の言葉、の三様に解釋できる。ここでは、手紙全體の解釋から、③の意味に取り、李白が退隱を望んでいたと解した。

清勝：清らかですぐれている様子。

『南齊書』巻四十四 徐孝嗣「孝嗣愛好文學、賞託清勝、器量弘雅」

と、人物評にも用いられ、

『名山記』「靈陵縣西二里爲羣玉山（略）怪石萬狀、地勢清勝」

と、山水の風景についても用いられる語である。

（3）緜疾疲薾：このとき李白はすでに高齡であったので、心身が疲れていることを述べる。

綿疾：長く病を患うこと。

『舊唐書』巻一百四十六 裴玢「及綿疾辭位、請歸長安。元和七年卒」

『續高僧傳』三十巻「唐終南山紫蓋沙門釋法藏傳」五「臨太尉第三子綿疾夭逝」

疲薾：疲勞困憊

『文選』巻二十六 南宋・謝靈運「過始寧墅」詩「緇磷謝清曠、疲薾慚貞堅」向注「疲薾、困極之貌」

盛唐・杜甫「八哀詩・故司徒李公光弼」「疲薾竟何人、灑涕巴東峽」

（4）去期恬退：ここも從軍前の李白の様子を述べる。

去期：この語については、次の三通りの意味を考えた。①退去する時期　②ある特定の期限を過ぎて　③去った時。以前は。

「去日」と同じ意味に考えて「永王の軍に従う以前は平静な生活を送っていた」という意味の解釋も魅力的であった。また「年を取り體も衰え」という前の句の意味を受けると考えて、「すでに隠退する時期であって、平静な境地に入る」という解釋もできる。「去期」を「昔」という意味に用いている例が見つからなかったので、ここでは「すでに隠退する時期」と取った。

『南史』巻三十六　沈浚「時臺城爲侯景所圍、外援竝至、景表請和、求解圍還江北。詔許之。（中略）景知城内疾疫、稍無守備、因緩去期」

『續高僧傳』巻二十九「唐京師會昌寺釋徳美傳」「所以毎歳禮懺將散道場、去期七日苦加勵勇」

『周氏冥通記』「此當是去期近、密防諸試。只二十六夕、移東廨宿」

中唐・李徳裕「秋日登郡樓望贊皇山感而成詠」詩「北指邯鄲道、應無歸去期」

中唐・張籍「哭元九少府」詩「平生志業獨相知、早結雲山老去期」

晩唐・曹鄴「古相送」詩「北指邯鄲道、應無歸去期」

恬退：人と争わない性格。また、競って出世しようとはせず、自らの分を守る生き方。「恬」は安らか、平静という意味。「退」は「謙退」の「退」。

『宋書』巻六　孝武帝「其有懷眞抱素、志行清白、恬退自守、不交當世」

『舊唐書』巻一百四十九 沈傳師「性恬退無競、時翰林未有承旨、次當傳師爲之、固傳師稱疾、
宣召不起、乞以本官兼史職」

（5）才微識淺、無足濟時：謙遜の言葉を述べる。自信があったから、従軍したのではない、と。
才微識淺：才識が微淺である。互文の構造。
李白「贈崔司戸文昆季」詩「才微惠渥重、讒巧生緇磷」
『三國志』魏書 巻二十一 劉劭「臣學寡識淺、誠不足以宣暢聖旨、著定典制」
濟時：時勢を救う。時代の混亂を治める。
『後漢書』巻八十二上 謝夷吾「才兼四科、行包九德、仁足濟時、知周萬物」

（6）雖中原横潰、將何以救之：唐の王朝を傾ける大反亂、安史の亂は天寶十四載十一月に勃發した。
翌月には洛陽が、さらに翌年六月には長安が陥落し、玄宗は蜀に逃れた。七月に肅宗が即位して至
德に改元される。
横潰：洪水で堤防が破れることから、轉じて、戰亂が起こることをいう。
『文選』巻三十 南宋・謝靈運「擬魏太子鄴中集・魏太子」詩「天地中横潰、家王拯生民」李善
注「横潰、以水喩亂也」
何以救之：救濟する手だてがない。
『戰國策』巻十六 楚三「謁病不聽、請和不得、魏折而入齊秦。子何以救之」

『新唐書』巻一百一十五　狄仁傑「既費官財、又竭人力、一方有難、何以救之」

（7）王命崇重、大揔元戎：ここから、従軍した理由を述べる。王命を尊重したのである。

王命：帝王の命令。この「王命」は、永王璘の命令であると共に、天子の命令でもある。玄宗皇帝は、長安から蜀に逃れる途中に詔令を下し、皇太子李亨には北方の軍事を任し長安を回復することを命じ、永王璘には長江流域の平定を命じて江陵都督とした。

『舊唐書』巻九　玄宗下「（天寶十五載）丁卯、詔以皇太子諱充天下兵馬元帥、都統朔方、河東、河北、平盧等節度兵馬、收復兩京。永王璘、江陵府都督、統山南東路、黔中」

従って、李白は永王が玄宗の命令のもとに江陵を守り、長江を南下しているのだと考えて、永王の幕下に入ったのである。「王命」の用例には次のようなものがある。

『史記』巻四十　楚世家「王與太子俱困於諸公。而今又倍王命而立其庶子、不宜」

李白「別内赴徵」詩三首「王命三徵去未還、明朝離別出吳關」

盛唐・杜甫「閬州東樓筵奉送十一舅往青城縣得昏字」詩「豈伊山川間、回首盜賊繁。高賢意不暇、王命久崩奔」

元戎：大兵。大軍。もとは戰車のこと。ここでは、大軍を統括する、の意。

『後漢書』巻四十下　班固「萬騎紛紜、元戎竟野」注「元戎、戎車也。詩小雅曰、元戎十乘、以先啓行。毛萇注曰、元、大也。夏后氏曰鉤車、先正也。殷曰寅車、先疾也。周曰元戎、先良也」

『漢書』巻九十　董賢「往悉爾心、統辟元戎」注「悉、盡也。統、領也。辟、君也。元戎、大衆也。言爲元戎之主而統之也」
（8）辟書三至、人輕禮重…參軍した理由の第二として、丁寧な招聘狀が來たことを述べる。
辟書…官署が人を官職に任じるための呼出狀。

『文選』第四十巻　阮籍「詣蔣公」「開府之日、人人自以爲掾屬。辟書始下、下走爲首」注「辟猶召也」

三至…三國蜀の劉備が諸葛亮を招くとき、三たび通った、という故事があり、禮を盡くして招く、という意味となる。

『蜀書』巻三十五　諸葛亮「先帝不以臣卑鄙、猥自枉屈、三顧臣於草廬之中、諮臣以當世之事、由是感激、遂許先帝以驅馳」

『北齊書』巻四十四　儒林・馮偉「趙郡王出鎭定州、以禮迎接、命書三至、縣令親至其門、猶辭疾不起」

人輕禮重…「人」は李白のこと。「禮」は永王が盡くした禮。三度辟書が送られてきたこと。

『後漢書』巻七十四下　袁譚「季友歔欷而行叔牙之誅。何則。義重人輕、事不獲已故也」
（9）嚴期迫切、難以固辭…參軍を決定した理由の第三として、進軍していく軍隊に參加するために、猶豫期間がなかったことを述べる。

嚴期：嚴密な期限。

『通典』食貨五「有畏失嚴期、自殘軀命、亦有斬絶手足、以避徭役」

迫切：差し迫る。

『漢書』巻四十七 文三王「以三者揆之、殆非人情、疑有所迫切、過誤失言、文吏躡尋、不得轉移」

固辭：強く斷る。

『戰國策』巻十一 齊四「梁使三反、孟嘗君固辭不往也。齊王聞之、君臣恐懼、遣太傅」
（10）扶力一行、前觀進退：上記の理由から、心を勵まして山澤の暮らしから出、官吏となったことを述べる。
扶力：王琦は李白の句に注して、「扶力、猶勉力也」という。「勉力」はつとめはげんで事を行うという意味。
陳・徐陵「在北齊與宗室書」「扶力爲書、多不詮次」
一行：ひとたび官界に出て官吏となる。
『文選』第四十三巻 嵇康「與山巨源絶交書」「游山澤觀魚鳥、心甚樂之。一行作吏、此事便廢」
進退：進むことと退くこと。世に出て仕官することと山にこもって隠居すること。「觀進退」は

「進退をどうすべきか考える」という意味。「前」は「進む」という意味の動詞に解す。

『周易註疏』六三「觀我生進退」疏「正義曰（略）故時可則進、時不可則退。觀風相幾未失其道、故曰觀我生進退也」

『舊唐書』巻一百四 哥舒翰「翰及良丘等、浮船中流、以觀進退」

(11) 且殷深源廬嶽十載、時人觀其起與不起、以卜江左興亡：隱居していた山を下りて戰爭に參加し、功績を擧げた歴史的人物の例を二つ擧げる。ここで、李白が廬山を降りて參軍したとき、殷浩や謝安のような功績を擧げることを期待していたことがわかる。

殷深源：殷浩。字は淵源。東晉の人。『老子』『易』を好み、清談の徒の間で尊崇されていた。

『世說新語』賞譽篇「殷淵源在墓所幾十年、於時朝野以擬管葛、起不起以卜江左興亡」

殷浩の字は淵源であるが、唐の高祖李淵の諱を避けて「淵」の字を「深」に變える。

『晉書』巻七十七 殷浩「殷浩字深源、陳郡長平人也。（略）浩識度清遠、弱冠有美名、尤善玄言、與叔父融倶好老易。融與浩口談則辭屈、著篇則融勝、浩由是爲風流談論者所宗」

(12) 謝安高卧東山、蒼生屬望：李白の他の詩文から見ても、謝安の生き方は李白の一つの理想であったと考えられる。

謝安：東晉の人。若い頃から神識沈敏で名聲があったが、會稽の東山に隱居し、招聘を受けても山を降りようとしなかった。後に桓溫の徵に應じて山を降り、吏部尚書等の重職を歷任した。前秦の苻堅の軍が西晉に侵攻し首都に迫って來た時に將帥を指揮してこれを退けた功績がある。

『晉書』巻七十九 謝安「仕進時、年已四十餘。桓溫請爲司馬、將發新亭、朝士咸送。中丞高崧戲之曰、卿累違朝旨、高臥東山」

『世説新語』排調篇「謝公在東山、朝命屢降而不動。後出爲桓宣武司馬、將發新亭、朝士咸出瞻送。高靈時爲中丞、亦往相祖。先時多少飲酒。因倚如醉戲曰、卿屢違朝旨、高臥東山、諸人毎相與言、安石不肯出、將如蒼生何。今亦蒼生如卿何。謝笑而不答」

李白はしばしばその詩文の中で謝安に言及している。次の詩は同時期の作品である。

李白「永王東巡歌」第二首「三川北虜亂如麻、四海南奔似永嘉。但用東山謝安石、爲君談笑靜胡沙」
(13) 白不樹矯抗之跡、恥振玄邈之風：これ以後、上記二者と李白が、狀況は似ているが、結果的には異なっていたことを述べる。まず、精神が異なること、彼らの眞似をしようとしたのではないことを述べる。
矯抗：高尙な振りをして一般の人とは違っている事を示そうとするような行いを言う。
『藝文類聚』第十三巻 帝王部三 晉元帝「願陛下存舜禹至公之情、狹巣由矯抗之節」
跡：行跡。過去の行い。これまでの行狀。
李白「送王屋山人魏萬還王屋」詩「巻舒入元化、跡與古賢并」

玄邈：太古。遙かに遠い古代。「玄邈の風を振ふ」とは、太古の聖人の様子をまねしてみせる、という意味。

東晉・桓溫「薦譙元彥表」「故有洗耳投淵、以振玄邈之風。亦有秉心矯跡、以敦在三之節」

(14) 混遊漁商、隱不絕俗：隱棲しても、俗を捨てず、この點でも上記二者と李白とは異なっていたことを述べる。

漁商：漁師と商人。

盛唐・杜甫「入衡州」詩「蕭條向水陸、汨沒隨漁商。報主身已老、入朝病見妨」

「漁樵(漁師と樵)」という語はしばしば用いられる。名利を避けて山水にこもる隱者のイメージを持つ言葉で、李白の歌詞にも二例見られる。

李白「贈韋祕書子春」詩「舊宅樵漁地、蓬蒿已應沒」

李白「答從弟幼成過西園見贈」詩「上陳樵漁事、下敍農圃言」

「漁商」は、李白の歌詞には見られないが、文に次の例がある。

李白「金陵與諸賢送權十一序」「青雲豪士、散在商釣。四坐明哲、皆清朝旅人」

「漁商」は「漁樵」の語とは違って、山の奧深くに籠もるばかりではなく、市井の人々の中にまぎれている隱遁者をも含んでいる。次句の「隱るれども俗と絕たず」に續く考え方で、李白の人生觀の一端を窺わせる語である。

絶俗：世間の人々との交際をやめる。世事を捨てる。

隱棲するのは、世俗の名利の世界から逃れるためであるが、ここに現れている李白の考え方のように、隱棲しても俗世間の人々との間の交際を殘しておこうという考え方も、李白以前から見られる。

(15)『後漢書』卷六十八 郭林宗「隱不違親、貞不絶俗」

豈徒販賣雲壑、要射虛名。方之二子、實有慙德：李白は隱遁しても、ことさらに高尚な振る舞いはせず、名聲を揚げようともしなかった。從って、隱遁することで人々の人氣を得た二人の歴史的人物とは同じでなかったことを述べる。

雲壑：雲の掛かっている深山の谷。

『文選』卷四十三 孔稚圭「北山移文」「誘我松桂、欺我雲壑」

販賣雲壑：高い山の中に棲んで高尚な生活を送ることによって、名聲を得る。當時はこのような行動をとる者も多かった。長安郊外の終南山に隱棲して名聲を得、仕官を望む者について「終南捷徑」という言葉が生まれた程である。

『新唐書』卷一百二十三 盧藏用「藏用指終南曰、此中大有嘉處。承禎徐曰、以僕視之、仕宦之捷徑耳。藏用慚」

虛名：僞りの名聲。實際より高い評判。

『戰國策』卷二十六 韓一「夫以實告我者、秦也。以虛名救我者、楚也。侍楚之虛名、輕絕強秦之敵、必爲天下笑也」

要射：求める。追求する。

『魏書』卷五 高宗文成帝濬「大商富賈、要射時利、旬日之間、增贏十倍」

慙德：不德を恥じる。德において及ばない。ここで李白は、結局殷深源や謝安には及ばなかった、と思うに至る。

『尙書』卷八 仲虺之誥「成湯放桀于南巢、惟有慚德」注「有慚德、慚德不及古」

(16) 徒塵忝幕府、終無能爲：上記に記される謝安等とは異なり、幕府に參加したものの、實戰においては功績を擧げることが出來なかったことを述べる。

塵忝：汚す。

『文選』第四十卷 梁・任昉「昇到大司馬記室牋」「顧己循涯、寔知塵忝、千載一逢、再造難答」

『舊唐書』卷一百七十八 鄭畋「竟因由徑、遂致叨居、塵忝既多、狡蠹尤甚」

終無能爲：功績をあげられなかったことを言う。

『晉書』卷三十三 石苞「詔曰、吳人輕脆、終無能爲」

(17) 唯當報國薦賢、持以自免：功績を擧げられなかったので、優秀な人材を推擧することで國家への恩に報いようとする。

報國：國家から受けた恩に報いるために働く。

薦賢：賢人を推薦する。優れた人材を天子に推薦することは、古來、官吏の重要な務め、國家の恩に報いる行いとされていた。

『晉書』卷三十四 羊祜「夫擧賢報國、台輔之遠任也」

『後漢書』卷五十八 蓋臧「勳曰、選賢所以報國也。非賢不擧、死亦何悔」

『十六國春秋』前燕錄「慕容恪曰、臣聞、報恩莫大於薦賢。賢者雖在版築、猶可爲相、而況國之懿藩」

自免：自分から官職を辭めること。また、災難などから自力で脱出すること。ここでは、前者の意味に取った。

『漢書』卷七十二 兩龔「浪邪邴以淸行徵用。（略）漢兒子曼容亦養志自修爲官。不肯過六百石、輒自免去」

『藝文類聚』第六十五卷 產業部上 園「知名東夏、爲河閒相。因自免歸家、不復仕」

『文選』卷五十七 南宋・顏延之「陶徵士誄」「長卿棄官、稚賓自免」李善注「漢書曰、司馬長卿病免、客游梁、得與諸侯游士居。又曰、淸居之士、太原則郇相、字稚賓、擧州郡茂才、數病去官」

『論衡』第一卷 累害 第二「雖孔丘墨翟、不能自免、顏回曾參、不能全身也」

(18) 斯言若謬、天實殛之…天に誓う言葉。死をもってこの言葉を守る。
殛…誅殺する。殺す。ほろぼす。

『三國志』呉書 巻四十八 三嗣主「評曰、孫亮童孺而無賢輔、其替位不終、必然之勢也」注「孫盛曰（略）若乃淫虐是縦、酷被群生、則天殛之、剿絶其祚、奪其南面之尊、加其獨夫之戮」

『尚書』巻三 舜典「殛鯀于羽山」傳「殛竄放流皆誅也」釋言「殛誅也」

宋・黄庭堅「代四十五弟祭伯父給事文」「有違斯言、天實殛之」
(19) 以足下深知、具申中欵…ここから、手紙の結びにはいる。賈少公を信頼して、この手紙に心の内を述べた。
深知…（李白に對する）深い理解。

盛唐・杜甫「詠懷古跡」五首之二「搖落深知宋玉悲、風流儒雅亦吾師」

中欵…心の内の思い。眞心。「欵」は、ここでは「款」の異體字。

『隋書』巻二十三 五行下「是時北軍臨江、柳莊、任蠻奴竝進中欵。後主惑佞臣孔範之言、而昏闇不能用、以至覆敗」
(20) 惠子知我、夫何間然…この手紙における李白の告白に對し、賈少公が非難せずに、深い理解を示すであろうことを信じる。
惠子知我…「惠子」は「惠施」。莊子の親友。ここでは、惠施は手紙の宛先の賈少公のたとえ。李白を理解してくれる親友として、賈少公を惠施に喩えた。

次の句に基づく。

『文選』巻四十二　曹植『與楊德祖書』「其言之不慚、恃惠子之知我也」李善注「張平子書曰其言之不慚恃鮑子之知我」

惠施は戰國時代の學者。莊子の友人で、同じく宋の出身。彼の論理は、『莊子』天下篇の後半に紹介されており、『莊子』のその他の篇や『淮南子』『荀子』に引用されている。著に『惠子』一篇がある。『荀子』『韓非子』『淮南子』『墨子』等に名が見える。

なお「惠」を恩惠の意味に取ると、「情け深くもあなたの知己を得て」と言う意味になる。李周翰は曹植の文に注して、次のように「惠」を「恩惠」の意味に取る。

李周翰「我有此言而不慚者、恃子恩惠之知我也。一云惠子、惠施也」

李善の解釋の方がすぐれていると思われるので、ここでは李善注に據って本文も解した。

閒然…ひびを指して非難すること。缺點を指摘すること。

『論語』泰伯「禹、吾無間然矣。菲飲食而致孝乎鬼神、惡衣服而致美乎黻冕、卑宮室盡力乎溝洫、禹吾無間然矣」注「間、罅隙也。謂指其罅隙而非議之也」

「罅」は陶器にひびが入ること。「罅隙」はその缺けた隙間。

（21）勾當小事、但增悚惕…手紙の結び。

勾當：擔當する。扱う。一般的には、軍事を擔當する、とか、特定の職務をつかさどる、というときに用いられる動詞。ここでは、つまらないことに關わって、というほどの意味であろう。この部分、二通りの解釋が考えられた。①「勾當する」のは李白と取って、「このようなつまらないことに關わり、恐縮の限りです」という意味と取る。②「勾當する」のは賈少公と取って、「このようなつまらないことに關わらせて、申し譯ありませんでした」という意味と考える。

手紙の結びであることを考慮して、②の解釋を採った。この場合、「小事」とは、この手紙に書かれている内容を謙遜した言い方となる。

『通典』二十二卷　職官八「大唐因之、置監及丞、掌營種屯田、勾當功課畜産等事」

『新唐書』卷七　順宗皇帝李誦「乙未、皇太子權勾當軍國政事」

【考證】

この李白の手紙は、肅宗の至德二載（七五七）に、永王璘の幕中で、幕府から離れようという氣持ちをもって友人に書いた手紙である。從來の多くの注釋書では、廬山にこもっていた李白が永王璘の幕府に參加する前に書いた手紙だ、としている。ここで制作年代について檢討を加え、この通說に反論する。

〈政治情勢〉

この手紙の制作年代を考える前に、この時期の政治情勢を見ておこう。

天寶十五載

六月甲午（十二日）：玄宗は太子李亨と共に長安を脱出。

同月丁酉（十五日）：馬嵬で玄宗と太子李亨が別れる。

七月庚申（八日）　：玄宗が蜀郡に到着。

同月甲子（十二日）：太子李亨が即位（肅宗）。至德と改元。

至德元載

七月丁卯（十五日）：玄宗が、皇太子、永王璘等諸王に反亂軍制壓の詔。

『舊唐書』卷九　玄宗下　天寶十五載「丁卯、詔以皇太子諱充天下兵馬元帥、都統朔方、河東、河北、平盧等節度兵馬、收復兩京。永王璘江陵府都督、統山南東路、黔中、江南西路等節度大使」

八月癸巳（十二日）：玄宗の下に肅宗即位の知らせ。四日後、玄宗は上皇に退く。

『舊唐書』卷九　玄宗下　天寶十五載「癸巳、靈武使至、始知皇太子即位。丁酉、上用靈武册稱上皇、詔稱誥」

十二月甲辰（二十五日）：永王の軍が廣陵に下る。このころ李白は廬山にいて永王軍に參加した。

『舊唐書』卷十　肅宗李亨　至德元載（天寶十五載）「十二月甲辰、江陵大都督府永王璘擅領舟師下廣陵」

至徳二載

正月‥永王軍は鄱陽郡を攻落した。

『新唐書』巻六　粛宗　至徳二載「正月、永王璘陥鄱陽郡」

二月‥反亂軍とされた永王璘軍が破れ、逃亡した永王が殺される。

『舊唐書』本紀　巻十　粛宗李亨　至徳二載「二月戊子（略）永王璘兵敗、奔於嶺外、至大庾嶺、爲洪州刺史皇甫侁所殺」

九月‥郭子儀が長安と洛陽を取り戻す。

『舊唐書』巻九　玄宗下　至徳二載「九月、郭子儀收復兩京」

〈これまでの主な説〉

次に、この手紙の制作年代についての、これまでの主要な説を見る。

清・王琦『李太白全集』は、その優れた内容によって、李白研究の基本的な注釋書となっている本である。王琦は「與賈少公書」の題下注に次のように述べる。

『李太白全集』巻二十六　王琦題下注「書内有「中原横潰」及「王命崇重、大總元戎、辟書三至」「嚴期迫切」等語、疑是永王璘脅行時所作（この手紙には「中原横潰」及び「王命崇重、大總元戎、辟書三至」「嚴期迫切」等の語があるので、おそらく永王璘に脅迫され連行されたときの作であろう）」

瞿蛻園・朱金城校注『李白集校注』（上海古籍出版社一九八〇年）は、文革後初めて出版された李白の本格的な注釋書として注目された本である。この本には、「與賈少公書」が書かれた時期について、王琦注がそのまま引用されている。

喬象鍾「李白從璘事辯」（中華書局『李白研究論文集』一九六四年四月 所收）では、「與賈少公書」が永王璘の幕府に參加する前に書かれた手紙であることを前提として、李白がためらいの氣持ちを抱きつつ參軍した、ということを論證する。

近年出版された詹鍈の注釋書『李白全集校注彙釋集評』（百花文藝出版社 一九九六）は次のように言う。

「至德元載秋、太白隱居廬山屏風疊。冬、永王璘慕太白之才名、辟爲幕府僚佐。書中所云「辟書三至」「嚴期迫切」等語、可證此書作於應征之後、未赴幕府之前。書中太白向友人傾吐了他雖隱居山林、但胸存報國之志的心跡。盡管永王璘對他有「嚴期迫切、難以固辭」的脅迫成份、但從李白本人的態度來看、他還是願意「扶力一行」的。這與後來他在「爲宋中丞自薦表」中所寫「遇永王東巡脅行」及在「贈江夏韋太守良宰」詩中所云「半夜水軍來、尋陽滿旌旆。空名適自誤、迫脅上樓船」等語、是不盡相同的。在此文中可以看出李白當時參加永王幕府的眞實思想面貌（至德元載秋、太白は廬山屏風疊に隱居していた。冬、永王璘は太白の才名を慕い、幕府の僚佐として招いた。この手紙の中に言う「辟書三至」「嚴期迫切」等の語は、此の手紙が徵召に應じた後で、幕府に赴く前に書かれたことを示す。この手紙の中で李白は、山林に隱居してはいても、胸には報國の志を抱いているという氣持ちを友人に吐露している。李白に對して、永王璘は「嚴期迫切、難以固辭」という脅迫的な態度を取ったけれども、李白本人の態度から見て、彼はやはり「扶力一行」することを願っていたのである。この手紙と、後に書かれた「爲宋中丞自薦表」中の「遇永王東巡脅行」句及び「贈江夏韋太守良宰」詩中に言う「半夜水軍來、尋陽滿旌旃。空名適自誤、迫脅上樓船」等の語は、全く一致するというものではない。この手紙からは、李白が永王幕府に參加したときの、眞の精神狀態が見て取れるのである)」

この詹鍈說は、基本的には王琦注を踏襲するものである。

これら王琦注の系統に對して、まったく別の說を郭沫若が提出している。

郭沫若『李白与杜甫』(『郭沫若全集』歷史編　人民出版社　一九八二年　所收)

「(原文の「塵忝幕府、終無能爲」に傍點を施して)這很明顯是在永王幕府中寫的信、估計在他寫了《東巡歌》之后不會太久。他自己已經感覺着、在幕府裏面等于灰塵了。李白在幕府中的生活、整個計算起來、只有兩個月光影。心境轉變得很快、環境也轉變得很快。還沒有來及讓他薦賢自代、他只好從前線奔亡了(これは明らかに永王の幕府で書かれた手紙である。「東巡歌」のあと間もなく書かれたものであろう。彼はすでに、幕府の中では塵に等しいと感じていた。李白が幕府にいたのは、通算しても、二月のことにすぎない。心境の變化は早く、環境の移り變わりも速かった。自己に代わる賢人を推薦する間もなく、李白は前線から逃げ出さざるを得なかったのである)」

安旗は、郭沫若說を支持する。『李白全集編年注釋』(巴蜀書社出版　一九九〇年十二月)と、それに續く

改訂版（巴蜀書社出版　二〇〇〇年四月）で、集説に王琦注を引用した後、按語に

「書中有『徒塵忝幕府、終無能爲』語、情緒已不及『永王東巡歌』之高漲、『書』之作當在『東巡歌』稍後（この手紙の中の『徒塵忝幕府、終無能爲』という語には、『永王東巡歌』にあるような氣持ちの高まりが感じられない。この手紙は『東巡歌』よりやや後に書かれたのである）」

と述べる。

松浦友久『李白傳記論―客寓の詩想』（研文出版　一九九四年九月）は、これらを檢討した結果、王琦説を支持する。

二五八頁「『與賈少公書』は、水軍への參加に到るまでの李白の心情を知る手がかりとして注目される。これがこの時期の作であろうことは、王琦が題下注として『疑是永王璘脅行時所作』と記して以來、おおむね通説として指示されてきているが、（注18）作品の通釋を含む總體的な檢討は、あまり加えられていない（注19）」

注（18）「郭沫若『李白と杜甫』では、これを、永王の幕府中で「永王東巡歌」以後に書いたものとする。第三段の「當報國薦賢、持以自免」の部分の解釋がより自然なものになるなど、注目に値する解釋であるが、第一段の「嚴期迫切、難以固辭。扶力一行、前觀進退」や第二段の「豈徒販賣雲壑、要射虛名」という表現から見て、やはり入幕直前の作と見るのが妥當と判斷される」

注（19）「少數の例外として、喬象鍾「李白從璘事辯」（『李白論』齊魯書社、一九八六年、所收）に、

一連の、ほぼ妥當な略解がある。ただし喬論文では、〝脅迫入幕〟の說を基本的に認める立場に在る。そのため、「與賈少公書」に見られる李白の躊躇の要因を、――永王が河樂に向って反軍と對決せず、そのまま長江を東に下ってきたことに對して、李白が疑惑を抱いていたからだ――と解釋する。そして、「もしそうでなければ、李白は愛國心が強かったから、脅迫されなくても進んで廬山を下ったはずだ」（要旨）、と推定を加えている。

しかし、この解釋では、入幕後の李白がなぜあれほど意欲的に永王の東巡を贊美し頌揚しているのか、理解しがたいことになるであろう。躊躇表現の要因としては、①「白、綿疾疲薾、去期恬退」と記される心身の疲弊、もしくは、②書翰文ゆえの過度の謙辭、あるいはまた、③賈少公が、友人として、李白の水軍參加を懸念していたらしいことへの辯明の言辭――といった諸條件を想定しておくのが妥當だ思われる」

「與賈少公書」が書かれたのは、果たしていつだったのだろうか。ここで、諸注から離れて、今一度、虛心にこの作品を分析してみようと思う。

〈構成〉

「與賈少公書」は短い手紙であるが、論旨はつぎのように四段階に展開されている。なお、王琦注にあるようにこの手紙の最初の部分が缺けていると考えられるが、全體の結構は保たれており、缺けている部分はそれほど多くはないと思われる。

第一段：宿昔惟清勝。白綿疾疲薾、去期恬退。才微識淺、無足濟時。雖中原横潰、將何以救之。

（心身が疲労し、時世を救う力のないことを述べる。）

第二段：王命崇重、大總元戎。辟書三至、人輕禮重。嚴期迫切、難以固辭。扶力一行、前觀進退。

（永王から三たび徵召を受けて、幕府に加わったことを述べる。）

第三段：且殷深源廬岳十載、時人觀其起與不起、以卜江左興亡。謝安高卧東山、蒼生屬望。白不樹矯抗之跡、恥振玄邈之風。混游漁商、隱不絶俗。豈徒販賣雲壑、要射虚名。方之二子、實有慙德。

（狀況の似ている歴史的人物を二名擧げ、自らの德行が前賢に及ばなかったことを述べる。）

第四段：徒塵忝幕府、終無能爲。唯當報國薦賢、持以自免。斯言若謬、天實殛之。以足下深知、具申中款。惠子知我、夫何間然。勾當小事、但增悚惕。

（優れた人材を推薦することで國家に報いようとの願いを述べる。）

諸説が分かれるのは、ここに時制を示す言葉が書かれていないことによる。第二段を「現在のこと」と取るのが王琦説であり、「過去のこと（回顧）」と取るのが郭說である。

第二段を「現在のこと」と見れば、「與賈少公書」は入幕前の手紙、ということになる。その場合、第四段はすべて未來についての豫測、ということになる。すなわち、入幕前から、「自分は結局、塵のように無爲に終わることであろう。自分に代わる優れた人物を推薦することが自分の務めになるであろう」と豫言し、誓っていることになる。

第二段を「過去のこと（回顧）」と取れば、第三段と第四段はその後の經驗に基づいた言辭ということになる。「扶力一行、前觀進退」という覺悟で入幕した。そのときの情況は殷深源や謝安と似ていたが、結局「方之二子、實有慙德」ということになり、「徒塵忝幕府、終無能爲」という結果に終わった。「唯當報國薦賢、持以自免」以下の部分は、この結果を受けての決意を述べることになる。

第二段について考察してみよう。この第二段は、三つの部分から構成されている。

第一部：殷深源と謝安の故事

第二部：（狀況は似ていたが）李白が兩者をことさらに眞似ようとしたのではないこと。

第三部：（請われて山を下り參軍したという狀況は似ているが）兩者が功績を擧げているのに、李白はそうではないこと。この部分、第二段を「現在のこと」と取る王琦說に從えば、李白に功績を擧げる能力がないことへの謙遜の辭と解釋される。第二段を「過去のこと」と取る郭說に從えば、李白が功績を擧げられなかったことを殘念に思っている、と解釋される。

ここで、第三段に謝安が描かれていることの意味を、もう少し考えてみよう。

東晉の謝安（字は安石）は、會稽の東山に隱棲し、たびたびの招聘に應じなかったが、人望が高く、民衆がその下山を待ち望んでいた。征西大將軍桓溫に招かれて司馬となり、尚書僕射、中書監などを歷任し、苻堅の軍を破って功績をあげ、太保にのぼり、建昌縣公に封ぜられた。

李白の作品中に、謝安とその生き方を慕う詩句は多い。李白の目に映った謝安の生き方とは、次のようなものであったと思う。

榮利を離れて隱棲している。人々に囑望されるが、なかなか山を下りようとはしない。人々の熱意に答えて、ひとたび山を下りると、期待に違わぬ働きをし、國家を救う功績を擧げ、地位と名聲を得る。しかし、地位に戀々とすることはなく、あっさりと引退して隱棲する。人々はその潔い生き方を、後世長く稱える。

謝安は李白にとって人生モデルともいうべき人物であった。

「書情題蔡舍人雄」詩「暫因蒼生起、談笑安黎元。余亦愛此人、丹霄冀飛翻」

「永王東巡歌」詩「三川北虜亂如麻、四海南奔似永嘉。但用東山謝安石、爲君談笑靜沙」

「東山吟」詩（土山去江寧城二十五里、晉謝安攜妓之所）「攜妓東土山、悵然悲謝安」

「登金陵冶城西北謝安墩」詩「談笑遏橫流、蒼生望斯存」

「贈常侍御」詩「安石在東山、無心濟天下。一起振橫流、功成復瀟灑」

「贈友人」詩三首之三「蜀主思孔明、晉家望安石」
「與南陵常贊府遊五松山」詩「安石泛溟渤、獨嘯長風還。逸韻動海上、高情出人間」
「秋夜獨坐懷故山」詩「小隱慕安石、遠遊學屈平」
「出妓金陵子呈盧六」詩四首之一「安石東山三十春、傲然攜妓出風塵」

いずれも、謝安に對するあこがれの氣持ちを率直に歌うものである。李白は、どんなにか謝安のような生き方をしたかったことであろう。

したがって、「與賈少公書」に謝安が描かれていることは、李白にとっては大きな意味があった。第三段第二部で、自分は謝安とは違うのだ、と言うことを述べる。結局、李白は謝安とは違った。ことさらに理想の隱者を眞似てはいなかった。それは氣恥ずかしいことでもあった。だから、隱棲したといっても漁師や商人といった俗人と交わっていた。いっさい俗世間から斷絶していたわけではない。高尚な人物だと言うことを賣り物にしていたわけではない。しかし、これらのことは、別に李白が謝安に恥じることではない。「方之二子、實有慙德」という最大の理由は、謝安とは違って、山を下りても、結局功績も擧げられず、國家のために働くこともできなかったことである。

多くの作品の中で謝安について觸れながら、「謝安に恥じる」と言っているのは「與賈少公書」だけである。それは、理想的な隱者になれなかっただけではなく、功績を擧げられなかったことを含めて、結局、謝安のような人生を送ることは出來なかったという、苦い思いがあったからではないか。

このように考えてくると、「與賈少公書」は、永王の幕府で確たる功績を擧げられなかった後の作品であるように思われる。

〈前後の作品〉

次に、「與賈少公書」が書かれた前後の作品を檢討する。

安史の亂さなかの手紙である。時代が急展開しているこのような時期には、そのときどきに、環境の變化や心境の變化に卽した作品が書かれるものであろう。從って、「與賈少公書」の制作年代を考察する上で、入幕前後に書かれた作品と比較することは必須である。

まず、入幕前に書かれた作品を見てみよう。

「贈王判官時余歸隱居廬山屛風疊」詩

昔別黃鶴樓、蹉跎淮海秋。俱飄零落葉、各散洞庭流。中年不相見、蹭蹬遊吳越。
何處我思君、天台綠蘿月。會稽風月好、卻遶剡溪迴。雲山海上出、人物鏡中來。
一度浙江北、十年醉楚臺。荊門倒屈宋、梁苑傾鄒枚。苦笑我誇誕、知音安在哉。
大盜割鴻溝、如風掃秋葉。吾非濟代人、且隱屛風疊。中夜天中望、憶君思見君。
明朝拂衣去、永與海鷗群。

詩題と詩意から、安史の亂が發生した後、廬山屛風疊に隱棲し、俗世のしがらみから退こうとしたときの作品だということがわかる。この中の「吾れは濟代の人に非ず、且く屏風疊に隠れん」という句、特に前半が、「與賈少公書」第一段の「才微識淺、無足濟時」という部分に呼應する。

作品の全體としては、むしろ身の不遇を嘆くもので、出仕を拒もうとする意圖で書かれたものではない。入幕の要請を受ける前の作品だと思われる。

次の作品について、郭沫若『李白与杜甫』と安旗『李白全集編年注釋』は、入幕前に書かれたものだという。兩者の說によると、詩題の「韋子春」は永王「謀主」の一人で、この詩は招聘の使いとして韋子春が李白の下にやってきた時に書かれたという。王琦は制作年代の考證をしていない。瞿蛻園・朱金城『李白集校注』も「白之入永王幕、或卽由韋汲引也」といい、この說を取る。詹鍈『李白全集校注彙釋集評』は制作年代の考證をしていない。

「贈韋祕書子春」二首

谷口鄭子眞、躬耕在巖石。高名動京師、天下皆籍籍。斯人竟不起、雲臥從所適。
苟無濟代心、獨善亦何益。惟君家世者、偃息逢休明。談天信浩蕩、說劍紛縱橫。
謝公不徒然、起來爲蒼生。祕書何寂寂、無乃羈豪英。且復歸碧山、安能戀金闕。
舊宅樵漁地、蓬蒿已應沒。卻顧女几峯、胡顏見雲月。
徒爲風塵苦、一官已白鬚。氣同萬里合、訪我來瓊都。披雲睹靑天、捫蝨話良圖。
留侯將綺里、出處未云殊。終與安社稷、功成去五湖（注：一本二詩合作一首）。

もし、この作品が入幕前に書かれたとしたら、「苟も濟代の心無くんば、獨善亦た何の益かあらん（いやしくも時代を救おうという氣持ちがないのなら、自分の身を修め善を高めたとしても、何の役に立つだろうか）」という句や「終に與に社稷を安んじ、功成りて五湖に去らん（ついには國家を安定させ、功績を擧げたのち五湖に引退しよう）」という句から、李白には入幕前に積極的に國家のために働こうという氣概があったと考えられる。

ただし、この作品が入幕前に書かれたという確たる證據はなく、前記の說がいずれも情況に基づく推測である點で、確實にこの時期の氣持ちを表したものと斷定することはできない。

次の作品は、作中の「王命三徵去未還、明朝離別出吳關」句から、確實に、入幕前に書かれたものであることが分かる。いざ參軍せんと出かけるときの樣子を書いたものである。

「別內赴徵」三首

王命三徵去未還、明朝離別出吳關。白玉高樓看不見、相思須上望夫山。
出門妻子強牽衣、問我西行幾日歸。歸時儻佩黃金印、莫學蘇秦不下機。
翡翠爲樓金作梯、誰人獨宿倚門啼。夜坐寒燈連曉月、行行淚盡楚關西。

この作品は、殘される妻の氣持ちが中心的主題となっている。中國に古來からある「出征兵士の妻」という主題によって書かれたものである。この中の、

「門を出づれば 妻子 強ひて衣を牽き、我に問ふ 西に行きて幾日にか歸ると。歸る時儻し黃金の印を

佩さば、學ぶなかれ 蘇秦の機を下りざるを（門を出るとき、妻子が着物をつかんで、西に行っていつになったら歸ってくるの、と尋ねた。歸ってきたとき、もし黄金の印を腰に佩びていたら、嘘だと思って知らん顔で機を織っていたという蘇秦の妻のような眞似をしてはいけないよ）」という第二首には、確かに、功績を擧げ金印を帯びて歸ってこよう、という氣概が見られる。

次の作品は、入幕したあとに書かれたものである。從軍中に多くの作品が書かれているが、そのほとんど全てに、李白が積極的に永王の軍に従い、反亂を平定して功績を建てようという大きな希望を持っていたことが見て取れる。この點は、諸說が一致するところである。

「在水軍宴贈幕府諸侍御」詩

齊心戴朝恩、不惜微軀捐。所冀旄頭滅、功成追魯連。　（部分）

「永王東巡歌」十一首之十一

試借君王玉馬鞭、指揮戎虜坐瓊筵。南風一掃胡塵靜、西入長安到日邊。

さて、これまで見てきた作品を振り返ってみよう。これらの內、「贈王判官時余歸隱居廬山屛風疊」詩には「吾非濟代人、且隱屛風疊」という句があり、隱棲の志が見られる。しかし、これは仕官がかなわず不遇をかこったあとに述べられた言葉で、「何が起ころうとも出仕はせずに、隱棲するのだ」という強い意志は感じられない。「別內赴徵」詩から見ると、この時期にも李白の「立功」への志は衰えていないように感じられる。「贈韋祕書子春」詩を入幕前の作品だと考えれば、なおさら、李白の氣概が感じられる。

「功績を建てた後に、きっぱりと引退する」という生き方は、李白の若い頃からの強いあこがれ、理想であった。たとえば、李白が若い頃に書いた「代壽山答孟少府移文書」（本書所收）に、そのような理想が書かれている。

入幕前に「報國」の志があり、その理想のために參軍したのだとすれば、「永王東巡歌」などに見られる參軍後の李白の高揚した氣分は、無理なく理解される。

さて、この觀點から「與賈少公書」を見直してみよう。この手紙からは、そうした高揚感がまったく見られないばかりか、全體に沈んだ調子が見られる。

もし、「與賈少公書」が入幕前に書かれた手紙であるとしたら、李白は入幕前から、第三段で「方之二子、實有慙德」というように、謝安のような功績は建てられないと思い、第四段で「徒塵忝幕府、終無能爲」と言うように、結局自分が參軍しても塵のようなもので何もできるはずがない、と確信していたことになる。さらには、「惠子知我、夫何間然」と言って、私が參軍するのは功績を建てるためではなく、賢人を私の代わりに推薦する爲なのだから、どうか誤解しないでくれ、と言っていることにもなる。

これほどまでに自分をおとしめなければならない事情が、李白と賈少公の間にあったのであろうか。李白は自分を恃む氣持ちの強い、自尊心の強い人だったと見えて、彼の他の手紙や上表文には、極端に謙遜する言辭は見られず、むしろ傲慢なまでに自己を誇ろうとすることが多い。第三段第四段を、自己を謙遜する言葉だとすれば、それらに比べて際だって文調が異なることとなる。

このように考えてくると、「與賈少公書」は、特殊な事情の下で書かれた手紙であるように思われる。

次に、永王軍を離れて後の作品を見てみよう。

「南奔書懷」

遙夜何漫漫、空歌白石爛。甯戚未匡齊、陳平終佐漢。欃槍掃河洛、直割鴻溝半。
曆數方未遷、雲雷屢多難。天人秉旄鉞、虎竹光藩翰。侍筆黃金臺、傳觴青玉案。
不因秋風起、自有思歸歎。主將動讒疑、王師忽離叛。自來白沙上、鼓譟丹陽岸。
賓御如浮雲、從風各消散。舟中指可掬、城上骸爭爨。草草出近關、行行昧前算。
南奔劇星火、北寇無涯畔。顧乏七寶鞭、留連道傍玩。太白夜食昴、長虹日中貫。
秦趙興天兵、茫茫九州亂。感遇明主恩、頗高祖逖言。過江誓流水、志在清中原。
拔劍擊前柱、悲歌難重論。

この作品は、內容から、李白が永王の軍を離れてから間もなく、兩京回復前に書かれたと考えられる。この中の「秋風の起つに因らず、自ら思歸の歎あり（秋になったからと言うわけではなく、自然に故郷に歸りたいという氣持ちが湧いてきた）」という部分は、永王軍から離れる前の李白の氣持ちを回顧して述べたものである。李白がいつ永王の軍隊から離れたのか、については議論のあるところで、官軍からの呼びかけ、あるいは永王の敗戰といった、きっかけとなるできごとがあったのであろう。しかし、「自有思歸歎」句から見るに、そのような事件が起こる前に、すでに李白には軍隊を離れたいという氣持ちがあったのである。

そして、それは、もし「與賈少公書」が永王の軍隊を離れる前に書かれたものだとするなら、氣持ちが重なる部分である。「與賈少公書」の第四段が、勇んで永王の軍に參加したものの、今は軍隊を離れたいという氣持ちになってきた、と讀めるからである。

「南奔書懷」詩の終わりには、さらに「江を過ぎりて流水に誓う、志は中原を淸むるに在り（長江を渡りつつ流れる水に誓う。私の志は、國家の中心である中原から反亂軍を追い拂うことにある、と）」と述べ、報國の思いに變わりのないことが示されている。これも、「與賈少公書」と重なる部分である。

次の作品は、反亂軍に荷擔した罪で流罪となったときの作品である。

「經亂離後天恩流夜郎憶舊遊書懷贈江夏韋太守良宰」詩

僕臥香爐頂、餐霞漱瑤泉。門開九江轉、枕下五湖連。半夜水軍來、潯陽滿旌旃。
空名適自誤、迫脅上樓船。徒賜五百金、棄之若浮煙。辭官不受賞、翻謫夜郎天。（部分）

ここで李白はやはり永王軍に參加したときの狀況を回顧している。この部分の展開を見てみよう。

（一）廬山に隱棲していた。（二）永王の大軍が威風堂々とやってきた。（三）誤って軍隊に參加した。

（四）報償はなく、むしろ罪を得た。

（一）から（三）までの回顧の發想と展開は、「與賈少公書」と同じである。（三）に、入幕の事情が、自分の過ちと脅迫という風に、「與賈少公書」よりずっと批判的に描かれているのは、「經亂離後」詩が罪を得た後で書かれている、という事情によるものであろう。（四）からは、賞を受けることさえ期待して參軍した様子がうかがわれる。

次の作品は、ようやく流罪を許されて戻ってきた後、「懷經濟之才、抗巣由之節」と言って、なお仕官を求めて書いた上表文である。

「爲宋中丞自薦表」

屬逆胡暴亂、避地廬山。遇永王東巡、脅行。中道奔走。（部分）

ここでも永王軍に參加したときの状況を回顧している。この部分の展開を見てみよう。

（一）異民族の反亂で、廬山に戰亂を避けていた。（二）永王軍の巡行にあった。（三）軍隊に參加させられた。（四）途中で逃走した。

（一）から（三）までの回顧の發想と展開は、やはり「與賈少公書」と同じである。

發想と展開の型が等しいということは、「與賈少公書」も、「經亂離後」詩や「爲宋中丞自薦表」と同様、同じ時期を回顧しているからではないか。逆に言えば、「與賈少公書」の第一段から第二段までに使われた回顧の型が、李白の意識の中に定着していて、「經亂離後」詩や「爲宋中丞自薦表」詩にも使われた、と想像できる。

以上、入幕前後に書かれた他の作品と比較した結果からは、「與賈少公書」が書かれたのは入幕後ある程度の時間が經過してからで、前半で述べられている入幕の經緯は、過去の出來事を回顧したものだという可能性が高いと考えられる。

〈「徒塵忝幕府、終無能爲」句について〉

すでに述べたことと重複するが、今一度、作中のこの言葉について考えてみよう。この句がキーワードとなると考えるからである。

「與賈少公書」の中の「徒塵忝幕府、終無能爲。唯當報國薦賢、持以自免」という句から、「自らは幕府にあって成すことはなかった。この上はすぐれた人材を推擧するのみである」という苦い後悔の念が見える。幕府の中での地位が塵芥のように輕いものであることを感じ、國家に報いる方法は優れた人材を推薦することであり、自らは隱退しようと思い定めた、というのである。

たとえ王琦が言うように「永王璘脅行」という事情があったとしても、出仕する前から將來を見通して「終無能爲」と言うのはおかしいのではないか。それならば、最初から自分は出仕せず、そのかわりに他の賢人を推薦すればよかったのである。また、永王璘の軍隊は行軍中であったのだから、李白が出仕しなかったからといって、嚴罰を與えるというような餘裕もなかったであろう。

李白は一度は「扶力一行」と考えて自ら從軍する決意を持ったのである。最初から「薦賢自免」と考えていたのではあるまい。従って、「與賈少公書」が、永王璘の軍隊に參加する前に書かれた、と考えることは不自然である。むしろ、一通りの體驗が終わった、軍隊の生活の末期に書かれたと考える方が自然である。

〈王琦注への反論〉

ここで、「この手紙は、李白が永王璘の軍隊に參加する前に書かれたのである」という通說の源となっている王琦注について考えてみよう。

王琦は「李白が永王の幕府に參加したのは自分の意志ではなく、永王に脅迫されてやむなく參加したのだ」と考える。

王琦　題下注「書內有『中原横潰』及『王命崇重、大總元戎。辟書三至』『嚴期迫切』等語、疑是永王璘脅行時所作」

その根據は、李白が「經亂離後天恩流夜郎憶舊遊書懷贈江夏韋太守良宰」詩で「空名適自誤、迫脅上樓船」という句を用いている所にあろう。

しかし、「經亂離後」の詩は、永王璘の軍隊が反亂軍と認定され、そこに加擔した李白もその災禍に卷き込まれ、反亂者として流刑になった後に書かれたものであろう。軍隊に參加したことについて、言い譯めいた言葉を述べなければならない立場にあったときの句であった。だから、反亂軍たる永王璘の軍隊には、進んで參加したのではなく、脅迫されて仕方なく參加したのである、ということを強調している。

「經亂離後」の詩に「迫脅上樓船」と書かれているからと言って、實際に「永王璘脅行」という事實があったとは考えにくいし、李白が「脅迫されたので軍隊に參加するしかない」という意識を持って參軍を決めたとも考えにくい。永王璘がそれほど李白に執着していたとは考えられないし、戰時中の混亂していた時期に、永王璘の軍隊から逃れる機會はいくらでもあったと考えられるからである。

さて、李白がなぜ永王璘の軍隊に參加したのか、については、多くの說がある。李白に心を寄せる多くの人々は、李白が誤った行動をとることはないと信じて、永王璘に脅迫されやむなく、反亂軍と指彈されることになる軍隊に參加したのだ、という說を述べる。王琦もこうした心情を持つ者の一人であったと考えられる。その結果、題下注に「疑是永王璘脅行時所作」と書くに到ったのであろう。

確かに、「與賈少公書」の「王命崇重、大總元戎、辟書三至」「嚴期迫切」等の語には、李白が逡巡している氣持ちを感じることができる。しかし、それを理由として「永王璘脅行時」と斷じるのは早計である。「與賈少公書」の「王命崇重、大總元戎、辟書三至」「嚴期迫切」等の語に、「經亂離後」詩に見られる感情に近い逡巡を感じ取るとしたら、むしろ、それは「與賈少公書」と「經亂離後」の詩が、相近い思いをもって書かれた、ということを示すと言えるのではないか。

〈結論〉

本章で述べてきた五つの理由により、次のような結論を導く。

王琦の題下注によって、「與賈少公書」は李白が永王の幕府に赴く直前に書かれた、という意見が通説となっているが、王琦の注に囚われず、「與賈少公書」を虚心に眺めれば、むしろ永王の幕府にあった時期の終わり近くに書かれたものだ、と考えられる。

あるいは、「與賈少公書」を書いたとき、李白はすでに永王璘の地位が危うくなっていることを知っていたのかも知れない。

そもそも、李白が永王璘の軍に參加したのは、永王璘の軍が天子である玄宗の命令によって發せられたものだと考えていたからだと思われる。安史の亂が勃發して數箇月の混亂した時期には、李白ばかりではなく、當時の一般の人々にとっても、肅宗即位を明確に知ることは難しく、かなり遲い時期まで、玄宗が正式の天子だと考えていたし、さらに肅宗即位が知れ渡った後も、玄宗の權威は長く續いていたと思われる。（參考：拙著『李白の文』汲古書院　一九九八年三月「爲吳王謝責赴行在遲滯表」考證）

しかし、時間が經つに從って、肅宗の即位が知れ渡り、權威も浸透していったことであろう。太子李亨が即位して肅宗となったとすれば、北方は太子李亨が、南方は永王が守る、という玄宗の構想がくずれたということは、容易に知られることである。そののち肅宗から永王に歸還の命令が下されたが、永王はそれに從わなかった。そのこともやがて、人々が知るところとなったであろう。したがって、次第に、永王の軍隊に參加していた人々に不安の思いが廣がっていったであろう事は充分に想像されるのである。

李白は「與賈少公書」を書いた時にすでに軍隊を離れたいと思っていた。第一段と第二段に、「永王の軍隊に積極的に參加したのではなかった」ということをほのめかしているのは、そのためである。二箇月の從軍生活で、謝安のような功績を立てることは出來なかった。第三段で李白が恥じているのは、そのことである。しかし、軍隊を離れるのは、決して無闇に逃げ出そうとしているのではなかった。その證據に、自分に代わる人材を推擧してから軍隊を離れようと思っていた。第四段で李白が賈少公に理解して欲しいと思っているのは、「自分に報國の志がないわけでは無い」ということだったのである。

「與賈少公書」は、永王軍に參加する前ではなく、永王軍に參加した後、軍隊を離れたいという思いを持って書かれたものである。

頌

一、崇明寺佛頂尊勝陁羅尼幢頌

雲南省昆明市
宋代經幢

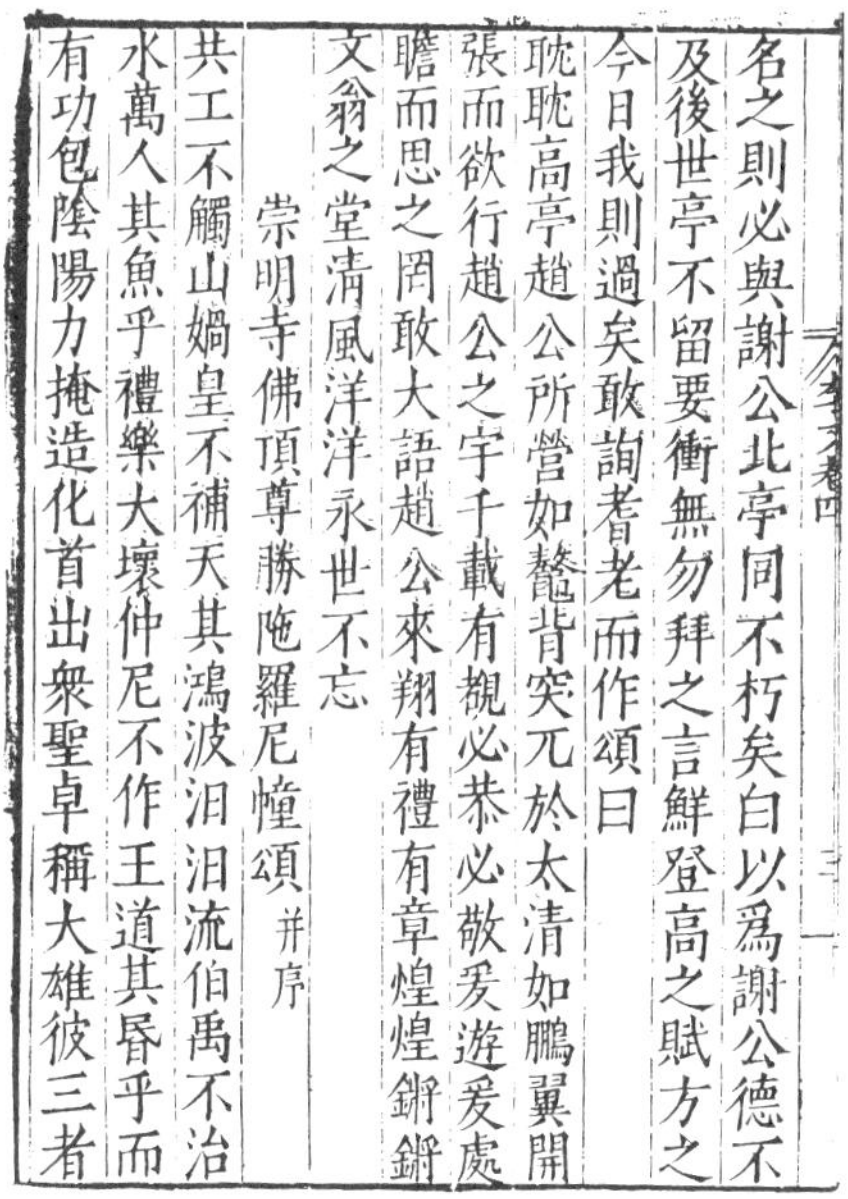

名之則必與謝公北亭同不朽矣白以爲謝公德不
及後世亭不留要衝無勿拜之言鮮登高之賦方之
今日我則過矣敢詢耆老而作頌曰
耽耽高亭趙公所營如鼇背突兀於太清如鵬翼開
張而欲行趙公之宇千載有覩必恭必敬爰遊爰處
瞻而思之罔敢大語趙公來翔有禮有章煌煌鏘鏘
文翁之堂清風洋洋永世不忘

崇明寺佛頂尊勝陁羅尼幢頌 并序

共工不觸山媧皇不補天其鴻波汨汨流伯禹不治
水萬人其魚乎禮樂大壞仲尼不作王道其昏乎而
有功包陰陽力掩造化首出衆聖卓稱大雄彼三者

霏玉本

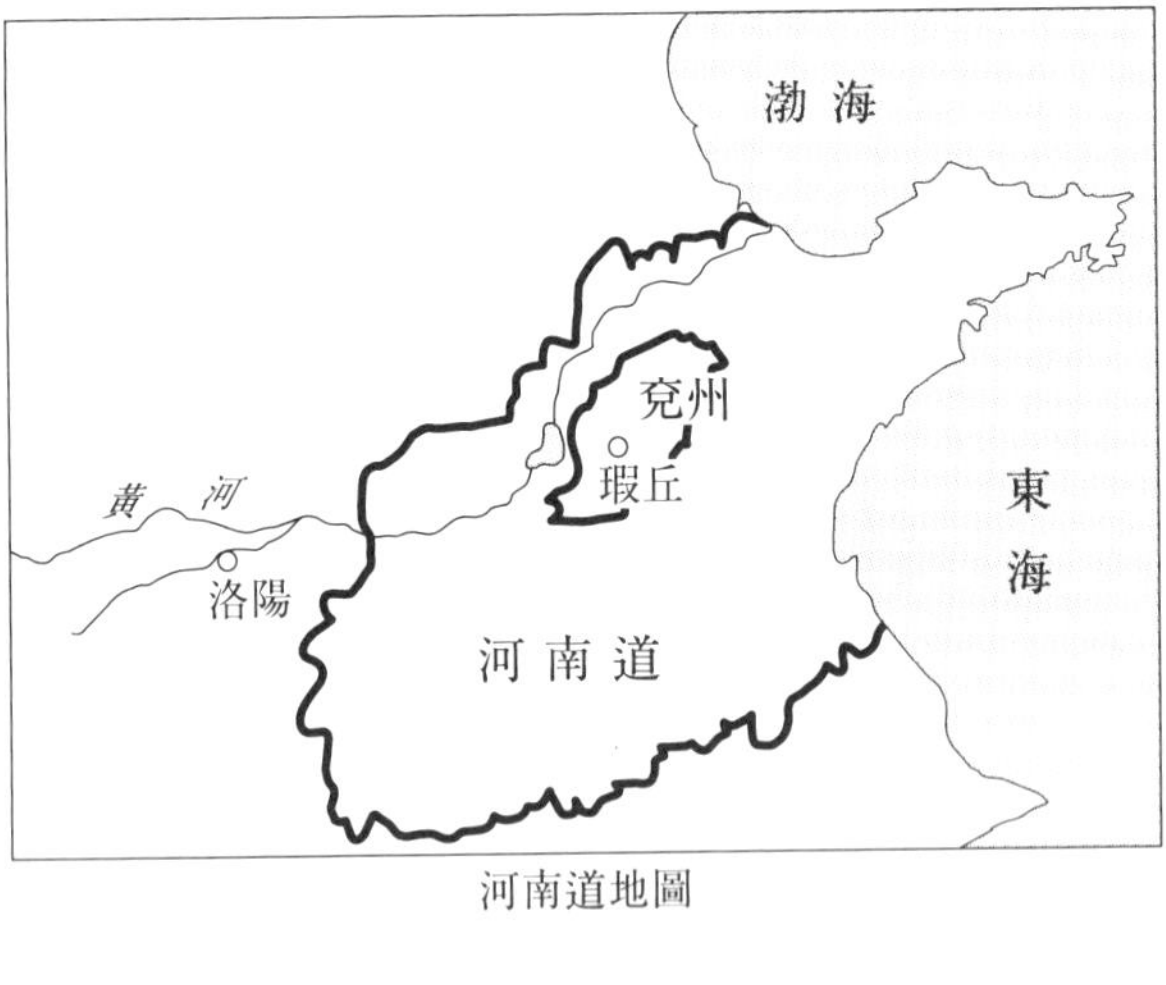

河南道地圖

崇明寺佛頂尊勝陁羅尼幢頌　并序【第一段】

【解題】

魯郡兗州瑕丘の崇明寺門前に建てられた石幢を頌揚する文である。頌の前に長い序文がある。序には、石幢を建てるに至ったいきさつや、崇明寺の名僧道宗、郡守李琬とその下僚に對する賞賛の言葉が述べられている。文中から、天寶八載五月以降の作であることがわかる。

【原文】 崇明寺佛頂尊勝陁羅尼幢頌[1]　并序

共工不觸山、媧皇不補天、其洪波汨汨流[2]。伯禹不治水、萬人其魚乎[3]。禮樂大壞、仲尼不作、王道其昬乎[4]。而有功包陰陽、力掩造化[5]、首出衆聖、卓稱大雄[6]、彼三者之不足徵矣[7]。粤有我西方金僊之垂範[8]、覺曠劫之大夢、碎群愚之重昏[9]、寂然不動、湛而常存[10]。使苦海靜滔天之波、疑山滅炎崑之火[11]、囊括天地、置之清涼[12]。日月或墜、神通自在。不其偉歟[13]。

【校勘】

洪波…『咸淳本』『郭本』『霏玉本』『全唐文』は「鴻波」とする。『王琦本』は「鴻波」とし、「鴻」に注して「繆本作洪」という。

金僊：『咸淳本』『郭本』『霏玉本』『王琦本』『全唐文』は「金仙」とする。

【訓讀】 崇明寺《すうめいじ》 佛頂尊勝陀羅尼幢《ぶつちやうそんしようだらにたう》の頌《しよう》 并《なら》びに序《じよ》

共工《きようこう》 山《やま》に觸《ふ》れず、媧皇《くわくわう》 天《てん》を補《おぎな》はざれば、其《そ》れ洪波《こうは》は汨汨《べきべき》として流《なが》れん。伯禹《はくう》 水《みづ》を治《をさ》めざれば、萬《ばん》人《じん》 其《そ》れ魚《うを》ならんか。禮樂《れいがく》 大《おほ》いに壞《こは》れ、仲尼《ちゆうぢ》をして作《おこ》らざらしめば、王道《わうだう》 其《そ》れ昏《くら》からんか。而《しか》して功《こう》は陰陽《いんやう》を包《つつ》み、力《ちから》は造化《ざうくわ》を掩《おほ》ひ、衆聖《しゆうせい》より首出《しゆしゆつ》し、大雄《たいゆう》と卓稱《たくしよう》さるる有《あ》れば、彼《か》の三者《さんしや》も徵《ちよう》とするには足《た》らざるなり。粤《ああ》 我《わ》が西方金僊《せいほうきんせん》の垂範《すいはん》有《あ》り、曠劫《くわうごふ》の大夢《たいむ》より覺《さ》め、羣愚《ぐんぐ》の重昏《ぢゆうこん》を碎《くだ》き、寂然《せきぜん》として動《うご》かず、湛《たん》として常《つね》に存《そん》す。苦海《くかい》をして滔天《たうてん》の波《なみ》を靜《しづ》まらしめ、疑山《ぎざん》をして炎崑《えんこん》の火《ひ》を滅《めつ》せしめ、天地《てんち》を囊括《なうくわつ》し、之《これ》を清涼《せいりやう》に置《お》く。日月《じつげつ》 或《あるい》は墜《お》つるも、神通自在《じんつうじざい》なり。其《そ》れ偉《ゐ》ならざるか。

【譯】 崇明寺に建てられた佛頂尊勝陀羅尼幢をたたえる頌

共工が不周山にぶつかって天柱を折った。女媧がそのときに五色の石で天を修理しなかったら、洪水の波は今も蕩々と流れていたことだろう。もしも伯禹が洪水を治めなければ、この世の人はみな魚になっていたことだろう。周代に大いに社會の秩序が亂れたとき、孔子が正さなかったら、この世を治める正當な道は闇に包まれていたことだろう。

しかしながら、功は宇宙を包み込むほど大きく、力は大自然を覆うほど強く、多くの聖人からひときわ傑出し、大雄とすぐれて稱えられる者、すなわち釋迦がおいでになると、先程述べた女媧、伯禹、孔子の三者といえども、天の徵證とするには足らなくなるのである。

我が西方の金仙たる佛の敎えは後世に傳わり、人々を悠久の大夢から目覺めさせ、衆愚の昏迷を碎き、寂然として動じず、永久不變に深く存在している。苦海では天まで浸す苦しみの荒波を靜まらせ、疑山では疑心の大火を滅し、天地をすべて包括し、それを清涼な境地に置いた。たとえ太陽や月が墜ちたとしても、佛は時空を超えて自ずと存在する。これはなんと偉大ではないだろうか。

【注釋】

（1）崇明寺：寺の名。河南道魯郡兗州の治である瑕丘にあったことが、本作品から言える。今の山東省兗州市。

佛頂尊勝陁羅尼：佛敎の經文の名。「佛頂」は佛の頭頂の意味で、非常に高いこと。「尊勝」は尊貴殊勝の意。あわせて「最高に尊く勝れている」という意味。

陁羅尼：梵語 dhāraṇī の音譯。「眞の知恵」という意味。眞言。敎えの精髓が凝縮されており、敎えの眞理を記憶させる力、行者を守る力、神通力を與える力があるとされる呪文。密敎の系統の弘法大師空海による眞言宗はこれによる。梵語を原語のままとなえる。

幢：石幢、經幢ともいう。雲南省昆明にある宋代經幢を見ると（三四七頁參照）、本作品第二段に書かれているような、樣々な彫刻を施した石塔である。恐らく、同じようなものだったと思う。

（2）共工不觸山、媧皇不補天、其洪波汨汨流：女媧の偉大さを述べる。

ここでは「共工が不周山に觸れて天が破れ、天上から地上に水が落ちてきたときに、媧皇が天を補ってその洪水を止めた」という女媧の功績を述べるのだから、「共工觸山」というべき所だが、「共工不觸山」と書かれている。このまま讀むと、「共工は山に觸れなかったので、媧皇は天を補うことなく、洪水は大いにあふれ流れた」という意味になり、意味が通じない。從って、「共工不觸山」の「不」の字を虛字または衍字と見て、解釋からはずす。『詩經』の中には「不」を虛字として用いる例がある。或いは、『列子』にあるように、二つの異なる話と考えているのかもしれない。

共工：古代の傳說に傳えられる神。顓頊と帝の地位を爭い、不周山に觸れて天をささえる柱を折った。このとき、女媧がは五色の石で天をつくろったと傳えられている。

唐・司馬貞『補史記』三皇本紀「諸侯有共工氏（略）與祝融戰、不勝而怒、乃頭觸不周山、崩、天柱折、地維缺。女媧乃鍊五色石以補天、斷鼇足以立四極」

『列子』湯問 第五「然則天地亦物也、物有不足。故昔者女媧氏煉五色石以補其闕、斷鼇之足以立四極。其後共工氏與顓頊爭爲帝、怒而觸不周之山、折天柱、絕地維。故天傾西北、日月星辰就焉。地不滿東南、故百川水潦歸焉」

媧皇：女媧のこと。神話中の人物。『楚辭』天問篇に名前が見られ、古くからの言い傳えがあったことがわかる。

『楚辭補註』天問「女媧有體、孰制匠之」注「傳言女媧人頭蛇身、一日七十化、其體如此、誰所制匠而圖之乎」

觸山：山に觸れる。共工の傳說を用いて、大きな力を持っていることを言うときに用いられるようになった。

『文選』第五十四卷 梁・劉峻「辯命論」「觸山之力無以抗、倒日之誠弗能感」注「淮南子曰、昔共工之力怒不周之山、使地東南傾、與高辛爭爲帝。許愼曰、昔共工、古諸侯之強者也」

洪波汩汩流：「汩汩」は水が流れ出る音の形容に用いられる。

『漢書』卷八十七上 揚雄「陰西海與幽都兮、涌醴汩以生川」注「師古曰、涌醴、醴泉涌出汩汩然也。汩音于筆反」

『文選』第十二卷 木玄虛『海賦』「崩雲屑雨、浤浤汩汩」注「汩汩、波浪之聲也」
（3）伯禹不治水、萬人其魚乎：伯禹の偉大さを述べる。伯禹が洪水を治めなかったら、この世界が水沒して、人はみな魚になってしまったろう。この句は『左傳』の語に據る。
伯禹は夏王の禹をいう。のちに啓が開いた夏王朝の祖。崇國の伯爵となったので伯禹と呼ばれる。

『尙書』第三卷 虞書 舜典「舜曰、咨。四岳。有能奮庸、熙帝之載、使宅百揆、亮采惠疇。僉曰、伯禹作司空」疏「國語云有崇伯鯀、堯殛之於羽山。賈逵云崇國名。伯爵也。禹代鯀爲崇伯、入爲天子司空。以其伯爵故稱伯禹」

禹は洪水を治めて功績があった。

魏・陳琳「應譏」「昔洪水滔天、汎濫中國。伯禹躬之、過門而不入、率萬方之民、致力乎溝洫」

萬人其魚‥おびただしい人が水に沒して魚になる。禹が洪水を治めなければ、魚になっていただろう、と『左傳』にいう。

『左傳』第四十一巻 昭公 傳元年「劉子曰、美哉禹功。明德遠矣。微禹、吾其魚乎」

(4) 禮樂大壞、仲尼不作、王道其昏乎‥孔子の偉大さを述べる。孔子が現れなかったら、王道は暗い。

禮樂大壞‥「禮樂が廢れる」と同じく、人々の間の秩序が亂れる意。

『史記』巻一百二十一 儒林「嗟乎。夫周室衰而關雎作、幽厲微而禮樂壞、諸侯恣行、政由彊國」

『史記』巻四十七 孔子世家「孔子之時、周室微而禮樂廢、詩書缺。(中略) 三百五篇孔子皆弦歌之、以求合韶武雅頌之音。禮樂自此可得而以備王道、成六藝」

禮樂は禮と音樂のことであるが、社會秩序、特に人間關係の秩序を言う。

『梁書』巻五十 文學下 劉峻「修道德、習仁義、敦孝悌、立忠貞、漸禮樂之腴潤」

仲尼は孔子の字。

『史記』巻四十七 孔子世家「魯襄公二十二年而孔子生。生而首上圩頂、故因名曰丘云。字仲尼、姓孔氏」

「作」は、立派な統治者が生まれるときに用いられる動詞。興る。興隆する。

『孟子』第六巻 滕文公下「聖王不作、諸侯放恣、處士横議」

『孟子』第三巻 公孫丑上「且王者之不作、未有疏於此時者也。民之憔悴於虐政、未有甚於此時者也」

王道其昏：「王道」は王者の行うべき、偏りのない政道。「昏」は世の中が亂れること。

『史記』巻四 周本紀「昭王時、王道微缺。昭王南巡狩不返、卒於江上。其卒不赴告、諱之也。立昭王子滿、是穆王。穆王卽位、春秋已五十矣。王道衰微、穆王閔文武之道缺」

『荀子』天論「非禮、昏世也。昏世、大亂也」

『文選』第二十六巻 晉・顔延之「和謝監靈運」詩「徒遭良時詖、王道奄昏霾」注「方言曰、奄、遽也。昏霾、喩世亂也」

（5）而有功包陰陽、力掩造化：ここから、釋迦の偉大さを述べる。

功包：功は包む。そのものの持つ偉大な力が廣大な範圍に及ぶこと。

『晉書』巻八十八 孝友「資品彙以順名、功包萬象」

陰陽：萬物を生成する陰と陽の氣。また、天地萬物。

『漢書』巻三十 藝文志「權謀者、以正守國、以奇用兵、先計而後戰、兼形勢、包陰陽、用技巧者也」

（6）造化：萬物を創造化育する自然の理。また天地。

首出衆聖、卓稱大雄：全ての聖人よりすぐれていて大雄と呼ばれる者、それが釋迦である。

首出：先頭に抜きんでる。卓越している。

『周易』巻一 乾「首出庶物萬國咸寧」疏「正義曰、自上已來、皆論乾德自然養萬物之道。此二句論、聖人上法乾德、生養萬物。言聖人爲君在衆物之上、最尊高於物、以頭首出於衆物之上」

初唐・則天皇后「曳鼎歌」「羲農首出、軒昊膺期。唐虞繼踵、湯禹乘時」

衆聖：多くの優れた人々。

『漢書』巻五十六 董仲舒「衆聖輔德、賢能佐職、教化大行、天下和洽」

卓稱：李白以前の用例未見。明らかに……と人々に稱えられる。讚稱される。

宋・樓鑰「孟荀以道鳴賦」「優入聖人之域、卓稱王者之師」

大雄：釋迦の尊號。大智大力があって、魔障を屈服させることができることから、このように呼ばれる。

宋・晁迥『法藏碎金錄』巻一「人間有三大事、皆無可奈何。（略）唯聞、別有至神至聖之人、超出此三事之外、無能及者。故謂之大雄氏」

中唐・劉禹錫「贈別君素上人」詩引「晩讀佛書、見大雄念佛之普級寶山而梯之」

（7）彼三者之不足徵矣：上記の三者も及ばない者、それが釋迦である。

三者：女媧、伯禹、孔子。

徵：著しく優れていて指標となるもの。非常に勝れていることが具體的に表われたもの。すぐれていることを知るための手がかりとなる具象。徵象。證據。

『論語』八佾「子曰、夏禮吾能言之、杞不足徵也。殷禮吾能言之、宋不足徵也。文獻不足故也、足則吾能徵之矣」

『孔子家語』巻一 問禮「孔子言、我欲觀夏、是故之杞、而不足徵也、吾得夏時焉。我欲觀殷道、是故之宋、而不足徵也、吾得乾坤焉」

（8）粤有我西方金僊之垂範：釋迦、すなわち佛の教えが今に傳えられている。

西方金僊：西方淨土の佛。金僊は金仙、佛のこと。

初唐・陳子昂「感遇詩」三十八首「仲尼推太極、老聃貴窈冥。西方金仙子、崇義乃無明」

李白「與元丹丘方城寺談玄作」詩「茫茫大夢中、惟我獨先覺。（略）朗悟前後際、始知金仙妙」

垂範：範を垂れる。後世に手本を示す。佛の教えが後世に傳わって、現在に至ることを述べる。

『續高僧傳』潤州牛頭沙門釋法融傳 十六「幽顯爲之悲慟、而如來光明益顯、金德彌昌、垂範以示將來、布教陳於陸海」

（9）覺曠劫之大夢、碎羣愚之重昏：佛の教えによって人々が覺醒し、佛の智惠を得たことを述べる。

曠劫：過去にさかのぼる長い時間。

『大正新脩大藏經』二百九 百喩經 卷二 種熬胡麻子喩「以菩薩曠劫修行、因難行苦行、以爲不樂、便作念言」

『大正新脩大藏經』二千一百二 弘明集 卷十四 釋僧祐弘明論後序「今世咸知百年之外必至萬歲、而不信積萬之變至於曠劫、是限心以量造化也」

大夢：長い間見ている夢。また、幻想に惑わされている人生のたとえ。

『莊子』卷一下 齊物論 第二「且有大覺而後知此其大夢也、而愚者自以爲覺、竊竊然知之」

『弘明集』卷五 遠法師答桓玄明報應論「雖聚散而非我、寓群形於大夢、實處有而同無、豈復有封於所受、有係於所戀哉」

群愚：衆愚。多くの愚鈍な人々。

『列子』黃帝 第二「聖人以智籠群愚、亦猶狙公之以智籠衆狙也」

後漢・趙壹「疾邪賦」「賢者雖獨悟、所困在群愚。且各守爾分、勿復空馳驅」

重昏：昏愚。非常に愚昧なこと。

『文選』第五十九卷 碑文下 齊・王巾「頭陀寺碑文」「曜慧日於康衢、則重昏夜曉」注「頭陀經、心王菩薩曰、我見覆蔽、飲雜毒酒、重昏長寢、云何得悟。慈心示語、使得開解」

（10）寂然不動、堪而常存‥釋迦の狀態を述べる。
寂然不動‥心神が安らかで雜念がなく、靜かで動かない樣子。

『周易』第七卷　繫辭上傳「易、無思也、無爲也、寂然不動、感而遂通天下之故。非天下之至神、其孰能與於此」

『列子』卷四　仲尼篇「氣合於神」注「此寂然不動、都忘其智。智而都忘、則神理獨運、感無不通矣」

湛而常存‥「湛」は深い水をたたえている樣子を形容し、ここから靜かで滿ち足りている樣子を言う。「常存」は、永久普遍に存在すること。

『南齊書』卷五十四　高逸　顧歡「又仙化以變形爲上、泥洹以陶神爲先。變形者白首還緇、而未能無死。陶神者使塵惑日損、湛然常存」
（11）使苦海靜滔天之波、疑山滅炎崑之火‥釋迦の功績を述べる。
苦海‥現世。果てしのない苦しみに滿ちた世間を海にたとえる。ここでは現世の苦難が除かれたことを言う。

『廣弘明集』卷六　辯惑篇第二之二　列代王臣滯惑解上　蔡謨「出諸子於火宅、濟群生於苦海」

滔天之波‥洪水で大水が一面に廣がり天際にまであふれている樣子。ここでは、現世の人々が沈められている苦海の大きな廣がりをいう。

『史記』巻十五 帝本紀 帝堯「堯又曰、嗟、四嶽、湯湯洪水滔天、浩浩懷山襄陵、下民其憂、有能使治者」

『尚書』第二巻 虞書 堯典「帝曰、吁、靜言庸違、象恭滔天。帝曰、咨、四岳。湯湯洪水方割、蕩蕩懷山襄陵、浩浩滔天。下民其咨、有能俾乂」

疑山：苦しみの海に對して疑いの山という。用例未見。九疑山を疑山と呼ぶことがあるが、意味の上から考えて、ここでは九疑山を指すのではない。人々の疑心が消滅したことを言う。

炎昆：『尚書』の「火炎崑岡」の語から、大火によって全てが焼き盡くされることを言う。ここでは、そのように大きな火炎を言う。

『尚書』第七巻 夏書 胤征「爾衆士同力王室、尚弼予、欽承天子威命、火炎崑岡、玉石倶焚、天吏逸徳、烈于猛火」

(12) 囊括天地、置之清涼：全世界を包括し、清らかな境地にする、釋迦の偉大な力をいう。

囊括：袋の中に收める。殘らず收め取ること。

『文選』第五十一巻 賈誼「過秦論」「囊括四海之意、幷呑八荒之心」注「張晏曰、括、結囊也、言能苞含天下也。周易曰、括囊無咎無譽」

清涼：清靜。涼爽。清涼な境地。佛寺を清涼の地と言う。

中唐・李益「自朔方還與鄭式瞻崔稱鄭子周岑贊同會法雲寺三門避暑」詩「誤落邊塵中、愛山見山少。始投清涼宇、門値煙岫表」

『魏書』巻一百一十四 釋老志「明帝令畫工圖佛像、置清涼臺及顯節陵上」

李白「同族姪評事黯遊昌禪師山池」詩「遠公愛康樂、爲我開禪關。蕭然松石下、何異清涼山」

中唐・韋應物「清都觀答幼遐」詩「浩意坐盈此、月華殊未央。卻念諠譁日、何由得清涼」

（13）日月或墜、神通自在、不其偉歟…天空から太陽や月がなくなっても、時空を超えて存在する釋迦には關係がない。

日月或墜…太陽と月が落ちたらどうしよう、という考え方は『列子』の「杞憂」と同じ。ここでは、たとえ日月が落ちても、という、強調表現として用いられている。

『列子』天瑞 第一「杞國有人憂天地崩墜、（略）其人曰、天果積氣、日月星宿不當墜耶。曉之者曰、日月星宿、亦積氣中之有光耀者、只使墜、亦不能有所中傷」

神通自在…「神通」は佛教用語で、佛や菩薩が禪定を修めることによって得た、神變不可思議の法力を言う。天眼通、他心通、天耳通といった五神通などの能力。「自在」は煩惱の束縛を離れ、障碍がなく自由であること。

『法華經』從地湧出品「如來今欲顯發宣示諸佛智慧、諸佛自在神通之力、諸佛獅子奮迅之力、諸佛威猛大勢之力」

『廣弘明集』巻十 辯惑篇第二之六 周前沙門任道林「抗帝論」「見奇則神通自在、布化則萬國同歸、救度則怨親等濟、慈愛則有識無傷」

崇明寺佛頂尊勝陁羅尼幢頌 幷序【第二段】

【原文】

魯郡崇明寺南門佛頂尊勝陁羅尼石幢者、蓋此都之壯觀(1)。昔善住天子及千大天、遊于園觀、又與天女遊戲、受諸快樂(2)。卽於夜分中聞有聲、曰、善住天子七日滅後、當生七反畜生之身(3)。於是如來授之吉祥眞經、遂脫諸苦。蓋之天徵爲大法印、不可得而聞也(4)。我唐高宗時、有罽賓桑門持入中土(5)。猶日藏大寶、淸園虛空、檀金淨彩(6)、人皆悅見。所以山東開士、擧國而崇之(7)。時有萬商投珍、士女雲會、衆布蓄沓如陵(8)。琢文石於他山、聳高標於列肆(9)。鑱珉錯綵、爲鯨爲螭(10)、天人海恠、若叱若語(11)。貝葉金言刊其上、荷花水物形其隅(12)。良工草萊、獻技而去(13)。

【校勘】

陁羅尼…『郭本』は「陀羅尼」とする。
于園觀…『王琦本』『全唐文』は「於園觀」とする。
天徵…『咸淳本』『郭本』『王琦本』はこのあとに注して「一作從」という。『霏玉本』は「天徵」とし、このあとに注して「一作從」という。

開士…『郭本』は「聞士」とする。『王琦本』は「開」に注して「郭本作聞」という。

蓄沓…『宋本』は「蓄魯」とする。いま、『繆本』『咸淳本』『郭本』『王琦本』『全唐文』によって改めた。

海佐…『郭本』『霏玉本』『王琦本』『全唐文』は「海怪」とする。

【訓讀】

魯郡《ろぐん》 崇明寺《すうめいじ》 南門《なんもん》の佛頂尊勝陁羅尼石幢《ぶつちやうそんしようだらにせきたう》は、蓋《けだ》し此《こ》の都《みやこ》の壯觀《さうくわん》なり。昔《むかし》 善住天子《ぜんぢゆうてんし》及《およ》び千大天《せんだいてん》、園觀《ゑんくわん》に遊《あそ》ぶ。又《また》 天女《てんによ》と與《とも》に遊戯《いうぎ》し、諸快樂《しよくわいらく》を受《う》く。即《すなは》ち夜分中《やぶんちゆう》に聲《こゑ》有《あ》るを聞《き》く。曰《いは》く、「善住天子《ぜんぢゆうてんし》、七日《なななにち》にして滅《ほろ》びて後《のち》、當《まさ》に生《うま》れて七《なな》たび畜生《ちくしやう》の身《み》に反《かへ》るべし」と。是《ここ》に於《おい》て 如來《によらい》 之《これ》に吉祥眞經《きつしやうしんきやう》を授《さづ》け、遂《つひ》に諸苦《しよく》を脱《だつ》す。蓋《けだ》し之《こ》れ天《てん》の徵《ちよう》して大法印《だいはふいん》と爲《な》し、得《え》て聞《き》く可《べ》からざるなり。我《わ》が唐《たう》の高宗《かうそう》の時《とき》、罽賓《けいひん》の桑門《さうもん》、持《ぢ》して中土《ちゆうど》に入《い》る有《あ》り。猶《なほ》 日《ひ》の大寶《たいほう》に藏《ざう》し、清園《せいゑん》虛空《こくう》に檀金《だんきん》の淨《きよ》く彩《かがや》くがごとく、人皆《ひとみな》悅《よろこ》びて見《み》る。山東《さんとう》の開士《かいし》、國《くに》を擧《あ》げて之《こ》れを崇《たつと》ぶ所以《ゆゑん》なり。時《とき》に萬商《ばんしやう》の珍《ちん》を投《とう》じ、士女《しぢよ》の雲《くも》のごとく會《くわい》し、衆布蓄沓《しゆうふちくたふ》すること陵《をか》の如《ごと》き有《あ》り。文石《ぶんせき》を他山《たざん》に琢《みが》き、高標《かうへう》を列肆《れつし》に聳《そび》えしむ。珉《びん》を鑱《うが》ち綵《あや》を錯《まじ》へ、鯨《くぢら》を爲《つく》り螭《みづち》を爲《つく》り、天人海佐《てんじんかいくわい》、叱《しつ》するが若《ごと》く語《かた》るが若《ごと》し。貝葉金言《ばいえふきんげん》 其《そ》の上《うへ》に刋《きざ》み、荷花水物《かくわすいぶつ》 其《そ》の隅《ぐう》に形《かたど》る。良工《りやうこう》 草萊《さうらい》、技《わざ》を獻《けん》じて去《さ》る。

【譯】

魯郡崇明寺の南門にある佛頂尊勝陁羅尼の石幢は、この都の象徴的な建造物である。その昔、善住天子という者が、多くの天神と庭の高殿で遊んでいた。さらには天女と遊び戯れ、様々な快樂に耽った。すると、夜中にこのような聲が聞こえてきた。

「善住天子、そなたは七日後に死ぬ。死んでから七たび畜生の身として生き返るであろう。」

このとき如來は善住天子に吉祥眞經を授け、そのお陰で善住天子はこのようにつらい業《ごう》を免れた。この陁羅尼經はかくのごとく、天が徵驗たる大法印とするもので、普通の者には聞くことができないありがたいお經である。我が唐の高宗の時、罽賓國の僧侶が、この陁羅尼經を持って中國にいらっしゃった。それはまるで、大いなる寶である佛法が太陽を內藏し、淸らかな園の天空に、檀金色のけがれない光彩を發するようであった。人々は皆喜んで見入った。山東の僧侶が、國を擧げてこれをあがめ尊んだのはこういうわけである。この時、多くの商人が珍しい寶物を捧げ、男女が雲のごとく集まり、おびただしい布施が山のように積み上げられた。

美しい模樣のある石を他山の石で磨き、陁羅尼經の石幢《せきとう》を高らかにあがる標《しるべ》として市場に聳えさせた。石幢は、珉石《びんせき》をうがち、とりどりの綵色をほどこし、鯨を彫り螭を刻み、天人や海の怪物が叱咤したり話したりするような樣子も刻まれた。經文や佛の言葉がその上に記され、蓮花や水に住むものたちがその隅にかたどられた。優秀な技工も在鄉の職工も、それぞれの技を盡くして歸った。

【注釋】

（1）魯郡崇明寺南門佛頂尊勝陀羅尼石幢者、蓋此都之壯觀：ここから、石幢に刻まれた陁羅尼經の意味と、この石幢の意義が述べられる。

壯觀：壯大な景勝。人物評にも使われる言葉で、勝れた觀るべきもの、という意味。

『史記』卷一百一十七 司馬相如「（封禪文）皇皇哉斯事、天下之壯觀、王者之丕業。不可貶也」

『文選』第四十八卷 前漢・揚雄「劇秦美新」書「明堂雍臺、壯觀也」

『文選』第三卷 京都中 後漢・張衡「東京賦」「穆穆焉、皇皇焉、濟濟焉、將將焉、信天下之壯觀也」注「壯觀、言天下之人壯大觀覽也。禮記曰、天子穆穆、諸侯皇皇、大夫濟濟、士將將。鄭玄曰、威儀容止之貌。史記曰、天下之壯觀也」

（2）昔善住天子、及千大天遊于園觀、又與天女遊戲、受諸快樂：善住天子は多くの天仙や仙女と遊びにふけっていた。「快樂」とはこの場合「淫樂」のことであっただろう。そのために、善住天子は罰を受けることになるのである。

この部分の話は、次の經文に見られる。

「佛頂尊勝陀羅尼經」「爾時三十三天於善法堂會、有一天子曰善住、與諸大夫遊於園觀、又與大夫受勝尊貴、與諸天女前後圍繞、歡喜遊戲種種音樂、共相娛樂、受諸快樂。爾時善住天子卽於夜分聞有聲言、善住天子卻後七日命將欲盡、命終之後、生贍部洲、受七返畜生身。卽受地獄苦。從地獄出、希得人身、生於貧賤、處於母胎卽無兩目。爾時、善住天子聞此聲已、卽驚怖身毛皆豎、愁憂不樂。速疾往詣天帝釋所、悲啼號哭、惶怖無計。（略）佛便微笑告帝釋言、天帝有陀羅尼、名爲如來佛頂尊勝、能淨一切惡道、能淨除一切生死苦惱、又能淨除諸地獄閻羅王界畜生之苦、又破一切地獄、能迴向善道。天帝此佛頂尊勝陀羅尼、若有人聞一經於耳、先世所造一切地獄惡業悉加消滅、當得淸淨之身。隨所生處憶持不忘、從一佛刹至一佛刹、從一天界至一天界、遍歷三十三天、所生之處憶持不忘」

善住天子：印度の天神の名前。佛敎の者ではないが、佛典の中にその名前が見られる。

千大天：千人の天神。佛敎の大衆部を創建した「大天」という者もいるが、ここの大天は、天女と竝ぶ一般の天神。

園觀：庭園に建てられた高樓。

『後漢書』第二十六　百官三　少府「本注曰、宦者。永安、北宮東北別小宮名、有園觀」

天女：天の女神。ここでは特定の天女ではなく、不特定の天女たち。

快樂：樂しみ。

『梁書』卷五十四　諸夷　干陁利國「樓觀羅列、道途平正、人民熾盛、快樂安隱、著種種衣、猶如天服」

（3）於夜分中聞有聲曰、善住天子七日滅後當生、七反畜生之身：善住天子が快樂に耽っていたために罰として、畜生道に落ちる、という預言を受けたことを述べる。

夜分中聞：夜眠れないときに聲が聞こえてくる、という例は古くから見られる。

『晏子春秋』第七巻 外篇上「景公宿于路寢之宮、夜分、聞西方有男子哭者、公悲之」

『韓非子』第三巻 第十篇 十過「昔者靈公將之晉、至濮水之上、稅車而放馬、設舍以宿、夜分、而聞鼓新聲者而說之、使人問左右、盡報弗聞」

當生：在世。この世に生まれて生きること。

『列子』楊朱「且趣當生、奚遑死後」

畜生：六趣十界の一。禽獸蟲魚に生まれたもの。輪廻思想によれば、生きているときに惡行をなした者は、死後に畜生に生まれ變わるという。

『大乘義證』八末「言畜生者、從主畜養以爲名也」

（4）於是如來授之吉祥眞經、遂脫諸苦、蓋之天徵爲大法印、不可得而聞也：これまでに述べられた善住天子の逸話から、善住天子を救った陁羅尼經のありがたさを述べる。

如來：釋迦のこと。釋迦の十稱號の一。「眞理から來て衆生を導く」意。のちに大乘佛教が興り諸佛がたてられると、藥師如來や大日如來のように、如來という名を持つ佛も現れた。

吉祥眞經：眞にめでたい經。ここでは陁羅尼經のこと。

晩唐・貫休「桐江閒居作」詩「不問賡桑子、唯師妙吉祥」
徵：證據。徵驗。すぐれていることを具體的に表したしるし。
『論語』第二卷 八佾「子曰、夏禮吾能言之、杞不足徵也。殷禮吾能言之、宋不足徵也。文獻不足故也、足則吾能徵之矣」
大法印：法印は妙法の印璽。密教で結ぶ印相。
『廣弘明集』卷二十八下 陳文帝「方等陀羅尼齋懺文」「得神呪之力、具法印之善、入陀羅尼門、觀諸佛境界」
不可得而聞：一般の人は聞くことができない。
『論語』公冶長 第五「夫子之言性與天道、不可得而聞也」
（5）我唐高宗時、有罽賓桑門持入中土：陀羅尼經が中國にもたらされたこと。
高宗：唐王朝第三位の皇帝。名は李治。在位紀元六五〇年から六八三年。
罽賓：西域の國の名。唐の隴右道安西都護府脩鮮都督府に當たる。今のアフガン東北一帶。佛教大乘派發祥の地とされる。漢代以後多くの僧が中國に來て教えを傳え經を譯した。
『大唐西域記』卷三「行千餘里、至迦濕彌羅國。舊曰罽賓、訛也。北印度境、迦濕彌羅國、周七千餘里、四境負山、山極峭峻」
桑門：僧侶。出家。梵語 Śramana の譯。沙門。「息心」「勤息」という意味で、善法を勤修し、悪法を息滅する、という意味。のちに佛教では戒律によって出家修道する僧侶を指すようになった。『魏書』巻一百一十四 釋老志「諸服其道者、則剃落鬚髮、釋累辭家、結師資、遵律度、相與和居、治心修淨、行乞以自給。謂之沙門、或曰桑門、亦聲相近、總謂之僧、皆胡言也。僧、譯爲和命衆、桑門爲息心、比丘爲行乞」

中土：中國。印度や西域諸國などの諸外國に對して言う漢民族の國家。『洛陽伽藍記校注』巻一 城內 永寧寺 芒山馮王寺「時有西域沙門菩提達摩者、波斯國胡人也。起自荒裔、來遊中土、見金盤炫日、光照雲表」

『後漢書』巻八十八 西域傳「其國則殷乎中土、玉燭和氣、靈聖之所降集、賢懿之所挺生」

（6）猶日藏大寶、淸園虛空、檀金淨彩：まるで太陽が大寶のなかに隱藏されていて、その輝きは、淸らかな園の上の大空に、紫檀色の黃金が輝いているようだ。陁羅尼經が光明であることの比喩。この部分は解釋しにくく、復旦大學の陳允吉教授の說に從った。

大寶：佛法。もとは易にある言葉。佛教ではこの語で佛法を指す。『周易』繫辭下「天地之大德曰生。聖人之大寶曰位」『法華經』信解品「法王大寶、自然而至」

淸園：寶を藏している淸らかな園。

虛空：大空。天空。

檀金淨彩‥紫檀色の金が輝いている。

檀金‥紫檀金。紫檀色の金。金の含有量が最も多いので、最高の金を意味し、佛典の中によく見られる。

唐・釋道世『法苑珠林』巻七 日月篇 第三之餘 日宮部「宮殿中、有閻浮檀金、以爲妙輦轝」

（7）所以山東開士、擧國而崇之‥齊魯の僧侶がこぞって尊崇したことを述べる。

山東‥齊と魯の地方。

『史記』巻一百二十一 儒林列傳「漢定、伏生求其書、亡數十篇、獨得二十九篇、卽以敎于齊魯之閒。學者由是頗能言尙書、諸山東大師無不涉尙書以敎矣」

開士‥もと「菩薩」の別稱。後に僧侶に對する敬稱となった。

『釋氏要覽』巻上「經音疏云、開、達也、明也、解也。士、則士夫也。經中多呼菩薩爲開士。前秦苻堅賜沙門有德解者、號開士」

『續高僧傳』隋國師智者天台山國淸寺釋智顗傳 三「笑息止於化城、誓舟航於彼岸。開士萬行戒善爲先、菩薩十受專持最上」

『續高僧傳』周酒陽仙城山善光寺釋慧命傳 一「植杖龍泉乃爲精舍、迴車馬首卽創伽藍、鑿嶺安龕、詎假聚砂成塔、因山構苑、無勞布金買地、開士雲會」

（8）時有萬商投珍、士女雲會、衆布蓄沓如陵‥このとき多くの人々が集まって、たくさんのお布施が寄せられたことを述べる。

萬商：多くの商人。

『文選』第四卷 晉・左思「蜀都賦」「市廛所會、萬商之淵。列隧百重、羅肆巨千。賄貨山積、纖麗星繁。都人士女、袨服靚粧」

投珍：貴重な貢ぎ物を寄せる。李白以前の用例未見。

宋・宋庠「遊大明寺」詩「絢繰春供麗、投珍佩合聲」

士女：民衆一般。男女。若い男女を意味することもあるが、ここでは廣く民衆を言う。

『後漢書』卷四十上 班固「於是旣庶且富、娛樂無疆、都人士女、殊異乎五方、游士擬於公侯、列肆侈於姬姜」

雲會：雲が湧くように多く集まること。文教の制が整った地域に學者が多く集まる時にしばしば用いられる表現。

『後漢書』卷七十九上 儒林列傳「先是四方學士多懷協圖書、遁逃林藪。自是莫不抱負墳策、雲會京師」

『梁書』卷四十八 儒林「十數年間、懷經負笈者雲會京師」

『南史』卷七十一 儒林 序言「於是懷經負笈者雲會矣」

『舊唐書』卷一百八十九上 儒學上 序言「是時四方儒士、多抱負典籍、雲會京師」

衆布：用例未見。多くの布施。

蓄沓：用例未見。「蓄」はたくわえる。「沓」は、あふれ出る様子、また重なり合う様子。

『顔氏家訓』巻第六　書證　第十七「重沓是多饒積厚之意」

如陵：山のように積み上げられている様子。

『文選』第三十四巻　曹植「七啓」八首「野無毛類、林無羽羣。積獸如陵、飛翮成雲」

（9）琢文石於他山、聳高標於列肆：『詩經』の「他山の石」の典故を用いて、模様のある美しい石を石幢に作り上げ、市場に建てて高く聳える指標としたことを言う。

琢：みがく。

『舊唐書』巻四十四　職官三　將作監「甄官令掌供琢石陶土之事。凡石磬碑碣、石人獸馬、碾磑塼瓦、瓶缶之器、喪葬明器、皆供之」

文石：文理すなわち模様のある美しい石。建築材に好んで用いられた。

『漢書』巻二十八下　地理志「梁國、縣八。碭。山出文石、莽曰節碭」注「師古曰、碭、文石也。其山出焉、故以名縣」

『文選』第六巻　京都下　晉・左思「魏都賦」「於後則椒鶴文石、永巷壼術、楸梓木蘭」

他山：「它山之石」というと、他山の粗惡な石、の意味。他山の石を用いて自分の玉を磨く、他人の惡い部分を見て己の反省の材料とする、というように用いられる。ここでは、この典故を「磨く」という部分に用いて、文理の石を磨いて美しい製品に仕上げることを言う。

『毛詩』小雅 鴻鴈之什 鶴鳴「它山之石、可以爲錯」「它山之石、可以攻玉」

高標‥高く聳えて目印になるもの。左思「蜀都賦」では高くそびえる山を、杜甫の詩では高い塔を表す言葉として用いている。人物を象徴的に表す言葉ともなる。人々が仰ぎ見るべきもの。

『文選』第四巻 京都中 晉・左思「蜀都賦」「羲和假道於峻岐、陽烏迴翼乎高標」

李白「蜀道難」詩「上有六龍回日之高標、下有衝波逆折之回川」

盛唐・杜甫「同諸公登慈恩寺塔」詩「高標跨蒼天、烈風無時休」

盛唐・賈邕「送蕭穎士赴東府得路字」詩「子欲適東周、門人盈岐路。高標信難仰、薄宦非始務」

列肆‥つらなり竝ぶ商店。市場。

『文選』第一巻 京都上 後漢・班固「西都賦」「遊士擬於公侯、列肆侈於姫姜」注「鄭玄周禮注曰、肆、市中陳物處也」

『後漢書』巻八 孝靈帝紀「是歲帝作列肆於後宮、使諸釆女販賣、更相盜竊爭。帝著商估服、飲宴爲樂」
(10) 鑱珉錯綵、爲鯨爲螭‥陁羅尼幢を制作し装飾する様子。高價な石に鯨や螭が美しい色彩で刻まれることを言う。

鑱珉…「鑱」はきりのように細く鋭い刃物。それによって、皮膚を刺して瀉血したり文字を刻みつけたりするときの「刺す」「刻む」という動詞にも用いられる。

『史記』巻一百五 扁鵲「鑱石撟引、案扤毒熨」索引「謂石針也」

『續高僧傳』周鄜州大像寺釋僧明傳 二「先遣數十人上三休閣、令鑱佛項。二像忽然一時迴顧、所遣衆人失瘖如醉」

珉…玉に次ぐ美しい石。

『楚辭』九歎 憂苦「藏珉石於金匱兮捐赤瑾於中庭」

錯綵…色とりどり。色彩が入り交じる。

『南史』巻七十一 儒林 張譏「譏幼喪母、有錯綵經帕、即母之遺制」

『舊唐書』巻四十四 職官三 少府監「中宮服飾、雕文錯綵之制、皆供之」

爲鯨爲螭…くじらとみずちの模様をつくる。

『洛陽伽藍記』巻一 城内瑤光寺「刻石爲鯨魚、背負釣臺、既如從地踊出、又似空中飛下」

『文選』第二巻 後漢・張衡「西京賦」「海若游於玄渚、鯨魚失流而蹉跎」注「海若、海神。鯨、大魚。三輔舊事曰、清淵北、有鯨魚、刻石爲之、長三丈」

『新唐書』巻二十四 車服 璽「初、太宗刻受命玄璽、以白玉爲螭首。文曰、皇天景命、有德者昌」

(11) 天人海恠、若叱若語：陀羅尼幢を制作し裝飾する樣子の續き。天人や海神が生き生きと刻まれる。

天人：天上界の人。神人。

晉・葛洪『神仙傳』張道陵「忽有天人下、千乘萬騎、金車羽蓋」

海恠：海にすむ怪奇な生き物。

中唐・殷堯藩「送源中丞使新羅」詩「玉節在船清海怪、金函開詔撫夷王」

叱：叱責する。しかりつける。また、舌打ちする音。

『莊子』卷一下 齊物論「夫大塊噫氣、其名爲風。是唯無作、作則萬竅怒（略）激者、謞者、叱者」注「叱音七、若叱咄聲」

(12) 貝葉金言刋其上、荷花水物形其隅：陀羅尼幢を制作し裝飾する樣子の續き。經文も刻まれる。

貝葉：佛敎の經文。佛經を寫すとき貝多羅樹の葉を用いたことから、佛書、佛經をいう。

『續高僧傳』卷四 譯經篇四 京大慈恩寺釋玄奘傳 一「遂使給園精舍竝入堤封、貝葉靈文咸歸刪府」

盛唐・王維「青龍寺曇壁上人兄院集」詩「得世界於蓮花、寄文章於貝葉」

金言：佛の敎え。

『大正新脩大藏經』高僧傳 卷十三 經師 第九「是故金言有譯、梵響無授」

刋其上：陁羅尼の石幢の上に刻みつけられる。

荷花：はすの花。
水物：水生の生物や產物。
『文選』第四卷 晉・左思「蜀都賦」「水物殊品、鱗介異族。或藏蛟螭、或隱碧玉」
『文選』第十二卷 江海 晉・郭璞「江賦」「爾其水物怪錯、則有潛鵠魚牛、虎蛟鉤蛇」
『舊唐書』卷四十四 職官三 光祿寺「水物之類、曰魚鹽菱芡」
形其隅：石幢の一隅に形作られる。
(13) 良工草萊、獻技而去：すぐれた職人である良工、在鄉の職人である草萊。樣々な人が來て、自分の持てる力を盡くして歸ったことを言う。
良工：優良な工人。
草萊：雜草。いなかもの、卑賤な者。ここでは、良工に對して、普通の技術者達。腕の良い者も並の者も、こぞってやってきて、持てるだけの力を盡くして歸った。
『漢書』卷三十六 蔡義「臣山東草萊之人、行能亡所比」
『宋書』卷九十三 宗彧成之「我布衣草萊之人、少長壟畝、何枉軒冕之客」
獻技：巧みな技を提供する。
『舊五代史』唐書 卷二十九 莊宗本紀三 天祐十六年「帝以重賄召募能破賊艦者。於是獻技者數十、或言能吐火焚舟、或言能禁呪兵刃。悉命試之、無驗」

崇明寺佛頂尊勝陁羅尼幢頌 幷序【第三段】

【原文】

聖君垂拱南面、穆清而居、大明廣運、無幽不燭。(1) 以天下所立茲幢、多臨諸旗亭、喧囂湫隘、本非經行網繞之所、(2) 乃頒下明詔、令移於寶坊。(3) 吁、百尺中標、矗若雲斷、委翳苔蘚、周流星霜。(4) 俾龍象興嗟仰瞻無地。良可嘆也。(5)

【校勘】

網繞：『全唐文』は「圍繞」とする。

【訓讀】

聖君《せいくん》垂拱《すいきよう》南面《なんめん》し、穆清《ぼくせい》にして居《ゐ》る。大明《だいめい》廣《ひろ》く運《めぐ》り、幽《いう》の燭《て》らさざる無《な》し。天下《てんか》に立《た》つる所《ところ》の茲《こ》の幢《たう》は、多《おほ》く諸旗亭《しよきてい》に臨《のぞ》み、喧囂湫隘《けんがうしうあい》にして、本《もと》より經行網繞《けいかうまうぜう》の所《ところ》に非《あら》ざるを以《もつ》て、乃《すなは》ち明詔《めいせう》を頒下《はんか》して、寶坊《ほうばう》に移《うつ》さしむ。吁《ああ》、百尺《ひやくせき》の中標《ちゆうへう》、矗《しゆく》として雲斷《うんだん》する若《ごと》きも、苔蘚《たいせん》に委翳《ゐえい》して、星霜《せいさう》に周流《しうりう》す。龍《りゆう》象《しやう》をして興嗟《こうさ》して仰《あふ》ぎ瞻《み》るに地《ち》無《な》からしむ。良《まこと》に嘆《なげ》く可《べ》きなり。

【譯】

聖なる天子は無爲にして德政を行い、正しい位置につき、淸らかに在《まし》ます。天子の叡智は普《あまね》くめぐり、世の隅々の暗闇までを照らし出す。

天下に建てられたこうした石幢は、多くは酒樓に近く、騷がしく狹苦しいところにあり、そのような所はもとより僧侶が周圍をめぐって修業する場所ではないのである。そこで、天子の詔がくだされ、石幢を僧坊に移すようにとの仰せであった。

ああ、百尺の高きに聳える標《しるべ》は、すっくと立って雲を斷ち切るほどであるが、苔むすままに顧みられることもなく、幾年月がめぐり流れた。優れた僧侶たちが、石幢を深い感激を持って仰ぎ見る場所もない。まことに殘念なことである。

【注釋】

（1）聖君垂拱南面、穆淸而居、大明廣運、無幽不燭：天子の德が天下にあまねく行き渡ることを述べる。

聖君：德にすぐれた天子。聖天子が治める時代には、有能な人材が不遇であることはないとされている。

『史記』卷八十四 屈原「聖君治國累世而不見者、其所謂忠者不忠、而所謂賢者不賢也」

垂拱・・袖を垂れ腕組みをする敬禮の一種。ここでは腕を組んで何もしないこと。すぐれた支配者は、自ら手を下さなくとも、人德によって民衆を教化し、世の中を治めることが出來る。

『尙書』周書 卷十一 武成「崇德報功、垂拱而天下治」注「正義曰說文云、拱斂手也。垂拱而天下治、謂所任得人、人皆稱職、手無所營、下垂其拱、故美其垂拱而天下治也」

『樂府詩集』卷第十四 燕射歌辭二 北齊 元會大饗歌「當陽端嘿、垂拱無爲」

南面・・南に向かう。南面する位置が上席とされた。君主は北にいて南に向かい、臣下は南にいて北に向かうことが定められている。ここでは、天子の正しい位置についた現在の聖君が、自ら手を下すことなく天下をよく治めていることを稱える。

『周易』正義序「不易者其位也。天在上、地在下。君南面、臣北面」

『史記』卷二 夏本紀「天下諸侯皆去商均而朝禹。禹於是遂卽天子位、南面朝天」

『樂府詩集』燕射歌辭二 北齊 元會大饗歌「天子南面、乾覆離明」

穆淸・・淸和の氣。天子の美德。天、天子の居る朝廷、と解釋することもできるが、ここでは內容から「淸和の氣」の意味を取った。

『史記』卷一百三十 太史公自序「漢興以來、至明天子、獲符瑞、封禪、改正朔、易服色、受命於穆淸」注「集解如淳曰、受天命淸和之氣。正義顏云、穆、美也。言天子有美德而教化淸也」

宋・劉攽『東漢書刊誤』「穆淸、天也」

中唐・王涯「太平詞」「風俗今和厚、君王在穆清」

中唐・韋應物「奉和聖製重陽日賜宴」詩「聖心憂萬國、端居在穆清」

中唐・李益「大禮畢皇帝御丹鳳門改元建中大赦」詩「宸居穆清受天歷、建中甲子合上元」

太史公自序にある「穆清」の語は「美徳があって、すぐれた教化を行う」という意味にも「天」という意味にも解釋されている。どちらにとっても同様に天子を稱える意味である。

大明…太陽のごとき大いなる明智。

『莊子』外篇 卷四下 第十一 在宥「我爲女遂於大明之上矣、至彼至陽之原也」疏「至人應動之時、智照如日月、名大明也」

廣運…(天子の叡智が)廣く覆い遠くまで及ぶ。

『尙書』虞書 卷四 大禹謨「益曰都帝德廣運」注「益因舜言又美堯也。廣、謂所覆者大。運、謂所及者遠。聖無所不通、神妙無方」

無幽不燭…(天子の叡智が)全ての闇を照らし出す。「燭幽」は「闇を照らす」の意。

『文選』表上 第三十七卷 晉・劉琨「勸進表」「陛下明竝日月、無幽不燭」

『晉書』卷七十三 庾義「陛下明鑒天挺、無幽不燭、弘濟之道、豈待瞽言」

『後漢書』卷四十下 班固「考聲敎之所被、散皇明以燭幽」注「燭、照也」
(2) 天下所立玆幢、多臨諸旗亭、喧囂湫隘、本非經行網繞之所…石幢はたいてい、騒がしい市中に建てられているが、それは、主題とする石幢の立地條件としては、ふさわしくないことを述べる。

なお、佛頂尊勝陁羅尼幢は、當時各地に建てられていたようである。盛唐の獨狐及に相國潁川公の石幢のために書いた「佛頂尊勝陁羅尼幢讃」がある。また、時代がやや下るものもあるが、三教寺、開元寺、奉福寺、法海寺、定光寺に建てられていたという記録がある。

旗亭：市樓。市場に立てられた高層建築で、漢代は市の役人が市場を監視し、或いは役人が集まって協議や宴會をする場所であった。唐代以降は一般の酒樓も旗亭と呼ばれ、酒旗を掲げている。

『周書』巻四十九 異域上「商胡販客、塡委於旗亭」

『文選』第二巻 京都上 後漢・張衡「西京賦」「旗亭五重、俯察百隧」注「旗亭、市樓也」

『洛陽伽藍記』巻四 城西 大覺寺「在融覺寺西一里許、北瞻芒嶺、南眺洛汭、東望宮闕、西顧旗亭」

初唐・王之渙「涼州詞」題下注「集異記云、開元中、之渙與王昌齡、高適齊名、共詣旗亭、貰酒小飲」

喧囂：騒がしいこと。大勢の人がうるさく騒ぐこと。

『南史』巻六 梁本紀 武帝上「雖公卿異議、朝野喧囂、竟不従」

唐・寒山「詩三百三首」其四十四「室中雖嗡䨩、心裏絕喧囂」

湫隘：低地のために濕氣が多く狹い土地がら。

『春秋左傳』昭公 巻四十二 傳三年「初景公欲更晏子之宅、曰、子之宅、近市湫隘囂塵、不可以居」

經行‥佛教用語。一定の地を巡って往來する修業法。

『法苑珠林』巻十九 千佛編 結集「坐禪經行、慇懃求道」

網繞‥用例未見。「網目のように歩き回ること」という意味に解釋した。「歩き回る」者を「僧侶」と取ると、「ここはあまりに騒がしくて、僧が歩く場としてふさわしくない」という意味になる。「歩き回る」者を「市井の者」と取ると「市場に來た民衆が聖なる石幢の周圍を勝手に歩き回る」という意味になる。

王琦注は「經行、謂僧衆週幢循行、所以致其敬禮之心。網繞、謂以網圍繞其幢、所以使鳥雀不得棲止汚穢」という。

ここは「經行」と「網繞」を共に「僧侶が石幢の周圍をめぐって瞑想し修業する」意に取った。僧侶が經行網繞するように、石幢は僧坊に移されることになったのである。

（3）乃頒下明詔、令移於寶坊‥繁華街にあった石幢を僧坊に移すよう、天子の命令が下ったことを述べる。

頒下明詔‥「頒下」は上の者が下の者に命令などを下すこと。「明詔」は天子の命令の美稱。

『史記』巻六十九 蘇秦「大王誠能聽臣、臣請令山東之國奉四時之獻、以承大王之明詔、委社稷、奉宗廟、練士厲兵、在大王之所用之」
盛唐・孫逖「送魏騎曹充宇文侍御判官分按山南」詩「觀風布明詔、更是漢南春」

寶坊：僧坊の美稱。
北齊・盧思道「從駕經大慈照寺」詩序「東郊勝地爰搆寶坊、儼若化成曖如踊出」

（4）百尺中標、矗若雲斷、委翳苔蘚、周流星霜：堂々とそびえる石幢が長く省みられずにいたことを述べる。

百尺：出土文物によると、唐代の一尺は三〇センチ前後なので、百尺はおよそ三〇メートル。
中標：中心に立つ、標識となるもの。
矗：山などが高くまっすぐにそびえている様子。
『文選』第八巻　畋獵中　前漢・司馬相如「上林賦」「於是乎、崇山矗矗、巃嵸崔巍」注「郭璞曰、皆高峻貌也」
初唐・張說「岳州行郡竹籬」詩「矗似長雲亙、森如高戟聳」
雲斷：雲が切れ切れになる。秋空を形容するときによく使われる言葉だが、ここでは、石幢がそびえて雲まで屆き、雲を二分するようだ、という誇張した表現である。
盛唐・王維「裴僕射濟州遺愛碑」「且爾高岸峷以雲斷、平郊豁其地裂」
李白「秋思」詩二首之二「月出碧雲斷、蟬聲秋色來」

委翳：うち捨てられて雑草などに覆われる。委は萎と同じで、しぼむ、枯れる、の意。
中唐・鮑溶「子規」詩「再啼孟夏林、密葉堪委翳」
苔蘚：こけ。ここでは時間が經ったことと、人々に見捨てられていることの象徵。
初唐・沈佺期「古歌」「玉階陰陰苔蘚色、君王履綦難再得」
盛唐・劉長卿「雜詠」八首「上禮部李侍郎古劍」詩「龍泉閒古匣、苔蘚淪此地。何意久藏鋒、翻令世人棄」
周流：巡り流れる。ここでは時がめぐること。
『周易』卷八 繫辭下「爲道也、屢遷變動、不居周流六虚」
『漢書』卷二十二 禮樂志 郊祀歌 景星十二「周流常羊思所幷」注「師古曰、周流、猶周行也」
李白「草創大還贈柳官迪」詩「天地爲橐籥、周流行太易」
星霜：年月。時。歲星は十二年で天を一巡りし、霜は毎年降りるので、「時」または「時の巡り」を象徵して言う。
初唐・張九齡「餞濟陰梁明府各探一物得荷葉」詩「但恐星霜改、還將蒲稗衰」
（5）俾龍象興嗟仰瞻無地、良可嘆也：すぐれた僧侶たちが石幢を仰ぎ見て瞑想するような餘地はない。
龍象：優れた僧。もっとも大きく優れている動物は、水中では龍、地上では象である。このことから、龍と象によって優れた僧侶を象徵する。

『大正大藏經』「起世因本經」「有一龍象、居住其中、亦名善住（略）爾時卽念八千眷屬諸龍象輩。時彼八千諸龍象等、亦起是心」
盛唐・孟浩然「遊景空寺蘭若」詩「龍象經行處、山腰度石關」
李白「贈宣州靈源寺仲濬公」詩「此中積龍象、獨許濬公殊。風韻逸江左、文章動海隅」

興嗟‥感慨の情が起こる。
『晉書』巻三十四 史臣曰「夫三年之喪、云無貴賤。輕纖奪於在位、可以興嗟」
梁・簡文帝「答湘東王書」「臨岐有歎、望水興嗟」

仰瞻‥仰ぎ見る。
魏・曹丕「短歌行」「仰瞻帷幕、俯察几筵。其物如故、其人不存」
『晉書』巻四十九 嵇康「仰瞻數君、可謂能遂其志者也」

無地‥地面がない。場所がない。
『三國志』魏書 巻二十八 鍾會「蹊路斷絕、走伏無地」

崇明寺佛頂尊勝陁羅尼幢頌 幷序 【第四段】

【原文】

我太官廣武伯隴西李公、先名琬、奉詔書改爲輔[1]。其從政也、肅而寛、仁而惠、五鎭方牧、聲聞于天[2]。帝乃加剖竹于魯、魯道粲然可觀[3]。方將和陰陽於太階、致君於堯舜[4]。豈徒閉閤坐嘯、鴻盤二千哉[5]。乃再崇厥功、發揮象教[6]。

於是與長史盧公、司馬李公等、咸明明在公、綽綽有裕[7]。韜大國之寶、鍾元精之和[8]。榮兼半刺、道光列嶽[9]。才或大而用小、識無微而不通[10]。政其有經、談豈更僕[11]。

【校勘】

于天…『王琦本』『全唐文』は「於天」とする。

加剖竹…『郭本』『霏玉本』は「知剖竹」とする。

于魯…『王琦本』『全唐文』は「於魯」とする。

致君…『全唐文』は「致吾君」とする。『王琦本』は「致吾君」とし、「致」に注して「舊本少吾字、今從劉本」という。

閉閤…『郭本』『霏玉本』『全唐文』は「閉閣」とする。

列嶽…『王琦本』は「列岳」とする。

不通…『宋本』は「有通」とする。『繆本』『咸淳本』『郭本』『王琦本』『全唐文』によって改めた。

【訓讀】

我《わ》が太官《たいくわん》　廣武伯《くわうぶはく》　隴西《ろうせい》の李公《りこう》、先《さき》の名《な》は琬《ゑん》、詔書《せうしよ》を奉《たてまつ》り改《あらた》めて輔《ほ》と爲《な》る。其《そ》の政《まつりごと》に従《したが》ふや、肅《しゆく》にして寛《くわん》、仁《じん》にして惠《けい》、五鎭《ごちん》の方牧《はうぼく》たりて、聲《せい》は天《てん》に聞《き》こゆ。帝《てい》乃《すなは》ち剖竹《ぼうちく》を魯《ろ》に加《くは》ふ。魯道《ろだう》粲然《さんぜん》として觀《み》る可《べ》きなり。方《まさ》に將《まさ》に陰陽《いんやう》を太階《たいかい》に和《わ》し、君《きみ》を堯舜《げうしゆん》に致《いた》さんとす。豈《あ》に徒《いたづら》に閤《かふ》を閉《と》じ坐《ざ》して嘯《うそぶ》き、二千《にせん》に鴻盤《こうばん》せんや。乃《すなは》ち再《ふたた》び厥《そ》の功《こう》を崇《たか》くし、象教《しやうけう》を發揮《はつき》せんとす。

是《ここ》に於《おい》て、長史盧公《ちやうしろこう》、司馬李公等《しばりこうとう》と與《とも》に、咸明明《みなめいめい》として公《こう》に在《あ》り、綽綽《しやくしやく》として裕有《ゆうあ》り。大國《たいこく》の寶《たから》を韜《つつ》み、元精《げんせい》の和《わ》を鍾《あつ》む。榮《ゑい》は半刺《はんし》を兼《か》ね、道《だう》は列嶽《れつがく》を光《かがや》かす。才或《さいあるひ》は大《だい》なれども小《せう》を用《もち》ゐ、識《しき》は微《び》にして通《つう》ぜざる無《な》し。政《せい》は其《そ》れ經有《けいあ》り、談《だん》は豈《あ》に僕《ぼく》を更《か》へんや。

【譯】

我が太官の廣武伯である隴西出身の李公は、以前の名を琬、詔により改名して輔という。その政治は嚴肅にして寛大、仁に滿ち惠みに富んでいる。五つの州の長官となり、名聲は朝廷にまで聞こえた。天子は李公に魯郡の政治をゆだね、魯郡の政道は燦然と輝いた。今や太階の星々のもとで陰と陽の二氣を調和させ、天子を堯舜に匹敵する聖天子に高めようとなさっている。

ただ門を閉ざして家に閉じこもり、閑坐して詩歌を吟唱し、郡守の地位に安住するだけの人物だろうか。いやいや、その功績をさらに高め、佛教を宣揚なさるのだ。

そこで、李公とともに、部下の長史盧公、司馬李公たちもみな、明德明義にして公務に勵み、餘裕綽々である。彼らは國家の寶となる才を持ち、天の精氣の和を身に受けている。長史や司馬は、榮譽なことには、刺史の職務を半ば兼ね、その政道は長官の統治を輝かしている。才能は大きく細かいところまでおろそかにせず、その知識は微小なことにも通じている。政治は筋が通っており、談論は簡潔である。

【注釋】

（1）我太官廣武伯隴西李公、先名琬、奉詔書改爲輔：この段落では、陁羅尼の石幢を建てた李輔とその部下の役人たちについて述べる。本頌の主題の一つである。

太官：宮中の膳羞をつかさどる官。唐代では後魏の制を受け、百官の食事の世話をした。爰に描かれる李輔なる人物がこの官に關わるのか、あるいは單に「立派な役人」という意味で「太官」という語が使われているのか、未詳。

『通典』卷二十五 職官七 光祿卿 太官署「太官署令、丞（略）後魏分太官爲尙食、中尙食、知御膳、隷門下省。而太官掌百官之饌、屬光祿卿。（略）隋如北齊。大唐因之、各一人」

『舊唐書』卷四十四 職官三 光祿寺「太官署、令二人」注「從七品下」「丞四人」注「從八品下」「府四人、史八人。監膳十人」注「從九品下」「主膳十五人、供膳二千四百人、掌固四人。太官令掌供膳食之事」

廣武伯‥「伯」は爵位名。伯爵は五等の爵位（公侯伯子男）の第三等。唐代では九等の爵位の第七等。「廣武」は李輔が封ぜられた地名。隴右道蘭州に屬す。今の甘粛省永登縣東南。

隴西‥地名。李氏の郡望。今の甘粛省東郷以東の洮河中流、武山以西の渭河上流、禮縣以北の西漢水上流及び天水市東部地區を指す。

李公、先名琬、奉詔書改爲輔‥「先名」とは、改名する前の名前。次の文に「李倫」「李浦」についての記述がある。

『元和姓纂』巻十「李琬原爲獨孤氏、開元中上表請改姓李氏、名倫」

李白「虞城令李公（錫）去思頌碑」「公名錫、字元勳、隴西成紀人也。（略）父浦、郢・海・淄・唐・陳五州刺史、魯郡都督、廣平太守、襲廣武伯」

「倫」・「輔」・「浦」いずれも作りが同じ文字なので、同一人物かと思われる。

李倫‥次の本は李倫の家系について言及している。

宋・鄧名世『古今姓氏書辯證』巻三十五　獨孤「隋書獨孤楷傳云、不知何許人。姓李氏。父屯、從齊神武、戰于沙苑、敗。爲柱國獨孤信所擒、配爲士伍。賜姓獨孤氏。後居京兆。楷弟盛。楷、隋幷州總管、汝陽郡公。生淩雲、平雲、滕雲、卿雲、彥雲。（略）滕雲、荆府長史廣武公。生奉節。奉節生琬、琰。琬、太僕卿。開元中、上表請改姓李氏名倫。琰、司勳郎中」

（2）其從政也、肅而寬、仁而惠、五鎭方牧、聲聞于天‥李輔の政道を稱える。

從政・・政治をとる。まつりごとにあずかる。

『春秋左傳』定公元年「晉之從政者新」

『論語』子路 第十三「子曰、苟正其身矣、於從政乎何有」

盛唐・蕭穎士「重陽日陪元魯山德秀登北城矚對新霽因以贈別」詩「人和歲已登、從政復何有」

肅而寬・・「肅」は嚴しくおごそか。「寬」はゆるやか。

『詩經』國風 巻三 衞風 淇奧「寬兮綽兮、倚重較兮」傳「寬能容衆」

『禮記』禮運 巻二十一「刑肅而俗敝」注「肅駿也」

『春秋左傳』巻十五 傳二十三年「楚子曰、晉公子、廣而儉、文而有禮、其從者肅而寬、忠而能力」注「肅、敬也」

『史記』巻二十四 樂書 第二「廉直經正莊誠之音作、而民肅敬。寬裕順成之音作而民慈愛」

仁而惠・・「仁」「惠」ともに、愛、いつくしみ、おもいやり、という意味の德。

『史記』巻一 五帝本紀 帝嚳「仁而威、惠而信、脩身而天下服」

盛唐・元結「系樂府」十二首「去鄉悲」詩「非不見其心、仁惠誠所望」

五鎭方牧・・五つの州の長官。「放牧」は地方長官。州の刺史や郡の太守。

『南齊書』巻五十七 魏虜「史臣曰、戎塵先起、侵暴方牧」

『三國志』魏書 巻二 文帝丕「魏氏春秋曰、鄄城侯植爲誄曰（略）方牧妙擧、欽於恤民、虎將荷節、鎭彼四鄰」

李輔と同一人物と思われる、李琬の父李浦は、五つの州の刺史を歴任した。

李白「虞城令李公（錫）去思頌碑」「父浦、郢・海・淄・唐・陳五州刺史」

聲聞于天：名聲は高く遠く、天にいる天子にまで聞こえた。次の『詩經』の句を踏まえる。

『詩經』小雅　鴻鴈之什　鶴鳴「鶴鳴于九皐、聲聞于天」箋「天高遠也」

言う。

（3）帝乃加剖竹于魯、魯道粲然可觀：李公が魯の長官となって、すぐれた政治が行われていることを

剖竹：「剖符」と同じ。郡守に任命する。漢代、竹を裂いて割符とし、郡守に任命する印とした

ことによる。

『文選』第二十六巻　宋・謝靈運「過始寧墅」詩「剖竹守滄海、枉帆過舊山」注「漢書曰、初與

郡守爲使符。說文曰、符、信。漢制以竹、分而相合」

魯道：魯は國の名。都は今の山東省曲阜にあった。周と同姓（羌）の國。周公が政權を返すと、

成公はその子伯禽を魯に封じた。魯の民衆は聖人の教化を受けて民度が高く、正統な道德を保って

いるという意味で「魯道」と言われて賞贊された。ここでは、この典故を借りて、李公のために魯

郡の政治が良くなったことを褒めて言う。

『史記』卷三十三　魯周公世家　第三「太史公曰、余聞孔子稱曰、甚矣魯道之衰也。洙泗之閒斷

斷如也」

『漢書』巻二十八下 地理志「周興、以少昊之虚曲阜、封周公子伯禽爲魯侯、以爲周公主。其民有聖人之敎化、故孔子曰、齊一變至於魯、魯一變至於道。言近正也。瀕洙泗之水、其民涉度、幼者扶老而代其任。俗既益薄、長老不自安、與幼少相讓、故曰、魯道衰、洙泗之間斷斷如也」

粲然可觀：「粲然」は明らかな様。輝かしい様子。「可觀」は見るに値すること、價値のあること。

いずれも、李公の政治をほめる言葉。

『周書』巻四十一 庾信「然皆迫於倉卒、牽於戰爭。競奏符檄、則粲然可觀。體物緣情、則寂寥於世」
（4）方將和陰陽於太階、致君於堯舜：李公が天子の統治の一翼を擔って功績があることを述べる。
方將：まさに。まさに……しようとする。
『史記』巻一百一十七 司馬相如「方將增泰山之封、加梁父之事」
和陰陽於太階：「太階」は星の名。上階、中階、下階のそれぞれに上星と下星の二星があり、階段のように竝んでいるので「太階」または「泰階」という。それぞれの星は人間界の六つの階層に對應する。また、太階が平らかなら、陰陽が調和する、と言われる。陰と陽の二氣が調和すれば、自然界も人間界も秩序が保たれる。
『文選』第九巻 前漢・揚雄「長楊賦」「是以玉衡正而太階平也」注「黄帝泰階六符經曰、泰階者、天之三階也。上階、上星爲天子、下星爲女主。中階、上星爲諸侯三公、下星爲卿大夫。下階、上星爲元士、下星爲庶人。三階平、則陰陽和」

『晉書』巻十一　天文上　中宮「杓南三星及魁第一星西三星皆曰三公、主宣德化、調七政、和陰陽之官也」

致君於堯舜‥政治を補佐して、現代の君主を古代の聖天子である堯や舜のような名君にする。殷の宰相伊尹が宰相となるときに「この君主を堯や舜のような名君にしよう」と言ったという言葉による。

『孟子』巻九下　萬章章句上「伊尹耕於有莘之野（略）曰、與我處畎畝之中、由是以樂堯舜之道、吾豈若使是君爲堯舜之君哉、吾豈若使是民爲堯舜之民哉」

『晉書』巻十九　禮上「各以舊文增損當世、豈所謂致君於堯舜之道焉」

『文選』第四十二巻　魏・應璩「與從弟君苗君胄書」「昔伊尹輟耕、郅惲投竿、思致君於有虞、濟蒸人於塗炭」

（5）豈徒閉閤坐嘯、鴻盤二千哉‥李輔が積極的な政治を行い、この石幢を建てるに至った、ということを述べる。

閉閤‥門を閉ざして家に閉じこもる。「閤」は大門のわきの潜り戸。

『漢書』巻九十　酷吏傳　嚴延年「延年出至都亭謁母、母閉閤不見。延年免冠頓首閤下、良久、母乃見之」

坐嘯：閑坐して詩歌を吟唱する。『後漢書』黨錮傳では、自らの信念を曲げず、死も辭さない様子を言う。のちには、政績を擧げず無爲に過ごすことを言うようになる。

『後漢書』卷六十七　黨錮傳「二郡又爲謠曰、汝南太守范孟博、南陽宗資主畫諾。南陽太守岑公孝、弘農成瑨但坐嘯」

『文選』二十六卷　齊・謝朓「在郡臥病呈沈尚書」「坐嘯徒可積、爲邦歲已朞」

鴻盤：少し出世すると、その地位に安住してそれ以上の出世を望まないこと。次に擧げる『周易』の言葉による。

『周易』卷五　漸　六十二「鴻漸于磐、飲食衎衎吉」王弼注「磐、山石之安者、少進而得位、居中而應、本無祿養、進而得之、其爲歡樂、願莫先焉」

晩唐・陸希聲「陽羨雜詠」十九首「鴻盤」「落落飛鴻漸始盤、青雲起處剩須看」

二千：二千石の官。漢代、郡守の秩は二千石であった。ここから、郡守の地位を「二千石」というようになった。ここでは、李公が現在の郡守の地位に安住せずより高い地位に昇るべき人材であることを言う。

『史記』卷四十九　外戚世家「娙何秩比中二石、容華秩比二千石、婕妤秩比列侯」索隱按「二千石是郡守之秩」

（6）乃再崇厥功、發揮象敎…李輔が佛教に心を寄せていたことを述べる。

發揮…宣揚する。

『舊唐書』巻二十四 禮儀志四「弘我王化、在乎儒術。孰能發揮此道、啓迪含靈、則生人已來、未有如夫子者也」

象敎…佛教。釋迦の沒後、弟子達が釋迦を象った木像を作って崇拜したことから言う。

『魏書』巻一百一十四 釋老志「太延中、涼州平、徙其國人於京邑。沙門佛事皆俱東、象敎彌增矣」

盛唐・杜甫「同諸公登慈恩寺塔」詩「方知象敎力、足可追冥搜」

（7）於是與長史盧公、司馬李公等、咸明明在公、綽綽有裕…李公の配下である、長史盧公、司馬李公及びこれら二人とともに石幢を建てるのに盡力した人々を顯彰する。

「等」の語、後句に付けて「ひとしくみな」と讀むこともできる。「盧公、李公はふたりとも」の意味となる。

「與」の語は解しにくいが、一應、「李輔公と共に、長史盧公、司馬李公ら配下の方々は」、という意味に解した。これ以下の記述に、「半刺（長史）」の語があり、この段落は、主に長史盧公、司馬李公について言う。李輔を補佐して活躍したのは、「半刺」と呼ばれ、刺史の政務を半ばつかさどる長史盧公、司馬李公である。

長史盧公、司馬李公…人物未詳。魯郡は上都督府なので、長史は從三品、司馬は從四品下。郡の政治一般に攜わる。

『舊唐書』卷三十八 地理一 兗州 上都督府「兗州、上都督府、隋魯郡。（略）天寶元年、改兗州爲魯郡」

『新唐書』卷四十九下 外官 都督府「大都督府、都督一人、從二品。長史一人、從三品。司馬二人、從四品下」

『通典』卷三十二 職官十四 州郡上 都督「凡大都督府、置大都督一人、親王爲之、多遙領。其任亦多爲贈官。長史居府以總其事」注「各有長史、司馬、錄事、功曹以下官屬、但員數多少與諸州府有差、其職事不異、具郡佐篇」

明明…『詩經』に「在公明明」とあり、鄭箋は「公の所にいて明義明德である」と解釋する。『尙書』にも「明明」の語が見えるが、ここでは鄭箋は「明人を明擧する」と解釋する。文意から、「明義明德」の意を取った。

『詩經』魯頌 駉之什 有駜「夙夜在公、在公明明」箋云「夙早也。言、時臣憂念君事、早起夜寐、在於公之所。在於公之所、但明義明德也」

『尙書』虞書卷二 堯典「曰明明揚側陋」注「堯知子不肖、有禪位之志。故明擧明人在側陋者廣求賢也」

在公：上記の『詩經』魯頌のほかに、『詩經』召南に「在公」の語があり、ここでは鄭箋は「事に在り」と解釋する。ここから、本論では「仕事を行う」の意味に解釋した。

『詩經』召南 采蘩「被之僮僮、夙夜在公」注「箋云、公事也。早夜在事」

魯頌に據って解釋し、「公」を李輔と取って「長史と司馬は明明として李輔公の側に在る」という意味に解することもできる。しかし、この場合、この文の冒頭「於是與」の「與」字の意味をどう考えるかが問題となる。

綽綽有裕：ゆったりとして餘裕のあること。「綽綽」はゆったりとした樣子。寛裕。

『詩經』小雅 魚藻之什 角弓「此令兄弟、綽綽有裕。不令兄弟、交相爲瘉」注「綽綽寛也。裕饒。瘉病也」

（8）『文選』第四十七卷 晉・陸機「漢高祖功臣頌」「猗歟汝陰、綽綽有裕」

韜大國之寶、鍾元精之和：長史盧公、司馬李公の才能をほめる。

韜：つつむ。收藏する。韜藏する。

魏・曹植「漢二祖優劣論」「通黄中之妙理、韜亞聖之懿才、其爲德也」

大國之寶：優れた國の政治をとるべき才能。

『北史』卷八十三 文苑 序言「爰自東帝歸秦、逮乎靑蓋入洛、四隩咸曁、九州攸同、江漢英靈、燕趙奇俊、竝該天網之中、倶爲大國之寶」

鍾：あつめる。

『春秋左傳』昭公 巻五十二 傳二十八年「子貉早死無後、而天鍾美於是」

元精：天の精氣。

『論衡』第十三巻 超奇「天稟元氣、人受元精、豈爲古今者差殺哉」

『後漢書』巻三十下 郎顗「元精所生、王之佐臣」

『文選』第五十八巻 後漢・蔡邕「陳太丘碑文幷序」「含元精之和、應期運之數」注「易通卦驗曰、大皇之先興、耀含元精」

（9）榮兼半刺、道光列嶽：上句に續いて長史盧公、司馬李公を稱える。
榮：榮譽。名譽なことには。
初唐・王勃「梓州郪縣靈瑞寺浮圖碑」「半刺縣令衞玄、海內高流、河東望族。榮高銅墨、任屈弦歌」
半刺：長史の別稱。刺史（長官）の任務の半ばを擔當するところから言う。
初唐・楊炯「唐同州長史宇文公神道碑」「當官政成於半刺」
盛唐・杜甫「寄彭州高三十五使君適虢州岑二十七長史參三十韻」詩「諸侯非棄擲、半刺已翱翔」九家注「庾亮與郭遊書曰、別駕與刺史同流、王化於萬里。任居刺史之半、安可非其人。趙曰、諸侯以言高適爲刺史。半刺以言參爲長史」

道光列嶽‥長史や司馬の政道が列嶽たる郡守李公を輝かせる。

道光‥道が……を照らす。道が輝く。

『晉書』巻七十四 桓豁「用乃功濟蒼生、道光千載」

『宋書』巻二 武帝中「太尉公命世天縱、齊聖廣淵、明燭四方、道光宇宙」

『宋書』巻十七 禮四「修祀川嶽、道光列代」

『魏書』巻四十二 酈惲「使君臨撫東秦、道光海岱」

列嶽‥刺史。もともとは「諸侯」の意味。後世、諸侯に等しいものとして、刺史を言う。

「列嶽」を刺史（長官）の意味だとして、「半刺たる長史等の取る政道が、刺史の統治を良いものとしている」という意味に解した。「列嶽」を「多くの刺史たち」と取り、「魯郡の政道は多くの刺史たちの中で輝く」と解釈することも可能であるが、それでは「半刺」をいう前句と整合性を欠くと思われる。待考。

『文選』巻三十八 梁・任昉「爲齊明皇帝作相讓宣城郡公第一表」「驃騎上將之元勳、神州儀刑之列岳」注「銑曰（略）列岳謂比於諸侯」
（10）才或大而用小、識無微而不通‥才能と知識をほめる言葉。
大而用小‥李白以前の用例未見。才能は大きいけれども、小さなことにも用いられる。また、才能は大きいけれども小さな地位に用いられている、と解釈することもできる。後の句との整合性を考えて前者の解を取った。後世の用例がある。

明・崔銑「河風敍」「器大而用小、懷高尙而堅好、是河風之義也」

無微而不通：微少なことで通じていないことは無い。どんなに細かなことにも通じている。

『周易』巻八 辭下「仰則觀象於天、俯則觀法於地、觀鳥獸之文與地之宜」注「聖人之作易、無大不極、無微不究」

（11）政其有經、談豈更僕：政策が一貫していて、議論に無駄がないという長所を捉えてほめる。

政其有經：政策に筋が通っていて一貫している。

『春秋左傳』宣公 巻二十三 傳十二年「政有經矣」注「經常也」

更僕：あまりに長いので、控えている下僕を交代させるほどである。言論が冗長である。『禮記』の「下僕をかえて數えてもまだ數えつくせない」というところから、煩雜で長く、時間がかかることをいう。

『禮記』儒行 巻五十九「公曰敢問儒行。孔子對曰、遽數之、不能終其物。悉數之、乃留更僕、未可終也」

『文心雕龍』巻九 指瑕「蓋文章瑕疵、更僕難數、略陳梗概、所以示秉筆爲文、不宜疏略耳」

崇明寺佛頂尊勝陁羅尼幢頌 幷序【第五段】

【原文】

有律師道宗。心惣群妙、量苞大千(1)。日何瑩而常明、天不言而自運(2)。識岸浪注、玄機清發。毎口演金偈、舌搖電光(3)。開關延敵、罕有當者。由萬竅同號於一風、衆流俱納於溟海(4)。若乃嚴飾佛事、規矩梵天、法堂鬱以霧開、香樓岌乎島峙、皆我公之締構也(5)。

以天寶八載五月一日示滅大寺(6)。百城號天、四衆泣血。焚香散花、扶櫬卧轍。仙鶴數十、飛鳴中絕(7)。非至德動天、深仁感物者、其孰能與於此乎(8)。三綱等皆論窮彌天、惠湛清月(9)。傳千燈於智種、了萬法於眞空(10)。不謀同心、克樹聖跡(11)。

【校勘】

心惣：『郭本』『霏玉本』『王琦本』『全唐文』は「心總」とする。

量苞：『霏玉本』『全唐文』は「量包」とする。『王琦本』は「量包」とし、注して「繆本作苞」という。

玄機：『全唐文』は「元機」とする。

締構：『咸淳本』は「締搆」とする。

天寶八載…『郭本』『霏玉本』は「天寶八年」とする。

【訓讀】

律師《りつし》道宗《だうそう》有《あ》り。心《こころ》は群妙《ぐんめう》を惣《す》べ、量《りやう》は大千《だいせん》を苞《つつ》む。日《ひ》は何《なん》ぞ瑩《かがや》きて常《つね》に明《あか》るく、天《てん》は言《い》はずして自《おのづか》ら運《めぐ》る。識岸《しきがん》に浪注《なみそそ》ぎ、玄機《げんき》清發《せいはつ》す。毎《つね》に口《くち》に金偈《きんげ》を演《えん》じ、舌《した》に電光《でんくわう》を搖《ゆ》るがす。關《くわん》を開《ひら》きて敵《てき》を延《まね》き、罕《まれ》に當《あた》る者《もの》あり。由《なほ》萬竅《ばんけう》同《おな》じく一風《いつぷう》に號《がう》し、衆流《しゆうりう》倶《とも》に溟海《めいかい》に納《をさむ》るがごとし。乃《すなは》ち佛事《ぶつじ》を嚴《げん》飾《しよく》し、梵天《ぼんてん》を規矩《きく》とし、法堂《はふだう》鬱《うつ》として以《もつ》て霧開《きりひら》き、香樓《かうろう》岌乎《きふこ》として島峙《たうぢ》するが若《ごと》きは、皆《みな》我《わ》が公《こう》の締構《ていこう》なり。

天寶八載《てんぼうはつさい》五月《ごぐわつ》一日《いちじつ》を以《もつ》て大寺《たいじ》に示滅《しめつ》す。百城《ひやくじやう》天《てん》に號《がう》し、四衆《ししゆ》血《ち》を泣《なみだ》す。香《かう》を焚《た》き花《はな》を散《さん》じ、櫬《ひつぎ》を扶《たす》け轍《てつ》に卧《ふ》す。仙鶴數十《せんかくすうじふ》、飛鳴《ひめい》して中絕《ちゆうぜつ》す。至德《しとく》天《てん》を動《うご》かし、深仁《しんじん》物《もの》を感《かん》ぜしむる者《もの》に非《あら》ざれば、其《そ》れ孰《だれ》か能《よ》く此《これ》に與《あずか》らんか。三綱《さんかう》等《ひと》しく皆《みな》論《ろん》は彌天《びてん》を窮《きは》め、惠《めぐみ》は淸月《せいげつ》を湛《たた》ふ。千燈《せんとう》を智種《ちしゆ》に傳《つた》へ、萬法《ばんばふ》を眞空《しんくう》に了《あきら》かにす。謀《はか》らずして心《こころ》を同《おな》じくし、克《よ》く聖跡《せいせき》を樹《た》つ。

【譯】

道宗という名の律師がいらっしゃった。その心は様々な妙理を一つに合わせ、その度量は大千世界を包み持っておいでであった。太陽は常に明るく輝き、天はもの言はずしておのずと運行する。その知識は深く波打ち、祕められた道理が淸らかに發散していた。いつも口には得難い偈頌《げじゅ》を述べ、議論は稻妻のように鋭かった。議論を戰わせるときは關を開いて論敵を迎え入れるが、對等に議論できる者はまれであった。すべての議論がその意見に集約される樣は、あたかも多くの岩穴が一吹きの風に一齊に音を立て、多くの川がついには大海に注ぎ込むようであった。

佛像佛具を嚴かに飾り、梵天の法に準據し、法堂は鬱然としてお香の霧の中にそびえ、美しい高樓が天高くそそりたって、島のようにそびえているのは、みな我が道宗公の設計である。

天寶八載五月一日に大寺で死去された。多くの町の人々が皆天を仰いで悲しみ、和尚ら四衆は血の淚を流した。香を焚き、花を撒き、櫬《ひつぎ》を守る者もあり、また櫬の車の前に伏して遮る者もあった。空には聖なる鶴が數十羽飛び、その鳴き聲は突然途絕えた。その大いなる德が天を動かし、深い惠みが萬物を感動させたのでなければ、どうしてこのようなことが起ころうか。

三綱の長老方は誰も等しく、議論は廣大な天の奧義を窮め、惠愛は深く淸らかな月を懷いているようだ。彼らの知惠の一つの燈《あか》りは千燈の佛知へと傳えられ、萬の佛法は眞實の空《くう》の中で理解される。彼らは謀らずして心を一つにし、ともに佛敎の聖跡を立てた。

【注釋】

（1）有律師道宗。心惣羣妙、量苞大千：以下の段落は、崇明寺の開祖と思われる僧侶をたたえるものである。

律師‥佛教の言葉。戒律を深く理解している僧。

『涅槃經』三「如是知佛法所作、善能解說、是名律師、能解一字」

道宗‥人物未詳
心惣‥「惣」は「總」とおなじ。すべる。あつめる。一つにまとめる。

『文心雕龍』巻六 神思「若夫駿發之士、心總要術、敏在慮前、應機立斷」

群妙‥多くのすぐれた者。

唐・孫過庭『書譜』「編列衆工、錯綜羣妙」

量苞‥胸にいだく。度量がつつむ。宇宙など廣大な物を心に抱く。度量が廣いことの比喩。「苞」は「包」に同じ。

『續高僧傳』義解篇十 唐蘇州通玄寺釋慧頵傳七「道心精粹、量包山海」

『宋書』巻六十九 范曄「陛下大明含弘、量苞天海、錄其一介之節、猥垂優逮之詔」

大千‥佛教の言葉。大千世界。果てのない廣大な世界。いろいろな說があるが、一說に、須彌山、日月、四天下、六欲梵世天までを一世界とし、それを百萬個集めた世界。

『後漢書』巻八十八 西域傳「神迹詭怪、則理絕人區」注「維摩經曰、以四大海水入一毛孔中、不撓魚鼈等而彼大海本相如故。又舍利弗住不思議菩薩、斷取三千大千國界、如陶家輪著右掌中、擲過恒河沙國界之外。其中衆生不覺不知、又復還本處、都不使人有往來相」「然好大不經、奇譎無已」注「維摩經曰、佛威神力令諸寶蓋合成一蓋、徧覆三千大千國界諸須彌山、乃至日月星宿、幷十方諸佛說法、皆現於寶蓋中」

『文選』第五十九巻 碑文下 齊・王巾「頭陀寺碑文」「因斯而談、則棲遑大千、無爲之寂不撓」注「善曰、答賓戲曰、聖哲治之棲遑。大千者、謂一三千界。下至阿毘地獄、上非想天、爲一世界、千三界爲小千世界、千小世界爲中千世界、至千中千世界爲大千世界」

（2）日何瑩而常明、天不言而自運：道宗が太陽や天のごとく偉大であることを言う。

瑩：輝く玉のように明るいこと。

「太玄經」玄摛「一生一死、性命瑩矣」注「瑩、明也」

『毛詩』邶風 巻第二 柏舟「日居月諸、胡迭而微」疏「君道當常明如日」

『列子』巻二 黄帝篇「陰陽常調、日月常明」

常明：永遠に變わらず常に明るいこと。

天不言而自運：自ずから運行し季節を巡らしている天の偉大さを述べる。李白「上安州裴長史書」の冒頭にも置かれる語だが、使い方は異なる。

『論語』陽貨 第十七「子曰、天何言哉。四時行焉。百物生焉。天何言哉」

『孟子』巻九 萬章章句上「天不言、以行與事示之而已矣」

『晉書』巻九十四 隱逸 張忠「忠曰、天不言而四時行焉、萬物生焉」

李白「上安州裴長史書」「白聞、天不言而四時行、地不語而百物生」

（3）識岸浪注、玄機清發、毎口演金偈、舌搖電光・・道宗が才氣煥發で辯論に巧みなことを述べる。

識岸浪注・・「識岸」も「浪注」も用例未見。「識浪」の語があるので、知識が豊かなことの比喩と思われる。

『唐文粹』巻六十四 賈餗「揚州華林寺大悲禪師碑銘」「茫茫萬有兮、生死同纏。業風振海兮、識浪滔天」

玄機・・奥深い道理。道家に多く用いられる言葉。

『廣弘明集』統歸篇 第十上「伐魔詔幷書檄文幷魔答」「秉玄機以籠三千、握聖徒而隆大業」

『藝文類聚』第七十七巻 典部下 寺碑「定國寺碑序曰、（略）惟無上大覺、獨悟玄機」

清發・・清らかに發散する。

『宋書』巻六十七 謝靈運「法鼓朗響、頌偈清發。散華霏蕤、流香飛越」

口演・・口で述べる。

『續高僧傳』義解篇五 隋荊州龍泉寺釋羅雲傳三「此堂中講四經三論各數十遍、不於文外別有撰述、皆心思口演」

金偈・・金のように價値のある、偈頌。ここでは「金」は美稱。「偈」は佛敎の言葉で、經典の中にある詩句の意。佛德を贊美し教理を述べるもの。多く四句から成る。

李白「登梅岡望金陵贈族侄高座寺僧中孚」詩「談經演金偈、降鶴舞海雪」

舌搖電光…「電光」は、いなびかり。舌鋒の鋭いこと。

『文選』第四十五卷 設論 前漢・揚雄「解嘲」「目如耀星、舌如電光、一從一横、論者莫當」

(4)開關延敵、罕有當者。由萬竅同號於一風、衆流倶納於冥海…道宗の言論の鋭さを言う。

開關延敵…關所の門を開き、敵を迎え入れて擊つこと。ここでは、論敵を正面から相手にすること。

『文選』第五十一卷 前漢・賈誼「過秦論」「秦人開關而延敵、九國之師遁逃而不敢進」

罕有當者…張り合う者は滅多にいない。ならぶ者はまれである。

『續高僧傳』遺身篇 第七 唐僞鄭沙門釋知命傳七「釋智命、俗姓鄭、名頲、滎陽人。族望清勝、文華曜世。詞鋒所指、罕有當之」

由…「猶」と同じ。あたかも……のようだ。

萬竅同號於一風…風が一回吹くと、岩穴など自然界にある様々な穴が一齊に音を立てる。道宗が意見を述べると、多くの人々が共鳴する。

『莊子』內篇 卷一下 齊物論「子綦曰、夫大塊噫氣、其名爲風。是唯無作、作則萬竅怒號。而獨不聞之翏翏乎。山林之畏佳、大木百圍之竅穴、似鼻、似口、似耳、似枅、似圈、似臼、似洼者、似汚者、激者、謞者、叱者、吸者、叫者、譹者、宎者、咬者。前者唱于、而隨者唱喁。泠風則小和、飄風則大和、厲風濟則衆竅爲虚。而獨不見之調調、之刀刀乎」

李白「贈僧崖公」詩「微言注百川、亹亹信可聽。一風鼓群有、萬籟各自鳴」

衆流倶納於溟海：多くの河の流れが海に注ぐ。多くの說があっても、結局、道宗の大きな考えの中に統合される。

梁・沈約「佛記」序「所以引彼眾流、歸之一源」

盛唐・杜甫「長江」詩二首之二「衆流歸海意、萬國奉君心」九家注「衆流之所以尊海、亦萬國之所以奉君之心也」

（5）若乃嚴飾佛事、規矩梵天、法堂鬱以霧開、香樓岌乎島峙、皆我公之締構也：崇明寺全體の構成について述べ、さらにそれが道宗の設計であることを述べる。

嚴飾：莊嚴な裝飾。嚴かに飾ること。

『續高僧傳』護法下　唐新羅國大僧統釋慈藏傳　五「又置巡使、遍歷諸寺、誡勵說法、嚴飾佛像、營理眾業」

佛事：佛像、佛具。

『洛陽伽藍記』卷一　城內　長秋寺「莊嚴佛事、悉用金玉」

『洛陽伽藍記』卷五　城北　聞義里「寺內佛事皆是石像、裝嚴極麗、頭數甚多、通身金箔、眩耀人目」

規矩：規則。手本。基準となるべきもの。手本とする。

『文選』第五十九巻 碑文下 梁・沈約「齊故安陸昭王碑文」「立行可模、置言成範」注「仲長子昌言曰、規矩可模者、師傅之德也。曹植學宮頌曰、言爲世範、行爲時矩」

梵天：梵天王。婆羅門教の造化の神。佛教の保護神。梵天、梵王ともいう。

また、佛經で言う三界の色界の初禪天。淫欲を離れた寂靜清淨の世界。「梵衆天」「梵輔天」「大梵天」の三界に分かれる。「大梵天」は梵王のいるところ。

ここでは、「佛教の法」というほどの意味で、「基準は梵天にある」とは、佛教の法に則って寺院を建造し佛具をそろえたことを指す。

『舊唐書』卷一百九十八 西戎 天竺國「其人皆學悉曇章、云是梵天法。書於貝多樹葉以紀事、不殺生飲酒、國中往往有舊佛跡」

初唐・辛替否「奉和九月九日登慈恩寺浮圖應制」詩「出豫從初地、登高適梵天」

法堂：佛法を講じる建物。

『續高僧傳』義解篇六 隋丹陽聶山釋慧曠傳五「丹陽栖霞山寺、以事治養。（略）於栖霞法堂更敷大論」

盛唐・王維「過福禪師蘭若」詩「巖壑轉微逕、雲林隱法堂」

鬱以霧開：鬱然たる壮麗な建物が霧の中から現れる。
初唐・岑羲「奉和幸安樂公主山莊應制」詩「銀榜重樓出霧開、金輿步輦向天來」
香樓：たかどのの美称。
盛唐・獨孤及「題思禪寺上方」詩「老僧指香樓、云是不死庭」
岌乎：山が高い様子。ここでは寺院のたかどのが聳える様。
李白「鳴皋歌送岑徵君」詩「玄猿綠熊、舔舕崟岌。危柯振石、駭膽慄魄」
島峙：島がそばだつ。
『文選』第五巻 晉・左思「吳都賦」「疊華樓而島跱、時髣髴於方壺」注「島峙、謂似方壺蓬萊二山有宮闕」
締構：「締」は「結」と同じ。結構。むすびかまえる。「國家の基礎」という意味にも使われるが、ここでは「設計」の意味。
李白「明堂賦」序「時締構之未輯、痛威靈之遐邁」
（6）天寶八載五月一日示滅大寺：天寶八載は西暦七四九年に當たる。この年に律師道宗は亡くなった。従って、この作品がかかれたのは天寶八載の後のことである。
示滅：僧侶が亡くなること。示寂。
中唐・郎士元「雙林寺謁傅大士」詩「此方今示滅、何國更分身」

『廣弘明集』巻十三 十喩篇上「外二異曰、老君垂訓、開不生不滅之長生。釋迦設教、示不滅不生之永滅。内二喩曰、（略）釋迦垂象示滅示生。歸寂滅之滅乃耀金軀」

（7）百城號天、四衆泣血、焚香散花、扶櫬臥轍。仙鶴數十、飛鳴中絶‥道宗の死を多くの民が悲しんだ。

百城號天‥「百城」は多くの町の人々。「號天」は天に向かって悲しみ訴えること。

『莊子』巻八下「則陽」第二十五「號天而哭之曰、子乎子乎。天下有大菑、子獨先離之」

四衆‥僧侶たち。僧伽の四衆（比丘、比丘尼、優婆塞、優婆夷）。出家の四衆（比丘、比丘尼、沙彌、沙彌尼）。一説に、出家の比丘と比丘尼、在家の優婆塞と優婆夷の四部衆。

『妙法蓮華經』「比丘、比丘尼、有懷增上慢、優婆塞我慢、優婆夷不信、如是四衆等、其數有五千」

『廣弘明集』巻十八 法義篇「上後秦主姚興佛義表」「法華經云、佛放眉間相光、亦使四衆八部咸皆生疑」

泣血‥血の涙を流す。

李白「鞠歌行」詩「荊山長號泣血人、忠臣死爲刖足鬼」

李白「酬裴侍御對雨感時見贈」詩「申包哭秦庭、泣血將安仰」

焚香‥香をたく。燒香。

初唐・張九齢「祠紫蓋山經玉泉寺」詩「上界投佛影、中天揚梵音。焚香懺在昔、禮足誓來今」
李白「贈宣城趙太守悅」詩「焚香入蘭臺、起草多芳言」
散花：佛の供養のために花を散らす。
『續高僧傳』卷四 譯經篇四 京大慈恩寺釋玄奘傳一「初見頂禮、嗚足盡敬。散花設頌無量供已」
扶櫬：棺を守って行くこと。
盛唐・杜甫「別蔡十四著作」詩「主人薨城府、扶櫬歸咸秦」
卧轍：車の進行を遮るために、車輪の前に身を臥せる。引き留めたいという強い願望を言う。
『文選』第五十九巻 梁・沈約「休文齊故安陸昭王碑文」「攀車卧轍之戀、爭塗忘遠」注「百姓號呼哭泣遮使者、或當道卧、皆曰、願復留覇期年」
仙鶴數十、飛鳴中絕：鶴は飛びながら鳴いていたが、悲しみのあまり、飛ぶことも鳴くこともできず、突然その姿と聲が消えた。鳥さえも道宗の死を悼んでいる。
『樂府詩集』第五十七「雉朝飛操」題下注「崔豹古今注曰、雉朝飛者、犢沐子所作也。(略) 見雉雄雌相隨而飛、意動心悲、乃仰天歎、大聖在上、恩及草木鳥獸、而我獨不獲。因援琴而歌、以明自傷、其聲中絕」
「中絕」の語は「途中で途絶える。中斷する」という意味。
初唐・盧照隣「王昭君」詩「合殿恩中絕、交河使漸稀」

（8）非至徳動天、深仁感物者、其孰能與於此乎：道宗の持つ最高の徳が天を感動させたのである。
『尚書』虞書 巻四 大禹謨「惟徳動天、無遠弗屆」
『樂府詩集』巻十五 晉朝饗樂章「擧酒」詩「大明御宇、至徳動天」
深仁感物：深い恵みが、人間や鶴など萬物を感動させる。
魏・嵇康「秀才答」四首之一「逍遙步蘭渚、感物懷古人」
宋・李昭玘「謝告諭表」「皇帝陛下純孝在躬、至仁感物」
孰：いずれ。どれ。誰が……だろうか。反語の疑問詞。
與於此：これ（上記のできごと）にあずかることができるだろうか。こうしたことが起こるだろうか。
『周易』巻七 繫辭上「有遠近幽深、遂知來物。非天下之至精、其孰能與於此」
『晉書』巻四十三 山濤「若夫居官以潔其務、欲以啓天下之方、事親以終其身、將以勸天下之俗、非山公之具美、其孰能與於此者哉」
（9）三綱等皆論窮彌天、惠湛清月：道宗の下にいた人々が、やはり議論に勝れ、恵愛に満ちていたことを述べる。
三綱：各寺の主要な役職に就く僧。上座（長老）、寺主（寺務を司る）、維那（綱紀を維持する）の三役。

『舊唐書』巻四十三 職官二 禮部尙書「凡天下寺有定數。每寺立三綱、以行業高者充」注「每寺上座一人、寺主一人、都維那一人」

論窮彌天：「彌天」は一面の空。空一面に廣がること。ここから、志が高く德の大きいという意味に使われる。ここでは「彼らの議論は廣大な天をきわめる」という意味。

『續高僧傳』義解篇五 正紀十四 附見六 隋益州龍淵寺釋智方傳二「卽楊都福地、亦甚莊嚴。至如彌天七級、共日月爭光、同泰九層、與煙霞競色」

初唐・武三思「秋日于天中寺尋復禮上人」詩「彌天高義遠、初地勝因通」

また、論客として知られた晉の僧道安が「彌天釋道安」と稱したことに掛ける。すなわちここでは「彼らの議論は晉の釋道安の奧義を究める」という意味も持つ。

『晉書』巻八十二 習鑿齒「時有桑門釋道安、俊辯有高才、自北至荊州、與鑿齒初相見。道安曰、彌天釋道安。鑿齒曰、四海習鑿齒。時人以爲佳對」

盛唐・孟浩然「與張折衝遊耆闍寺」詩「釋子彌天秀、將軍武庫才」

湛月：月光をたたえる。淸らかなことの比喩。

初唐・李嶠「酒」詩「孔坐洽良儔、陳筵幾獻酬。臨風竹葉滿、湛月桂香浮」

（10）傳千燈於智種、了萬法於眞空：三綱の業績をたたえる。佛智の一燈が、千人の智恵の種に傳えられ、その結果、萬の佛法が明らかにされた。

傳燈‥佛法を傳えること。燈は闇を破るところから、法をたとえる。

『廣弘明集』巻二十二　唐・釋明濬「答博士柳宣」書「自佛日西傾餘光東照、周感夜隕之瑞、漢通宵夢之徵。騰蘭炳惠炬於前、澄什嗣傳燈於後」

智種‥佛智のもと。智惠の萌芽。

唐・釋道世『法苑珠林』巻十四　千佛篇　第五之二「現衰」「我於此不久、當下閻浮提迦毗羅施兜白淨王宮生、辭父母親屬、捨轉輪王位、出家行學、道成一切智種、建立正法」

了萬法於眞空‥眞の空のなかに全ての佛法が了解される。燈を承けた智種によって、佛法が明らかになる。

陳・徐陵「長干寺衆食碑」「行在眞空、深入於無爲」

李白「魯郡葉和尚讚」「了身皆空、觀月在水」
(11)　不謀同心、克樹聖跡‥意識して心を併せようとしなくても、無意識のうちに心を一つにして、立派な業績を遺す。
聖跡‥神聖な遺跡。聖人が後世に遺した仕事。

『續高僧傳』巻四　譯經篇四　京大慈恩寺釋玄奘傳一「其土邪正雜敬、僧徒盈萬、多諸聖跡」

『續高僧傳』巻二十五　習禪六　秦州永寧寺釋無礙傳五「令誦太子瑞應經、思尋聖跡哀泣無已」

李白「上皇西巡南京歌」十首之八「天子一行遺聖跡、錦城長作帝王州」

崇明寺佛頂尊勝陁羅尼幢頌 幷序【第六段】

【原文】

太官李公、乃命門於南垣廟通衢(1)。曾盤舊規、累構餘石(2)。壯士加勇、力侔拔山(3)。纔擊鼓以雷作、拖鴻縻而電掣(4)。千人壯、萬夫勢、轉鹿盧於橫梁、泯環合而無際(5)。常六合之振動、崛九霄之崢嶸(6)。非鬼神功、曷以臻此(7)。況其清景燭物、香風動塵(8)、群形所霑、積苦都雪(9)。粲星辰而增輝、挂文字而不滅(10)。雖漢家金莖、伏波銅柱、擬茲陋矣(11)。

【校勘】

累構…『咸淳本』は「累搆」とする。
挂文字…『全唐文』は「掛文字」とする。
銅柱…『郭本』は「桐柱」とする。

【訓讀】

太官《たいくわん》李公《りこう》、乃《すなは》ち門《もん》を南垣廟《なんゑんべう》の通衢《つうく》に命《めい》ず。舊規《きうき》に曾盤《そうばん》し、餘石《よせき》を累構《るいこう》す。壯士《さうし》勇《ゆう》を加《くは》へ、力《ちから》は山《やま》を抜《ぬ》くに侔《ひと》し。纔《には》かに鼓《こ》を撃《う》てば以《もつ》て雷作《らいおこ》り、鴻縻《こうび》を拖《ひ》けば電掣《でんう》つ。千人《せんにん》の壯《さう》、萬夫《ばんぷ》の勢《せい》、鹿盧《ろくろ》を横梁《うつばり》に轉《てん》ずれば、環合《くわんがふ》泯《びん》として際《はて》なし。常《つね》に六合《りくがふ》之《こ》れ振動《しんどう》し、九霄《きうせう》に崛《そばだ》ちて崢嶸《さうくわう》たり。鬼神《きしん》の功《こう》に非《あら》ざれば、曷《いづく》んぞ以《もつ》て此《ここ》に臻《いた》らん。況《いは》んや其《そ》の清景《せいけい》物《もの》を燭《て》らし、香風《かうふう》塵《ちり》を動《うご》かすをや。群形《ぐんけい》の霑《うるほ》さるる所《ところ》、積苦《せきく》も都《すべ》て雪《そそ》がる。星辰《せいしん》粲《さん》として輝《かがや》きを増《ま》し、文字《もんじ》を挂《か》けて不滅《ふめつ》なり。漢家《かんか》の金莖《きんけい》、伏波《ふくは》の銅柱《どうちゆう》と雖《いへど》も、茲《ここ》に擬《なぞら》へば陋《ろう》なり。

【譯】

太官李公は、そこで南垣廟の大通りに門を作ることを命じた。次に、舊來の規定に從って大きな基盤を作り、由緒ある石を重ねて構築した。つわものどもが力を盡くし、その力は山を抜くほどの勢いであった。ここでようやく作業開始の太鼓を撃てば、その音は雷のようにとどろき、太い綱を引くと稲妻が走るようであった。千人の勇壯、萬夫の勢力をもって、横梁に轆轤を回轉させて石幢を立てると、石幢と基盤はぴったりと合わさって隙間もない。

石幢をすえると天地四方は振動し、天空高くすっくと立った。鬼神の技でもなければ、どうしてこのように巧みに建てられたことであろう。まして淸らかな太陽の光があたりを照らして輝かせ、お香のかぐわしい風が塵を動かすに至っては。この石幢によって多くのものが恵みにうるおされた。だからこれまでのあまたの苦勞もすべて報われたのである。星々に照らされて輝きを増し、經文を高く掲げて永遠不滅となった。歴史に名高い漢家の金莖、伏波の銅柱でさえも、これに比べればつたないものである。

【注釋】

（1）太官李公、乃命門於南垣廟通衢：ここからは、完成した石幢を立てる準備をする。李公はまず、石幢を立てる場所に門を作ることを命ずる。場所は崇明寺の南の部分で、大通りに通じるところである。

南垣：南にあるかきね。へい。本論第二段に「魯郡崇明寺南門」とあるところであろう。

廟：やしろ。石幢のために作られている廟であろう。

通衢：大通り。四方の道に通じている通り。ここでは恐らく廟の前に作られている大通り。

『舊唐書』巻九　玄宗下　天寶元年「玄元皇帝降見于丹鳳門之通衢、告賜靈符在尹喜之故宅」

（2）曾盤舊規、累構餘石：門が完成した後、石幢を建てる基礎の部分を作る。基礎の部分は大きな石盤と、その下に重ねた盤狀の石から成る。

『周書』巻六　武帝「或層盤累構、槩日凌雲」

曾盤：「曾」は「層」に同じ。層盤。高く作られた盤。ここでは「曾」は美稱と考えられる。石幢を載せるための立派な盤を作った。それは傳統的な作り方による盤であった。

何晏「景福殿賦」「爾乃建凌雲之層盤」注「銑曰、層、高也。上有盤、以承露甘露也」

舊規：昔の規則。古い規制。以前の方法。

『通典』巻四十四 大享明堂 大唐「證聖元年正月景申夜、佛堂災、延燒明堂、至明而盡。尋又無雲而雷起、自西北來。未幾、復令依舊規制重造明堂」

累構：重ねて作る。石幢を載せる基礎として、盤の下に大きな平たい石を幾層か重ねたのである。

『藝文類聚』第七十七巻 内典部下「梁沈約、光宅寺刹下銘曰（略）於惟我皇、卽基昔兆、爲世舟航、重簷累構、迴刹高驤、土爲淨國、地卽金剛」

陸雲「答兄平原」詩「巍巍先基、重規累構、赫赫重光、遐風激鶩」

餘石：遺石。古代から傳えられた由緒ある大きな石。餘った小さな石ころではない。

『古詩紀』巻二 歌下「甘泉歌」題解「三秦記曰、始皇作驪山陵、周迴跨陰盤縣界、水背陵障、使東西流、運大石於渭北渚。民怨之、作甘泉之歌云」歌「運石甘泉口、渭水不敢流。千人唱、萬人謳。金陵餘石大如塸」

北周・庾信「張良遇黃石公讚」「穀城餘石、還歸舊祠」

中唐・蔣冽「巫山之陽香谿之陰明妃神女舊跡存焉」詩「神女歸巫峽、明妃入漢宮。擣衣餘石在、薦枕舊臺空」

（3）壯士加勇、力侔拔山：上記のような基礎は、力持ちの若者達の技によって作り上げられた。

壯士加勇：つわものが力を盡くす。

『國語』巻六 齊語 管仲對桓公以霸術「執枹鼓立於軍門、使百姓皆加勇焉」

力侔抜山：力は抜山にひとしい。「侔」は「ひとしい」。「抜山」は山を引き抜くほどの力持ち。

ここの句は、『史記』に見える楚・項羽の歌による。

『史記』巻七 項羽本紀「自爲詩曰、力抜山兮氣蓋世、時不利兮騅不逝。騅不逝兮可柰何、虞兮虞兮柰若何」

晉・陸機「吳趨行」「文德熙淳懿、武力侔山河」

（4）纔擊鼓以雷作、拖鴻縻而電掣：合圖の太鼓が鳴って、いよいよ石幢を建てる準備をする。石幢は地上に横たえられていた。それを起こして基盤に据えるために、縄をかける。
纔：ようやく。準備が整って、いよいよ取り付け作業が始まる。
擊鼓：太鼓をたたく。作業開始の太鼓である。
李白「魯郡堯祠送竇明府薄華還西京」詩「廟中往往來擊鼓、堯本無心爾何苦」
雷作：合圖の太鼓の音は雷が起こったようであった。「作」は「起こる」。
魏・文帝「濟川賦」「朱旗電曜、擊鼓雷鳴」
拖鴻縻：「鴻縻」は太い綱。「拖」は引く、引っ張る。
電掣：綱をかけるときの素速い様子を稻妻にたとえる。
梁・簡文帝「金錞賦」「野曠塵昏、星流電掣」

李白「大獵賦」「紅旗電掣、卷長空之飛雪」

（5）千人壯、萬夫勢、轉鹿盧於橫梁、泯環合而無際‥橫梁に轆轤を取り付け、そこに綱をかけて石幢を引き上げ、基礎の上に安置する。それは多くの人の力によって非常に巧みに行われ、轆轤が回ると、石幢は神業のように輕々と引き上げられ、所定の位置にぴったりとはまる。最後の句は、『列子』「泯然無際」の語から、ものに觸れたことがわからないほどの巧みな技、という意味を含む。

『列子』卷第五　湯問篇「孔周曰、吾有三劍、唯子所擇。皆不能殺人、且先言其狀。一曰含光、視之不可見、運之不知有。其所觸也、泯然無際、經物而物不覺」

千人壯、萬夫勢‥「萬夫」は「大勢の屈強の男子」という意味で李白がよく用いる言葉。「千人萬人」は大勢の人を言うときによく見られる言い方。

李白「結客少年場行」詩「由來萬夫勇、挾此生雄風」

李白「送梁公昌從信安北征」詩「高談百戰術、鬱作萬夫雄」

鹿盧‥轆轤。物を上下するために用いる滑車。

橫梁‥うつばり。桁。棟を支える橫木。

『爾雅注疏』卷五　釋宮「楣卽梁也」呂伯雍云「門樞之橫梁也」郭云「門戶上橫梁」

泯‥ぴったりと合わさって一つとなること。

『莊子集釋』卷二中　人間世　注「故能彌貫萬物、而玄同彼我、泯然與天下爲一、而內外同福也」

環合：とりまく。環のようにめぐって、兩端が合わさること。ここでは主に「合」の意味を取り、石幢がぴったりと臺座と合わさることを言う。石幢は圓筒狀なので、「環合」と言うのであろう。

初唐・宋之問「巫山高」詩「巫山峰十二、環合象昭回」

盛唐・張均「和尹懋登南樓」詩「花鳥旣環合、江山復駢抱」

無際：隙間無くぴったりと合わさる樣子を言う。

『後漢書』卷五十九 張衡「其牙機巧制、皆隱在尊中、覆蓋周密無際」

（6）常六合之振動、崛九霄之峥嶸：石幢が轟音をたてて基盤に据え付けられ、石幢は空高くそびえ立った。

常：一般に「つねに」「かつて」と訓じられるが、それでは意味が合わない。張相『詩詞曲語辭匯釋』に「暢（常）、猶甚也、好也、眞也、正也」という。王鍈『詩詞曲語辭例釋』に「常、等于說果眞」という。ここでは「まさにその時」というような意味ではないかと思われる。待考。

六合振動：「六合」は、天地と四方。天下が搖れ動くこと。

『晉書』卷六十九 劉波「今禮樂征伐自天子出、相王賢儁、協和百揆、六合承風、天下響振」

李白「經亂離後天恩流夜郎憶舊遊書懷贈江夏韋太守良宰」詩「掃蕩六合清、仍爲負霜草」

崛九霄之峥嶸：空高く聳える樣。「崛」は崛起する。「九霄」は空の最も高いところ。「峥嶸」はそびえるさま。

『文選』第一巻 京都上 班固「西都賦」「巖峻崷崪、金石崢嶸」郭璞方言注曰「崢嶸、高峻也」
『抱朴子』内篇 暢玄巻一「其高則冠蓋乎九霄、其曠則籠罩乎八隅」

（7）非鬼神功、曷以臻此：石幢を定位置に据える技術が神業のごとく優れていることを述べる。
鬼神：神。人間を超越したもの。
初唐・薛稷「慈恩寺九日應制」詩「寶宮星宿劫、香塔鬼神功」
李白「贈張相鎬」詩「秀骨象山嶽、英謀合鬼神」

（8）況其清景燭物、香風動塵：移築が終わった石幢の様子。すでにお香が焚かれ、そこから起こった風があたりの靄を搖らす。
清景：清らかな光。太陽や月の光。
『宋書』巻二十 樂二「羽鐸舞歌」「陽升垂清景、陰降興浮雲」
李白「挂席江上待月有懷」詩「素華雖可攬、清景不可遊」
燭物：物を照らす。物は石幢。石幢が清らかな光を受けて輝いている様子。
『北史』巻四十 李彪「恢大明以燭物、履靜恭以和邦」
香風動塵：お香のかぐわしい風が立ち、あたりがかすんでいる様子。「動塵」は、高貴な雰圍氣や、煙などが高くのぼる様子などを表す。
南齊・謝朓「七夕賦」「歌曰、月殿清兮桂醑酬、雲幄靜兮香風浮」

李白「古風」詩「香風引趙舞、清管隨齊謳」
『文選』第十三巻 楚・宋玉「風賦」「夫庶人之風、塕然起於窮巷之間、堀堁、揚塵」注「堀堁、風動塵也」
梁・簡文帝「梅花賦」「年歸氣新、搖雲動塵。梅花特早、偏能識春」

(9) 群形所霑、積苦都雪：石幢が建てられたことによって佛の恵に潤され、石幢を建てる苦勞が報いられたことを述べる。

群形：多くの事物。

『弘明集』巻五 遠法師「答桓玄明報應論」「雖聚散而非我、寓群形於大夢」

『樂府詩集』第十九 鼓吹曲辭「釣竿」詩「玉衡正三辰、造化賦群形」

積苦：多くの苦しみ。ここでは、石幢を建てる際の苦勞。

『廣弘明集』巻二十八 啓福篇 梁・沈約「南齊皇太子禮佛願疏」「又普爲積苦、餓鬼受罪畜生、三途八難、六道十惡、水陸蠢動、山藪翾飛、濕生化生、有想無想、皆藉今日慈悲」

雪：すすぐ。洗い清める。

『呂氏春秋』第二十四巻「不苟」「繆公能令人臣時立其正義、故雪殽之恥、而西至河雍也」

(10) 粲星辰而增輝、挂文字而不滅：星が石幢を照らし、不滅の文字が掛けられた。

粲星辰：きらめく星。地上の出來事や人の志によって、日月星辰の光や樣子が變わる、という考え方がある。

『續高僧傳』三十卷　唐綿州振嚮寺釋僧晃傳四「乃歎曰、夫志之所及也、（中略）日月爲之潛光、須彌爲之崩頽、星辰爲之改度」

『隋書』卷十三　音樂上「五味九變兼六和、令芳甘旨庶且多。三危之露九期禾、圓案方丈粲星羅」

增輝：輝きを增す。ますます輝く。

『三國志』魏書　卷十九　陳思王植「冀以塵霧之微補益山海、熒燭末光增輝日月」

初唐・張說「詠塵」詩「仙浦生羅襪、神京染素衣。裨山期益峻、照日幸增輝」

挂文字而不滅：消えることのない文字が掲げられた。「文字を挂ける」とあるが、ここでは扁額のようなものを石幢に掲げた、というのではなく、前段で石幢に刻んだ經文のことを言うのであろう。
（11）雖漢家金莖、伏波銅柱、擬茲陋：この石幢が歴史的に高名な銅柱よりも優れていることを言う。
漢家金莖：漢の武帝の時に建章宮に建てられていた承露盤の銅柱。
『後漢書』卷四十上　班固「抗仙掌以承露、擢雙立之金莖」注「前書曰、武帝時作銅柱承露僊人掌之屬。三輔故事云、建章宮承露槃、高二十丈、大七圍、以銅爲之。上有仙人掌承露、和玉屑飲之。金莖卽銅柱也」

初唐・盧照鄰「長安古意」詩「梁家畫閣天中起、漢帝金莖雲外直」

伏波銅柱：梁代、伏波将軍が南方の國境に建てた銅柱。

『梁書』巻五十四 諸夷 海南諸國 林邑國「伏波將軍馬援、開漢南境、置此縣。（略）馬援植兩銅柱、表漢界處也」

盛唐・張謂「杜侍御送貢物戲贈」詩「銅柱朱崖道路難、伏波横海舊登壇」

崇明寺佛頂尊勝陁羅尼幢頌 幷序【第七段】

【原文】

或日月圓滿、方壇散華、淸心諷持、諸佛稱贊（1）。夫如是、亦可以從一天至一天、開天宮之門、見羣聖之顏（2）。巍巍功德、不可量也（3）。其錄事參軍、六曹英寮、及十一縣官屬（4）、有宏才碩德、含香繡衣者、皆列名碑陰、此不具載（5）。

【訓讀】

或《あるひ》は日月圓滿《じつげつゑんまん》にして、方壇《はうだん》に散華《さんげ》し、淸心《せいしん》もて諷持《ふうぢ》し、諸佛稱贊《しよぶつしようさん》す。夫《そ》れ是《かく》の如《ごと》く、亦《ま》た以《もつ》て一天《いつてん》より一天《いつてん》に至《いた》り、天宮《てんきゆう》の門《もん》を開《ひら》き、羣聖《ぐんせい》の顏《かほ》を見《み》るべし。巍巍《ぎぎ》たる功德《くどく》、量《はか》るべからざるなり。

其《そ》の錄事參軍《ろくじさんぐん》、六曹《りくさう》の英寮《えいれう》、及《およ》び十一縣《じふいちけん》の官屬《くわんぞく》、宏才碩德《くわうさいせきとく》、含香繡衣《がんかうしうい》の者有《ものあ》り。皆《みな》名《な》を碑陰《ひいん》に列《つら》ぬれば、此《ここ》に具《つぶさ》には載《の》せず。

【譯】

あるいは缺けることない日月のように滿ち足りており、人々は方檀に華を散らし、淸らかな心で奉詠し、諸佛も來臨して稱贊した。このようにして、一つの天からもう一つの天へと昇り、それぞれの天宮の門が開いて、多くの聖人に會うことができるだろう。石幢を建てたという大いなる功德は、量りしれないものである。

このたびの建築にたずさわった者には、錄事參軍、また六曹の英寮、さらに十一縣の官吏たちがいて、その中には大きな能力、立派な德を持ち、また尙書郞であったり御史臺の官であったりした者もいる。これらの方々は、みな石幢の裏面に名が刻まれている。そこで、ここにその名をいちいち記すことはしない。

【注釋】

（1）或日月圓滿、方檀散華、淸心諷持、諸佛稱贊：石幢が完成し、滿ち足りてみなで祝う樣子。日月圓滿：日と月が圓滿である。「圓滿」は「具足」の意味。圓滿な宗敎的境地に達したことの象徴。また、日と月は佛光の象徴であるから、「神光普遍」の意味も含む。

『南史』巻七 梁本紀 武帝下「五年春正月辛卯、（略）有神光圓滿壇上、朱紫黃白雜色、食頃乃滅」

『廣弘明集』梁太子綱 上「大法頌幷序」「法席圓滿、如來放大光明」

方檀・・祭壇。立方體になっていて、東西南北に向かう面と、天に向かう面がある。

『後漢書』祭祀下 社稷「建武二年、立太社稷于雒陽、在宗廟之右、方壇、無屋、有牆門而已」注「方壇。白虎通曰、春秋文義、天子社廣五丈、諸侯半之。其色東方靑、南方赤、西方白、北方黑、上冒以黃土」

『通典』巻四十二 郊天上 周「其壇位、各於當方之郊、去國五十里內曰近郊、爲兆位、於中築方壇、亦名曰太壇、而祭之」注「如其方壇者、以其取象當方各有方所之義。按昊天上帝、天之總名、所覆廣大、無不圓帀、故奠蒼璧、其神位曰圓丘、皆象天之圓帀也。餘五帝則各象其方氣之德、爲珪璋琥璜之形。祭法謂其神位以太壇、是人力所爲、非自然之物。以其各有方位、故名方壇」

散華・・佛の供養のために花を蒔くこと。

『無量壽經』「懸繒燃燈、散華燒香、以比廻向、願生彼國」

淸心諷持・・淸らかな心で陀羅尼經を奉詠する。

『高僧傳』巻六 義解三 釋慧遠「常欲總攝綱維、以大法爲己任、精思諷持以夜續晝」

諸佛稱贊：佛が降臨して、この功績をたたえた。

『法苑珠林』巻二十三 引證「向者阿彌陀佛來、汝等不見耶」

（2） 夫如是、亦可以從一天至一天、開天宮之門、見羣聖之顏：功德を積むことによって、一つずつ上の界にある天へと昇っていくことができる。石幢を建てたという功德によって、人々が果報を得ることを述べる。

從一天至一天：天には多くの層があり、それを天と呼ぶ。陀羅尼を念ずることによって、一天ずつ昇っていく。各々の天に天宮があり、群聖がいる。中國で最もよく描かれるのは忉利天である。

天宮：天神の宮殿。

『續高僧傳』梁蜀郡龍淵寺釋慧韶傳四「久病悶絕、及後醒云、送韶法師及五百僧、登七寶梯、到天宮殿講堂中。其地如水精、床席華整、亦有麈尾几案、蓮華滿地」

群聖之顏：諸佛の眞の姿。

（3） 巍巍功德、不可量也：石幢を建てたことによって得た、功德の大きさをいう。

初唐・房玄齡「權文公遺表」「巍巍功德、與天地準」

巍巍：高くそびえ立つ樣。山、樓閣、功績などについていう。

『楚辭』九歎 怨思「貌揭揭以巍巍」王逸注「巍巍大貌也」

初唐・李乂「奉和九月九日登慈恩寺浮圖應制」詩「小臣叨載筆、欣此頌巍巍」
功德：佛道の教えによって善行を修めて得た、徳のある功績。功徳を積むと、良い報いを得られる。

（4）其錄事參軍、六曹英寮、及十一縣官屬：石幢の建設にたずさわった、長史と司馬以外の人々。
錄事參軍：文書をつかさどる官。魯郡は上都督府なので、正七品上。
六曹：功曹參軍事、倉曹參軍事、戶曹參軍事、兵曹參軍事、法曹參軍事、士曹參軍事。魯郡は上都督府なので、正七品下。
『舊唐書』卷四十四 職官三 州縣官員 大都督府等「大都督府。都督一員、長史一人、司馬二人、錄事參軍事二人（注、正七品上）、錄事二人、功倉戶兵法士六曹參軍事（注、功士二曹各一員、餘曹各二員、竝正七品下也）」
英寮：すぐれた官僚。「寮」は役人の意味。
十一縣：天寶年間の魯郡には十一の縣が屬していた。
『舊唐書』卷三十八 地理 河南道「兗州上都督府。（略）天寶元年、改兗州爲魯郡。（略）舊領縣八、（略）天寶領縣十一」
『新唐書』卷三十八 地理二 河南道「兗州魯郡、上都督府（略）縣十。瑕丘、曲阜、乾封、泗水、鄒、任城、龍丘、金鄉、魚臺、萊蕪」

官屬…屬官。下級の官吏。

『史記』巻一百三 張叔「官屬以爲長者、亦不敢大欺」

（5）有宏才碩德、含香繡衣者、皆列名碑陰、此不具載…この序に名前を擧げた人々以外にも、多くのすぐれた人がいて、建築に功績があったことを言う。
宏才…すぐれた才能。大きな才能。

『史記』集解序「班固有言曰（略）信命世之宏才也」注「宏才、大才。謂史遷也」

碩德…大きな德を備えている人物。

梁・何遜「落日前墟望贈范廣州雲」詩「我心懷碩德、思欲命輕車」

『晉書』第六十四 隱逸 索襲「索先生碩德名儒、眞可以諮大義」

含香…尙書郎を指す。天子に奏上する時、口に香を含んだのでこう言う。

『宋書』巻三十九 百官上「尙書郎口含雞舌香、以其奏事答對、欲使氣息芬芳也」

繡衣…御史の服。御史臺の官を指す。刺繡のある服を着たのでこう言う。

『漢書』巻九 元后「文、景間、（王）安孫遂、（略）生賀。字翁孺。爲武帝繡衣御史」

碑陰…石碑の裏。また石碑の裏に刻んだ文。

崇明寺佛頂尊勝陁羅尼幢頌 幷序【第八段】

【原文】

郡人都水使者宣道先生孫太沖(1)、得眞人紫蘂玉笈之書、能令太一神自成還丹、以獻于帝(2)。帝服享萬壽、與天同休(3)。功成身退、謝病而去。不謂古之玄通微妙之士歟(4)。乃謂白曰、昔王文考觀藝於魯、騁雄辭於靈光(5)、陸佐公知名在吳、銘雙闕於盤石(6)。吾子盍可美盛德、揚中和(7)。恭承話言、敢不惟命(8)。

【校勘】

孫太沖…『王琦本』は「孫太冲」とする。
玉笈…『全唐文』は「玉岌」とする。
太一…『全唐文』は「太乙」とする。
于帝…『王琦本』『全唐文』は「於帝」とする。
玄通…『全唐文』は「元通」とする。

【訓讀】

郡人《ぐんじん》 都水使者《とすいししゃ》 宣道先生《せんだうせんせい》 孫太沖《そんたいちゆう》は、眞人《しんじん》紫蕊《しずい》玉笈《ぎよくきふ》の書《しよ》を得《え》、能《よ》く太一神《たいいつしん》をして自《みづか》ら還丹《くわんたん》を成《な》さしめ、以《もつ》て帝《みかど》に獻《けん》ず。帝《みかど》は服《ふく》して萬壽《ばんじゆ》を享《う》け、天《てん》と同《とも》に休《さいわ》ひあり。功成《こうな》り身《み》退《しりぞ》き、病《やまひ》を謝《しや》して去《さ》る。古《いにしへ》の玄通微妙《げんつうびめう》の士《し》と謂《い》はざらんか。乃《すなは》ち白《はく》に謂《い》ひて曰《いは》く、「昔《むかし》 王文考《わうぶんかう》は藝《げい》を魯《ろ》に觀《み》、雄辭《ゆうじ》を靈光《れいくわう》に騁《は》す。陸佐公《りくさこう》は名《な》を知《し》られて呉《ご》に在《あ》り、雙闕《さうけつ》を盤石《ばんせき》に銘《めい》す。吾子《ごし》 盍《なん》ぞ盛徳《せいとく》を美《ほ》め、中和《ちゆうわ》を揚《あ》ぐ可《べ》からざらんや」と。話言《わげん》を恭《うやうや》しく承《う》け、敢《あへ》て命《めい》を惟《おも》はざらんや。

【譯】

この郡の出身の、都水使者である宣道先生孫太沖は、なんと仙人紫蕊の玉笈の書を手に入れ、太一神に還丹という仙薬を作らせて皇帝に差し上げた。皇帝は仙薬を服用して長壽を享受し、天と一體になって樂しむこととなった。先導先生は功成って引退し、病によって辭職して朝廷を去った。これは古代の玄通微妙の士のようではないか。

その宣道先生が私にこうおっしゃった。

「昔、王文考は魯の六藝を見て、靈光殿で素晴らしい賦を作った。陸佐公は高名な文人で呉の地方におり、二篇の銘を大きな岩に刻んだ。あなたは李公のこのたびの素晴らしい德を譽め、中和の業績を賞揚するために頌を作らないのか」

私は謹んでこの言をうけたまわり、ご命令にそむくようなことはいたしませんでした。

【注釋】

（1）郡人都水使者宣道先生孫太沖：魯郡の有名な道士が、李白にこの石幢の頌を書くよう勸め、李白がそれを承けて頌を書くことになった、といういきさつを述べる。

郡人：魯郡の人。

都水使者：官名。水利についての監督や事業を行う。文意から考えて、これは孫太沖に下された名譽職で、實際の官に付いていたわけではなかろう。

『新唐書』卷四十八 百官志三 都水監「使者二人、正五品上。掌川澤、津梁、渠堰、陂池之政、總河渠、諸津監署」

宣道先生：孫太沖の道號。

孫太沖：唐代天寶期の道士。孫太沖が錬った仙藥について、玄宗に奏上した者がいたことが、次の記事からわかる。

『册府元龜』卷九百二十八「孫太沖隱於嵩山。玄宗天寶三載、河南尹裴敦復上言、太沖於嵩山合錬金丹、自成於竈中、精華特異、變化非嘗、請宣付史官、頒示天下以彰靈瑞仙聖之應。從之」

『全唐文』卷三百一十一 孫逖「爲宰相賀中嶽合煉藥自成兼有瑞雲見表」「臣等伏見道士孫太沖、奏事奉進止、今中使薛履信監臣、於中嶽嵩陽觀合煉」

（2）得眞人紫藥玉笈之書、能令太一神自成還丹、以獻于帝：上記のように、孫太冲は仙藥を作って時の皇帝玄宗に奉った。

眞人：道家のことば。道の奥義を悟り、仙人となった人。

『楚辭』遠遊「貴眞人之休德兮、羨往世之登仙」

後漢・蔡邕「王子喬碑」「王孫子喬者、蓋上世之眞人也」

紫藥玉笈之書：紫玉の文箱に入れた書。「紫藥玉笈」は道家の仙書などを入れる箱。

『舊唐書』卷一百九十二 隱逸 王遠知「非夫得祕訣於金壇、受幽文於玉笈者、其孰能與此乎」

『太平御覽』卷六百七十六 道部十四 簡章「封以紫藥玉笈、盛以雲錦之囊」

太一神：天神の名。天神の中で最も尊いもの。また、天帝を言うこともある。

『史記』卷二十八 封禪書「天神貴者太一」索隱「宋均云、天一、太一、北極神之別名」「太一、澤山君地長」索隱「太一、天神也」

『史記』卷二十七 天官書「中宮天極星、其一明者、太一常居也」索隱案「春秋合誠圖云、紫微、大帝室、太一之精也」正義「泰一、天帝之別名也」劉伯莊云「泰一、天神之最尊貴者也」

還丹：道家の錬金術の一種。煉丹が循環して變化することをいう。また、それによって得た藥。

（3）帝服享萬壽、與天同休：孫太冲の獻上した仙藥によって、玄宗が天と同じほどの命、すなわち不死の壽命を得たであろう事を言う。孫太冲の功績を稱える。

享萬壽：長壽を得る。「萬壽」は長壽を祈る言葉として一般に用いられる言葉。

『詩經』小雅 南有嘉魚之什 南山有臺「樂只君子、邦家之基。樂只君子、萬壽無期」

『文選』第十六巻 志下 晉・潘岳「閑居賦」「稱萬壽以獻觴、咸一懽而一喜」

與天同休：天とともに幸いである。天のごとく悠々たる人生を送る。「休」は、喜び、幸い。

『爾雅』釋言「休、慶也」

『尙書』周書 巻二十 秦誓「其心休休焉」注「樂善其如是」

『詩經』商頌 長發「何天之休、不競不絿」

同休：ともに樂しむ。

『史記』巻一 五帝本紀 索隱述贊「爰洎帝嚳、列聖同休」

與天同休：天とともに幸いである。天と同じ壽命を持つ。

『新唐書』巻十九 禮樂九「伏惟開元神武皇帝陛下、與天同休」

（4）功成身退、謝病而去、不謂古之玄通微妙之士歟：玄宗に丹藥を獻上した、という功績の後、そこから得られる名譽や利益を捨てて、病氣を口實に隱退する。こういう生き方は李白の理想の一つであった。
功成身退：自分の能力を用いて功績を擧げ世のために働いた後、名利にとらわれずに隱退する。
これは、出世の後の災いを避ける世知であったし、また潔い生き方として人生の理想の一つとされた。

『漢書』巻八十七下 揚雄「范雎（略）附其背而奪其位」張晏曰「蔡澤說、范雎以功成身退、禍福之機」

『後漢書』巻十六 鄧寇 孫騭「功成身退、讓國遜位、歷世外戚、無與爲比」

『晉書』巻六十六 陶侃「侃性謙沖、功成身退、今奉還所受、唯恐稽遲」

謝病而去・・病氣で退職する。病氣を口實に退職する。

『漢書』巻三十六 楚元王「忘道之人、胡可與久處。豈爲區區之禮哉。遂謝病去」

『漢書』巻六十七 楊胡朱梅云 贊曰「淸則濯纓、何遠之有」師古曰「遇治則仕、遇亂則隱、云敞謝病去職、近於此義也」

玄通微妙・・知識が奥深く物事を超越した域に到達すること。道を體得すること。『老子』にある言葉。

『老子』十五章「微妙玄通、深不可識」

『文選』第六巻 京都下 晉・左思「魏都賦」「先生玄識、深頌靡測」注「老子曰、古之士微妙玄通、深不可識。夫惟不可識、故強爲之頌、故曰先生玄識、深頌靡測」

『文選』第十六巻 志下 晉・潘岳「閑居賦」「顧常以爲士之生也、非至聖無軌微妙玄通者」注「老子曰、古之善爲士者、微妙玄通、深不可識」

（5）昔王文考觀藝於魯、騁雄辭於靈光：事績を顯彰する、歴史的に有名な文を擧げる。
後漢の王延壽は魯の德政に感銘を受け、靈光殿の賦を作った。

王文考：後漢の王延壽。「靈光殿賦」を書いた。『文選』第十一巻におさめられている。

『後漢書』巻八十上 王逸「子延壽、字文考、有儁才。少遊魯國、作靈光殿賦。後蔡邕亦造此賦、未成、及見延壽所爲、甚奇之、遂輟翰而已」

藝：六藝。六經。易、書、詩、春秋、禮、樂。人の修めるべき道。王延壽は魯國の六藝がすぐれている有様を見た。

『史記』孔子世家「以備王道、成六藝」

『孔子集語』巻上 六藝第七「子曰、六藝於治一也。禮以節人、樂以發和、書以道事、詩以達意、易以神化、春秋以道義」

雄辭：雄壯ですぐれた言葉。

『晉書』巻一百二十七 載記 慕容德「悉非馬之雄辭、奮談天之逸辯」

靈光：宮殿の名。漢の景帝の子、恭王が魯に建造した。今の山東省曲阜縣の東。

『後漢書』巻四十二 東海恭王彊「初、魯恭王好宮室、起靈光殿、甚壯麗」
（6）陸佐公知名在吳、銘雙闕於盤石：歴史的に有名な、事績を顯彰する文をもう一篇擧げる。これによって、李白も頌を書くよう促す。

陸佐公：梁の陸倕。文人。その作品「石闕銘」と「新刻漏銘」は當時高い評價を得た。
　『梁書』巻二十七 陸倕「高祖雅愛倕才、乃敕撰新漏刻銘、其文甚美。遷太子中書舍人、管東宮書記。又詔爲石闕銘記、奏之。敕曰、太子中舍人陸倕所製石闕銘、辭義典雅、足爲佳作」
　『梁書』巻四十九 文學上「至如近世謝朓、沈約之詩、任昉、陸倕之筆、斯實文章之冠冕、述作之楷模」
雙闕：陸倕「石闕銘」と「新刻漏銘幷序」の二篇。『文選』第五十六巻に収められている。
盤石：平たくて大きな石。動かないもの變わらないものの喩えとしても用いられる。
　李白「東魯門泛舟」詩二首之二「水作靑龍盤石堤、桃花夾岸魯門西」
　李白「送韓準裴政孔巢父還山」詩「峻節凌遠松、同衾臥盤石」

（7）

吾子盍可美盛德、揚中和：李白も上記二名のように石幢の頌文を書くよう、強く勸められる。
吾子：きみ、あなた。李白への呼びかけの言葉。
美盛德：この石幢を建てた李公の德をたたえる。「美」は「譽める」。「盛德」は「立派な德」。
　『毛詩』大序「頌者、美盛德之形容」
揚中和：李公の正しい行いを發揚する。「揚」は明らかにする、廣く知らせる。「中和」は偏らない正しい行いや道德。
　『禮記』中庸 巻五十二「致中和天地位焉、萬物育焉」注「致、行之至也。位、猶正也。育、生也、長也」

（8）恭承話言、敢不惟命…上記の言葉を承けて、李白は頌を作ろうとする。
恭承…恭しく承ける。謹んで承知する。

『尚書』商書 巻九 盤庚下「朕及篤敬、恭承民命」

『漢書』巻二十二 禮樂志 第二 郊祀歌 天地八「恭承禋祀、緼豫爲紛」

李白「東武吟」詩「恭承鳳凰詔、欻起雲蘿中」

話言…善いことば。立派な言辭。ここでは、孫太冲が李白に石幢の頌を書けと勸めた言葉を指す。

『毛詩』大雅蕩之什 抑「其維哲人、告之話言」注「話言、古之善言也」

李白「贈參寥子」詩「天子分玉帛、百官接話言」

惟命…命令の通りにする。「惟命是聽（惟だ命を是れ聽かんのみ）」と同じ。

『史記』巻四十一 越王句踐「今君王擧玉趾而誅孤臣、孤臣惟命是聽、意者亦欲如會稽之赦孤臣之罪乎」

『史記』巻四十 楚世家「孤不天、不能事君、君用懷怒、以及敝邑、孤之罪也。敢不惟命是聽」

崇明寺佛頂尊勝陁羅尼幢頌 幷序【第九段】

【原文】

遂作頌曰

揭高幢兮表天宮、嶷獨出兮凌星虹。(1) 神摐摐兮來空、仡扶傾兮蒼穹。(2) 西方大聖稱大雄、橫絕苦海舟群蒙。(3) 陁羅尼藏萬法宗、善住天子獲厥功。(4) 明明李君牧東魯、再新頹規扶衆苦。(5) 如大雲王注法雨、邦人清涼喜聚舞。(6) 揚鴻名兮振海浦、銘豐碑兮昭萬古。(7)

【校勘】

摐摐：『霏玉本』『郭本』は「縱縱」とする。『王琦本』は「縱縱」とし、この後に注して「繆本作摐摐、當是總總」という。

仡扶傾兮：『咸淳本』『郭本』『霏玉本』『全唐文』は「仡扶傾乎」とする。

法雨：『郭本』『霏玉本』は「法再」とする。『王琦本』はこの後に注して「郭本作再」という。

【訓讀】

遂《つひ》に頌《しよう》を作《つく》りて曰《いは》く

高幢《かうたう》を掲《かか》げて天宮《てんきゆう》を表《あらは》し、嶷《ぎよく》として獨《ひと》り出《い》でて星虹《せいこう》を凌《しの》ぐ。神《かみ》摐摐《さうさう》として空《そら》に來《きた》り、仡《きつ》として蒼穹《さうきゆう》に扶傾《ふけい》す。西方《せいはう》の大聖《たいせい》は大雄《たいゆう》と稱《たた》へられ、苦海《くかい》を橫絕《わうぜつ》して羣蒙《ぐんもう》を舟《わた》す。陁羅尼《だらに》萬法《ばんぱふ》の宗《そう》を藏《ざう》し、

善住天子《ぜんぢゆうてんし》 厥《そ》の功《こう》を獲《え》たり。明明《めいめい》たる李君《りくん》は東魯《とうろ》を牧《ぼく》し、頽規《たいき》を再《ふたた》び新《あら》たにして衆苦《しゅうく》を扶《たす》く。大雲王《だいうんわう》の法雨《はふう》を注《そそ》ぐ如《ごと》く、邦人清涼《はうじんせいりやう》にして喜《よろこ》びて聚舞《しゅうぶ》す。鴻名《こうめい》を揚《あ》げ海浦《かいほ》に振《ふる》ひ、豐碑《ほうひ》に銘《めい》し萬古《ばんこ》に昭《あきら》かにす。

【譯】

そこで次のような頌を作った。

高幢をかかげて天宮を表彰すれば、
高幢そびえて獨り星虹の上にぬきんでる。
神は續々と空に集まり、
蒼天に屹立した高幢が傾かぬよう支える。
西方の大聖たる釋迦は大雄と讚えられ、
苦海を横切って衆愚を救った。
陁羅尼は内に萬法の宗を有し、
善住天子はその功徳を受けた。
明晰なる李君は東魯を治め、
衰えた規範を復活し民衆の苦しみは救われた。
雲の大王が佛法の雨を降らせるごとく、

國人は涼やかに清められ喜びに舞った。
大いなる名聲は海內にとどろき、
碑文に刻まれて永代に明らかになった。

【注釋】

（1）揭高幢兮表天宮、嶷獨出兮凌星虹：石幢の樣子を述べる。
表天宮：石幢によって天宮をあらわす。天宮をあきらかにする。天宮を象徵する。
『禮記』內則「子放婦出、而不表禮焉」鄭玄注「表猶明也」
『韓非子』外儲說左上「故明主表信、如曾子殺彘也」陳奇猷集釋「表、表明也」
嶷：山などが高くそびえる樣。
盛唐・杜甫「朝獻太淸宮賦」「地軸傾而融洩、洞宮儼以嶷岌」
獨出：獨つだけ拔きんでている。
李白「贈從孫義興宰銘」詩「朗然淸秋月、獨出映吳臺」
星虹：大星が虹のように流れること。また、虹。
『史記』卷一百一十七 司馬相如「奔星更於閨闥、宛虹拖於楯軒」正義「顏云、宛虹、屈曲之虹。拖、謂中加於上也。楯、軒之闌板也。言室宇之高、故星虹得經加之」

『文選』巻五十四　梁・劉峻「辯命論」「星虹樞電、昭聖德之符」注「翰曰、大星如虹、下流華渚而生少昊」
李白「贈盧徵君昆弟」詩「與君弄倒景、攜手淩星虹」
李白「元丹丘歌」詩「三十六峯長周旋、長周旋、躡星虹」
（2）神摐摐兮來空、仡扶傾兮蒼穹：神が空中に集まって、高くそびえる石幢が倒れないように支える様子。神の加護によって石幢がまっすぐに立っている、ということを言う。
摐摐：入り亂れる樣子
中唐・王建「霓裳辭」詩十首之六「弦索摐摐隔綵雲、五更初發一山聞」
仡扶傾：「仡」は高くそびえる樣子。「扶傾」は傾かないように支持する、傾いたものをまっすぐにする、の意。
『文選』第七巻　前漢・揚雄「甘泉賦」「炕浮柱之飛榱兮、神莫莫而扶傾」注「善曰、言檐宇高峻、若神清淨而扶其傾危也」
中唐・韋應物「種藥」詩「汲井既蒙澤、插楥亦扶傾」
蒼穹：大空。穹廬のように覆っている青空。
李白「門有車馬客行」詩「大運且如此、蒼穹寧匪仁」
李白「短歌行」詩「蒼穹浩茫茫、萬劫太極長」

（3）西方大聖稱大雄、橫絕苦海舟群蒙‥佛が現れて萬民を救った。

橫絕‥よこぎる。橫切って渡る。

『史記』巻五十五 留侯世家「羽翮已就、橫絕四海」

李白「蜀道難」詩「西當太白有鳥道、以橫絕峨眉巓」

苦海‥苦しみに滿ちたこの世。三界。現世。生死苦惱の果てしのない苦しみを海に喩える。

『廣弘明集』巻六 辯惑篇 第二之二 列代王臣滯惑解上 蔡謨「出諸子於火宅、濟群生於苦海」

舟‥（動詞）舟に乘せて渡す。ここでは、おぼれている人々を舟に乘せるように民衆を救う。

『詩經』邶風 谷風「就其深矣、方之舟之。就其淺矣、泳之游之」

群蒙‥衆愚。「蒙」は覆われて光が屆かず薄暗い樣子。ここから、知惠の光が屆かない愚かな者たちの意。

盛唐・崔顥「贈懷一上人」詩「自此照羣蒙、卓然爲道雄」

（4）陀羅尼藏萬法宗、善住天子獲厥功‥善住天子が陀羅尼の法力を承けたことを言う。

藏萬法宗‥萬法の宗要を包藏する。「宗」は要義、核心の道理、の意味。

『廣弘明集』巻十四 空有篇 第三「善法助道、惡法生障。故知、萬法眞性、同一如矣」

獲厥功‥陀羅尼の神功を承けた。「功」は、働きの結果である實り、效き目。功德。

『弘明集』巻六 明僧紹正二教論「神功照不極、叡鏡湛無方。法輪明暗室、慧海度慈航」

（5）明明李君牧東魯、再新頽規扶衆苦‥李君のこの地での政治が優れていることを述べる。
明明‥非常に明るいさま。明晰で優れている様子。

『漢書』巻六十四下 王賈「明明在朝、穆穆列布」注「師古曰、明明察也。穆穆美也」

東魯‥魯の國の東方。孔子の出たところ。また、魯は古代、風教の地として高い評價を得ていた。

『後漢書』巻八十三 逸民「我若仲尼長東魯、大禹出西羌、獨步天下、誰與爲偶」

再新‥再び新しくする。次第に衰えてきたものを、また以前の新鮮な狀態に戻す。

『舊唐書』巻一百二十八 顏眞卿「庶使天下再新義風」

頽規‥衰えた法。頽法に同じ。

『宋書』巻十八 禮五「豈得因外府之乖謬、以爲盛宋之興典、用晉氏之律令、而謂其儀爲頽法哉」

衆苦‥佛教の言葉。多くの苦痛。

『法句經』巻下 沙門品法句經 第三十四「比丘行如是、可以免衆苦」
（6）如大雲王注法雨、邦人清涼喜聚舞‥石幢の完成を人々が喜ぶ様子。
大雲王‥雲。佛典で雲は一切を覆う佛法のたとえとして用いられる。

『宋書』巻九十七 蠻夷 天竺迦毗黎國「王身莊嚴、如日初出。仁澤普潤、猶如大雲」

注法雨‥法雨をそそぐ。「法雨」は佛教の言葉で、佛法のこと。雨のように萬物に注いでうるおす所から言う。

『續高僧傳』巻四 京大慈恩寺釋玄奘傳「引慈雲於西極、注法雨於東垂」

邦人：國の人。この地方の人。

『尚書』周書 巻十三 金縢「秋大熟未穫、天大雷電以風大木。禾盡偃。斯拔邦人大恐（略）二公命邦人、凡大木所偃、盡起而築之」

清涼：静かに落ち着いていて憂いのない様子。

『廣弘明集』巻二十八 悔罪篇 第九 梁簡文「謝敕爲建涅槃懺啓」「冀惠雨微垂卽滅身火、梵風纔起私得清涼」

聚舞：群衆が舞う。集まって踊る。

『全唐詩』「雩祀樂章」舒和「鳳曲登歌調令序、龍雩集舞汎祥風。綵旞雲回昭睿德、朱干電發表神功」

（7）

揚鴻名兮振海浦、銘豐碑兮昭萬古：この石幢の名を高く稱揚して永遠不滅のものとする。

揚鴻名：「揚名」は名聲を揚げる。「鴻名」は盛名、大きな名聲。

『史記』巻一百三十 太史公自序 第七十「且夫孝始於事親、中於事君、終於立身。揚名於後世、以顯父母、此孝之大者」

『史記』巻一百一十七 司馬相如「前聖之所以永保鴻名、而常爲稱首者用此」

振海浦‥「海浦」は海濱、海沿いの地域。東魯は海に近いから言う。
『宋書』巻八十四 孔覬「金甲燭天庭、囂聲震海浦」
『南齊書』巻五十九 芮芮虜「樹動京師、威振海外」
豐碑‥功績を稱えて表明した大きな石碑。ここでは佛頂尊勝陀羅尼幢のこと。
『北齊書』巻三十二補 王琳「豐碑式樹、時留墮淚之人」
昭‥あきらかにする。あらわす。
『左傳』定公四年「以昭周公之明德」注「昭、顯也」
萬古‥こののち一萬年の未來に至るまで。永遠に。いつまでも。
李白「春日行」詩「小臣拜獻南山壽、陛下萬古垂鴻名」

二、趙公西候新亭頌

趙公西候新亭頌

惟十有四載皇帝以歲之驕陽秋五不稔乃慎擇明牧恤南方凋枯伊四月孟夏自淮陰遷我天水趙公作藩於宛陵祇明命也廣韻稔歲熟也廣雅秋穀熟也謝朓詩阽危頼宗衮欲管寧明牧左思詩俛仰生榮華咄嗟復凋枯晉書陶侃傳作藩於外八州肅清唐時楚州淮陰郡治山陽縣屬淮南道宣州宣城郡治宣城縣屬江南西道按宣城郡本漢之丹陽郡宣城縣本漢之宛陵縣今爲寧國府地太白稱宛陵蓋本漢縣名也○稔音荏惟公代秉天憲作程繆本作保南臺洪柯大本聿生懿德宜乎哉稟風霜之秀氣鬱王霸之奇略初以鐵冠白筆佐我燕京威雄振肅虜不敢南顧而後鳴琴二邦天下取則起草三省朝端有聲

王琦本

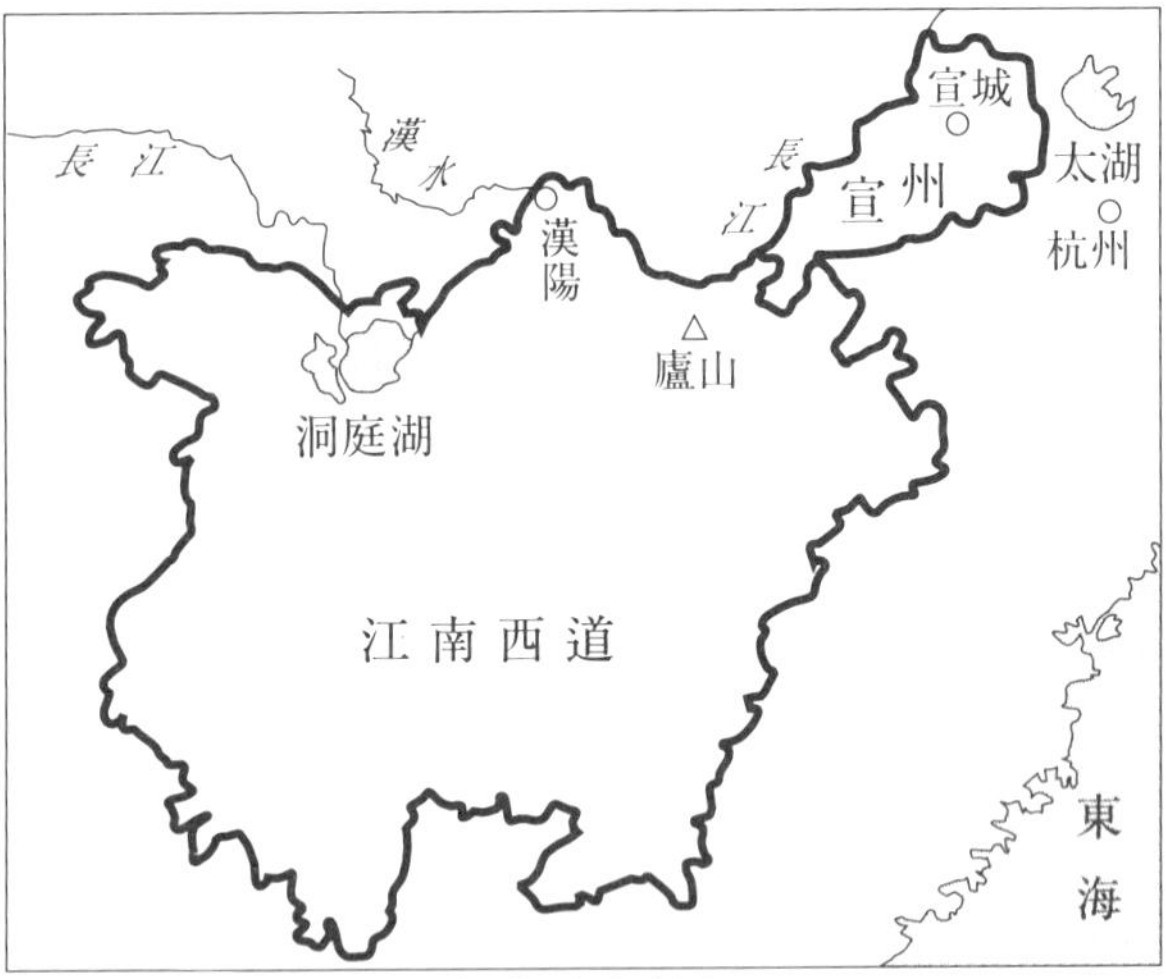

江南西道地圖

趙公西候新亭頌【第一段】

【解題】天寶十四載、宣城郡の太守になった趙悦は、西候新亭という建物を建てた。その建築のいきさつを述べ、新築を祝って新亭をことほぐ頌を作ったのである。

本書に収める「爲趙城與楊右相」書も、趙悦のために、同じころに書かれたものである。

【原文】趙公西候新亭頌(1)

惟十有四載、皇帝以歳之驕陽、秋五不稔(2)、乃慎擇明牧、恤南方凋枯(3)。伊四月孟夏、自淮陰遷我天水趙公作藩于宛陵、祗明命也(4)。

【校勘】

趙公西候新亭頌・・『王琦本』は「趙公西侯新亭頌」とする。『全唐文』は「幷序」二字を加える。

【訓讀】趙公西候新亭《てうこうせいこうしんてい》の頌《しよう》

惟《こ》れ十有四載《じふいうしさい》、皇帝《こうてい》 歳《さい》の驕陽《けうやう》にして、秋五《しうご》 稔《みの》らざるを以《もつ》て、乃《すなは》ち愼《つつし》んで明牧《めいぼく》を擇《えら》び、南方《なんぱう》の凋枯《てうこ》を恤《あはれ》ましむ。伊《こ》れ四月孟夏《しぐわつまうか》、淮陰《わいいん》自《よ》り我《わ》が天水《てんすい》の趙公《てうこう》を遷《うつ》し、藩《はん》を宛陵《ゑんりよう》に作《つく》り、明命《めいめい》を祗《つつし》ましめり。

【譯】趙公の西候新亭をことほぐ頌

天寶十四年、皇帝は、昨年の旱が嚴しくて、秋に五穀が稔らなかったために、使者の役人を愼重に選び、南方の飢饉を慰撫するために遣わした。初夏の四月には、淮陰から、天水出身の我が趙公を轉任させ、皇帝の英明なる意思を奉戴して、宛陵を治めさせることになったのである。

【注釋】

(1) 趙公‥趙悅。宣城郡太守。李白に「贈趙太守悅」詩と、本書に收める「爲趙城與楊右相」書がある。趙悅の人となりについては、「爲趙城與楊右相」書文末【考證】を參照のこと。

西候新亭‥亭の名。今の安徽省宣城市にあった。

『江南通志』卷三十四 寧國府「西候亭、府志云、未詳何地。南畿志謂、在府西郭外。宣城事函云、唐天寶中、宣州刺史趙悅建」

(2) 十有四載、皇帝以歳之驕陽、秋五不稔‥『舊唐書』の次の記事によると、前年十三載には、十二載に引き續いて秋に長雨があり、物價が騰貴し、飢饉となったという。

『舊唐書』巻九　玄宗下　天寶十二載「八月、京城霖雨、米貴、令出太倉米十萬石、減價糶與貧人」

『舊唐書』巻九　玄宗下　天寶十三載「秋八月丁亥、以久雨、左相、許國公陳希烈爲太子太師、罷知政事。文部侍郎韋見素爲武部尙書、同中書門下平章事。是秋、霖雨積六十餘日、京城垣屋頽壞殆盡、物價暴貴、人多乏食、令出太倉米一百萬石、開十場賤糶以濟貧民」

この二年ほど、水害と旱魃が續いていたことは、『資治通鑑』にも記される。

『資治通鑑』唐紀　第二百一十七巻　唐紀　三十三「玄宗至道大聖大明孝皇帝下之下」十三年「自去歳水旱相繼、關中大饑。楊國忠惡京兆尹李峴不附己、以災沴歸咎於峴、九月、貶長沙太守。峴、禕之子也。上憂雨傷稼、國忠取禾之善者獻之、曰、雨雖多、不害稼也。上以爲然。扶風太守房琯言所部水災。國忠使御史推之。是歳、天下無敢言災者。高力士侍側、上曰、淫雨不已、卿可盡言。對曰、自陛下以權假宰相、賞罰無章、陰陽失度、臣何敢言。上默然」十四年「上議親征、辛丑、制太子監國。謂宰相曰、朕在位垂五十載、倦于憂勤、去秋已欲傳位太子。値水旱相仍、不欲以餘災遺子孫」

前年の十三載は、『舊唐書』災異の項に特に記される年であった。

『舊唐書』巻三十六　天文下　災異「天寶十三載五月、熒惑守心五十餘日」

「驕陽」は、太陽の勢いが盛んなこと。天寶十三載が異常氣象であったことは確かなようだ。

李白「感時留別從兄徐王延年從弟延陵」詩「驕陽何太赫、海水爍龍龜。百川盡凋枯、舟楫閣中逵」

また、

盛唐・杜甫「阻雨不得歸瀼西甘林」詩「三伏適已過、驕陽化爲霖」

『舊唐書』巻十九上 懿宗「今盛夏驕陽、時雨久曠、憂勤兆庶、旦夕焦勞」

というような用例がある。上記の用例は、必ずしも天寶十三載について言うことではないが、天寶十三載も、夏は暑く日照りが續き、秋は長雨だったのだろう。

歳‥とし、年度。『詩經』に「かのとしは日照りで」という句がある。

『詩經』大雅 蕩之什 召旻「如彼歳旱、草不潰茂」

秋五‥秋に實る五穀。

『禮記』第六巻 月令「乃命冢宰、農事備收、擧五穀之要、藏帝藉之收於神倉、祗敬必飭」

『禮記』第十九巻 樂記「子夏對曰、夫古者、天地順而四時當、民有德而五穀昌、疾疢不作而無妖祥、此之謂大當」

詹鍈『李白全集校注彙釋集評』四二二五頁では「連續五年歉收」といい、「五年間續いて不作であった」という意味にとる。確かに、『舊唐書』巻九の記事を見ると、

天寶六載「自五月不雨至秋七月。乙酉、以旱、命宰相、臺寺、府縣錄繫囚、死罪決杖配流、徒

已下特免。庚寅始雨」
天寶九載「夏五月庚寅、以旱、錄囚徒」
天寶十載「是秋、霖雨積旬、牆屋多壞、西京尤甚」
天寶十二載「八月、京城霖雨、米貴、令出太倉米十萬石、減價糶與貧人」
天寶十三載「是秋、霖雨積六十餘日、京城垣屋頽壞殆盡、物價暴貴、人多乏食」

というように續けて長雨にたたられている。しかし、五回の秋、という場合は、「五秋」というはずである。「秋五」という言葉で五回の秋という意味を表すとするのは、やや強引である。

盛唐・杜甫「戲題寄上漢中王」三首之一「西漢親王子、成都老客星。百年雙白鬢、一別五秋螢」

「秋五」で「秋の五穀」を意味する用例も見あたらないので、やや不安が殘る。しかし「秋の五穀」と取ったほうが自然なので、この意味に譯した。待考。

（3）乃愼擇明牧、恤南方凋枯‥南方の不作を慰撫するために官吏が派遣された。

史書の記載によると、天寶十四載の春に給事中裴士淹等が淮南に巡撫に出ている。

『舊唐書』卷九 玄宗紀「十四載春三月（略）癸未、遣給事中裴士淹等巡撫河南、河北、淮南等道」

『資治通鑑』唐紀 第二百一十七卷 玄宗至道大聖大明孝皇帝 下之下 十四年「三月、辛巳、命給事中裴士淹宣慰河北」

ここに書かれている「明牧云々」とは、このことかもしれない。確證はない。

愼擇…謹嚴に選擇する。ここでは天子の選擇に對する敬語。

『漢書』巻六十七 朱雲「大臣者、國家之股肱、萬姓所瞻仰、明王所愼擇也」

盛唐・元結「菊圃記」「於戲賢士君子、自植其身、不可不愼擇」

明牧…賢明な長官。

盛唐・儲光羲「留別安慶李太守」詩「明牧念行子、又言悲解攜」

恤…あわれむ。慰撫する。

凋枯…枯れ凋むこと。植物に對するばかりでなく、河の水が少なくなったことや、人々が貧しく困窮することについても用いる言葉。

李白「擬古」詩十二首「世路今太行、迴車竟何託。萬族皆凋枯、遂無少可樂」
（4）伊四月孟夏、自淮陰遷我天水趙公作藩于宛陵、祗明命也…さらに趙公が宛陵の長官として移動させられた。趙公の移動が、飢饉を救うという國策にそったものであるかどうかは、定かでない。しかし、ここでは、李白はそのように書いている。
四月孟夏…孟夏は陰暦四月の異名。初夏に當たる。

『禮記』月令 巻十五「孟夏之月、日在畢」

『文選』巻十三　前漢・賈誼「鵩鳥賦」「單閼之歳兮、四月孟夏。庚子日斜兮、鵩集予舍」

淮陰‥淮水の南。また郡名。淮南道に屬す。

『舊唐書』巻四十　地理三　淮南道　楚州「天寶元年、改爲淮陰郡。乾元元年、復爲楚州。舊領縣四」

天水‥郡名。今の甘肅省甘水縣付近。趙公の出身地。

『舊唐書』巻四十　地理三　隴右道　秦州中都督府「天寶元年、改爲天水郡。依舊都督府、督天水、隴西、同谷三郡」

作藩‥藩は、もと、地方を鎭めて王國の守りとなる領國。藩を作る、とは、領土をもらって王國を守ること。ここでは、地方長官となること。

『魏書』巻五十四　高閭「閭昔在中禁有定禮正樂之勳、作藩於州」

宛陵‥縣の名。唐代の宣城郡の漢名。今の安徽省宣城縣。

『舊唐書』巻三十八　十道郡國　河南道　汴州上「武德四年、於縣置洧州、領尉氏、扶溝、康陰、新汲、鄢陵、宛陵、歸化七縣。貞觀元年、廢洧州及康陰、宛陵、新汲、歸化四縣」

『舊唐書』巻四十　江南西道　宣州「宣城、漢宛陵縣、屬丹陽郡。秦屬鄣郡、梁置南豫州、隋改爲宣州、煬帝又爲宣城郡、皆此治所」

祗明命‥天子の命令を謹んで受ける。

『御製歴代賦彙』巻四十八　中唐・韋充「郊特牲賦」「上祇明命、下達精誠」

趙公西候新亭頌【第二段】

【原文】

惟公代秉天憲(1)、作程南臺(2)、洪柯大本(3)、聿生懿德(4)、宜乎哉(5)。横風霜之秀氣(6)、鬱王覇之奇略(7)。初以鐵冠白筆、佐我燕京(8)、威雄振肅、虜不敢視(9)。而後鳴琴二邦、天下取則(10)、起草三省、朝端有聲(11)。天子識面、宰衡動聽(12)。殷南山之雷(13)、剖赤縣之劇(14)。強項不屈(15)、三州所居大化(16)、咸列碑頌(17)。

至於是邦也、酌古以訓俗(18)、宣風以布和(19)。平心理人(20)、兵鎮唯靜(21)、畫一千里(22)、時無莠言(23)。

【校勘】

作程南臺…『宋本』『繆本』は「作保南臺」とする。『王琦本』は「作程南臺」とし、注して「繆本作保」とする。いま、意味を考え、『咸淳本』『郭本』『王琦本』『全唐文』によって改めた。

懿德…『郭本』『霏玉本』は「懿右」とする。

【訓讀】

惟《こ》れ公《こう》は代々《よよ》天憲《てんけん》を秉《と》り、南臺《なんだい》に作程《さくてい》し、洪柯大本《こうかだいほん》、聿《つひ》に懿德《いとく》を生《しやう》ずるは、宜《むべ》なるかな。風霜《ふうさう》の秀《しう》氣《き》を横《ほしいまま》にし、王覇《わうは》の奇略《きりやく》を鬱《こ》む。初《はじ》め鐵冠白筆《てつくわんはくひつ》を以《もつ》て、我《わ》が燕京《えんけい》を佐《たす》くるや、威雄振肅《ゐゆうしんしゆく》にして、虜《りよ》も敢《あへ》て視《み》ず。而《しか》る後《のち》に琴《きん》を二邦《にはう》に鳴《な》らし、天下《てんか》に則《そく》を取《と》り、三省《さんしやう》に起草《きさう》し、朝端《てうたん》に聲有《せいあ》り。天子《てんし》面《めん》を識《し》り、宰衡《さいかう》聽《ちやう》を動《うご》かす。殷《いん》たり南山《なんざん》の雷《らい》、剖《さば》けり赤縣《せきけん》の劇《げき》。強項不屈《きやうかうふくつ》にして、三州《さんしう》の居《を》る所《ところ》大《おほ》いに化《くわ》し、咸《みな》碑頌《ひしよう》を列《つら》ぬ。

是《こ》の邦《くに》に至《いた》るや、古《いにしへ》を酌《く》み以《もつ》て俗《ぞく》を訓《をし》へ、風《ふう》を宣《の》べ以《もつ》て和《わ》を布《し》く。心《こころ》を平《たひらか》にし人《ひと》を理《をさ》め、兵鎭《へいちん》唯《こ》れ靜《しづ》かにして、畫一《くわくいつ》すること千里《せんり》、時《とき》に莠言《いうげん》無《な》し。

【譯】

趙公の先祖は代々朝廷で國政に攜わり、御史臺で立法に當たられ、大木の枝が廣く茂り地に大きく根を張るように榮えた。やがて趙公のような大いなる德の人が生まれたのは當然のことである。

趙公は、嚴しい節度のある優れた氣をあふれさせ、王道を守るための政略を豐かに抱いている。

まず、鐵の冠をつけ白い筆をさして監察御史の任に就き、燕京の都の補佐官となると、その勇壯で嚴肅な趙公を、北方の異民族も恐れて正視することが出來なかったという。そののち二つの地方を長官として治め、天下に範を垂れた。また、尙書省で公文書を起草し、朝廷で名聲を揚げた。天子はその顏を覺え、宰相は耳を貸すのだった。趙公が發した號令は終南山の雷のように大きく響き渡り、重要な縣の繁多な政務を明快にさばいた。剛直な方で節を曲げることが無く、趙公が治めた三つの州の民はいずれも大いに教化され、三州いずれにも趙公を讃える碑が建てられた。

この宣城縣においでになると、古代の教訓を生かして民衆を導き、德による教化を廣くかかげて德政をしかれた。公平に民を治め、軍隊が出動することもなく縣内は靜まり、廣い範圍に渉って政治は一貫して明瞭で、趙公の時代になって官署を非難する言葉は無くなった。


【注釋】

（1）惟公代秉天憲：趙悦の祖先が代々、天子が定め、天子が行うべき法令を執行してきた。「代」は「代々」の意味。趙悦の父の墓誌銘には、その祖先が三朝にわたって重要な役職に就いてきたことを賞贊する文がある。
『唐代墓誌彙編』錄『金石萃編』卷八十七「大唐故監察御史荊州大都督府法曹參軍趙府君墓誌銘竝序」「三朝積慶、四葉重光。門連岳牧、家襲孝秀。相府類能、儀同踵武於三揖。禮闈尙德、柱史騰芳於一臺」

天憲：朝廷が定めた法令。「秉天憲」とは政治に攜わっている、ということ。

『後漢書』卷七十三 朱穆「手握王爵、口含天憲」

詹鍈『李白全集校注彙釋集評』四二二五頁では「代爲執掌天子法令」と言い、また次頁で「爲帝王執法」と言って、「天子に代わって法令をつかさどる」と解するが、このように解すると、次の「洪柯大本、聿生懿德」の句との意味上のつながりが無くなる。ここは、「代々の祖先が御史臺で職務に勵んだ結果として、趙悅のような、懿德を持った人物が生まれた」というコンテクストで書かれている。

（2）作程南臺‥趙公の家が代々御史臺の官に任ぜられていたことをいう。

作程‥法律や規則を作る。

『宋本』は「作保」とする。この語は、保證する、保證人となる、という意味。意味の上からは、「作程」の方がふさわしい。

『文選』第五十八卷 後漢・蔡邕「陳太丘碑文」幷序「含光醇德、爲士作程」注「毛萇詩傳曰、程、法也」

南臺‥御史臺の異稱。御史臺が宮殿の西南にあったために言う。秦漢以來、官吏を監督し、不正を摘發する官署。

『通典』卷二十四 職官六「後漢以來謂之御史臺、亦謂之蘭臺寺。梁及後魏北齊、或謂之南臺。後魏之制、有公事百官朝會名簿、自尙書令僕以下、悉送南臺」

（3）洪柯大本‥「洪柯」は大木、「大本」はおおもと、ねもと、の意味。ここでは、代々にわたる德の積み重ねによって、趙悅の家が大樹のごとく枝を茂らせ、大地に大きな根を張ったことをいう。

晉・陶潛「讀山海經」詩其六「洪柯百萬尋、森散覆暘谷」
『史記』巻二十一 建元已來王子侯者年表 第九「索隱述贊、漢氏之初、矯枉過正。欲大本枝、先封同姓」

（4）聿生懿德：ついに、趙悦のような立派な徳を持った人材がうまれた。「聿」は「ついに」。
『詩經』唐風 蟋蟀「蟋蟀在堂、歳聿其莫」傳「聿、遂也」
懿德：大いなる美德、また、その美德を持っている人。
『詩經』大雅 烝民「天生烝民、有者有則。民之秉彜、好是懿德」傳「懿、美也」
『史記』巻四 周紀「我求懿德、肆于時夏」
『後漢書』巻五 孝安帝紀「孝和皇帝懿德巍巍、光于四海」

（5）宜乎哉：「當然である」ということを強調した言いかた。この家柄からなら、趙悦のような人物が生まれたのも、當然ではないか。
『史記』巻四十五 韓世家「然與趙魏終爲諸侯十餘世、宜乎哉」
『御定歷代賦彙』巻九十九 唐・獨孤申叔「服蒼玉賦」「宜乎哉、垂楷模之無極」

（6）橫風霜之秀氣：趙悦の清潔な性格をほめる。
橫：あふれんばかりであること。橫溢する。
風霜：人の性格で、嚴しく妥協しない節義を持っていることを、風と霜にたとえる。

『晉書』巻九十　良吏　吳隱之「夫孝行篤於閨門、清節厲乎風霜」

秀氣‥優れた人が持つ靈秀の氣。

『禮記』禮運　巻二十二「人者、其天地之德、陰陽之交、鬼神之會、五行之秀氣也」

（7）鬱王覇之奇略‥趙悅の政治における能力をほめる。王者の道を行うための優れた政策を持っていることをいう。

鬱‥心の内に藏していて、鬱勃とわいていくること。心中にあふれるほど多くこもっていること。

王覇‥王道と覇道。一國の君主が取るべき、公明正大な道。

『荀子』第十二篇　君道「故知而不仁、不可。仁而不知、不可。旣知且仁、是人主之寶也、而王覇之佐也」

『禮記』第三十二巻　表記「至道以王、義道以覇、考道以爲無失」

奇略‥すぐれた計略。

『晉書』巻一百十一　慕容暐「體貌不恆、暗符天表、沈毅自處、頗懷奇略」

（8）初以鐵冠白筆、佐我燕京‥『金石萃編』巻八七「趙思廉墓誌」によると、趙悅ははじめ監察御史の任についた。服裝を述べることによって、趙悅の御史の身分を表す。

李白「贈潘侍御論錢少陽」詩「繡衣柱史何昂藏、鐵冠白筆橫秋霜」

鐵冠‥御史のかぶる、鐵を柱とした法冠。曲がらないことを象徵する。

『後漢書』巻八十二上 高獲「師事司徒歐陽歙。歙下獄當斷、獲冠鐵冠、帶鈇鑕」
盛唐・岑參「送魏升卿擢第歸東都因懷魏校書陸渾喬潭」詩「將軍金印嚲紫綬、御史鐵冠重繡衣」

白筆‥冠の横に插す、史官の持つ筆。事が起きたときに即座に書き留めるために備えていた筆が、慣習となったもの。

『晉書』巻二十五 輿服志「笏者、有事則書之、故常簪筆、今之白筆是其遺象。三臺五省二品文官簪之、王、公、侯、伯、子、男、卿尹及武官不簪、加內侍位者乃簪之。手版卽古笏矣。尙書令、僕射、尙書手版頭復有白筆」

佐‥たすける、という意味で、ここでは趙悅が補佐官となったこと。

燕京‥幽州。今の北京。

『資治通鑑』周紀 第四巻 赧王中 三十一年「有爵位於薊者百有餘人」注「薊、燕都也。班志、薊縣屬廣陽國。唐爲幽州治所。今爲燕京」

(9) 威雄振肅、虜不敢視‥趙悅が北方にある幽州の任にあって、軍事面で優れていたことを述べる。

威雄‥威武雄壯。

『北史』巻六十八 賀若敦「其俶儻英略、賀弼居多、武毅威雄、韓禽稱重」

振肅‥整齊嚴肅。また、整齊嚴肅にさせる力を持っていること。

『南史』巻五十九 江淹「君昔在尙書中、非公事不妄行、在官寛猛能折衷。今爲南司、足以振肅百僚也」

『舊唐書』巻一百一 韋湊「後遷御史中丞、左右丞、兵部侍郎、荊揚潞長史兼採訪使、所在官吏振肅、威令甚擧、中外以爲標準」

虜不敢視‥「虜」は北方異民族で、漢軍としばしば衝突していたが、このときは趙悅の威雄をおそれて、敵對しようとしなかった。

『史記』巻七 項羽本紀「樓煩欲射之、項王瞋目叱之、樓煩目不敢視、手不敢發、遂走還入壁、不敢復出」
(10) 鳴琴二邦、天下取則‥監察御史の後に、縣令となり、江陵縣と安邑縣の二つの地方で、よい政治を行い、天下の人々の模範となったことを言う。
鳴琴‥宓子賤の故事から、德政をしくこと。宓子賤は、自分は琴を彈じて部屋から出なかったが、人材を得、その人々を信賴することで政治を行った。

『呂氏春秋』第二十一巻 察賢「宓子賤治單父、彈鳴琴、身不下堂而單父治。巫馬期以星出、以星入、日夜不居、以身親之、而單父亦治。巫馬期問其故於宓子。宓子曰、我之謂任人、子之謂任力。任力者故勞、任人者故逸。宓子則君子矣、逸四肢、全耳目、平心氣、而百官以治義矣、任其數而已矣。巫馬期則不然、弊生事精、勞手足、煩敎詔、雖治猶未至也」

二邦‥二つの地方。

『文選』巻二十三 魏・王粲「贈文叔良」詩「二邦若否、職汝之由」李善注「言、彼二國若懷不順、此汝之由」

取則‥模範や規範とすること。

『後漢書』巻七十九上 儒林傳「熹平四年、靈帝乃詔諸儒正定五經、刊於石碑、爲古文、篆、隸三體書法以相參檢、樹之學門、使天下咸取則焉」

(11) 起草三省、朝端有聲‥尚書省の任についたことを言う。

起草‥原稿を作る。法令など公文書の案文を作ることで、趙悦が三省の内の尚書省の官僚であったことを言う。

『後漢書』第二十六 百官三 少府「(尚書)侍郎三十六人、四百石。本注曰、一曹有六人、主作文書起草」

三省‥中書省、門下省、尚書省をいう。

『新唐書』巻四十六 百官一 宰相之職「初、唐因隋制、以三省之長中書令、侍中、尚書令共議國政、此宰相職也」

朝端‥朝廷の意味。また、官位の第一位、すなわち尚書省の長官も意味するので、朝廷の上部にまで名聲が聞こえた、という意味も含む。

盛唐・孟浩然「題雲門山寄越府包戸曹徐起居」詩「故國眇天末、良朋在朝端」

『晉書』巻九十一 儒林 范弘之「今石位居朝端、任則論道、唱言無忠國之謀、守職則容身而已、不可謂事君」

有聲：名聲があがること。

『漢書』巻八十九 循吏傳 王成「王成、不知何郡人也。爲膠東相、治甚有聲」

（12）天子識面、宰衡動聽：尙書省の任にあったので、天子にも顔を知られ、宰相にも名を知られていた、ということを言う。

識面：面識のあること。「會ったことがある」という意味と、「知り合いである」という意味があるが、ここでは、天子にもお目にかかったことがある、天子にも顔を知られていた、という意味であろう。

盛唐・杜甫「奉贈韋左丞丈二十二韻」詩「李邕求識面、王翰願卜鄰」

宰衡：宰相。周公が太宰、伊尹が阿衡となって天子の補佐をした故事による。

『漢書』巻十二 平帝紀「夏、皇后見于高廟。加安漢公號曰、宰衡」注「應劭曰、周公爲太宰、伊尹爲阿衡、采伊周之尊以加莽」

李白「書懷贈南陵常贊府」詩「賴得契宰衡、持釣慰風俗」

動聽：評判や言葉などを聞いた人が感動すること。

『文選』書中 第四十二巻 魏・阮瑀「爲曹公作書與孫權」「夫似是之言、莫不動聽、因形設象、易爲變觀」

（13）殷南山之雷…『詩經・召南』の詩に基づく句。南山の雷聲のように、天下四方に號令が鳴りわたり、施行されることの比喩。「殷」は音の大きいこと。南山は長安の南にある終南山。
『詩經』召南「殷其雷」「殷其雷、在南山之陽」傳「殷、雷聲也」鄭箋「雷以喩號令、於南山之陽、又喩其在外也。召南大夫以王命施號令於四方、猶雷隱然發聲於山之陽」

（14）剖赤縣之劇…縣の繁多な問題を巧みにさばく。趙悦の政治的手腕を讃える言葉。
「剖」は「辨別する、分かちとく」という意味で、ここでは錯綜した問題をさばく、という意味。

『史記』三家注序 史記索隱後序「退撰音義、重作贊述、蓋欲以剖盤根之錯節、遵北轅於司南也」

「剖」には地方長官の任に當たるという、「治める」の意味もある。これも、「問題をさばく」という意味から派生していると考えられる。

『楚辭』巻十三 東方朔「七諫・謬諫」「安得良工而剖之」注「剖、治也」

赤縣…「中國全體の異稱」という意味と、「都の直轄地である等級一の縣」という意味がある。

『史記』巻七十四 孟子荀卿「中國名曰、赤縣神州。赤縣神州內、自有九州。禹之序九州是也。不得爲州數。中國外如赤縣神州者九、乃所謂九州也」

『讀史方輿紀要』歴代州域形勢 唐「凡天下縣千五百七十有三」注「京都所理曰赤縣、所統曰畿縣」

王琦は李白「贈宣城趙太守悅」詩「赤縣揚雷聲」句に注して「京都所治爲赤縣」という。趙悅が直轄縣を治めていたという事實は確認できない。したがって、ここの「赤縣」は、「中國の縣」という意味と考えられるが、李白の意識の中では、「都の直轄地である赤縣のように重要な縣」という意味を持っていたであろう。

次の資料から、趙悅が江陵縣と安邑縣の縣令であったことがわかる。

『唐代墓誌彙編』錄『金石萃編』卷八十七「大唐故監察御史荆州大都督府法曹參軍趙府君墓誌銘竝序」「歴監察御史、江陵、安邑二縣令」

劇：「激しい、忙しい」の意味で、縣の事務が繁多で忙しいことを言う。特に仕事の多い縣を「劇縣」と呼ぶ。

『後漢書』卷五 孝安帝「丁丑、詔曰、自今長吏被考竟未報、自非父母喪無故輒去職者、劇縣十歲、平縣五歲以上、乃得次用」

(15) 強項不屈：趙悅の剛直な性格を讃える。「強項」は「項《うなじ》が強く、たやすくは頭を下げない」という意味。

『後漢書』卷五十四 楊震「牧孫奇、靈帝時爲侍中、帝嘗從容問奇曰、朕何如桓帝。對曰、陛下之於桓帝、亦猶虞舜比德唐堯。帝不悅曰、卿強項、眞楊震子孫、從獻帝西遷、有功孫、死後必復致大鳥矣」注「強項、言不低屈也。光武謂董宣爲強項令也」

不屈‥節を變えず、外壓に服從しないこと。

『後漢書』卷五十八 虞詡「詡好刺擧、無所回容、數以此忤權戚、遂九見譴考、三遭刑罰、而剛正之性、終老不屈」
（16）三州所居大化‥趙悅の德が民衆に及んだことを讃える。趙悅が居たことのある三つの地方の民はみな大いに教化された。
三州‥趙悅が治めた三つの州。李白の詩から、趙悅が縣令を歷任したのち、三つの郡の長官となったことがわかる。三つの内二つは、淮陰郡と宣城郡であろう。

李白「贈宣城趙太守悅」詩「赤縣揚雷聲、強項聞至尊。驚飇摧秀木、跡屈道彌敦。出牧歷三郡、所居猛獸奔」

所居‥住んでいるところ。住んでいる人々。

盛唐・劉長卿「過鄭山人所居」詩「寂寂孤鶯啼杏園、寥寥一犬吠桃源」

大化‥大きな德化。法律によらず、德によって、民衆を大いに教化し善導すること。

『尙書』大誥「肆予大化誘我友邦君」傳「大化天下」蔡傳「化者、化其固滯」

『漢書』卷五十六 董仲舒「古者修敎訓之官、務以德善化民、民已大化之後、天下常亡一人之獄矣」

（17）咸列碑頌‥趙悦が居た三つの州は、いずれも、趙悦を讃える碑をたて、その功績を頌えている、という意味。次の記録によって、淮陰で趙悦のために碑が建てられ、頌が書かれていることがわかる。

『金石錄』巻七 第一千三百三十四「唐淮陰太守趙悦遺愛碑」注「張楚金撰。行書。無姓名」第一千三百三十五「唐趙悦碑陰」注「王昕撰」

碑頌‥碑に刻まれた贊辭。

酈道元『水經注』巨馬水「(霍原) 隱居廣陽山、教授數千人、爲王浚所害。雖千古世懸、猶表二轡之稱、既無碑頌、竟不知誰居也」

（18）至於是邦也、酌古以訓俗‥ここから、宣城縣における趙悦の事跡を陳べる。まず、趙悦の政治が、古代の教訓を生かして民を教化する、という、正統なものであったことを述べる。

酌古‥歴史から教訓を汲むこと。

『廣韻』陳州司法孫愐唐韻序「此製酌古沿今、無以加也」

『文心雕龍』奏啓「酌古御今、治繁總要、此其體也」

訓俗‥民衆を教化すること。

『三國志』蜀書 巻四十二 郤正「興五教以訓俗、豐九德以濟民、肅明祀以祈祭、幾皇道以輔眞」

『梁書』巻二十五　徐勉「夫禮所以安上治民、弘風訓俗、經國家、利後嗣者也」

(19) 宣風以布和：趙悅が宣城でも大いに民衆を教化し、德政を布いたことを述べる。
宣風：風教を宣揚する。すなわち、德による教化を廣くかかげること。
『周書』巻十二　齊・煬王憲「列邑名藩、莫不屈膝、宣風導禮、皆荷來蘇」
盛唐・玄宗「早登太行山中言志」詩「宣風問耆艾、敦俗勸耕桑」
布和：和を布く。すなわち、德政によって廣く民衆に惠みをあたえる。
『易林』訟之　第六　蒙「宣時布和、無所不通」

(20) 平心理人：趙悅の民に對する態度をほめる。
平心：公平で偏りのないこと。
『後漢書』巻六十二　陳寔「寔在鄉閭、平心率物。其有爭訟、輒求判正」
盛唐・玄宗「首夏花萼樓觀群臣宴寧王山亭回樓下又申之以賞樂賦詩」序「醇以養德、味以平心」
理人：民を治めること。
『後漢書』巻六十下　蔡邕「既加之恩、難復收改、但守奉祿、於義已弘、不可復使理人及仕州郡」
初唐・張九齡「郡內閒齋」詩「理人無異績、爲郡但經時」

(21) 兵鎭唯靜：爭いがおこらなくなったことを言う。

兵鎭：軍鎭と同じ。軍隊が駐屯しているところ。また、軍隊。「軍隊は靜かだ、戰いがない」という意味。

『新唐書』卷二百二十二下 南蠻下 西原蠻「若經略使居之、兵鎭所處、物力雄完、則敵人不敢輕犯」

唯靜：靜まっている。

初唐・楊炯「盂蘭盆賦」「惟新聖神皇帝、於是乎、唯寂唯靜、無營無欲」

(22) 晝一千里：縣全體にわたって、趙悅の政治が明快で整っていることをほめる。

晝一：直線を引いたように整っていること、また、「一」の字のように明確であること。單に「すべてが等しい」という意味ではなく、「一貫して公平である」という賞贊の意味が含まれる。

『漢書』卷三十九 曹參「百姓歌之曰、蕭何爲法、講若晝一」注「師古曰、講、和也。晝一、言整齊也」

千里：千里四方、すなわち非常に廣い地域。

(23) 時無莠言：上句を承けて、讒言をする者、政治の惡口を言う者がいないことを言う。

莠言：醜い言葉、惡口。

『詩經』小雅 節南山之什 正月「好言自口、莠言自口」傳「莠醜也」箋「此疾訛言之人。善言從女口出、惡言亦從女口出、女口一爾」

『舊唐書』卷一百九十下 文苑下 唐次「惡其蕘言之蠹政也」

趙公西候新亭頌【第三段】

【原文】

退公之暇、淸眺原隰。(1) 以此郡東塹巨海、西襟長江、(2) 咽三吳、(3) 扼五嶺、(4) 輶軒錯出、無旬時而息焉。(5) 出自西郭、蒼然古道、(6) 道寡列樹、行無淸陰。(7) 至有疾雷破山、狂飈震壑、炎景爍野、秋霖灌途、(8) 馬逼側於谷口、人周章於山頂。(9) 亭候靡設、逢迎闕如。(10)

【校勘】

退公…『全唐文』は「公退」とする。

旬時…『宋本』は「自時」とする。『繆本』『咸淳本』『郭本』『王琦本』『全唐文』によって改めた。

道寡…『郭本』『霏玉本』は「道寛」とする。

逼側…『郭本』は「之側」とする。

闕如…『王琦本』は「缺如」とする。

【訓讀】

公《こう》を退《しりぞ》くの暇《ひま》に、原隰《げんしふ》を清眺《せいてう》す。此《こ》の郡《ぐん》 東《ひがし》は巨海《きよかい》を塹《ほ》り、西《にし》は長江《ちやうかう》を襟《あは》せ、三呉《さんご》に咽《いん》たりて、五嶺《ごれい》を扼《おさ》ふるを以《もつ》て、輶軒《いうけん》錯《まじは》り出《い》で、旬時《じゆんじ》として息《や》む無《な》し。西郭《せいくわく》自《よ》り出《い》で、古道蒼然《こだうさうぜん》たり。道《みち》には列樹《れつじゆ》寡《すくな》く、行《かう》には清陰《せいいん》無《な》し。疾雷《しつらい》 山《やま》を破《やぶ》り、狂飇《きやうへう》 壑《たに》を震《ふる》はせ、炎景《えんけい》 野《の》を爍《と》かし、秋霖《しうりん》 途《みち》に灌《そそ》ぐ有《あ》るに至《いた》りては、馬《うま》は谷口《こくこう》に逼側《ひつそく》し、人《ひと》は山頂《さんちやう》に周章《しうしやう》す。亭候《ていこう》 設《まう》くる靡《な》く、逢迎《ほうげい》 闕如《けつじよ》す。

【譯】

公務を終えた暇な時に、高原や濕地を靜かに眺めてごらんになった。この郡は、東方には大きな海が掘られ、西方には長江が合して交通を阻み、さらに三呉地方に到るための要衝の地であり、五嶺地方を押さえる重要な土地ともなっているために、公用の車が行き交い、かたときも止むことはない。

ところが、城郭の西門からのびる古道はさびれていて、竝木も少なく、木陰も乏しい。山を破るような激しい雷、谷をふるわせるような強風、野を燒くばかりに照りつける日差し、幾日も續く秋の長雨になると、馬は谷の入り口で動きがとれなくなり、人々は山のいただきで狼狽するばかりである。

ここには休息する建物も無く、遠來の使者を迎える設備が缺けている。

【注釋】

（1）退公之暇、清眺原隰：時間のあるときに、あらためて邊り一帯を眺めてみると、その周邊は廣々と開けたところで、丘や濕原がひろがっていた。

退公之暇：公務を終えた後の暇な時間に。「公務を退職したのち」という意味もあるが、多くはこの句のように、「仕事の余暇に」という意味で使われる。

晩唐・皮日休「二遊詩」序「次有前涇縣尉任晦者、其居有深林曲沼、危亭幽砌、余竝次以見之、或退公之暇、必造以息焉」

『舊唐書』巻一百六十　韓愈「後雖通貴、毎退公之隙、則相與談讌、論文賦詩、如平昔焉」

清眺：心静かに遠方を望む。

中唐・羊士諤「登樂遊原寄司封孟郎中盧補闕」詩「爽節時清眺、秋懷悵獨過」

原隰：土地が高い高原と、土地が低く水の多い濕地帯。

『詩經』小雅　鹿鳴之什　皇皇者華「皇皇者華、于彼原隰」傳「高平曰原、下濕曰隰」

『尚書』夏書　巻六　禹貢「原隰底績、至于豬野」傳「下濕曰隰」

（2）以此郡東塹巨海、西襟長江：ここから、この地方が東西を海と大河に阻まれているため、五嶺地方や呉の地方に抜けるための重要な街道となっており、交通量の多いことを述べる。

東塹巨海：東は大海に接している。

『史記』巻一百一十七 司馬相如「且齊東陼巨海、南有琅邪」

塹‥は穴や堀を掘ること。海に近いことを、海が掘られている、というように表現している。

西襟長江‥「襟」は、二つの流れが一つになるとき、ちょうど襟元のように合わさるのを言う動詞。ここでは要するに、西に長江が流れていることをいうのであるが、「襟」の字を使うことによって、長江に支流があわさり、このあたりが複雑で険しい地形になっている意味を表す。

初唐・太宗「入潼關」詩「崤函稱地險、襟帶壯兩京」

初唐・王勃「滕王閣」序「襟三江而帶五湖、控蠻荊而引甌越」

（3）咽三吳‥宣城は三呉をおさえる要害の地であることをいう。

咽‥喉元のように重要なところにある、ということを言う動詞。ここを押さえれば、のどをふさがれて息ができなくなるように、三呉の地方が衰える。

『史記』巻一百二十六 滑稽「洛陽有武庫敖倉、當關口、天下咽喉」

中唐・劉禹錫「管城新驛記」「臣治所直天下大逵、肘武牢而咽東夏」

三吳‥李白の作品に幾度か表れる地名である。

李白「猛虎行」詩「三吳邦伯皆（一作多）顧眄、四海雄俠兩追隨（一作皆相推）」

李白「永王東巡歌」十一首之三「秋毫不犯三吳悅、春日遙看五色光」

李白「贈昇州王使君忠臣」詩「六代帝王國、三吳佳麗城」

李白「送友人尋越中山水」詩「八月枚乘筆、三呉張翰杯」

李白「金陵望漢江」詩「六帝淪亡後、三呉不足觀」

「三呉」とはどの地方をいうか、については、說が定まっていない。『水經注・漸江水』は「呉興、呉郡、會稽」とする。『通典』州郡と『元和郡縣志』は「呉郡、呉興、丹陽」とする。楊齊賢は李白「永王東巡歌」第三首に注して「姑蘇、廣陵、建鄴」とする。

「三呉」は富裕な穀倉地帯であった。

『晉書』巻九十二 文苑・伏滔「彼壽陽者、南引荊汝之利、東連三呉之富」

そのためか、たびたび兵を擧げ、また、戰亂にまきこまれている。

『晉書』巻六十五 王導「及賊平、宗廟宮室竝爲灰燼、溫嶠議遷都豫章、三呉之豪請都會稽」

『魏書』巻九十六 德宗弟德文「德宗政令所行、唯三呉而已。恩旣作亂、八郡盡爲賊場、及丹陽諸縣處處蜂起、建業轉成蹙弱」

李白の作品では、「三呉」は特定の三つの地方を指すのではなく、裕福な穀倉地帯で強力な軍隊を持ちうる呉の地方一帯をさす言葉として用いられているのだと考える。
（4）扼五嶺：五嶺に行く要道にあり、ここに據れば五嶺を制することができる。
扼：急所を押さえつけるときに使う動詞。「扼襟」「扼喉」という言葉もある。
初唐・張說「奉和聖製度蒲關應制」「關城雄地險、橋路扼天津」

「五嶺」については定説はないが、一般的には、越城（廣西省）、都龐（湖南省）、萌渚（湖南省）、騎田（湖南省）、大庾（江西省）の五山脈の總稱。湘贛や粵桂などの省區の邊境にある。

『史記』巻八十九 陳餘「南有五嶺之戍」索隱「裴氏廣州記云、大庾、始安、臨賀、桂陽、揭陽、斯五嶺」

『資治通鑑』巻七 始皇帝「戍五嶺」注「鄧德明南康記曰、大庾嶺一也、桂陽騎田嶺二也、九眞都龐嶺三也、臨賀萌渚嶺四也、始安越城嶺五也。師古以裴說爲是」

李白「江西送友人之羅浮」詩「桂水分五嶺、衡山朝九疑」

（5）輶軒錯出、無旬時而息焉：これまでに書いてきたように、宛陵は要衝の地にあるので、ここを通行する役人の車が非常に多く、途絶えることなく行き交っていることを言う。

輶軒：天子の使者が乘る車。輕い車で、古代の使臣はいつもこれに乘っていたので、後に使臣の車の通稱となった。

『文選』巻三十五 晉・張協「七命」「語不傳於輶軒、地未被乎正朔」李善注「風俗通曰、秦周常以八月輶軒使採異代方言、藏之祕府」

初唐・宋之問「答李司戶夔」詩「遠方來下客、輶軒攝使臣」

李白「贈崔侍郎（一作御）」詩「君乃輶軒佐、予叨翰墨林」

錯出：交差するように多くが行き交うこと。

『漢書』巻五十一 枚乘「夫漢幷二十四郡、十七諸侯、方輸錯出、運行數千里不絶於道」

旬時…旬日、すなわち十日間。ここでは、短い時間を言うのだろう。

『尙書』周書 巻十四 康誥「又曰、要囚服念五六日至于旬時丕蔽要」注「思念五六日至十日」

『舊唐書』巻一百二十 郭子儀「上表懇辭曰（略）竊謂陛下已知其願、深察其心、豈意未歷旬時、復延寵命」

（6）出自西郭、蒼然古道…町の西の城郭から道が出ているが、それは悽然たる古道である。

西郭…西方の城郭。

『左傳』襄公 傳十八「己亥、焚雍門及西郭南郭」

古道…古くからある、古びた道。李白の作品には、山中の古道がいくつか描寫されている。

李白「灞陵行送別」詩「我向秦人問路岐、云是王粲南登之古道。古道連綿走西京、紫闕落日浮雲生」

李白「尋雍尊師隱居」詩「撥雲尋古道、倚石聽流泉」

蒼然…凄涼とした樣子を形容する言葉。邊境の樣子、古びた物の形容、日暮れの氣配などを表すときに用いられる。

盛唐・劉長卿「陪元侍御遊支硎山寺」詩「古木閉空山、蒼然暮相對」

李白「大庭庫」詩「朝登大庭庫、雲物何蒼然（略）古木朔氣多、松風如五弦」

李白「秋登巴陵望洞庭」詩「秋色何蒼然、際海倶澄鮮」

（7）道寡列樹、行無淸陰：この古道は、使臣の通る道であろうが、竝木が少ない。そこで、夏の太陽や秋の長雨、さらには強風や雷を避けることができない、と、次の句に續く。

「道」も「行」も前句の「古道」を指す。

『詩經』小雅 小弁「行有死人、尚或墐之」鄭箋「行、道也」

列樹：竝木。

盛唐・玄宗「端午三殿宴群臣探得神字」序「廣殿肅而淸氣生、列樹深而長風至」

淸陰：涼しく美しい日陰。

李白「詠桂」詩「淸陰亦可託、何惜樹君園」

（8）至有疾雷破山、狂飈震壑、炎景爍野、秋霖灌途：雷、大風、炎熱、雨などのときに通行に困難であったことを述べる。

疾雷：突然生ずる雷。

『爾雅』卷六 釋天「疾雷爲霆霓」注「雷之急擊者」

『莊子』齊物論「大澤焚而不能熱、河漢沍而不能寒、疾雷破山、飄風振海、而不能驚」

『晉書』卷九十二 文苑傳 顧愷之「聲如震雷破山、淚如傾河注海」

狂飈：突然吹く暴風。

晉・陸雲「南郊賦」「狂飈起而妄駭、行雲藹而芊眠」
震壑：谷をふるわせる。
初唐・李嶠「鼓」詩「向樓疑吹擊、震谷似雷驚」
炎景：眞夏の強烈な日光。
三國魏・曹植「槐賦」「覆陽精之炎景、散流耀以增鮮」
爍：あぶる、高熱で溶かす。
『梁書』巻五十五　武陵王紀「季月煩暑、流金爍石」
李白「感時留別従兄徐王延年従弟延陵」「驕陽何太（一作火）赫、海水爍龍龜」
盛唐・丘爲「省試夏日可畏」詩「赫赫溫風扇、炎炎夏日徂。火威馳迥野、畏景爍遙途」
秋霖：何日も降り續く秋の長雨。
『管子』度地「管仲對曰、冬作土功、發地藏、則夏多暴雨、秋霖不止」
盛唐・王維「宿鄭州」詩「宛洛望不見、秋霖晦平陸」
灌：そそぐ、ひたす。
『莊子』逍遙遊「堯讓天下於許由、曰、日月出矣而爝火不息、其於光也、不亦難乎。時雨降矣而猶浸灌、其於澤也、不亦勞乎」

（9）馬逼側於谷口、人周章於山頂：上句を承け、竝木の少ない古道で風雨や雷に遭ったときの人々の様子を誇張して述べる。

逼側：押し合って混雑する様子。「谷口」は谷の入り口。谷の入り口の狭くなっているところで混雑する様子。

『史記』巻一百一十七　司馬相如「赴隘陜之口、觸穹石、激堆埼、沸乎暴怒、洶涌滂潰、滭滭浡汩、湢測泌瀄」集解「郭璞曰、逼側筆櫛四音」索隱「司馬彪云、湢測、相迫也」

『後漢書』巻三十一　廉范「成都民物豐盛、邑宇逼側、舊制禁民夜作、以防火災」

周章：あわてふためく様子。

『顏氏家訓』巻上　文章篇「周章怖慴、不達天命、童子之爲耳」

（10）亭候靡設、逢迎闕如：多くの旅人が休息する施設がないこと、すなわち亭を設ける必要があることを、あらためて述べる。

亭候：元來、國境地帶に設けられ、敵の動向をうかがう物見臺を言ったが、のちには、縣境などに設けて、往來する者たちを管理する施設となった。

『後漢書』巻一下　光武帝紀「遣驃騎大將軍杜茂將亭候、修烽燧」注「亭候、伺候望敵之所」

『晉書』巻六十八　賀循「沿江諸縣各有分界、分界之內、官長所任、自可度土分力、多置亭候、恆使徼行、峻其綱目」

逢迎：來客を出迎えて接待すること。

李白「獻從叔當塗宰陽冰」詩「弱冠燕趙來、賢彥多逢迎」
李白「自廣平乘醉走馬六十里至邯鄲登城樓覽古書懷」詩「趙俗愛長劍、文儒少逢迎」

趙公西候新亭頌【第四段】

【原文】

自唐有天下、作牧百數(1)、因循齷齪、罔恢永圖(2)。及公來思、大革前弊(3)、實相此土、陟降觀之(4)。壯其廻崗龍盤、沓嶺波起、勝勢交至、可以有作(5)。方農之隙、廓如是營(6)。遂鏟崖坦堙卑、驅石剪棘(7)、削汚壤、堦高隅(8)、以門以墉、乃棟乃宇(9)。儉則不陋、麗而不奢、森沈閈閎、燥濕有庇(10)。若鼂之勇、如鵬斯騫(11)。縈流鏡轉、涵映池底、納遠海之餘淸、瀉蓮峰之積翠(12)。信一方雄勝之郊、五馬踟躕之地也(13)。

【校勘】

坦堙卑：『咸淳本』『郭本』『霏玉本』『全唐文』は「坦」字を缺く。『王琦本』は「坦」字を缺き、注して「繆本崖字下多一坦字」という。
閈閎：『繆本』は「閉閎」とする。『郭本』『霏玉本』は「閈閉」とする。
若鼂之勇：『繆本』『全唐文』は「若鼇之湧」とする。『王琦本』は「若鼇之湧」とし、「鼇」に注して「郭本作鼂」

という。

蓮峰・・『繆本』は「連峰」とする。『王琦本』は「連峰」とし、「連」に注して「郭本作蓮」という。

【訓讀】

唐《たう》の天下《てんか》を有《いう》して自《よ》り、牧《ぼく》と作《な》るものは百數《ひやくすう》なるも、因循齷齪《いんじゆんあくせく》とし、永圖《ゑいと》を恢《ひろ》むる罔《な》し。公《こう》の來思《らいし》するに及《およ》び、大《おほ》いに前弊《ぜんぺい》を革《あらた》め、實《じつ》に此《こ》の土《ど》を相《み》、陟降《ちよくかう》して之《これ》を觀《み》る。其《そ》の迴崗《くわいかう》龍《りゆう》のごとく盤《わだかま》り、沓嶺《たふれい》波《なみ》のごとく起《お》こり、勝勢《しようせい》交《こも》ごも至《いた》るを壯《さう》とし、以《もつ》て作《さく》有《あ》る可《べ》しとす。方《まさ》に農《のう》の隙《げき》にして、廓如《くわくじよ》として是《こ》れ營《いとな》む。遂《つひ》に崖《がけ》を鏟《なら》し卑《ひく》きを坦堙《たんいん》し、石《いし》を驅《か》り棘《いばら》を剪《き》り、汚壤《をじやう》を削《けづ》り、高隅《かうぐう》に堦《かい》つくり、以《もつ》て門《もん》とし以《もつ》て墉《かき》とし、乃《すなは》ち棟《むね》あげし乃《すなは》ち宇《のき》つくる。儉《けん》なれども則《すなは》ち陋《ろう》ならず、麗《れい》なれども奢《しや》ならず、森沈《しんちん》たる閈閎《かんくわう》、燥濕《さうしふ》に庇《ひさし》有《あ》り。鳧《のがも》の勇《いさ》む若《ごと》く、鵬《おほとり》の斯《ここ》に騫《と》ぶ如《ごと》し。縈流《えいりう》鏡《かがみ》のごとく轉《てん》じ、池底《ちてい》に涵映《かんえい》し、遠海《ゑんかい》の餘淸《よせい》を納《をさ》め、蓮峰《れんぽう》の積翠《せきすい》を瀉《そそ》ぐ。信《まこと》に一方雄勝《いつぱうゆうしよう》の郊《かう》、五馬踟躕《ごばちちゆ》の地《ち》なり。

【譯】

唐代が始まって以來、この地方の長官となった者は百を下るまい。しかし皆古いしきたりを守るのに汲々として、將來を見通す大きな政策は持っていなかった。趙公がおいでになってから、大々的に舊習を改革するようになった。趙公は實際にこの地の風土を見、登ったり降ったりして觀察なさった。この地方の山々は龍がうずくまるようにめぐり、幾重にも連なる峯々は波打っており、すぐれた地形が次々に押し寄せてきて、まことに雄壮で亭を作るにはふさわしいところであると思われた。

農閑期を選んで、趙公は決然と建築を始めた。山肌を削り谷を埋め、岩を驅り立て雑草を刈り、見苦しい土は取り除き、高隅を整え、門を構え垣を巡らし、棟を上げ、軒でおおった。建てられた亭は、簡素ではあるが卑しくはない。美しいけれども贅澤ではない。鬱蒼とした木々におおわれた大門では、暑い日差しも雨も、人々は庇で避けることができる。屋根は梟が勇んで飛び立とうとしているよう、また鴻が飛びあがるよう。めぐる流れはまるで鏡が取り巻いているようで、池の底に周圍が映し出されている。そこには、遠い海に流れていった水の清らかな殘りが止まっており、蓮峰の豊かな綠がそそぎこまれている。

まことに、この地第一の名所、道行く人は誰もが立ち止まって感嘆する所である。

【注釋】

（1） 自唐有天下、作牧百數：「作牧」は、放牧をする意味から、地方長官として民を治めることを言うようになった。唐が天下を取って以來、宣城の長官となった者はどのくらいいるのだろうか。「百數」は「百數十」という意味と「百を單位として數える、すなわち數百」という意味の二つがある。「百を單位としてかぞえる」という意味に使うときは、前に「以」という語をつけるようだ。また、宣城の長官となった者が、唐代の開始から趙悦までに數百人も居たとは考えにくい。中國全土の地方長官を考えれば、數百ではきかないであろう。したがって、ここは、宣城の長官（刺史、縣令）となった者が、かつて百人以上も居た、という意味に解釋した。

作牧‥長官となる。

『周禮』春官 宗伯 大宗伯「正邦國之位、壹命受職、再命受服、三命受位、四命受器、五命賜則、六命賜官、七命賜國、八命作牧、九命作伯」

初唐・韋嗣立「奉和張岳州王潭州別詩」二首之一「茂先王佐才、作牧楚江隈」

百數‥百數十。また、數百。

『史記』巻五十三 蕭相國世家「今雖亡曹參等百數、何缺於漢」

『史記』巻三十 平準書「列侯以百數、皆莫求從軍擊羌、越。至酎、少府省金、而列侯坐酎金失侯者百餘人」

（2）因循齷齪、罔恢永圖‥趙公以前の政治状況を批判する。

因循‥古い習慣に從って、進取の氣象がないこと。

『宋書』巻十八 禮五「漢、魏、二晉、因循莫改。逮于大明、始備五輅」

齷齪‥器量が小さく、小さなことにこだわること。

劉宋・鮑照「樂府」八首「放歌行」「小人自齷齪、安知曠士懷」

恢：「廣い」という形容詞的用法と、「廣める」という動詞的用法がある。次の用例を參考にして、「廣める」の意味にとった。

『六臣注文選』孔安國『尚書』序「所以恢弘至道示人主以軌範也」注「良曰、恢大、範法也」

『春秋左傳』襄公 巻二十九 傳四年「用不恢于夏家」注「羿以好武雖有夏家而不能恢大之」

『文苑英華』巻九百九十九 唐・盧藏用「弔紀信文」「考振古以爲觀兮罔恢帝基、感將軍之憤兮壯大義之在茲」

罔：次に擧げる用例から、名詞・形容詞などの前について「ない（無、亡）」という用法と、動詞の前について「しない（不）」という用法がある。ここでは「恢」字を動詞に考えたので、「不」の意味とした。

『尚書』虞書 巻五 益稷謨「傲虐是作罔晝夜」注「傲戲而爲虐、無晝夜常」

『尚書』商書 巻八 太甲上「後嗣王罔克有終相亦罔終」注「言桀君臣滅先人之道德、不能終其業以取亡」「王惟庸罔念聞」注「言太甲守常不改、無念聞伊尹之戒」

永圖：長久の計。將來を見通した策。

『尚書』商書 巻八 太甲上「無越厥命以自覆、愼乃儉德、惟懷永圖」孔傳「言當以儉爲德、思長世之謀」

（3）及公來思、大革前弊‥ここから趙公の政治をたたえる部分に入る。趙公は就任以後、意欲的に改革を施した。

『北齊書』巻六 論曰「孝昭早居臺閣、故事通明、人吏之間、無所不委。文宣崩後、大革前弊」

來思‥「來る」という意味で、「思」は助辭。

『詩經』小雅 鹿鳴之什 采薇「昔我往矣、楊柳依依。今我來思、雨雪霏霏」箋「我來戍止、而謂始反時也」

（4）實相此土、陟降觀之‥趙公はまず土地柄を視察した。

相‥見る。視察する。「相土」は、その地方の風土を觀察すること。

『三國志』魏書 巻十一 國淵「淵屢陳損益、相土處民、計民置吏、明功課之法。五年中倉廩豐實、百姓競勸樂業」

陟降‥「登ったり降りたりする」という意味であるが、また「行ったり來たりする」という意味もある。いずれにしても、ここでは、實際に歩き回って土地柄を見た、という意味。

『詩經』大雅 文王「文王陟降、在帝左右」傳「文王升接天下接人也」箋「在察也、文王能觀知天意、順其所爲、從而行之。陟音涉。升也」

王國維『觀堂集林』「與友人論詩書中成語書」「古又有陟降一語、古人言陟降猶今人言往來、不必兼陟與降二義」

（5）壮其迴崗龍盤、沓嶺波起、勝勢交至、可以有作：地勢の優れたことを述べて、この景勝の地を鑑賞するための建物が必要であることを言う。

「壯」は「壯哉！（壮大だなぁ）」という感嘆詞、「豪壯（盛んにも）」という副詞、「推崇（壮大さに賛嘆する）」という動詞の三つに解釋できる。「壯其云々」という使い方の用例を參考にして、動詞に取った。

『史記』巻九十二　淮陰侯「滕公奇其言、壯其貌、釋而不斬」

『漢書』巻一下　高帝紀「上壯其節、爲流涕、發卒二千人、以王禮葬焉」

迴崗：山並みがうねっている様子を言うと思われる。李白は作品の中で、しばしば、川が蛇行している様子の形容に「迴」の字を用いる。

李白「廬山謠寄廬侍御虚舟」詩「迴崖沓嶂凌蒼蒼、翠影紅霞映朝日」

沓嶺：重なり合う嶺。

初唐・宋之問「遊雲門寺」詩「沓嶂圍蘭若、回溪抱竹庭」

龍盤：崗が龍のうずくまっているような地勢であること。

李白「金陵歌送別范宣」詩「鍾山龍盤走勢來、秀色横分歴陽樹」

波起：山々の形容で、重なり合う山並みが、まるで波が起こるようだ、という。『全唐詩』や『先秦漢魏晉南北朝詩』では、この言葉はもっぱら水を形容する句のみに用いられる。

勝勢：優れた地勢。

盛唐・皎然「奉陪鄭使君諤遊太湖至洞庭山登上貞觀卻望湖水」詩「靈長習水德、勝勢當地樞」

交至：次々にやってくる、一齊に押し寄せてくる。

『宋書』巻一　武帝「未及臨朐數里、賊鐵騎萬餘、前後交至」

有作：興のわく環境があり、それにふさわしい詩文などの作品ができることをいう。ここでは、この景勝の地に建物があるべきだという。

盛唐・杜甫「奉贈王中允（維）」詩「窮愁應有作、試誦白頭吟」

晩唐・齊已「懷金陵李推官僧自牧」詩「也應有作懷淸苦、莫謂無心過白頭」

（6）方農之隙、廓如是營：これまで、なぜ亭を建てることが必要かを述べてきたが、ここから、いよいよ建築が始まる。爲政者としては、農民の耕作を妨げないように、農閑期に行わなければならない。

農隙：農事の暇なとき。

『春秋左傳』隱公　巻三　傳五年「不軌不物、謂之亂政。亂政亟行、所以敗也。故春蒐、夏苗、秋獮、冬狩、皆於農隙以講事也」注「各隨時事之間」

廓如：ふさがっていたものが除かれて、さっぱりと開ける様。ふさがれていた道が開かれる、覆われていた世界が晴れる、など、多くは抽象的な意味に使われる。ここでは、一擧に大々的に建築を始めた、というような含意か。

『揚子法言』巻二「古者楊墨塞路、孟子辭而闢之、廓如也」

『文選』第十二巻 江海 木玄虚「海賦」「廓如靈變、惚怳幽暮」注「廓、猶開也。言廓然暫開、如神之變、惚怳之頃、而又幽暮也」


是營‥「是」は指示代名詞または強調の助辭。「營」は、町や宮殿などの建物を造ること。

『詩經』大雅 崧高「申伯之功、召伯是營。有俶其城、寢廟既成」

『三國志』魏志 巻三 明帝叡「于時百姓彫弊、四海分崩、不先聿脩顯祖、闡拓洪基、而遽追秦皇漢武、宮館是營、格之遠猷、其殆疾乎」

（7）鏟崖坦堙卑、驅石剪棘‥建築を始めるに當たって、地所を整備する。

鏟崖‥「鏟」は削って平らにする、の意。東周墓出土の「鏟子」は先の平たいスコップのような形をしている。これで表土を削り取ったりしたと思われる。ここでは山肌を削って平地を作る、という意味であろう。

『文選』第十一巻 遊覽 宋・鮑照「蕪城賦」「孶貨鹽田、鏟利銅山」注「蒼頡篇曰、鏟、削平也」

『新唐書』巻一百七 陳子昂「鏟山輦石、驅以就功、春作無時、何望有秋」


坦‥平らにする。

ただし、この字は、『咸淳本』『郭本』『王琦本』『全唐文』にはない。意味やリズムの上から、『宋本』の衍字であろうと考える。

堙卑…「堙」は、土を積み上げるというのが原義で、穴や堀を埋めるときにも使われる。「卑」は低い所。低いところに盛り土をして、平地を作る、という意味。

『文心雕龍』巻一 辨騷「康回傾地」注「欲壅防百川、隳高堙卑、以害天下」

驅石…岩を動かすこと。秦の始皇帝が神助によって、岩を驅り立てて石橋を造った、という傳說による。

『藝文類聚』巻六 地部 石「三齊略記曰、始皇作石塘、欲過海看日出處。時有神人、能驅石下海。石去不速、神輒鞭之、皆流血、至今悉赤。陽城山石盡起立、嶷嶷東傾、狀如相隨行」

李白「古風」詩 其四十八「秦皇按寶劍、赫怒震威神。逐日巡海右、驅石駕滄津」

盛唐・杜甫「陪李七司馬皂江上觀造竹橋卽日成往來之人免冬寒入水聊題短作簡李公」詩二首之二「合歡卻笑千年事、驅石何時到海東」

剪棘…いばらを刈る。

『六臣註文選』巻二 後漢・張衡「西京賦」「虞人掌焉、爲之營域、焚萊平場、柞木翦棘」注「左氏傳曰、翦其荊棘。銑曰、焚除草萊、斫木翦棘、爲馳逐之處」

（8）削汚壤、堦高隅…汚れた土を取り除き、敷地の隅の高くなっているところに階段をつける。「堦高隅」は意味が取りにくいが、前句との對句となるところから、動賓構造と取り、高隅に階段をつけた、という意味に解した。

削汚壤：汚壤を削る。古い土を取り除いた。

壤：掘り出した土。

『春秋穀梁傳』隱公三年「吐者外壤、食者内壤。闕然不見其壤、有食之者也」疏「齊魯之間、謂鑿地出土、鼠作穴出土、皆曰壤」

汚壤：用例はあまりない。似たような用例や、後世の用例を參考にすると、やはり「汚い土」という意味だと思われる。

『宋書』卷六十八 彭城王義康「實希洗宥、還齒帝宗、則施及陳荄、榮施朽壤」

明・方孝孺『遜志齋集』卷之十六「存養齋記」「若泉之漸塗泥、若玉之墮汙壤」

明・沈一貫「日方升賦」「睇汚壤而不穢、照曀所而彌章」

堦：「階」の異體字。「きざはし、はしご、のぼる」の意味。また古い用例であるが、論語に「はしごをかける」という意味の使い方がある。

『論語』子張 第十九「猶天之不可階而升也」

清の王琦によれば、寧州の太白樓には、左階と右階があり、それぞれ石柱や石碑があるという。

王琦『李太白集注』卷三十六 外記「李白酒樓、在濟寧州南城上。李白客任城時、縣令賀知章觴之於此。今、樓與當時碑刻俱存。元著作郎陳儼重修」「濟寧州太白樓、下俯漕河、憑高眺遠、據一州之勝、碑板林立、惟唐人李光記大篆最古、碑製六面如幢、其左爲二賢祠祀、太白賀監、其東有太白浣筆泉（注）王阮亭秦蜀驛程後記」「右階西南上、有古石柱、高可丈四五、觚植而湧蓋其上。周圍刻小篆記。文者唐沈光之所作也。其左階東南隅、有二賢祠記石刻二通。蓋昔之州人嘗祀太白與知章賀公於其上者也」

詹鍈『李白全集校注彙釋集評』四二三二頁では「堦」を「臺堦とする」という意味の動詞にとって、次の句の「門、墉、棟、宇」と同じ用法だとする。しかし、文の組み立てから言って、この句は明らかに前句「削汚壤」と同じ文法構造であるべきものである。

「階」は、「入り口の階段」の意味である。また「堦」は、對になる前句の「削」と同じく動詞である。前の句が「削る」なので、反對の意味を持つ動詞、ということと、賓語「高隅」の意味から考えて、「堦」を「（高隅に至る）階段を設置する」という意味にとった。

高隅‥城隅。城壁の角の部分、また、城壁の角に作られた女墻。用例から見ると、城壁そのものも言うようだ。高く立てられる建造物である。ここでは、城壁ではなく、建物にめぐらされた墻の四隅を言うと考える。

『文選』第二十九卷　晉・嵆康「雜詩」「皎皎亮月、麗于高隅」注「周禮曰、城隅之制九雉」

『文選』第二十二卷　宋・鮑照「行藥至城東橋」詩「蔓草緣高隅、脩楊夾廣津」注「隅、城隅也」

『文選』第十一巻 遊覧 晉・孫綽「遊天台山賦」「雙闕雲竦以夾路、瓊臺中天而懸居。朱闕玲瓏於林間、玉堂陰映于高隅」

『晉書』巻一百三十 載記 赫連勃勃「高隅隱日、崇墉際雲、石郭天池、周縣千里」

李白「贈丹陽横山周處士惟長」詩「周子横山隱、開門臨城隅」

（9）以門以墉、乃棟乃宇‥ここで、建物を形にする。この二句の「門」「墉」「棟」「宇」は、それぞれ「門を作る」「墉を作る」「棟を作る」「宇を作る」という動詞と考えられる。「門」はもん、「墉」はかき、「棟」はむね、「宇」はのき、である。

『易』繫而下「上古穴居而野處、後世聖人易之以宮室、上棟下宇、以待風雨」

（10）儉則不陋、麗而不奢、森沈閑閟、燥濕有庇‥亭の様子を述べる。簡素で美しく、自然の不快から人々を守ることがうたわれる。

『文選』巻一 後漢・班固「東都賦」「是以皇城之內、宮室光明、闕庭神麗、奢不可踰、儉不能侈」

儉陋‥儉約に過ぎて卑しいこと。

『晉書』巻八十八 孝友 劉殷「性倜儻、有濟世之志、儉而不陋、清而不介、望之頹然而不可侵也」

麗奢‥華麗で奢侈。

初唐・王勃「上吏部裴侍郎啓」「弊化奢麗、萬世同流、餘風未殄、公其念哉」

森沈‥木々が鬱そうと茂っている様。また山奥のように小暗く奥深い様子。

南朝宋・謝靈運「山居賦」「修竹葳蕤以翳薈、灌木森沈以蒙茂」

南朝宋・鮑照「過銅山掘黃精」詩「銅溪晝森沈、乳竇夜涓滴」

閈閎‥村里の大門を言うが、屋敷の大門を言うこともある。ここでは亭に向かう道に設けられた門を言うのであろう。

『左傳』襄公 三十一年「高其閈閎、厚其牆垣」

晉・左思「魏都賦」「瑋豐樓之閈閎、起建安而首立」

燥濕‥乾燥と多濕、日照りと長雨。ここでは、日差しや雨脚の意味に取った。

『管子』第五十三篇 禁藏「宮室足以避燥濕、飲食足以和血氣」

『禮記』王制 巻十二「凡居民材、必因天地寒煖燥濕」

『左傳』襄公 巻三十三 傳十七年「皆有闔廬以辟燥濕寒暑」

『魏書』巻十九 曹植「今臣與陛下踐冰履炭、登山浮澗、寒溫燥濕、高下共之、豈得離陛下哉」

庇‥ひさし、おおい。ここでは、門にひさしを設けてあって、通行人の雨宿りや休息に便宜をはかっていることを言う。

（11）若梟之勇、如鵬斯騫：屋根の形狀を言い、建物全體の樣子をあらわす。梟：水鳥。のがも、まがもの類。これは、高いところから建物を見たときの情景を描寫するのであろう。
李白「天馬歌」詩「目明長庚臆雙梟、尾如流星首渴烏」『王琦本』は「鼇」とする。鼇は傳說上のおおうみがめで、海に棲み、背中に蓬萊、方壺、瀛州の三山を負い、そこには神仙が住んでいるという。「鼇が湧いてくる」も建物を俯瞰する樣。

李白「天台曉望」詩「憑高登遠覽、直下見溟渤。雲垂大鵬翻、波動巨鼇沒」
鵬騫：李白の作品の中で、「飛び立つ大鵬」は、政界で活躍する、という意味で描かれることが多く、自由へのあこがれを表すこともある。ここでは屋根の四隅が反っている樣子を描寫する。第六段注（3）參照。

李白「贈從孫義興宰銘」詩「蠖屈雖百里、鵬騫望三台」
李白「登金陵冶城西北謝安墩」詩「哲匠感頹運、雲鵬忽飛翻」
（12）縈流鏡轉、涵映池底、納遠海之餘淸、瀉蓮峯之積翠：水の豐かな情景の描寫。うねうねと川が巡り、澄んだ水をたたえた池がある。川や池には海の氣配があり、周りを取り卷く峯が影を映して緑に染まっている。「納遠海之餘淸」は、「遠海の淸らかな氣がここまで傳えられている」「遠海に流れていった水のあまりが、この地に止まっている」という二通りの解釋を考え、水の流れが海に向かっていることから、後者の解釈をとった。

縈流：うねうねとめぐる水の流れ。

李白「經亂離後天恩流夜郎憶舊遊書懷贈江夏韋太守良宰」詩「剪鑿竹石開、縈流漲清深」

鏡轉：水の流れが鏡のように澄んでめぐる。

李白「與賈至舍人於龍興寺剪落梧桐枝望灉湖」詩「雨洗秋山淨、林光澹碧滋。水閒明鏡轉、雲繞畫屏移」

涵：うるおす、ひたす。「涵映」は、邊り一帶全てを映し出す。川や湖に空や周圍の木々が映っている情景を、「涵」を用いて表現する句は多い。

盛唐・元結「登白雲亭」詩「涵映滿軒戶、娟娟如鏡明」

李白「遊南陽白水登石激作」詩「島嶼佳境色、江天涵清虛」

餘清：消え殘る清冽な氣配。

『文選』巻二十二 南朝宋・謝靈運「游南亭」詩「密林含餘清、遠峯隱半規」呂良注「含餘清、謂雨後氣尙清涼也」

李白「淮陰書懷寄王宗成」詩「雲天掃空碧、川嶽涵餘清」

蓮峰：頂上が蓮の花の形をした峯。王琦本は「連峰」とし、詹鍈はこちらを取る。王琦本以外はみな「蓮」字に作るので、ここでは「蓮峰」を取る。

李白「送溫處士歸黃山白鵝峰舊居」詩「黃山四千仞、三十二蓮峰。丹崖夾石柱、菡萏金芙蓉」

積翠：立ち並んだ木々の葉が茂って、遠くから見ると様々な緑が積み重なって見える様子。

李白「酬殷明佐見贈五雲裘歌」詩「遠山積翠橫海島、殘霞飛丹映江草」

(13) 信一方雄勝之郊、五馬踟躕之地也：景勝の地であることを稱えてこの段落を終える。

一方：一地方、この邊り一帶。

『漢書』巻六四下 終軍「臣年少材下、孤於外官、不足以亢一方之任」

雄勝：雄大な景勝地。

『唐文粹』巻六十七 張彧「石橋銘」「冬十月、師次趙郡。郡南石橋者、天下之雄勝」

郊：周代、旅行者を迎える場所を「郊」という。

『汲冢周書』大聚解 三十九「闢開修道五里有郊、十里有井、二十里有舍」注「待行旅也」

五馬踟躕：その素晴らしさに立ち止まり、進めなくなる。古樂府「陌上桑」に、「羅敷の美しさに、使君の乘った五頭立ての馬車でさえ歩みを止めて前に進めなくなった」とある所による。「踟躕」は、去りがたくて足が前に進まない様子を言う。

『樂府詩集』巻二十二「陌上桑」「行者見羅敷、下擔捋髭鬚。少年見羅敷、脫帽著帩頭。耕者忘其犂、鋤者忘其鋤。來歸相怨怒、但坐觀羅敷。使君從南來、五馬立踟躕」

李白「陌上桑」「美女渭橋東、春還事蠶作。五馬如飛龍、青絲結金絡。(略)徒令白日暮、高駕空踟躕」
李白「子夜變歌」春歌「秦地羅敷女、採桑綠水邊。素手靑條上、紅妝白日鮮。蠶飢妾欲去、五馬莫留連」

趙公西候新亭頌【第五段】

【原文】

長史齊公光乂、人倫之師表、司馬武公幼成、衣冠之髦彥(1)、錄事參軍吳鎭、宣城令崔欽、令德之後(2)。良材間生、縱風敎之樂地、出人倫之高格(3)。卓絕映古、淸明在躬(4)。僉謀僝功、不日而就(5)。揔是役也、伊二公之力歟(6)。過客沈吟以稱嘆、邦人聚舞以相賀(7)。僉曰、我趙公之亭也。群寮獻議、請因謠頌以名之(8)、則必與謝公北亭同不朽矣(9)。白以爲謝公德不及後世、亭不留要衝、無勿拜之言、鮮登高之賦(10)。方之今日、我則過矣(11)。

【校勘】

揔是役也…『郭本』『霏玉本』は「然是役也」とする。『全唐文』は「總是役也」とする。『王琦本』は「揔」に注して「郭本作然」という。

【訓讀】

長史《ちやうし》齊公光乂《せいこうくわうがい》は人倫《じんりん》の師表《しへう》、司馬武公幼成《しばぶこうえうせい》は衣冠《いくわん》の髦彥《ぼうげん》、錄事參軍吳鎭《ろくじさんぐんごちん》と宣城令崔欽《せんじやうれいさいきん》は令德《れいとく》の後《のち》なり。良材《りやうざい》間生《かんせい》し、風教《ふうけう》の樂地《らくち》を縱《ほしいまま》にして、人倫《じんりん》の高格《かうかく》に出《い》づ。卓絕《たくぜつ》古《いにしへ》を映《うつ》し、淸明《せいめい》躬《み》に在《あ》り。僉謀《みなはか》りて功《こう》を僝《あら》はし、日《ひ》ならずして就《な》る。是《こ》の役《えき》を摠《す》ぶるや、伊《こ》れ二公《にこう》の力《ちから》なり。過客沈吟《くわきやくちんぎん》して以《もつ》て稱嘆《しようたん》し、邦人聚舞《はうじんしゆうぶ》して以《もつ》て相賀《あひが》す。

僉曰《みないは》く、「我《わ》が趙公亭《てうこうてい》なり」と。群寮獻議《ぐんれうけんぎ》し、謠頌《えうしよう》に因《よ》り以《もつ》て之《これ》に名《な》づくれば、則《すなは》ち必《かなら》ず謝公北亭《しやこうほくてい》と同《とも》に不朽《ふきう》ならんと請《こ》ふ。

白《はく》以爲《おも》へらく、謝公《しやこう》の德《とく》は後世《こうせい》に及《およ》ばず、亭《てい》も要衝《えうしよう》に留《とど》まらず、勿拜《ぶつはい》の言《げん》も無《な》く、登高《とうかう》の賦《ふ》も鮮《すく》なし。之《これ》を今日《こんにち》に方《くら》ぶれば、我《われ》は則《すなは》ち過《す》ぎたり。

【譯】

長史齊公光乂は人類の師、司馬武公幼成は官界の傑物、錄事參軍吳鎭と宣城令崔欽は有德の士の子孫である。時代を隔てて今やすぐれた人材が生まれ、德政を行いながら樂天地を享受し、社會の先頭に立っている。卓出して古今に輝き、淸らかに澄んだ德を身につけておいでだ。多くの人々が知恵を併せて亭を作る計畫を練り、幾日もたたない內にできあがった。この度の偉業を統率したのは二公の力であった。旅の者は深く感嘆して稱贊し、この邦の人々は集まり舞い踊って祝った。

皆が「これぞ我が趙公亭だ」と言う。そして役人たちが相談し、こう頼んでおいでになった。「謠頌を作って、趙公亭を命名してください。そうすればきっと、有名な謝朓の北亭のように、永遠に後世に傳えられることでしょう」と。

私が思うに、そもそも、謝朓公の德は後世に傳えられず、謝公亭は交通の要衝に建てられず、撤去するなという世論もなく、登高の賦が作られることも少なかった。謝朓の故事を現在の偉業に比べたら、わが趙公亭の方がすぐれている。

【注釋】

（1）長史齊公光乂、人倫之師表。司馬武公幼成、衣冠之髦彥：ここから、趙公の新亭建築に功績のあった補佐官を稱揚する。まず齊光乂と武幼成について述べる。

長史：官名。刺史の副官。

『舊唐書』巻四十二 職官一 序言「貞觀二十三年七月、改治書侍御史爲御史中丞、改諸州治中爲司馬、別駕爲長史」

齊光乂：もとの名を是光乂という。天寶年間に祕書少監であった。次の記事に齊光乂の名前が見える。

『全唐文』巻三四五 唐・李林甫「進御刊定禮記月令表」「乃命集賢院學士尙書侍郎左僕射兼右

相吏部尙書李林甫（略）宣城郡司馬齊光乂（略）爲之注解」

『新唐書』卷五十九 藝文志「是光乂十九部書語類十卷」注「開元末自祕書省正字上授集賢院修撰。後賜姓齊」

宋・鄧名世『古今姓氏書辯證』卷四「唐間有是光乂者、自稱齊姜姓。後改復舊爲齊氏。事見孔至雜錄」

宋・王應麟『玉海』卷五十四「唐十九部書語類」「志類書、是光乂十卷、開元祕書監正字上授集賢院修撰、後賜姓齊」「集賢注記、開元二十二年十一月祕書正字是光乂上十九部書語類、敕留院修撰」

『元和姓纂』卷六 是氏「天寶祕書少監是光乂、改姓齊氏」岑仲勉校「天寶五載石刻『刪定月令表』稱宣城司馬齊光乂」

『全唐文』卷八百一十三 齊光乂『陳公神道碑』小傳「乾符初集賢院學士」（「乾符」は「乾元」の誤りであろう）

（郁賢皓「李白交遊雜考」臺灣商務印書館一九九七年版『天上謫仙人的祕密―李白考論集』二八〇頁參照。）

人倫‥人々、人類。「倫」は「類」の意味。社會的なつながりを持っている、人というもの、という含意で使われる。仲間、家族、兄弟など、相互に關係を持つ人々についてもいう。

『荀子』巻六　富國「人倫竝處、同求而異道、同欲而異知、生也」注「倫、類也。竝處羣居也」

李白「送戴十五歸衡嶽序」「人倫精鑒、天下獨立」

師表：模範。手本とすべき人。

『史記』巻一百三十　太史公自序「國有賢相良將、民之師表也」

司馬：官名。刺史の副官。職務は長史と同じ。

『通典』職官　州郡　總論郡佐　司馬「貞觀二十三年高宗卽位、遂改諸州治中、竝爲司馬、所職與長史同」

武幼成：人物未詳。李白「夏日陪司馬武公與羣賢宴姑熟亭序」に言う司馬武公は、この武幼成と思われる。

衣冠：官吏。朝廷に出るときに着用する衣と冠によって、官吏を象徴させる。

『晉書』巻四十四　鄭袤「衣冠斯盛、英彥如林」

髦彥：すぐれた士。傑出した人材。

『抱朴子外篇』巻一　嘉遁「多士雲起、髦彥鱗萃、文武盈朝、庶事旣康」

（2）錄事參軍吳鎭、宣城令崔欽、令德之後：次に、吳鎭、崔欽について述べる。

錄事參軍：官名。衆官の文簿を束ね、部内の違反を糾彈する。

『通典』職官　州郡下　總論郡佐「隋初、以錄事參軍爲郡官、則幷州郡主簿之職矣。煬帝又置主簿。大唐武德元年、復爲錄事參軍。開元初改京尹屬官曰司錄參軍。掌府事勾稽、省署抄目、糾彈部內非違、監印給紙筆之事」

吳鎮：人物未詳。李白「宣城吳錄事讚」の吳錄事と同一人物と思われる。

令：縣令。

崔欽：人物未詳。李白「經亂後將避地剡中留贈崔宣城」詩及び「江上答崔宣城」詩にある「崔宣城」は、この宣城縣令の崔欽であると思われる。

令德：立派な德。また立派な德を持つ人。

『春秋左傳』桓公 傳二年「臧哀伯諫曰、君人者、將昭德塞違、以臨照百官、猶懼或失之、故昭令德以示子孫」

（3）良材間生、縱風敎之樂地、出人倫之高格：實際に建築の監督をしたと思われる、上記二名について功績をたたえる。

良材：優れた人材。

『春秋左傳』哀公 傳十七年「公問諸子仲。初、子仲將以杞姒之子非我爲子。麇曰、必立伯也、是良材」

『文選』第二十四卷 魏・曹植「贈丁翼」詩「大國多良材、譬海出明珠」

間生：世を隔てて英傑が出現すること。英傑が世代を隔てて、氣を承けることによって生じる、という考え方がある。間氣。

唐・寒山「詩三百三首」一百九十「余見僧繇性希奇、巧妙間生梁朝時」

『全唐詩補逸』巻之十一　中唐・張祜「大唐聖功詩」「文物一以興、賢良倶間生」

中唐・白居易「贈劉總太尉册文」「又有功成身退歿而永不朽者、非正氣令德、間生挺出、則高名大節、孰能兼之哉」

縱風敎之樂地…「縱」は、思い通りに振る舞う。この句は、次に擧げる『世説新語』の樂廣の言による。風敎の立場に立っていながら、敎えを遵守するという窮屈さを感じず、思い通りに自由に振る舞うことができる。

『世説新語』徳行「王平子、胡毋彥國、諸人、皆以任放爲達、或有裸體者。樂廣笑曰、名敎中自有樂地。何爲乃爾也」

風敎…上に立つものの徳によって、民を自然に敎え、善導すること。

『詩經』大序「風、風也。敎也。風以動之、敎以化之」

『史記』巻一　五帝本紀「太史公曰、余嘗西至空桐、北過涿鹿、東漸於海、南浮江淮矣。至長老皆各往往稱黃帝堯舜之處、風敎固殊焉。總之不離古文者近是」

樂地…樂しいところ。樂しい境地。窮屈ではなく、思い通りに振るまうことができる所。

『舊唐書』巻七十七　柳亨「名敎之中、自有樂地」

李白「夏日奉陪司馬武公與羣賢宴姑孰亭序」「名敎樂地、無非得俊之場也」
高格：高い人格。人倫の中でも、高格という地點まで出ている。
盛唐・任華「寄李白」詩「古來文章有能奔逸氣、聳高格、淸人心神、驚人魂魄」
(4) 卓絕映古、淸明在躬：續けて、人格を賞贊する。
卓絕：群をぬいて優れている。非凡。
『文選』第四十八卷 後漢・班固「典引」「而炳諸典謨、以冠德卓絕者、莫崇乎陶唐」
映古：古今に輝映する。古代から今に至るまで輝いている。
中唐・楊巨源「贈侯侍御」詩「敦詩揚大雅、映古酌高音」
淸明在躬：明らかな德が身に備わっている。
『禮記』卷二九 孔子閒居「淸明在躬、氣志如神、嗜欲將至、有開必先」正義「言聖人淸靜光明之德、在於躬身」
(5) 僉謀僝功、不日而就：多くの人々が知惠を併せて、亭を作る計畫を練ったことを言う。多くの人々が相談をして、この亭を作るという功績を實現した。
僉謀：皆が計畫する。多くの人が意見を出して相談する。
『舊唐書』卷十八上 武宗李炎 會昌三年「雖朕以恩不聽、而群臣以義固爭、詢自僉謀、諒非獲已」

僝功：功績をあらわす。

『尙書』虞書　巻二　堯典「驩兜曰、都共工方鳩僝功」注「僝、見也。歎共工能方方聚見其功」

不日而就：まもなくできあがった。何日もたたない内に完成した。

『詩經』大雅　文王之什　巻十六　靈臺「經始靈臺、經之營之。庶民攻之、不日成之」

『北齊書』巻三十七　魏收「侯景叛入梁、寇南境。文襄時在晉陽、令收爲檄五十餘紙、不日而就」

（6）揔是役也、伊二公之力歟：實際に工事を監督した呉鎭と崔欽の二名を特にねぎらう。
揔：統べる。統括する。
是役：このしごと。「役」は勞役をともなう仕事を言う。
『文選』巻四十四　魏・鍾會「檄蜀文」「悼彼巴蜀、獨爲匪民。愍此百姓、勞役未已」

（7）過客沈吟以稱嘆、邦人聚舞以相賀：ここからは、新亭の建設によって、人々がいかに恩惠を受けたかを述べる。
過客：たびびと。往來する人。
『後漢書』巻七十九上　儒林列傳　周防「父揚、少孤微、常脩逆旅、以供過客、而不受其報」
李白「贈淸漳明府姪聿」詩「過客覽行謠、因之誦德聲」
李白「寄崔侍御」詩「高人屢解陳蕃榻、過客難登謝脁樓」

李白「擬古」詩一二首之七「生者爲過客、死者爲歸人。天地一逆旅、同悲萬古塵」
李白「春夜宴從弟桃花園序」「夫天地者萬物之逆旅也。光陰者百代之過客也」
沈吟：小聲で口ずさむ。
李白「古風」詩「撫己忽自笑、沈吟爲誰故」
李白「金陵城西樓月下吟」詩「月下沈吟久不歸、古來相接眼中稀」
邦人：くにびと。この地方の人。
『三國志』巻六十四 吳書 十九「評曰、諸葛恪才氣幹略、邦人所稱、然驕且吝、周公無觀、況在於恪」
聚舞：民衆が大喜びをするときの様子。大勢が舞い踊る。
李白「贈從孫義興宰銘」詩「壺漿候君來、聚舞共謳吟」
李白「春日行」詩「萬姓聚舞歌太平、我無爲、人自寧」
相賀：新亭に對して祝福する。亭の完成を祝う。
『宋書』巻八十五 謝莊「陛下踐位、親臨聽訟、億兆相賀、以爲無冤民矣」
（8）群寮獻議、請因謠頌以名之：最後に、多くの役人が李白に「頌」を作るように頼んだことを言う。
これを承けて、次の段落に載る李白の頌が作られる。

單に名前をつけただけでは、その名は人々の間に定着せず消えてしまうかもしれないが、李白の頌があれば、人々の間にその名が知られるので、眞に名付けることとなる。そこで「謠頌に因って」というのである。

群寮：百官。官吏たち。

『三國志』魏書 巻二十二 徐宣「從至廣陵、六軍乘舟、風浪暴起、帝船回倒、宣病在後、陵波而前、群寮莫先至者」

獻議：建議と同じ。意見を述べる。

『梁書』巻十 夏侯詳「及高祖圍郢城未下、潁胄遣尉席闡文如高祖軍。詳獻議曰、窮壁易守、攻取勢難」

謠頌：民間に流行し、歌い傳えられた讚頌。

盛唐・元結「崔潭州表」「謠頌之聲、達于朝廷」

『舊唐書』巻八十六 高宗中宗諸子 孝敬皇帝弘「彼禮但成謠頌、此禮便首人倫。異代相望、我無慚德也」

以名之：上記の「我が趙公亭」という贊美の歌と李白の頌によって、この新亭を名付ける。「名」は名付ける。「以名之」は、前に名稱や故事があって、それにちなんで名前を付ける、というときに用いられる言い方。

『魏書』巻一百二 西域「阿鈎（略）度山其間四百里中、往往有棧道、下臨不測之深、人行以繩索相持而度、因以名之」

『史記』巻三十三 魯周公世家「及生、有文在掌曰友、遂以名之」

（9）則必與謝公北亭同不朽矣…群寮は、この新亭が有名な謝朓樓のようになることを望む。
謝公北亭…齊・謝朓の亭。謝朓が宣城太守の時に建てた。北樓ともいう。唐の咸通年間に刺史の獨孤霖によって改築された。現在宣城に再建されている。

『方輿勝覽』巻十五 寧國府 宣城「謝公亭」注「在宣城縣北二里。舊經云、謝元暉送范雲零陵内史之地」

『文選』巻二十 齊・謝朓「新亭渚別范零陵」李善題解「十洲記曰、丹陽郡新亭在中興里、吳舊亭也。梁書曰、范雲、齊世爲零陵郡内史」詩「洞庭張樂地、瀟湘帝子遊。雲去蒼梧野、水還江漢流。停驂我悵望、輟棹子夷猶。廣平聽方籍、茂陵將見求。心事俱已矣、江上徒離憂」

李白「謝公亭」題下注「蓋謝朓、范雲之所遊」詩「謝公離別處、風景每生愁。客散靑天月、山空碧水流。池花春映日、窗竹夜鳴秋。今古一相接、長歌懷舊遊」

（10）白以爲謝公德不及後世、亭不留要衝、無勿拜之言、鮮登高之賦…李白は、有名な謝朓樓が、實は優れていないと考える點を列擧する。
德不及…この場合は、德が屆かない、という意味。

『漢書』巻六 武帝紀「朕之不敏、不能遠德」注「師古曰、言德不及遠也」

要衝：交通の主要道路、あるいは景勝の地。

『魏書』巻四十四 宇文福「建安是淮南重鎮、彼此要衝。得之則義陽易圖、不獲則壽春難保」

勿拜之言：撤去するな、という世論。『詩經』の次の句による。「拜」は「拔く」という意味。『詩經』國風 召南 甘棠「蔽芾甘棠、勿翦勿拜、召伯所説」傳「説、舍也」箋云「拜之言拔也」召伯は德政をしき民衆に愛されていた。そこで、「召伯がその陰で休んだという甘棠を拔いてはいけない」という意味に解釋されている。ここから、「勿拜之言」とは、亭を撤去することなく、いつまでも殘しておくように、という世論の意味になる。

登高之賦：謝公樓に登って作った詩賦。李白にも作品がある。李白はそれでも、少ない、というのである。

李白「秋登宣城謝朓北樓」詩「江城如畫裏、山曉望晴空。兩水夾明鏡、雙橋落彩虹。人煙寒橘柚、秋色老梧桐。誰念北樓上、臨風懷謝公」

(11) 方之今日、我則過矣：上句を承けて、古代の謝朓樓に比べて、今日の趙公亭のほうが優れていると述べる。

方之今日：過去のものに比べて現在のものが優れている、と言う時に使う表現。「方」はくらべる、ならべる。

周・庾信『庾開府集箋註』巻八「周柱國大將軍長孫儉神道碑」「杜鎭南之作牧當世樹碑、賨車騎之臨戎生年刻石。方之今日、彼獨何人」注「吏民表請、爲倹構清德樓、樹碑刻頌。朝議許焉」

唐・劉肅『唐新語』卷一 匡贊「前漢有金馬石渠、後漢有蘭臺東觀。宋有總明、陳有德教。周則獸門麟趾、北齊有仁壽文林。雖載在前書、而事皆瑣細。方之今日、則豈得扶輪捧轂者哉」

過…まさる。すぐれる。

『呂氏春秋』卷十九 離俗「莊公曰、善以爲造父不過也」漢・高誘注「過、猶勝也」

趙公西候新亭頌【第六段】

【原文】

敢詢耆老而作頌曰、(1)

眈眈高亭、趙公所營。(2)如鼇背突兀於太清、如鵬翼開張而欲行。(3)趙公之宇、千載有覩。(4)必恭必敬、爰遊爰處。(5)瞻而思之、罔敢大語。(6)趙公來翔、有禮有章。(7)煌煌鏘鏘、如文翁之堂。(8)清風洋洋、永世不忘。(9)

【校勘】

眈眈…『宋本』は「眈眈」と書いてあるように見える。他の本は「耽耽」とする。

如文翁之堂・『霏玉本』は「如」字を缺く。

【訓讀】

敢《あへ》て耆老《きらう》に詢《はか》りて頌《しよう》を作《つく》りて曰《いは》く、

眈眈《たんたん》たる高亭《かうてい》、趙公《てうこう》の營《いとな》む所《ところ》。鼇背《がうはい》の太清《たいせい》に突兀《とつこつ》たるが如《ごと》く、鵬翼《ほうよく》の開張《かいちやう》して行《ゆ》かんとするが如《ごと》し。趙公《てうこう》の宇《う》、千載《せんざい》観《み》る有《あ》らん。必《かなら》ず恭《うやうや》しく必ず敬《つつし》みて、爰《ここ》に遊《あそ》び爰《ここ》に處《を》る。瞻《み》て之《これ》を思《おも》へば、敢《あへ》て大語《たいご》する罔《な》し。趙公《てうこう》來翔《らいしやう》し、禮《れい》有《あ》り章《しやう》有《あ》り。煌煌《くわうくわう》鏘鏘《しやうしやう》として、文翁《ぶんをう》の堂《だう》の如《ごと》し。清風《せいふう》洋洋《やうやう》として、永《えい》世《せい》忘《わす》れず。

【譯】

そこで思い切って古老にはかり、次のような頌を作った。

奥深いたたずまいで聳え立つ亭は、
趙公の建てられたもの。
おおがめの背が天空に浮かび上がるよう。
鳳凰が翼を廣げて今しも飛びたたんばかり。
趙公の建てられしこの亭は、

千年の間人々に仰がれるだろう。
人々はここで身を愼み公を敬い、
ここに散策しここに憩うことだろう。
かく思いつつ仰ぎ見れば、
誇大な贊辭は必要あるまい。
趙公が來臨された、
威儀正しく、風格堂々と。
雲つくばかりに壯麗な樣は、
漢の文翁の學舍のようだ。
趙公の德は淸風の如く廣く及んで、
永遠に忘れられぬことだろう。

【注釋】

（1） 敢詢耆老而作頌曰：自分では力不足ではあるが、目上の方々の意見を聞き入れて、趙公亭の頌を作ることにした。やや謙遜した言い方。

敢：あえて。ためらいを捨てて思い切って。

詢：問う、諮る。

『文選』巻五十七 宋・顏延之「陽給事誄」序「敢詢諸前典而爲之誄」注「濟曰、詢諮謀也。謂諮謀前典紀行之法也」

耆老：老人。知識があって尊敬すべき古老。耆は六十歲、老は七十歲。

『禮記』第一巻 曲禮上「人生十年曰幼、學。二十曰弱、冠。三十曰壯、有室。四十曰強、而仕。五十曰艾、服官政。六十曰耆、指使。七十曰老、而傳」

『前漢書』巻十 成帝紀「臨遣太中大夫嘉等、循行天下、存問耆老、民所疾苦」

（2）眈眈高亭、趙公所營：ここから、趙公が建設した亭の頌にはいる。

眈眈：奥深い様。「沈沈」と同じ。

『文選』第五巻 京都下 晉・左思「吳都賦」「朱闕雙立、馳道如砥。樹以靑槐眈眈、清流亹亹」注「眈眈、樹陰重貌」

盛唐・儲光羲「述韋昭應畫犀牛」詩「閒居命國工、作繪北堂陰。眈眈若有神、庶比來儀禽」

高亭：高くそびえる亭。

中唐・韋應物「褱武館遊眺」詩「州民知禮讓、訟簡得遨遊。高亭憑古地、山川當暮秋」

（3）如鼇背突兀於太淸、如鵬翼開張而欲行：亭の様子を形容する。まず屋根を上から見た情景。おおがめの背中が大空に突き出ているようだ。空を海に、屋根をおおがめに見立てて、海からおおがめが背中を現した姿にたとえる。

鼇：おおがめ。想像上の動物で、背に仙山を負うという。第四段注（11）參照。

『列子』巻第五　湯問篇「使巨鼇十五、擧首而戴之」「列仙傳曰、有巨靈之鼇、背負蓬萊之山而抃舞」

李白「贈盧徵君昆弟」詩「滄州卽此地、觀化遊無窮。水落海上清、鼇背睹方蓬」

突兀：高くそびえ立つ様子。突き出ている様。

李白「涇溪南藍山下有落星潭可以卜築余泊舟石上寄何判官昌浩」詩「藍岑竦天壁、突兀如鯨額」

李白「早過漆林渡寄萬巨」詩「嶢巖注公柵、突兀陳焦墓」

太清：天空。大空。

『楚辭』巻一十六　遠遊「譬若王僑之乘雲兮、載赤霄而淩太淸」

李白「古風」詩其の二「蟾蜍薄太淸、蝕此瑤臺月」

つぎに、屋根の四隅がそりあがっているのを、鳳凰が翼を廣げて飛び立とうとしている様子にたとえる。第四段注（11）參照。

鵬翼：大鵬の翼。『莊子』に「垂天之雲」と形容される。

『莊子』巻一上　逍遙遊「北冥有魚、其名爲鯤。鯤之大、不知其幾千里也。化而爲鳥、其名爲鵬。

鵬之背、不知其幾千里也。怒而飛、其翼若垂天之雲。是鳥也、海運則將徙於南冥。南冥者、天池也」
晉・左思「吳都賦」「斬鵬翼、掩遮廣澤」
中唐・耿湋「登沃州山」詩「沃州初望海、攜手盡時髦。小暑開鵬翼、新蓂長鷺濤」
開張：開く。廣がる。
李白「上雲樂」詩「擧足蹋紫微、天關自開張」
『全唐詩補編』全唐詩續拾 卷十三 盛唐・張懷瓘「書訣」「開張鳳翼、聳擢芝英」

（4）趙公之宇、千載有覩：「千載有〜」は、碑文などに見られる言葉。
初唐・楊炯『盈川集』卷四「大唐益州大都督府新都縣學先聖廟堂碑文」序「若使九原可作、大君得廊廟之才、千載有知」
初唐・陳子昂『陳拾遺集』卷五「九隴縣獨孤丞遺愛碑」頌「悠悠彭門、千載有紀」

（5）必恭必敬、爰遊爰處：身を愼んで遊び憩う。
恭敬：つつしむ。ここは淸らかに遊ぶところで、身を愼まなければならない。
『詩經』小雅 節南山之什 小弁「維桑與梓、必恭敬止」注「父之所樹已尙不敢不恭敬」
遊處：遊び、また憩う。
梁・何遜「贈江長史別」詩「二紀歷茲辰、投分敦遊處」

初唐・張説「岳州行郡竹籬」詩「始果遊處心、終日成閒拱」
爰〜爰〜：「……したり……したり」という言い方。
『文選』第六巻　京都下　晉・左思「魏都賦」「旣苗旣狩、爰遊爰豫」李善注「一遊一豫、爲諸侯度」
盛唐・玄宗「鶺鴒頌」「爰遊爰處、爰笑爰語」
（6）瞻而思之、罔敢大語：趙公亭をあおぎみる様子。
瞻思：仰ぎ慕う。亭を眺めやり、その偉業を思う。
初唐・中寤「贈王仙柯」詩「瞻思不及望仙兄、早晚昇霞入太淸」
大語：大言。高慢で誇大な言葉。亭そのものが素晴らしいので、ここで誇大な賞賛はしない。
漢・徐幹『中論』譴交「擲目指掌、高談大語。若此之類、言之猶可羞、而行之者不知恥」
（7）趙公來翔、有禮有章：やってきた趙公をたたえる。
來翔：優れた鳥が飛んでくること。また優れた人物がやってくること。ここでは趙公が來ること。
『史記』巻一　五帝本紀　帝舜「鳳皇來翔、天下明德、皆自虞帝始」
初唐・李嶠「鳳」詩「鳴岐今日見、阿閣佇來翔」
禮章：禮樂文章。
『文心雕龍』巻九　時序「經典禮章、跨周轢漢。唐虞之文、其鼎盛乎」

有章‥文飾のあること。所作や言葉に威儀のある様子。

『詩經』小雅 甫田之什 裳裳者華「我覯之子、維其有章矣、維其有章矣、是以有慶矣」箋「章、禮文也。言我得見古之明王、雖無賢臣、猶能使其政有禮文法度、政有禮文法度是則我有慶賜之榮也」

『左傳』襄公 傳三十一年「動作有文、言語有章、以臨其下、謂之有威儀也」

（8）煌煌鏘鏘、如文翁之堂‥趙公亭の盛んな様は、ちょうど、漢代に教化を興したとして知られる文翁が作った蜀の學館のようだ。

煌煌‥盛んなさま。

『文選』第十一巻 魏・何晏「景福殿賦」「皓皓旰旰、丹彩煌煌」注「旰旰、煌煌、皆盛貌」

唐・郊廟歌辭「祀九宮貴神樂章」豫和「夜如何其、明星煌煌。天淸容衞、露結壇場、樹羽幢幢、佩玉鏘鏘。凝精駐目、瞻望神光」

盛唐・杜甫「北征」詩「煌煌太宗業、樹立甚宏達」

鏘鏘‥高くそびえる樣。

『後漢書』巻五十九 張衡「命王良掌策駟兮、踰高閣之鏘鏘」李賢注「鏘鏘、高貌也」

文翁之堂‥文翁は漢代景帝の末に蜀の郡守となった人物。若い頃から學問を好み、春秋の學に通じていた。成都に學館を起こし、入學者には傜役を免除し、優秀な者は郡縣の役人に採用した。後

再建された宣城の謝朓樓

世、教化を興した官吏として引用される。『漢書』卷八十九 循吏 文翁「文翁、盧江舒人也。少好學、通春秋、以郡縣吏察擧。景帝末、爲蜀郡守、仁愛好教化。見蜀地辟陋有蠻夷風、文翁欲誘進之、乃選郡縣小吏開敏有材者張叔等十餘人親自飭厲、遣詣京師、受業博士、或學律令。減省少府用度、買刀布蜀物、齎計吏以遺博士。數歲、蜀生皆成就還歸、文翁以爲右職、用次察擧、官有至郡守刺史者」

『漢書』卷八十九 循吏「是時循吏如河南守吳公、蜀守文翁之屬、皆謹身帥先、居以廉平、不至於嚴、而民從化」

(9) 清風洋洋、永世不忘…趙公の德行は一面に廣まり、永遠に忘れられないだろう、という、吉祥の預言によって頌は終えられる。

清風…淸廉高潔な品格を表す比喩。

『文心雕龍』義證 巻三 誄碑 第十二「夫屬碑之體、資乎史才。其序則傳、其文則銘。標序盛德、必見清風之華。昭紀鴻懿、必見峻偉之烈」

洋洋‥原義は、水が一面に滿ちている樣。ここでは、立派で美しい樣。また、清風が一面に廣がるさま。

『尙書注疏』巻七 商書「聖謨洋洋、嘉言孔彰」孔子傳「洋洋美善」

永世不忘‥何時までも忘れられない。

漢・蔡邕『蔡中郎集』巻六「陳留索昏庫上里社銘」「凡我里人、盡受嘉祥。刋銘金石、永世不忘」

後記

郁賢皓

一九九九年九月二十八日，市川桃子教授來信邀我合作研究李白的文（書，頌的譯注考證）。在此之前，她已與北京大學葛曉音教授合作，撰寫出版了第一本《李白的文—序・表的譯注考證》。市川女史是我們中國學術界的老朋友，早在一九八八年她來中國太原參加唐代文學學會年會暨國際學術研討會時，我們就相識了。記得那年在從太原往五臺山途中的招待所客廳休息時，我們在一起深談了很久，幷合影留念，成了莫逆之交。後來她多次來中國參加唐代文學國際學術研討會，每次會議間隙時間我們常一起遊覽幷討論一些感興趣的問題。所以，市川教授邀我合作研究李白，我立即回信表示欣然同意。

我們合作得非常愉快。合作的方法是：首先，我把李白的書六篇，頌兩篇，都進行注釋，考證幷譯成現代漢語，同時，市川教授也將上述文章用日語進行注釋，考證幷譯成日語。爲了便於對照討論，請我的弟子張采民教授也參加這一工作。因爲他既能看懂我用漢語寫的譯注考證，又能看懂市川教授用日語寫的譯注考證。在此基礎上，二〇〇〇年八月，市川教授專程來南京，討論我們寫好的〃頌〃初稿。我們白天討論，市川教授晚上還要整理修改，工作非常辛苦而緊張。

是年十一月，我和張采民教授赴日本，與市川教授一起進行了第二次討論修改。在討論間隙，我還應松浦友久先生的邀請，爲早稻田大學的教師和研究生作了題爲《安史之亂初期李白行踪新探索》的學術報告；此外，還爲明海大學的師生作了《李白絕句漫談》的講演。同時，張采民教授也爲明海大學的師生作了《對初唐詩歌革新理論的再認識》的講演。

平成十三年（公元二〇〇一年）一月二十四日，正是中國的傳統節日春節，市川教授又放棄休息，利用假日來到南京，又和我們一起討論〝頌〞的注，譯，對一些疑難問題作了深入查稽和考證，取得較多收獲。

過了不久，四月二十八日至五月七日，市川教授又利用春假來到中國，和我們一起討論〝頌〞的定稿工作。我們研究得非常具體而深入。爲了正確理解李白的〝頌〞中的佛教用語，我請市川教授在回國前專程赴滬到復旦大學向研究佛教的專家陳允吉教授請教，得到陳允吉教授的很大幫助。

自此以後，我和市川教授都集中精力從事李白〝書〞的注，譯和考證，很快就完成初稿。是年七月二十九日至八月四日，我和張采民教授應市川桃子教授的邀請，又一次赴東京明海大學，共同討論〝書〞的初稿。這次討論還有土谷彰男先生參加。在許多問題上我們各抒己見，展開爭論，在取得一致意見後才最後定稿。

現在，全書已完稿。可以說，這本書是我們共同辛勤研討的成果，也是中日兩國學者合作的結晶。尤其是市川桃子教授，她花費了多年的時間和精力，多次不辭辛勞，奔波於東京與南京之間，在討論過程中，她那嚴謹認眞的治學態度，一絲不苟的負責精神，都使我們深受感動。當然，由于我們知識水平的限制，其中可能還會有錯誤，但對我們來說，確已盡了最大的努力。希望得到廣大讀者的批評指正，以便在今後修改再版時做得更好。

二〇〇二年三月二十八日於南京

おわりに

この本は、多くの方の力によって作ることができた。ここにその經緯を記して感謝の言葉に代えたい。

郁賢皓氏とは、一九八七年に大著『唐刺史考』を贈っていただいて以來の交際で、國際學會などでたびたびご一緒する内に親しくなった。今では大切な友人である。一九九七年、誘われて南京に遊びに行ったときに、共同研究の約束をした。

郁賢皓氏は李白を專門的に研究する學者で、考證學的研究、特に傳記研究にすぐれた業績を有し、また中國李白研究會の會長として、學會の發展にも寄與されている。面識を得る前に、すでに『李白選集』を讀み、印象批評を脱して、詩文に即して理論的に讀みとく研究態度に強い感銘を受けていた。一九八八年に唐代文學學會で偶然に出會うことができたのは幸いであった。當時はまだ日中の交流は難しく、日中の學者が出會う機會は稀であった。今回、郁賢皓氏と國際共同研究を行うことができたことは、當時の情況から考えると夢のようである。

二〇〇〇〜〇一年度の學術振興會 科學研究費補助金によって研究を行った。南京と東京で、五回の討論會を持った。このときは、日本語の文を讀むことができる南京師範大學教授 張釆民先生にも參加していただいた。この討論では、もちろん教えられることが多く、また、こちらから頑強に提案したときもあり、侃々諤々たる、大變充實して愉快な討論であった。ちょうど學務が忙しい時期と重なっており、たいそう大變な、しかし樂しい二年間であった。郁賢皓氏一行を日本に招くに當たっては、愛知大學教授　中島敏夫氏、早稻田大學助教授　內山精也氏、愛知淑德大學助教授　寺尾剛氏、早稻田大學院生　土谷彰男氏ほかの方々に大變お世話になった。南京では郁張兩教授に大變お世話になった。

佛教關係の文は特に難解であった。上海に赴き、復旦大學中文系教授陳允吉先生に教えを請うた。その際、河南大學文學院副教授盧寧女士にお世話になった。

東京大學名譽教授　故前野直彬先生は、子弟の教育に熱意をそそがれ、授業のほかに勉強會や合宿を設け、さらに每週お宅で勉強會を開いてくださった。これは前野塾と呼ばれ、聞く所によると、先生が東大に任官される前の、東京教育大學御在任中に始まり、そして御退官後も長く續いたのであった。前野塾のメンバーで本を作りたいとご相談に伺ったことがあり、李白の書を讀むのが良かろう、という話になった。そののち擔當を決め、每月原稿を持ち寄って討論をした。一九九〇年代初めのことであった。その時のメンバーは、お茶の水女子大學名譽教授　二松學舍大學教授　佐藤保氏、元東京大學東洋文化研究所助手　山之內正彥氏、山梨大學教授　成瀨哲生氏であった。この會は原稿の完成を見ないままに前野先生のご逝去によって出版を斷念し、閉會となった。これはまことに殘念なことに思われた。そこで今回、郁氏との共同研究に當って「書」を扱いたいと、各位に申し出たところ、快諾し應援もしてくださり、ありがたいことであった。この會での討論の記録は大いに参考にさせていただいた。しかし、原稿は全て書き直し、内容も變えたところが多く、文責は全て著者にある。

東京大學名譽教授　明海大學教授　竹田晃先生には、訓讀を見ていただき、解釋についても相談に乘っていただいた。不安なところがある度に先生の下に驅け込んで問題を解決していただき、久しぶりに學生の幸せを滿喫した。竹田先生には駒場の時代から師事しているが、今回は學生時代にも增して勉強させていただいた。學恩は大きく、先生の深い知識と讀解力を少しでも多く吸收して、次代に傳えたいと思う。

早稻田大學　故松浦友久先生には、共同研究をするに當たっての心構えを懇切に教えていただいた。この本をお見せできなかったことが殘念でならない。

資料整理を手傳ってくださった早稻田大學院生　土谷彰男さん、明海大學學生　竹村摩奈美さん　山崎方香さん、ありがとう。

今回の研究には、上海人民出版社「四庫全書」、北京書同文數字化技術有限公司「四部叢刊」、中央研究院「瀚典資料庫」、故宮「寒泉」古典文獻電子檢索系統、のデータベースを利用した。

本書は日本學術振興會平成十四年度研究成果公開促進費の補助を受けている。

二〇〇三年二月　市川桃子

著者略歴

市川　桃子（いちかわ　ももこ）

1949年4月9日、東京生。東京大學卒業、東京大學大學院博士課程修了。明海大學教授。

『李白の文――序・表の譯注考證』（共著）、『李白』（翻譯）、論文「ヨーロッパに於ける白居易詩受容の初期の様相」、「採蓮曲の誕生」など。

郁　賢　皓（いく　けんこう）

1933年1月4日、上海生。

南京師範大學文學院教授。中國李白研究會會長。

『李白叢考』『李白選集』『天上謫仙人的祕密－李白考論集』『唐刺史考全編』『李白大辭典』（主編）『唐代文選』（主編）『古詩文鑑賞入門』（主編）『唐代文史考論』（共著）など。

新編　李白の文―書・頌の譯注考證―

平成十五年二月二十四日　發行

著　者　市川　桃子
　　　　郁　賢　皓

發行者　石　坂　叡　志

印刷所　中台整版
　　　　モリモト印刷

發行所　汲　古　書　院

〒102-0072　東京都千代田區飯田橋二-五-四

電　話〇三（三二六五）九七六四

FAX〇三（三二二二）一八四五

ISBN4-7629-2682-5　C3098

KYUKO-SHOIN. Co.,Ltd. Tokyo